ASCENSÃO DAS
TREVAS

C. S. PACAT

ASCENSÃO DAS
TREVAS

Tradução
Mariana Kohnert

4ª edição

— **Galera** —
RIO DE JANEIRO
2024

PREPARAÇÃO
Angélica Andrade
REVISÃO
Cristina Freixinho
Jorge Luiz Luz de Carvalho
DIAGRAMAÇÃO
Abreu's System

CAPA
Magdalena Pagowska
TÍTULO ORIGINAL
Dark Rise

CIP-BRASIL. CATALOGAÇÃO NA PUBLICAÇÃO
SINDICATO NACIONAL DOS EDITORES DE LIVROS, RJ

P112a

Pacat, C. S.
    Ascensão das trevas / C. S. Pacat ; tradução Mariana Kohnert. – 4ª ed. – Rio de Janeiro : Galera Record, 2024.

    Tradução de: Dark rise
    ISBN 978-65-5981-168-7

    1. Ficção australiana. I. Kohnert, Mariana. II. Título.

22-77590
                                                  CDD: 828.9934
                                                  CDU: 82-3(94)

Gabriela Faray Ferreira Lopes – Bibliotecária – CRB-7/6643

Copyright texto © 2021 by Gatto Media Ptx Ltd
Copyright mapa © 2021 by Svetlana Dorosheva
Direitos de tradução mediados em acordo com Adams Literary e Sandra Bruna Agencia Literaria, SL

Todos os direitos reservados.
Proibida a reprodução, no todo ou em parte, através de quaisquer meios.
Os direitos morais de C. S. Pacat foram assegurados.

Texto revisado segundo o novo Acordo Ortográfico da Língua Portuguesa.

Direitos exclusivos de publicação em língua portuguesa somente para o Brasil adquiridos pela
EDITORA GALERA RECORD LTDA.
Rua Argentina, 120 – Rio de Janeiro, RJ – 20921-380 – Tel.: (21) 2585-2000,
que se reserva a propriedade literária desta tradução.

Impresso no Brasil

ISBN 978-65-5981-168-7

Seja um leitor preferencial Record.
Cadastre-se e receba informações sobre nossos
lançamentos e nossas promoções.

Atendimento e venda direta ao leitor:
sac@record.com.br

Para Mandy,

*Fico me perguntando se nós duas
precisávamos de uma irmã*

PRÓLOGO

Londres, 1821

— Acorde-o — disse James.

O marujo de expressão severa prontamente ergueu o balde de madeira e despejou seu conteúdo no rosto do homem curvado e preso diante deles.

A água bateu em Marcus, molhando-o até que ele recobrasse a consciência, tossindo e arquejando.

Mesmo encharcado, acorrentado e espancado, Marcus tinha um ar de nobreza, como um cavaleiro galante em uma tapeçaria desbotada. *A arrogância dos Regentes*, pensou James. Ela permanecia, como o miasma fétido do rio, embora Marcus estivesse algemado, impossibilitado de fazer qualquer movimento, nas entranhas do navio cargueiro de Simon Crenshaw.

Ali embaixo, o compartimento de carga do navio era como o interior de uma baleia com costelas de madeira. O teto era baixo. Não havia janelas. A luz vinha das duas lâmpadas que os marujos tinham pendurado quando arrastaram Marcus até ali, talvez uma hora antes. Ainda estava escuro do lado de fora, embora Marcus não tivesse como saber disso.

Seus cílios estavam molhados. As mechas do cabelo escuro caíam sobre os olhos, pingando. Marcus estava vestindo os resquícios em frangalhos do uniforme de sua ordem, cuja estrela prateada estava suja e manchada de sangue.

James observou o horror nos olhos de Marcus ao perceber que ainda estava vivo.

Ele sabia. Marcus sabia o que aconteceria com ele.

— Então Simon Crenshaw estava certo sobre os Regentes — começou James.

— Mate-me. — A garganta de Marcus arranhou, seca, como se, ao ver James, tivesse entendido tudo que estava acontecendo. — Mate-me. James. Por favor. Se algum dia sentiu alguma coisa por mim.

James dispensou o marujo ao seu lado e esperou até que o homem desaparecesse, deixando-os sozinhos, e não restasse nenhum som além do ranger de água e madeira.

Marcus estava com as mãos acorrentadas às costas. Estava jogado em uma posição estranha, incapaz de se equilibrar, com correntes grossas atando-o sem trégua aos quatro suportes de ferro espessos do navio. Os olhos de James percorreram os elos de ferro imensos e inabaláveis.

— Tantos votos. Você jamais viveu de verdade. Não queria ter estado com uma mulher? Ou com um homem.

— Como você?

— Esses boatos — disse James, sério — não são verdadeiros.

— Se um dia você sentiu alguma coisa por qualquer um de nós

— Você se desgarrou demais do rebanho, Marcus.

— *Eu imploro.*

Marcus falou como se houvesse um código de honra no mundo, como se bastasse apelar para o lado benevolente de uma pessoa para que o bem prevalecesse.

A presunção das palavras formou um nó na garganta de James.

— Pode implorar, então. Implore de joelhos para que o mate. Faça isso.

James não achou que Marcus faria, mas é óbvio que ele fez — deve ter adorado ficar de joelhos em um ato de sacrifício próprio, um mártir. Marcus era um Regente, tinha passado a vida obedecendo a votos e seguindo regras, acreditando em palavras do tipo "nobre", "verdadeiro" e "bom".

Humilhado, o rapaz se moveu com dificuldade, sem conseguir se equilibrar com as mãos atadas, encontrando uma nova posição, de cabeça baixa e joelhos abertos sobre as tábuas.

— Por favor. James. Por favor. Pelo que resta dos Regentes.

James olhou para a cabeça baixa, o rosto bonito que ainda era ingênuo o suficiente para esperar que pudesse haver uma saída.

— Vou permanecer ao lado de Simon — respondeu James — enquanto ele acaba com a linhagem dos Regentes. Não vou parar até que não reste ninguém de pé em seu Salão, até que sua última luz estremeça e se apague. E, quando as trevas chegarem, vou estar ao lado do homem que vai governar tudo. — A voz de James era precisa. — Você acha que senti alguma coisa por você? Deve ter se esquecido de quem sou.

Então Marcus olhou para cima, com os olhos brilhando. Foi o único aviso que James teve. O Regente pegou impulso, reunindo toda sua força de modo que seus músculos se retesaram e incharam, a pele contra o ferro...

...por um único e apavorante momento, o ferro rangeu, se movendo...

Marcus soltou um ruído agonizante quando seu corpo cedeu. Uma risada de alívio gorgolejou na garganta de James.

Regentes eram fortes. Mas não fortes o bastante.

Marcus estava ofegante. Seus olhos estavam tomados pela fúria. Por dentro, estava apavorado.

— Você não é a mão direita de Simon — disse Marcus. — Você é o verme dele. O capacho. Quantos de nós você já matou? Quantos Regentes vão morrer por sua causa?

— Todos, exceto você — disse James.

O rosto de Marcus empalideceu, e por um momento James achou que ele fosse implorar de novo. Teria gostado daquilo. Mas Marcus apenas o fitou de volta, em um silêncio triste. Bastava por enquanto. O Regente imploraria de novo antes que tudo acabasse. James não precisava provocar. Só precisava esperar.

Marcus imploraria e ninguém iria ao navio de Simon para ajudá-lo.

Satisfeito, James se virou para subir as escadas de madeira e sair para o convés. Estava com o pé no primeiro degrau quando a voz de Marcus ecoou às suas costas:

— O menino está vivo.

James se sentiu irritantemente ressentido pelo comentário tê-lo feito parar. Obrigou-se a não se virar, a não olhar para Marcus, a não morder a isca. Falou com uma voz calma enquanto continuava subindo os degraus até o convés:

— Esse é o problema com vocês, Regentes. Sempre acham que há esperança.

CAPÍTULO UM

Três semanas depois

O primeiro lampejo que Will teve de Londres veio antes de o sol nascer, a floresta de mastros nas silhuetas pretas como azeviche do rio contra um céu que mal chegava a ser um tom mais claro, acompanhada por guindastes, andaimes e todo tipo de chaminés e tubos erguidos.

O cais estava despertando. Na margem esquerda, as primeiras portas de armazém foram destrancadas e escancaradas. Homens estavam reunidos, gritando os próprios nomes, na esperança de serem aceitos para algum trabalho; outros já estavam nos barcos de águas rasas, enrolando cordames. Um imediato de colete de cetim gritou um cumprimento para um capataz. Três crianças com as calças enroladas tinham começado a tatear a lama à procura de um prego de cobre ou de um pequeno pedaço de carvão, uma ponta de corda ou um osso. Uma mulher usando uma saia pesada estava sentada ao lado de um barril, gritando as mercadorias do dia.

Em uma barca fluvial que avançava devagar pela água escura, Will saiu de trás de barris de rum presos com cordame, pronto para saltar para a margem. Sua incumbência era verificar o cordame para impedir qualquer escorregão, depois enrolar as amarras do guindaste ou simplesmente fazer força sob o peso ele mesmo para soltar a carga. Will não era tão forte como muitos dos trabalhadores do cais, mas era esforçado. Podia se atirar contra o cordame e puxar, ou ajudar a carregar sacas para dentro de carroças e barcos.

— O píer está adiante, traga-a para cá! — gritou Abney, o barqueiro.

Will assentiu e pegou um cabo. Descarregar a barca levaria a manhã toda, depois eles pausariam por meia hora para fumar cachimbos e beber. Seus músculos já doíam por conta do esforço, mas Will logo encontrou seu ritmo de trabalho. Ao fim do dia, recebeu um pedaço de pão duro com sopa de ervilha fumegante direto da panela. Àquela altura, já estava faminto, imaginando o gosto reconfortante da sopa, sentindo-se sortudo por ter luvas abertas nos dedos, que mantinham suas mãos aquecidas no vento frio.

— Prepare este cordame! — Abney estava segurando um dos cabos, próximo a um dos nós de Will, com as bochechas rosadas por causa do álcool. — Crenshaw quer a barca vazia antes do meio-dia.

Logo a barca estava em movimento. Parar um barco de trinta toneladas com nada além de correntes e mastros era difícil à luz do dia, e mais ainda no escuro. Se fossem rápido demais, os mastros se partiriam; se fossem lentos demais, bateriam no píer e a madeira se estilhaçaria. Os tripulantes enterraram suas varas nos sedimentos do leito do rio e as arrastaram, fazendo força contra o peso imenso da barca.

— Amarrem-na! — gritou alguém, tentando prender a barca antes da descarga.

A barca reduziu a velocidade até parar, mal ondulando na água escura. A tripulação guardou as varas e atirou cabos de atracação para amarrá-la ao píer, puxando os cabos para esticá-los bem, e depois dando mais nós.

Will foi o primeiro a saltar para fora, prendendo seu cabo de atracação em torno de uma abita e ajudando quem estava a bordo a puxar a barca para bem perto do píer.

— O capataz vai beber com o mercador do navio hoje à noite — disse George Murphy, um irlandês de bigode grande, puxando o cordame ao lado de Will.

Era o assunto sobre o qual todos no cais conversavam: trabalho e como consegui-lo.

— Talvez ofereça mais trabalho quando este serviço acabar.

— A bebida o deixa flexível, mas às vezes também o afunda — falou Will, e Murphy deu uma risada, bem-humorado.

Will não acrescentou *Quase sempre*.

— Eu estava pensando em tentar ir atrás dele depois, para ver se consigo ser contratado — disse Murphy.

— É melhor do que ficar de pé no portão, esperando ser chamado para conseguir um serviço — concordou Will.

— Talvez você consiga até a chance de comer um pouco de carne no domingo...

Crack!

A cabeça de Will se virou a tempo de ver o cabo se soltar da amarra, voando.

Havia trinta toneladas de carga na barca, não apenas rum, mas cortiça, cevada e pólvora. O cabo chicoteando através das argolas de ferro soltou tudo, liberando lona e derrubando os barris, que saíram rolando. Bem na direção de Murphy. *Não...!*

Will se atirou em Murphy, derrubando-o para fora do caminho da cascata. Trincou os dentes ao sentir a dor quando um barril atingiu seu ombro. Ofegante, se levantou e olhou para o rosto chocado de Murphy com uma pontada intensa de alívio ao perceber que o homem estava vivo, apenas sem chapéu, revelando os cabelos amassados acima dos bigodes. Por um momento, ele e Murphy ficaram se olhando. Então a dimensão total da calamidade recaiu sobre os dois.

— Puxem os barris! Tirem-os da água!

Os homens se moviam rápido, agitando a água, desesperados para salvar o carregamento. Will fez o mesmo enquanto barris eram empurrados para a margem coberta de pedrinhas. Ignorou o ombro machucado, mas era mais difícil ignorar a imagem do cabo voando e de Murphy no caminho da colisão. *Podia estar morto.* Tentou se concentrar na destruição. Até que ponto a mercadoria estaria danificada? Cortiça flutuava e os barris de rum eram selados a vácuo, mas salitre se dissolvia na água. Quando abrissem os barris de pólvora com pés de cabra, será que estaria arruinada?

Perder uma barca inteira de pólvora... o que isso significaria? Será que o negócio de Crenshaw ruiria, com sua riqueza flutuando no rio?

Acidentes eram comuns no cais. Na semana passada mesmo, Will vira um cavalo de reboque recuar inesperadamente enquanto puxava uma barca ao longo da margem dos canais, partindo os cabos e virando o barco. Abney contara uma história sobre uma corrente partida que tinha matado quatro homens e mandado um carregamento de carvão para o fundo da água. Murphy tinha dois dedos faltando por causa de caixas mal empilhadas. Todos conheciam a realidade do dia a dia: economias perigosas, atalhos.

— A porra de um cabo se soltou! — xingou Beckett, um trabalhador mais velho que usava um colete marrom desbotado até o pescoço, fechado e justo. — Ali. — Ele apontou para a amarra quebrada. — Você. — Depois se virou para Will, que por acaso estava mais perto. — Pegue mais cordame para nós, e um pé de cabra para abrir estes barris. — Indicou o armazém com o queixo. — E seja rápido. Cada segundo perdido vai ser descontado do seu pagamento.

— Sim, mestre Beckett — respondeu Will, sabendo que não deveria discutir.

Atrás dele, Beckett já estava ordenando que outros voltassem ao trabalho, direcionando o fluxo de sacas e caixas em torno dos barris pingando na margem.

Will correu para o armazém.

O armazém de Crenshaw era um dos muitos grandes prédios de tijolos que se enfileiravam no litoral. Estava cheio de mercadorias em barris e caixas descansando por uma ou duas noites, antes de partirem para as salas de estar, para as mesas de jantar e para os cachimbos.

No interior, o ar era frio e repugnante por causa do fedor de enxofre em cestos amarelos e de peles empilhadas e de barris de rum enjoativamente doce. Will cobriu o nariz com o braço quando uma lufada pungente de ar vinda de uma pilha de tabaco fresco foi obliterada pelo cheiro de temperos fortes que ele jamais havia provado. O odor irritava sua garganta. Duas semanas antes, havia passado metade de um dia carregando caixas para dentro de um armazém semelhante. Passara dias tossindo e tinha sido uma amolação esconder isso do capataz. Estava acostumado ao cheiro ruim do rio, mas os vapores do alcatrão e do álcool faziam seus olhos se encherem de água.

Um trabalhador com um lenço áspero e de cores vibrantes amarrado no pescoço parou de empilhar madeira.

— Está perdido?

— Beckett me mandou aqui para buscar cordame.

— Lá nos fundos.

O homem apontou para trás com o polegar.

Will pegou um pé de cabra que estava ao lado de alguns barris mais antigos e de uma pilha alta de linhas com cheiro de alcatrão. Então olhou em volta, em busca de um rolo sobressalente de cordame que pudesse jogar por cima do ombro e levar de volta para a barca.

Nada aqui, nada atrás dos barris... À esquerda, viu um objeto meio coberto por um lençol branco. Alguma coisa ali? Estendeu a mão e puxou o lençol empoeirado, que deslizou e formou um montinho no chão.

Um espelho foi revelado, encostado contra uma caixa de mercadorias. Era velho e de metal, um objeto antigo, de um tempo quando os espelhos ainda não eram de vidro. Torto e manchado, o espelho refletiu Will por brilhos entrecortados sobre a superfície metálica, lampejos embaçados de pele pálida e olhos escuros. *Nada aqui também*, pensou o rapaz, e estava prestes a voltar a procurar quando algo no espelho chamou sua atenção.

Um brilho.

Ele olhou em volta com cuidado, pensando que talvez o espelho tivesse capturado o movimento refletido de alguém atrás dele. Mas não havia ninguém. *Estranho*. Será que imaginara? Aquela parte do armazém estava deserta, com caixas empilhadas formando longos corredores. Will olhou de volta para o espelho.

A superfície opaca de metal estava manchada por causa do tempo e repleta de imperfeições, de forma que Will tinha dificuldade para discernir a própria forma. Mas viu, ainda assim, um movimento na superfície nebulosa do espelho que o paralisou de repente.

O reflexo estava mudando.

Will o encarou, mal ousando respirar. As formas escuras no metal estavam se recompondo bem diante de seus olhos, em colunas e espaços abertos... Não era possível, mas estava acontecendo. O reflexo estava mudando, como se a sala para a qual o espelho estivesse voltado fosse um lugar muito antigo, e não havia ninguém para alertá-lo que não se aproximasse para olhar através dos anos.

Havia uma dama no espelho. Foi o que viu primeiro, ou o que achou que viu, depois observou o dourado da vela ao lado dela e o dourado de seu cabelo brilhoso, preso em uma única trança que caía sobre seu ombro até a cintura.

Ela estava escrevendo, letras iluminadas com contornos de cores intensas e minúsculas figuras encaixadas nas letras capitulares ornamentadas cobriam as páginas. O quarto dela se abria para a noite, revelando uma sacada com teto abaulado e vários degraus baixos que davam para, ele de alguma forma sabia, os jardins. Will jamais vira a paisagem antes, mas em seu interior havia uma lembrança do cheiro de uma noite verde e o movimento escuro das árvores. Por instinto, ele se aproximou para ver melhor.

Ela parou de escrever e se virou.

Seus olhos eram iguais aos da mãe de Will. E estavam olhando direto para ele. O rapaz lutou contra o instinto de dar um passo para trás.

A mulher estava vindo em sua direção, o vestido se estendendo atrás dela em uma cauda. Will podia ver a vela que ela segurava pela haste, o medalhão brilhante que usava no pescoço. A mulher se aproximava tanto que era como se estivessem se encarando. De repente, Will sentiu como se tudo que os separasse fosse a distância de sua mão estendida. Achou que devia estar vendo o próprio rosto refletido em cada um dos olhos dela, pequeno como a chama de uma vela, um tremeluzir duplicado.

Em vez disso, Will viu o espelho, de prata e novo, replicado nos olhos dela.

Todos os pelos dos braços se arrepiaram. A estranheza da visão o deixava inquieto. *O mesmo espelho... ela está olhando o mesmo espelho...*

— *Quem é você?* — perguntou uma voz.

Will recuou, subitamente, com um tropeço, apenas para se dar conta de que a voz não tinha vindo do espelho. Sentiu-se tolo ao perceber que o som tinha vindo de trás dele. Um dos trabalhadores do armazém o encarava, desconfiado, segurando a lanterna em sua direção.

— Volte ao trabalho!

Will piscou. O armazém com suas caixas úmidas o encarou, opaco e comum. Os jardins, as pilastras altas e a dama tinham sumido.

Era como se um feitiço tivesse se quebrado. Será que tudo não passara de fruto da sua imaginação? Será que havia sido culpa dos vapores do armazém? Will teve vontade de esfregar os olhos, em parte querendo investigar mais a imagem que tinha visto. Mas o espelho era apenas um espelho, refletindo o mundo ordinário ao redor. A visão tinha sumido: uma fantasia, um devaneio ou uma ilusão causada por um truque de luzes.

Afastando a sensação confusa, Will se obrigou a assentir e a dizer:

— Sim, senhor.

CAPÍTULO DOIS

Vaguear pelo armazém garantiu a Will três semanas de pagamento reduzido e uma demoção para alguns dos serviços mais árduos do cais. Ele se obrigou a passar por tudo, embora seus músculos ardessem e seu estômago doesse de fome. Os três primeiros dias foram dragar e içar, então Will foi colocado para trabalhar na roda, arrastando os pés para girar o gigantesco cilindro de madeira do armazém com seis homens muito maiores. Suas pernas queimavam conforme as polias da roda erguiam imensos barris a mais de cinco metros no ar. Toda noite, voltava para seu alojamento anônimo e superlotado, exausto demais para sequer pensar no espelho ou nas coisas estranhas que tinha visto, exausto demais para fazer mais do que cair no estrado sujo de palha e dormir.

Não reclamou. Crenshaw ainda estava funcionando. Will queria o emprego. Mesmo com pagamento reduzido, o trabalho no cais era melhor do que a forma como ele tinha sobrevivido quando chegara a Londres. Havia passado dias filando migalhas, até aprender a pegar as guimbas de cigarro queimadas, secá-las e então vendê-las aos homens do cais como tabaco para cachimbo. Os mesmos homens que disseram que era possível conseguir empregos no cais, mesmo sem qualificação, se a pessoa estivesse preparada para dar duro.

Então, naquele momento, Will colocava a última saca de cevada sobre a pilha, muito depois de a maioria dos outros ter saído ao soar da sineta. Havia sido um dia de trabalho punitivo, com o ritmo redobrado e sem pausas, para tentar recuperar o tempo perdido quando a barca chegou tarde. O sol estava se pondo, e havia menos pessoas no litoral, os últimos desgarrados finalizando o turno.

Tudo o que Will precisava fazer era bater o ponto com o capataz e estaria livre naquela noite. Iria para a rua principal, onde vendedores de comida se reuniam para oferecer um bocado aos trabalhadores pelo preço certo. Um término tardio significava que ele tinha perdido sua concha de sopa de ervilha, mas Will tinha uma única moeda no casaco que lhe compraria uma batata quente, o que seria o suficiente para alimentá-lo durante o dia seguinte.

— O capataz está no fronte.

Murphy indicou o rio acima com o queixo.

Will se apressou para chegar antes que o capataz fosse embora. Virou a esquina, dando adeus a Beckett e aos últimos trabalhadores, que seguiam aos tropeços para a casa pública. Atravessando o litoral ruidosamente, ele viu um vendedor de castanhas ao longe anunciando a mercadoria aos últimos trabalhadores do cais, cujo rosto barbado estava carmesim devido ao fogo que brilhava pelos buracos no fundo de seu fogão. Então Will chegou ao píer vazio.

Foi quando prestou atenção em onde estava.

Tinha ficado tão escuro que homens haviam saído para acender as lâmpadas a óleo, que tossiam e tremeluziam, mas Will as deixara para trás. Os únicos sons eram o bater da água escura ao fim do píer e os gritos distantes de um barco de arraste movendo-se devagar do canal ao rio, pescando com a rede fosse o que fosse que conseguisse. O píer estava deserto, sem sinal de vida.

Exceto pelos três homens dentro de um bote em desuso parcialmente escondido ao lado das tábuas sombreadas.

Will não sabia dizer em que momento percebeu, ou o que tinha causado aquilo. Não havia sinal do capataz. Não havia ninguém perto o bastante para escutar um grito por ajuda. Os três homens estavam saindo do barco.

Um deles estava olhando para cima. Direto para ele.

Eles me viram.

Will soube de imediato, reconheceu a intenção nos olhos deles, a forma como estavam se dispersando para bloquear seu caminho enquanto saíam do bote.

O coração de Will ficou preso na garganta.

Como? Por que estão aqui? O que o entregara? Havia se mantido reservado. Havia sido discreto. Escondera a cicatriz na mão direita com as luvas sem dedos. Precisava esfregá-la de vez em quando para manter a mobilidade, mas era muito cuidadoso para não deixar ninguém ver quando acontecia. Sabia por experiência própria que o menor dos gestos poderia traí-lo.

Talvez fossem as próprias luvas dessa vez. Ou talvez ele tivesse apenas sido descuidado, o menino anônimo no cais não era tão anônimo quanto esperava ser.

Will deu um passo para trás.

Não havia para onde ir. Um som às suas costas: havia dois outros homens se aproximando para bloquear o caminho, figuras sombreadas que ele não reconhecia. Mas Will conhecia a forma coordenada como se moviam, espalhando-se para impedir sua fuga.

Essa nova parte de sua vida era nauseantemente familiar, como vê-la caída no chão, encharcada de sangue, sem saber o motivo, como os meses se escondendo sem a menor ideia de por que eles a haviam matado ou o que queriam dele. Will pensou na última palavra que a mãe lhe dissera.

Fuja.

Disparou para a única saída que conseguia ver, uma pilha de caixotes à esquerda do armazém.

Saltou por cima do topo da pilha de caixotes, desesperado. A mão de alguém se fechou em seu tornozelo, mas Will a ignorou. Ignorou o tremor, o pânico que dominava seu coração. Deveria ser mais fácil agora. Não estava entorpecido devido ao luto recente. Não era mais ingênuo como tinha sido nas primeiras noites, sem saber como fugir ou se esconder, sem saber como evitar as estradas, ou o que acontecia quando ele se permitia confiar em alguém.

Fuja.

Não teve tempo para se ajeitar quando caiu na lama do outro lado. Não teve tempo para se recompor. Não teve tempo para olhar para trás. Will pegou impulso para se levantar e começou a correr.

Por quê? Por que estão atrás de mim? Seus passos faziam barulho enquanto ele avançava pela rua molhada e enlameada. Conseguia ouvir os homens gritando atrás de si. Tinha começado a chover, e Will corria às cegas sobre os paralelepípedos escorregadios, em direção à escuridão molhada. Logo suas roupas estavam encharcadas e ficou mais difícil correr, sua respiração estava alta demais.

Mas Will conhecia o emaranhado de ruas e vielas que estavam em constante construção, uma mistura de andaimes, novos prédios e novas estradas. Avançou para elas, esperando se adiantar o suficiente para desorientar os perseguidores e se esconder, fazendo com que os homens passassem por ele. Ele se abaixou e se enfiou pelas tábuas e escoras de construção. Ouviu os homens reduzirem a velocidade e se dividirem, procurando por ele.

Não posso deixar que saibam que estou aqui. Permanecendo muito quieto, deslizou entre escoras e depois para o espaço atrás de um andaime alto que dava acesso a uma estrutura parcialmente construída.

A mão de alguém agarrou seu ombro. Will sentiu um hálito quente contra sua orelha e outra mão em seu braço.

Não. Com o coração acelerado, se debateu, desesperado. Quando a mão úmida de alguém se fechou sobre sua boca, ele parou de respirar...

— Pare. — Era difícil ouvir a voz do homem por cima do barulho da chuva, mas Will sentiu o sangue gelar. — Pare, não sou um deles.

Will mal registrou as palavras, o som que fez soou abafado sob a mão pesada do homem. *Estão aqui. Estão aqui. Eles me pegaram.*

— *Pare* — disse o homem. — Will, não está me reconhecendo?

Matthew?, ele quase falou, reconhecendo a voz com um sobressalto assim que o homem pronunciou seu nome. A silhueta de um dos perseguidores do rio se definiu em uma figura que ele conhecia.

Will ficou imóvel, sem acreditar nos próprios olhos quando a mão se afastou de sua boca devagar. Parcialmente oculto pela chuva, Matthew

Owens, um criado da mãe de Will que trabalhava na antiga casa deles em Londres, estava ali. A primeira casa, a primeira vida, antes de se mudarem para vários lugares remotos, sua mãe sem jamais explicar o motivo, mas cada vez mais ansiosa, desconfiada de estranhos e atenta à estrada.

— Precisamos ficar quietos — alertou Matthew, baixando mais a voz. — Ainda estão por aí.

— Você está com eles. — Will se ouviu dizer. — Vi você no rio.

Fazia anos desde a última vez que vira Matthew, e agora ele estava ali. Perseguira-o desde o cais, podia estar atrás dele desde Bowhill...

— Não sou um deles — afirmou Matthew. — Eles só pensam que sou. Sua mãe me enviou.

Uma nova pontada de medo. *Minha mãe está morta.* Ele não disse, encarando o cabelo grisalho e os olhos azuis de Matthew. Ver um criado familiar da antiga casa trouxe um desejo infantil de segurança, como querer ser acalmado por um parente depois de cortar a mão. Will queria que Matthew explicasse o que estava acontecendo. Mas o desejo de familiaridade da infância colidiu com a fria realidade de sua vida de fugitivo. *Só porque o conheço não quer dizer que posso confiar nele.*

— Eles estão no seu encalço, Will. Lugar nenhum em Londres é seguro. — A voz baixa de Matthew era urgente no espaço sombreado sob o andaime. — Você precisa encontrar os Regentes. A estrela luminosa persiste, mesmo enquanto as trevas despertam. Mas você precisa correr, ou *eles* vão encontrar você, e as trevas vão vir atrás de todos nós.

— Não entendo. — *Os Regentes? A estrela luminosa?* As palavras de Matthew não faziam sentido. — Quem são esses homens? Por que estão atrás de mim?

Matthew pegou alguma coisa do bolso do colete, como se fosse muito importante, e a estendeu para Will.

— Pegue. Pertenceu à sua mãe.

Minha mãe? A sensação de alerta e o desejo guerrearam entre si. Will queria pegar o objeto. Queria tanto que doía, mesmo ao se lembrar dos terríveis momentos finais, quando a mãe olhou para ele, com o vestido azul ensanguentado. *Fuja.*

— Mostre aos Regentes, e eles vão saber o que fazer. São os únicos que restam que vão saber. Vão dar as respostas a você, eu prometo. Mas não há muito tempo. Preciso voltar antes que *eles* notem que eu sumi.

De novo aquela palavra desconhecida. *Regentes*. Matthew colocou o objeto em uma das tábuas de andaimes que os separavam. Estava recuando, como se soubesse que Will não pegaria o que ele havia deixado enquanto ainda estivesse ali. Will segurou o andaime atrás de si com força, sem querer nada além de avançar em direção ao homem cujo cabelo grisalho e colete preto surrado eram tão familiares.

Matthew se virou para ir embora, mas parou no último momento, olhando para trás.

— Vou fazer tudo que puder para tirá-los do seu encalço. Prometi à sua mãe que ajudaria você de dentro, e é o que pretendo fazer.

Então ele se foi, correndo de volta para o rio.

Will foi deixado com o coração acelerado enquanto os passos de Matthew se dissipavam. Os sons dos outros homens estavam sumindo também, como se a procura estivesse indo para outro lugar. Will conseguia ver o contorno, a forma do que Matthew tinha deixado. Ele se sentia como um animal selvagem olhando para uma isca.

Espere!, quis gritar para o ex-criado. *Quem são* eles? *O que você sabe sobre minha mãe?*

Fitou a rua escura em que Matthew havia desaparecido, e então toda a sua atenção voltou para o pequeno pacote sobre o andaime. Matthew havia dito que se apressasse, mas Will só conseguia pensar no objeto à sua frente.

Será que sua mãe realmente havia deixado aquilo para ele?

Will se aproximou. Parecia que era puxado por um fio.

O pacote tinha um formato pequeno e arredondado, amarrado com a fita de couro que Matthew tinha tirado do bolso do colete. *Mostre aos Regentes*, dissera, mas Will não sabia o que eram *Regentes*, nem onde encontrá-los.

Will estendeu o braço. Metade dele esperava que os homens do cais o capturassem a qualquer momento, e a outra esperava que aquilo fosse um truque ou uma armadilha. Pegou o pacote, os dedos dormentes de frio.

Desfazendo o nó, viu um pedaço de metal enferrujado. Mal conseguia sentir as pontas afiadas, de tanto frio. Mas conseguia sentir o volume do objeto, inesperadamente pesado, como se fosse feito de ouro ou chumbo. Will o inclinou para a luz, a fim de observá-lo melhor.

Sentiu um calafrio percorrer seu corpo inteiro.

Rústico, circular e retorcido, o medalhão era antigo e estava quebrado. Ele o reconheceu. Já o tinha visto antes.

No espelho.

Will sentiu uma onda de tontura enquanto encarava o impossível em suas mãos.

A dama usava aquele mesmo medalhão no pescoço. Ele se lembrava do brilho do objeto enquanto ela andava em sua direção, com os olhos fixos em Will como se o conhecesse. Tinha sido moldado na forma de uma flor de espinheiro de cinco pétalas, e brilhava como ouro novo.

Mas naquele momento a superfície estava fosca, rachada e irregular, como se anos tivessem se passado, como se houvesse sido enterrado e desenterrado, desgastado e quebrado.

Mas a dama no espelho era apenas um sonho, era apenas uma ilusão de ótica...

Virando o objeto, Will viu que o medalhão tinha uma inscrição gravada. Não estava escrito em nenhuma língua que conhecesse, mas de alguma forma ele conseguia entender as palavras. Parecia que eram parte dele, como se tivessem vindo de seu interior, um idioma que sempre estivera ali, em seu íntimo, na ponta de sua língua.

Não posso retornar quando for chamada para lutar
Então vou ter um bebê

Will não sabia por quê, mas começou a tremer. As palavras naquela língua estranha se incendiaram em sua mente. Não deveria ser capaz de ler, mas conseguia — conseguia *sentir*. Viu outra vez a imagem dos olhos da mulher no espelho, como se ela estivesse olhando direto para ele. *Os olhos de minha mãe.* Tudo em volta desapareceu, até que Will conseguisse apenas ver a mulher. Ele sentia uma espécie de dor enquanto se olhavam. *Não posso retornar quando for chamada para lutar.* Ela pareceu dizer aquilo direto para ele. *Então vou ter um bebê.* Ele estava tremendo mais ainda.

— Pare — arquejou Will, fechando as mãos sobre o medalhão, desejando com todas as forças que a visão sumisse. — *Pare!*

E parou.

Will respirava rápido. Estava sozinho, a chuva pingando de seu cabelo, encharcando o chapéu e as roupas.

Exatamente como aconteceu no dia do espelho, o medalhão voltara ao normal: um objeto antigo e opaco, sem indícios do que Will acabara de ver. Ele olhou para a direção em que Matthew sumira na chuva.

O que era aquilo? O que Matthew tinha dado a ele? Seus dedos agarraram o medalhão com tanta força que as pontas afiadas o cortaram.

Àquela altura, as ruas estavam vazias. Ninguém tinha ouvido Will arquejar diante da visão do medalhão. Os homens que o procuravam tinham seguido em frente. Era sua chance de escapar, de fugir.

Mas ele precisava de respostas... sobre o medalhão, sobre a mulher e sobre os homens que estavam atrás dele. Precisava saber por que tudo aquilo estava acontecendo. Precisava saber por que haviam matado sua mãe.

Colocando o medalhão no pescoço, começou a correr de volta pela chuva, os pés respingando lama. Precisava encontrar Matthew. Precisava saber o que ele não tinha lhe contado.

As ruas passavam por Will como um açoite. Os olhos da mulher no espelho ardiam em sua memória.

Quando finalmente parou, ofegante, viu que tinha voltado quase o caminho todo até o armazém.

Matthew estava sentado em um banco a alguns quarteirões do rio. A rua estava mais iluminada do que as de onde ele tinha vindo, e Will podia ver que Matthew usava sapatos de fivela e pantalonas com vinco junto com a camisa branca e o colete preto.

Will tinha tantas perguntas que não sabia por onde começar. Fechou os olhos e tomou fôlego.

— Por favor. Você me trouxe o medalhão. Preciso saber o que significa. Os Regentes... o que são eles? Como eu os encontro? E aqueles homens... eu não entendo por que estão me perseguindo, por que mataram minha mãe... não sei o que tenho que fazer.

Silêncio. Will tinha falado de uma vez só. Enquanto o silêncio se prolongava, sentiu a necessidade de respostas se transformar em um pulsar mais sombrio de medo.

— Matthew? — disse ele com a voz baixa, embora soubesse. Ele sabia.

Estava chovendo forte, e Matthew estava sentado do lado de fora, estranhamente exposto. Não estava de casaco. Seus braços pendiam inertes das mangas ensopadas. Suas roupas grudavam no corpo. Água pingava de seus dedos imóveis. A chuva batia nele, escorrendo em filetes pelo seu rosto, para dentro de sua boca escancarada, por cima de seus olhos abertos e sem vida.

Estão aqui.

Will se jogou, não na rua, mas para o lado, em direção a uma das portas, na última esperança angustiante de que pudesse alertar o dono ou encontrar uma entrada. Recebeu o primeiro golpe no portão externo. Antes de chegar à porta, a mão de alguém agarrou seu ombro; outra se fechou em torno de seu pescoço.

Não...

Ele viu os pelos no braço de um dos homens e sentiu o hálito quente de outro contra seu rosto. Era o mais perto que tinha chegado de qualquer um deles desde aquela noite. Não reconhecia seus rostos, mas com horror reconheceu outra coisa.

Na parte interna do pulso que se estendia para ele, a pele estava marcada com um *S*.

Will vira aquele *S* antes, em Bowhill. Gravado a fogo nos pulsos dos homens que mataram sua mãe. Ele o via quando não conseguia dormir, serpenteando em seus sonhos. A visão parecia velha e sombria, como um mal antigo. Naquele momento, a marca parecia se contorcer sobre a pele do homem, movendo a carne, rastejando na direção dele...

Tudo que Will havia aprendido em nove meses de fuga desapareceu. Era como estivesse de volta em Bowhill, afastando-se aos tropeços da casa e dos homens que o perseguiam. Naquela noite, estava difícil de enxergar devido à chuva, e era fácil tropeçar e cair. Will se arrastara por baixo de encostas, a água respingando nas valas. Não sabia por quanto tempo correra até desabar, trêmulo e molhado. Como um idiota, desejara estar com a mãe. Mas ela estava morta, e ele não podia voltar para ela porque havia feito uma promessa.

Fuja.

Por um momento, foi como se o *S* estivesse emergindo de um poço profundo e indo em sua direção.

Fuja.

Jogado com força de costas contra os paralelepípedos encharcados, Will tentou tomar impulso para se levantar, apoiando o peso sobre um cotovelo, mas arquejou de dor com o impacto quando seu braço desabou sob o corpo. Eles o dominaram de imediato, embora Will estivesse usando toda a sua força. Jamais tinha precisado lutar antes daquela noite em Bowhill, e não era excepcionalmente bom de briga. Segurando-o no chão, um dos homens o golpeou uma vez atrás da outra, até que ele se deitasse, zonzo, de costas, com as roupas ensopadas, respirando tanto quanto podia.

— Você teve uma vida fácil, não foi? — O homem levantou o pé para cutucar Will com o dedão. — Um filhinho da mamãe, agarrado às saias dela. Tudo isso acabou agora.

Quando Will tentou se mover, os homens o chutaram, de novo e de novo, até que sua visão escurecesse e ele parasse de se mexer por completo.

— Amarrem-no. Vamos terminar aqui e depois levá-lo para o navio de Simon.

CAPÍTULO TRÊS

— Saia da frente, rato.

A mão insensível de alguém empurrou Violet para trás, bloqueando a visão do espetáculo no convés. Empurrada de um lado para o outro, ela esticou o pescoço para ver um relance. Não conseguia enxergar muito além dos ombros dos marinheiros, a pressão dos corpos estava carregada com o cheiro de ansiedade, maresia e suor, então ela subiu correndo pela escada de cordame, passando o braço por dentro da corda cheia de nós para se estabilizar. O primeiro lampejo que teve de Tom veio por cima de uma multidão de bonés e lenços dos marujos que o cercavam no convés.

Era quinta-feira, e o navio de Simon, o *Sealgair*, estava ancorado no rio lotado de embarcações. Pesado por causa do carregamento, o mastro principal içava os três cães pretos, o brasão de Simon. Violet não deveria ter embarcado às escondidas, mas conhecia o navio devido ao trabalho que sua família prestava a Simon, uma grande fonte de orgulho para eles. O filho mais velho do conde de Sinclair, o homem que a família dela chamava de Simon, tinha um título próprio: lorde Crenshaw. Ele supervisionava um lucrativo império mercante em nome do pai. Dizia-se que seu alcance era maior do que o do rei George, estendendo-se por todo o mundo. Uma vez, Violet vislumbrara Simon, uma imponente figura de casaca preta, elegante.

Naquele dia havia homens com pistolas vigiando as grades e outros barricando o píer. Mas todo o resto estava no tombadilho, uma pausa no carregamento e organização das mercadorias. Do mastro no alto do cordame, Violet podia ver os empurrões tensos entre os homens amontoados que formavam um círculo tosco. Seus corpos robustos estavam todos reunidos para testemunhar o acontecimento.

Tom seria honrado com a marca.

Estava despido até a cintura, com a cabeça exposta e o cabelo castanho-avermelhado escuro caindo sobre o rosto. Ele se ajoelhou nas tábuas do navio. Dava para ver seu peito nu subindo e descendo — Tom respirava rápido, antecipando o que estava prestes a acontecer.

Havia expectativa no ar, e um pouco de inveja também — todos sabiam que Tom tinha conquistado o que iria lhe ser dado. Um ou dois homens estavam tomando uísque, como se fossem eles que precisassem de uma dose de álcool. Violet entendia o sentimento. Era como se fosse a cerimônia de todos eles. E de certa forma era, como uma promessa: *Faça Simon prosperar, agrade a Simon, e é isto o que você vai ganhar.*

Um tripulante usando um avental de couro marrom igual ao de um ferreiro avançou.

— Você não precisa me segurar — disse Tom.

Tinha recusado tudo que lhe fora oferecido para lidar com a dor: álcool, venda e couro para morder. Simplesmente se ajoelhou e esperou. O ar de expectativa ficou mais tenso.

Aos dezenove anos, era o homem mais jovem a receber a marca. Observando, Violet prometeu a si mesma: *Eu vou ganhar ainda mais cedo.* Como Tom, se sairia bem no mundo do comércio, trazendo para Simon seus próprios troféus, e então também seria promovida. *Assim que tiver uma chance, vou provar meu valor.*

— Simon recompensa seu serviço com este presente — disse o Capitão Maxwell. Assentiu para o tripulante, que se moveu até ficar próximo a um braseiro de carvão aquecido que tinha sido levado até o convés. — Quando terminar, você vai ser dele — afirmou o homem. — Honrado pela marca dele.

O tripulante tirou o ferrete do carvão quente.

Violet ficou tensa como se estivesse acontecendo com ela. O ferrete era longo, como um atiçador de lareira, com um *S* na ponta, tão quente devido ao carvão que brilhava vermelho que se assemelhava a uma chama se movendo. O tripulante deu um passo à frente.

— Eu faço este juramento a Simon — começou Tom, pronunciando as palavras ritualísticas. — Sou o leal servo dele. Vou obedecê-lo e servi-lo. Marque-me. — Os olhos azuis fitaram o tripulante. — Sele meu juramento na pele.

Violet prendeu a respiração. Era isso. Aqueles com a marca se tornavam parte do círculo íntimo. Eram os favoritos de Simon, seus seguidores mais leais, e sussurrava-se por aí que recebiam recompensas especiais, e mais do que isso, a atenção de Simon, o que era, em si, uma recompensa para muitos deles. Horst Maxwell, o capitão do *Sealgair*, carregava a marca, o que lhe dava uma autoridade maior do que a que seu posto lhe outorgava.

Tom estendeu o braço de modo que a pele limpa do pulso ficasse visível.

Na única outra vez que Violet tinha visto um homem receber a marca, ele gritou e se contorceu como um peixe no convés. Tom também tinha presenciado, mas não pareceu abalado. Encarou os olhos do tripulante, decidido, permanecendo imóvel, confiando em sua coragem e força de vontade.

— É isso mesmo, menino. Aceite sem resistir — disse o Capitão Maxwell.

Tom não vai gritar, pensou Violet. *Ele é forte.*

Os homens ficaram tão calados que era possível ouvir o bater da água contra o casco. O tripulante ergueu a marca. Violet viu um marinheiro virar o rosto, sem querer olhar, menos corajoso do que Tom. Era isso que Tom estava provando. *Receba a marca e mostre que é digno.* Violet segurou o cordame com força, mas não tirou os olhos da cena quando o tripulante levou a marca de cauterização à pele do pulso de Tom.

O cheiro súbito de queimado foi terrível, como se a carne tivesse sido selada. O metal quente pressionou a pele por muito mais tempo do que parecia necessário. Cada músculo de Tom se tensionou com o desejo de se encolher para fugir da dor, mas ele não se moveu. Permaneceu de joelhos, ofegante, inspirando e expirando, com a pele tremendo, como um cavalo exausto, coberto de suor ao fim da corrida.

Um rugido se elevou, e o tripulante segurou o braço de Tom no alto, puxando-o para ficar de pé e exibindo o pulso para que todos vissem. Tom pareceu zonzo, tropeçando ao se levantar. Violet viu um breve lampejo da pele do pulso dele, marcada com o formato de um *S*, antes de o tripulante rapidamente o encharcar de álcool e o envolver em uma atadura.

Eu vou ser assim, pensou Violet. *Corajosa, como Tom.*

Ele sumiu de sua vista, a multidão engolindo-o em uma onda de congratulações. Ela esticou o pescoço de novo, esforçando-se para pegar qualquer relance. Bloqueada, Violet serpenteou debaixo do cordame, tentando chegar a Tom através da multidão de homens, mesmo sendo empurrada de um lado e de outro e jogada para trás pelos tripulantes ignorantes. Não conseguia sequer vê-lo, embora o cheiro enjoativo e intenso de carne cozida permanecesse. Um aperto doloroso em seu braço a puxou de lado.

— Eu disse para sair da frente, rato.

O homem que a agarrou tinha um lenço sujo cobrindo o cabelo liso, e sua barba parecia uma irritação nas bochechas. Tinha a pele áspera de um marinheiro, com varizes vermelhas formando uma teia no rosto. O aperto de seus dedos a machucava, como uma algema. Ela sentiu o hálito de gim velho do homem e uma onda de repulsa a inundou. Violet engoliu a bile e fincou os pés no chão.

— Me solte. Tenho o direito de estar aqui!

— Você é um rato marrom feio que roubou as boas roupas dele.

— Eu não roubei nada! — disse ela, embora estivesse usando o colete e a calça de Tom, e a camisa também, e os sapatos, que já não serviam mais para o rapaz.

Então ela ouviu a voz de Tom, sentindo-se humilhada:

— O que está acontecendo?

Tom tinha vestido uma camisa, embora os dois botões do colarinho alto ainda estivessem desabotoados e o babado da frente, aberto. Violet tinha uma visão livre do rapaz enquanto a multidão se abriu para os dois. Todos os olhos estavam neles.

O marinheiro a segurou pelo pescoço.

— Este menino está causando confusão...

Ainda brilhando de suor devido ao que acabara de acontecer, Tom respondeu:

— Não é um menino. É minha irmã, Violet.

Ela observou o marinheiro ter a mesma reação que todos tinham ao saber daquilo: primeiro não acreditou, depois passou a olhar para Tom de outro jeito, como se tivesse descoberto algo novo sobre o pai do rapaz.

— Mas ela é...

— Você está me questionando, marujo?

Recém-marcado, Tom tinha mais autoridade do que qualquer um no navio. Era de Simon agora, e sua palavra era a palavra de Simon. O marinheiro fechou a boca com um estalo, soltando-a de imediato, o que a fez tropeçar nas tábuas. Ela e Tom se encararam. As bochechas de Violet ficaram quentes.

— Eu posso explicar...

Em Londres, ninguém imaginava que Tom fosse o meio-irmão de Violet. Não se pareciam. Tom era três anos mais velho e não comparti-lhava da ascendência indiana da garota. Ele era exatamente como o pai: alto, com ombros largos e olhos azuis, pele pálida e o cabelo castanho--avermelhado. Violet era pequena e puxara à mãe dela, com pele marrom, olhos e cabelo pretos. A única semelhança entre os dois eram as sardas.

— Violet. O que está fazendo aqui? Deveria estar em casa.

— Você recebeu a marca — disse ela. — Papai vai ficar orgulhoso.

De imediato, Tom agarrou o próprio braço, acima das ataduras, como se quisesse segurar a ferida, mas sabia que não podia.

— Como você sabe sobre isso?

— Todo mundo no cais sabe. Dizem que Simon marca seus melhores homens, e eles sobem na hierarquia. Ele dá recompensas especiais, e...

Ele a ignorou, falando com a voz baixa e urgente, olhando para os homens próximos, tenso e preocupado.

— Eu disse para você não vir. Precisa sair do navio.

Ela olhou ao redor.

— Você vai se juntar à expedição de Simon? Ele vai colocar você à frente de uma escavação?

— Basta — disse Tom, enquanto seu rosto se fechava. — Mamãe está certa. Você está velha demais para isso... me seguir por aí, usar minhas roupas. Vá para casa.

Mamãe está certa. As palavras a magoaram. Homens ingleses que geravam filhas bastardas no exterior não costumavam levá-las com eles de volta para casa. Violet sabia disso pelas brigas entre o pai dela e a mãe de Tom. Mas Tom sempre a defendera. Puxava um dos cachos da irmã e dizia "Violet, vamos passear", depois a levava para uma barra-quinha na rua para comprar chá quente e um rocambole de uvas-passas, enquanto do lado de dentro a mãe dele gritava com o pai dos dois: "Por que você deixa aquela menina viver com a gente? Para me humilhar? Para me fazer de chacota?"

— Mas foi você que me deu estas roupas. — Violet se ouviu dizendo, e as palavras pareceram baixas demais.

— Violet... — começou Tom.

Mais tarde, ela pensaria que recebera sinais — os homens no cais, os olhares tensos dos marinheiros, as patrulhas com pistolas, até mesmo a tensão nos lábios de Tom.

Mas, naquele momento, o único aviso era Tom levantando a cabeça.

Um chacoalhar súbito estremeceu o navio, lançando-a rolando para o lado. Violet ouviu um disparo ecoar e se virou para ver o marujo que o havia provocado com o rosto branco e a pistola trêmula.

Então viu em que ele estava atirando.

Inundando a lateral do navio, subindo por cordas e tábuas, chegavam homens e mulheres usando fardas brancas com padrão de raios estelares. Os rostos deles eram nobres, como se tivessem saído de um livro de histórias antigo, e as feições variadas, como se viessem de muitas terras diferentes. Pareceram surgir da bruma, e não portavam armas modernas, e sim espadas, como cavaleiros.

Violet jamais vira nada parecido. Era uma lenda que ganhava vida.

— *Regentes!* — gritou uma voz, arrancando-a do seu devaneio, e o caos irrompeu, a palavra desconhecida se espalhando como fogo descontrolado.

Regentes?, pensou Violet, o nome antiquado ecoando em seus ouvidos. Tom e o Capitão Maxwell reagiram como se soubessem o que queria dizer, mas a maioria dos homens de Simon estava apenas correndo atrás das armas ou sacando pistolas e começando a atirar nos agressores. O convés se enchia com fumaça espessa e o cheiro sufocante de enxofre e salitre das armas.

Violet foi jogada para trás e viu tudo se transformar em uma confusão. Três dos agressores — os *Regentes* — subiram pegando impulso nos gurupés. O mais próximo de Violet saltou do parapeito com uma facilidade assustadora. Outro empurrou uma das caixas de meia tonelada do caminho dela com uma das mãos, o que era impossível. *Eles são fortes*, pensou Violet, chocada. Esses tais de "Regentes", com as fardas estreladas brancas, tinham uma força e uma velocidade que não eram, que *não podia* ser, naturais, enquanto se esquivavam da primeira saraivada de tiros de pistola e começavam a lutar. Os homens de Simon soltavam gritos e gemidos em meio à fumaça conforme os Regentes os cortavam...

Ela sentiu a mão de Tom pegar seu ombro.

— Violet. — A voz do irmão soou forte. — Vou segurá-los aqui. Preciso de você no compartimento para proteger a carga de Simon.

— Tom, o que está acontecendo? Quem são...

— O compartimento de carga, Violet. Agora.

Espadas. Ninguém mais usava espadas, pensou Violet, observando, chocada, um Regente com maças do rosto marcadas cortar o contramestre do navio sem nenhum esforço enquanto uma Regente de cabelo loiro enfiava a lâmina no peito de um dos marujos com armas de fogo.

— *Encontre Marcus* — ordenou a Regente loira enquanto os outros se dispersavam, obedecendo à autoridade da mulher.

Tom estava avançando para enfrentá-los.

Violet precisava ir embora. O convés era um emaranhado de visões e sons, a briga aproximando-se. Ela estava paralisada.

— O Leão de Simon — disse a Regente loira.

— Ele é apenas um filhote — retrucou o Regente ao seu lado.

Leão?, pensou Violet. A palavra estranha ecoava em seu interior, mesmo quando ela sabia que estavam falando de seu irmão.

Tom tinha pegado o ferrete e o segurava como um pé de cabra. Em meio aos disparos de armas e aos golpes de espada, parecia quase nada, mas Tom se destacava, diante da fileira de Regentes, como se estivesse disposto a enfrentá-los sozinho.

— Se vocês sabem que pegamos Marcus, então sabem que não são invencíveis — disse.

A Regente loira riu.

— Você acha que um único Leão pode impedir uma dúzia de Regentes?

— Um único Leão matou cem de vocês — respondeu Tom.

— Você não é como os Leões de antigamente. Você é fraco.

A espada da Regente lampejou um arco prateado. Foi rápido, muito rápido. Violet só viu um instante de choque perpassar o rosto da Regente loira antes de Tom arrancar a espada da mão dela e enfiar a barra de liga de ferro no peito da mulher. Depois, ele a puxou e se levantou para encarar os demais.

Tom não era fraco. Tom era forte. Tom sempre foi forte.

Violet o encarou. Havia sangue no rosto do irmão, sangue no ferro e sangue respingado em sua camisa branca, tornando-a vermelha. Com os cachos castanho-avermelhados emoldurando o rosto, ele parecia mesmo um leão.

Tom lançou um único olhar para a irmã.

— *Vá*, Violet. Vou também, assim que puder.

Sem pensar, ela assentiu. E foi, se arrastando para trás, depois se abaixando e correndo pelo piso de tábuas conforme o navio estremecia novamente, como se tivesse sido atingido. Acima dela, o cordame oscilou e tremeu. Um barril saiu rolando pelo convés. Mais disparos de arma;

Violet levou o braço à boca para não sufocar com a fumaça. Seu calcanhar derrapava no sangue. Ela vislumbrou o Capitão Maxwell carregando uma pistola, então se esquivou para o lado, para evitar três homens de Simon lutando com um Regente, antes de atravessar a confusão e entrar no compartimento de carga.

Alívio. Quando a escotilha se fechou, não havia ninguém ali. Os sons do convés — gritos, gemidos e disparos — foram abafados.

Tentou não lembrar das portas do escritório do pai dela se fechando, deixando-a de fora depois que Tom fora levado para dentro.

Regentes, como Tom os chamara. Eles o haviam chamado de *Leão*. A palavra pulsava dentro de Violet como sangue. Ela se lembrou de um Tom mais jovem dobrando uma moeda de cobre com os dedos, dizendo: *Violet, eu sou forte, mas você não pode contar a ninguém.* A força de Tom era um segredo dos dois, mas naquele momento fazia o irmão comum dela se parecer com os Regentes, estranho e sobrenatural.

Leão.

Violet continuou repassando mentalmente o momento em que Tom matou a Regente loira, manchando a barra de ferro de sangue vermelho.

Não acreditava que Tom era capaz de matar uma pessoa.

As mãos de Violet tremiam. Que idiota. Trancada no compartimento de carga, estava mais segura do que qualquer um no navio. Então fechou as mãos em punhos para conter o tremor. Funcionou, um pouco.

Precisava de uma arma. Olhou ao redor.

O compartimento de carga do *Sealgair* era um espaço cavernoso, com vigas espessas perto das escadas, e caixas, barris e contêineres se espalhando até o final do navio. Uma longa fileira de lâmpadas penduradas em ganchos desaparecia dentro de uma área mais escura, como o interior sombrio de uma caverna. Ali ela podia ver apenas formas distantes, lona parcialmente jogada e imensos cestos de madeira.

Violet estava no compartimento de carga de Simon, parte de um fluxo constante de mercadorias que ele trazia de seus postos de comércio. Diziam que Simon era um colecionador e que seu comércio custeava os objetos incomuns que ele trazia de volta do mundo todo. Tom tinha conquistado sua marca por ter recuperado um objeto raro. Violet só podia imaginar que itens estranhos havia nas caixas. Um calafrio desconfortável percorreu seu corpo, como se ela não devesse estar ali embaixo. Como se naquele espaço houvesse alguma coisa que não devesse ser perturbada.

Violet desceu o último lance de escadas. Sob a luz fraca da lanterna era difícil lembrar que fazia sol do lado de fora. Havia uma pilha de caixas de ambos os lados, silhuetas anônimas que tremeluziam à luz da lanterna, parecendo se encolher e crescer. Apesar dos fragmentos de luz, estava frio... frio como no rio. O *Sealgair* estava baixo na água, pesado devido à carga. Do lado de fora, em vez de se elevar imponente acima do rio, com a proa alta como um prédio, estava quase nivelado com o píer, acessível por escadas. Ali embaixo, Violet estava submersa.

Entrando um pouco mais no compartimento, ela se viu arrastando os pés na água.

Água?

Estava na altura dos tornozelos, e fria, com o cheiro úmido e repugnante do rio.

— Quem está aí? — perguntou uma voz tensa.

Houve um respingo enquanto ela se virava, seu coração batendo forte ao ouvir palavras em um lugar que ela achou que estivesse vazio.

Um menino de mais ou menos dezessete anos, usando camisa rasgada e calça de montaria furada, estava amarrado na escuridão.

CAPÍTULO QUATRO

O menino era obviamente um prisioneiro, acorrentado à viga espessa às suas costas, ferros tão pesados que pareciam mais com correntes de âncora do que grilhões. Sob o cabelo preto embaraçado, a pele pálida estava manchada e suja, com hematomas antigos e recentes, formando um padrão de roxos e amarelos. Ele tinha sido espancado, mais de uma vez. O ombro do casaco rasgado estava escuro de sangue e a camisa, marcada e manchada, pendendo aberta e deixando à mostra os hematomas que cobriam o corpo do rapaz.

Ela encarou a cena com um horror frio e crescente. Por que havia um garoto da sua idade acorrentado no compartimento de carga do navio? Em sua mente, Violet viu mais uma vez Tom puxando a barra de ferro do peito da mulher, vermelha de sangue.

— O que está acontecendo?

Enquanto falava, o menino teve dificuldade para se levantar e ficar ereto, apoiando o peso na viga de madeira. Estava respirando rápido, como se até mesmo esse movimento fosse difícil, e tentando esconder o esforço, como uma criatura ferida que não quer mostrar que está sentindo dor.

— O navio está sendo atacado.

— Por quem?

Violet não respondeu. Disse a si mesma que, se Simon mantinha um menino ali embaixo, devia ter seus motivos. O garoto devia ser um prisioneiro ou... ou um ladrãozinho, um criminoso de rua, um capanga de um dos mercadores rivais de Simon.

Disse a si mesma que o menino tinha merecido. Que devia ser perigoso.

Ele usava as roupas em frangalhos de um trabalhador do cais, mas tinha as maçãs do rosto proeminentes e uma intensidade nos olhos escuros, não parecia exatamente um deles. Seus olhos eram margeados por longos cílios pretos que poderiam ser bonitos em um rosto menos surrado.

— Você não tem a marca de Simon — disse o menino.

Violet corou.

— Eu poderia ter. — Combatendo o impulso de agarrar o próprio pulso onde a marca deveria estar. — Se eu quisesse.

Ela corou mais ainda, sentindo que tinha caído em uma armadilha. Percebeu que, enquanto o observava, ele também a estava observando.

— Meu nome é Will. Se você me ajudasse, eu...

— Não tenho a chave. Mas não ajudaria você nem se tivesse. Este é o navio de Simon. Ele não teria colocado você aqui se não tivesse merecido.

— Ele vai me matar — falou Will.

Tudo pareceu parar. Violet conseguia ouvir os sons da luta enquanto olhava para os hematomas do menino, o sangue seco no rosto e na camisa dele.

— Simon não mata pessoas.

Mas quando disse isso, ela sentiu um poço se abrindo sob seus pés, sem ter certeza de mais nada.

— Você poderia encontrar a chave — falou Will. — Eu poderia sair de fininho durante a confusão. Ninguém jamais saberia que você...

— Verifique cada centímetro do compartimento de carga — disse a voz de um homem.

Os dois viraram a cabeça em direção ao som.

— Se Marcus estiver aqui, nós vamos encontrá-lo, Justice — respondeu uma mulher.

Will entendeu tudo no mesmo momento em que Violet.

— *Oi!* — gritou Will. — *Aqui!*

— *Não...!*

Ela se virou para calá-lo... tarde demais. Os dois vieram a passos largos pelo canto.

Regentes.

Era a primeira vez que ela os via de perto, com armadura completa e a farda branca com uma estrela prateada. Os olhos de Will se arregalaram.

O primeiro era um homem alto que poderia ser de ascendência chinesa. Era ainda mais imponente do que os outros, com uma expressão de determinação e concentração no rosto. *Justice*. Ao lado dele estava a mulher que tinha falado. Devia ter quase a mesma idade que Justice, uns vinte anos, sua fala com um toque de sotaque francês. Os dois usavam a mesma túnica branca por cima da armadura prateada. Ambos tinham o mesmo corte de cabelo: em um comprimento fora do comum para um homem, com uma parte presa longe do rosto com uma fita, caindo, solto, às costas.

Os dois portavam espadas. Não os sabres de abordagem que bandidos ainda usavam às vezes para tomar barcaças no rio, mas espadas longas, do tipo que poderia cortar uma pessoa ao meio.

Os pensamentos de Violet dispararam para o irmão. *Tom*. Lembrava-se da facilidade com que os Regentes tinham matado os marujos de Simon, cortando seus corpos como manteiga. Se dois deles estavam ali embaixo, o que estava acontecendo acima, no convés?

Violet estava segurando um cabo de vassoura e dando um passo à frente para se colocar no caminho, antes de se dar conta do movimento.

Seu coração martelava. Encarando-a, o Regente chamado Justice era monumental, não apenas belo. Irradiava nobreza e poder. Violet se sentiu pequena, insignificante. Permaneceu onde estava mesmo assim. *Tom foi corajoso*, pensou. Se conseguisse atrasá-los, mesmo que por um momento, poderia ganhar tempo para o irmão no convés. Seus olhos encontraram os de Justice.

— Não é Marcus — disse a Regente francesa, segurando Justice pelo braço. — Simon está mantendo prisioneiros aqui embaixo. Uma menina e um menino. Olhe.

— Se me soltarem, dou tudo que vocês quiserem — disse Will.

Justice olhou além de Violet, na direção de Will, então de volta para ela.

— Vamos ajudar você — afirmou Justice. — Vamos ajudar vocês dois. Mas no momento o convés não é seguro. Precisam ficar aqui embaixo enquanto limpamos o lugar...

— *Limpamos?* — disse Violet.

Ele acha que sou uma prisioneira, como o menino acorrentado. A mão dela apertou o cabo de vassoura.

— Justice. Tem outra coisa aqui embaixo. — A Regente francesa tinha dado um passo para longe, em direção à escuridão do compartimento de carga, com uma expressão estranha no rosto. — Não os prisioneiros, alguma coisa...

Justice franziu a testa.

— O que quer dizer?

— Não sei, você não consegue sentir? É algo sombrio e antigo, e parece...

Violet conseguia sentir. Era a mesma sensação que teve quando desceu para o compartimento, como se houvesse alguma coisa perto da qual não queria chegar. Mas, naquele momento, ela estava mais próxima daquilo do que estivera nas escadas.

Sabia que Simon trazia artefatos de volta das escavações que tinha espalhadas pelo império. Até vira alguns, esgueirando-se atrás de Tom na época em que ele fazia negócios no cais. Pedaços de armadura em barris de ferro. Estranhos nacos de pedras. O membro quebrado de uma estátua. As operações de Simon eram um fluxo constante de escavação e posse. E se o item que Tom tinha recuperado estivesse ali? E se fosse isso que estivesse fazendo com que ela sentisse...?

— É por isso que há tantos guardas — disse Justice, sombrio. — Não é Marcus que estão protegendo, é alguma coisa neste navio...

Um tiro de pistola ecoou das escadas.

Uma confusão se seguiu.

— *Abaixe-se!* — gritou Justice, atirando-se entre ela e a pistola.

Violet foi envolvida pelo calor do homem, seu corpo se curvando sobre o dela de forma protetora. Ela o sentiu estremecer, soltando um gemido de dor entre os dentes trincados. Quando a afastou, um segundo depois, Violet viu a mancha vermelha brotando no ombro dele.

Justice havia levado um tiro. Havia levado um tiro para protegê-la. Violet tropeçou para trás, esbarrando em uma caixa, encarando o homem.

Um Regente tinha acabado de salvar sua vida.

A Regente francesa tinha sacado a espada.

— Estão chegando.

Justice sacou a espada ao lado da companheira, ignorando a bala no ombro.

— Vamos matar o Leão de Simon e depois arrancar a mercadoria deste navio.

Tom. Ela não teve tempo de reagir. Outro tiro de pistola explodiu metade da madeira do canto de uma caixa. De repente, a luta havia migrado para o compartimento de carga. Os homens de Simon estavam recarregando, mirando os Regentes, enquanto outros lutavam nas escadas, um emaranhado de corpos e cortar de espadas. Uma das lâmpadas foi arremessada para o lado, um arco incandescente de vida curta que se extinguiu na água, dificultando a visibilidade.

Violet precisava encontrar o irmão. Afastou-se da caixa e deu os primeiros passos, apenas para olhar para baixo e descobrir que o nível da água já chegava aos joelhos. O redemoinho escuro de água puxava suas pernas, fazendo mais e mais pressão a uma velocidade perturbadora.

Tem alguma coisa errada. Não deveria haver água no compartimento, e não deveria estar tão fundo assim, com a água cada vez mais alta, acima dos joelhos.

Violet ergueu o rosto e olhou para a carga. Voltou a sentir aquela sensação fria de desolação, como se houvesse algo sombrio e terrível ali embaixo. Seus olhos se fixaram em uma caixa, acorrentada de um jeito diferente das outras. Assim que colocou os olhos no objeto, a sensação de aversão se tornou quase esmagadora. Aquela caixa... era ela.

Tem outra coisa aqui embaixo. É algo sombrio e antigo, e parece...

— Você não vai a lugar algum, Regente.

Ela se virou e se deparou com Tom, sua silhueta de pé na entrada do compartimento.

Vivo. Tom estava vivo. Uma descarga de alívio e orgulho quase tomou conta de Violet. Sua camisa estava cortada, e ele estava coberto de sangue, segurando a barra de ferro. Mas era o irmão dela, e venceria a luta por Simon e pela família dos dois.

— Onde está Marcus? — perguntou Justice.

Tom desceu os degraus, a barra de ferro pronta.

— Eu matei os outros.

— Vai me dizer o que fez com Marcus — falou Justice. — Ou vou acabar com todo mundo neste navio e depois encontrarei Marcus de qualquer forma.

— Não vai passar por mim — retrucou Tom.

Tom é forte, pensou ela. *Tom vai mostrar a ele.*

Mas, quando os dois rapazes se aproximaram, ficou óbvio que, se Tom era forte, Justice era ainda mais.

Ele avançou por baixo da barra de ferro de Tom e, com um único golpe, o lançou pelo ar no compartimento de carga, contra as vigas espessas do navio. O impacto derrubou as escoras de suporte próximas à escada, pulverizando a madeira, e vigas imensas, cujo impacto abriu sulcos nas profundezas escuras do compartimento.

E aquela única caixa, a que ela vira e da qual não queria se aproximar, foi derrubada da pilha e caiu nas tábuas.

Não...

Uma onda de horror nauseante percorreu Violet quando a madeira se estilhaçou. Ela foi tomada por uma sensação sufocante tangível, como se alguma coisa terrível tivesse sido liberada no compartimento. Não queria virar a cabeça para olhar. Um dos homens de Simon que estava próximo empalideceu. Um segundo depois, ele oscilou, a pele ficando cheia de manchas. Ela se obrigou a virar e olhar.

Tem outra coisa aqui, e parece...

Violet viu pessoas cambaleando, vomitando e desabando na água, então ergueu os olhos de novo...

... *que está tentando sair.*

Parecia comum, exceto pelo cabo preto e pela longa bainha preta entalhada. Era uma espada que tinha caído de um contêiner esmagado e estava jogada na ponta de uma caixa. A queda tinha exposto um único filete da lâmina preta, com o restante ainda dormente dentro da bainha.

A onda de repulsa que Violet sentiu diante do lampejo da lâmina preta não se parecia com nada que tivesse sentido antes. *Coloque de volta na bainha!*, quis gritar, sabendo de imediato que aquela era a fonte da náusea. No momento seguinte, viu arcos de chamas pretas saltando da lâmina, atingindo o casco e pulverizando-o, deixando entrar mais uma corrente de água. Ela observou a chama atingir um dos homens de Simon, que vomitou icor preto, como se seus órgãos tivessem apodrecido. *Coloque de volta na bainha! Cubra-a!*

Mas ninguém conseguia se aproximar do objeto sem resvalar no fogo preto.

Ao redor de Violet, pessoas gritavam e se arrastavam para chegar à saída, entrando em pânico conforme as chamas pretas brilhavam como relâmpagos profanos, matando qualquer um em quem tocavam. Outros estavam simplesmente tentando se afastar ao máximo da espada, gemendo e se escondendo atrás de caixas que não os salvariam quando o fogo preto os atingisse. Todos os Regentes estavam mortos.

Apenas Tom e Justice ainda estavam lutando, concentrados na batalha como dois titãs. Sob a luz preta da chama, Justice puxou Tom para fora da água. Por um momento, eram apenas uma silhueta, quando o Regente atingiu Tom com tanta força que ele ficou zonzo, então bateu de novo e de novo.

Tom! A água estava acima da altura da cintura de Violet e continuava subindo. A garota estava arrastando os pés para chegar até eles, esforçando-se para avançar pela água conforme a chama preta arqueava de forma apavorante. Estava muito escuro, uma vez que a maioria das lâmpadas se apagara com o balançar do navio e grande parte da carga boiava, como icebergs em um pesadelo.

Violet não tinha uma arma. Ela apenas se atirou contra Justice, derrubando os dois na água. Um estalo soou quando o canto pontudo de uma caixa boiando atingiu a base do crânio de Justice. As mãos do homem ficaram inertes de imediato, e ele flutuou, com o rosto para baixo e imóvel.

Violet já estava batendo os braços até o irmão.

— Tom! — gritou. — Tom!

O rosto dele estava pálido, inconsciente... mas ele estava respirando e ela podia tirá-lo dali. *Vivo*, pensou Violet, aninhando-o nos braços. Mas por quanto tempo?

Desesperada, olhou para cima, em busca de uma saída.

E viu o menino. Will.

Ele estava com os olhos cravados na espada e, em vez de se esquivar das chamas, tentava chegar até o objeto. Violet percebeu que ele tentaria embainhá-la, então um arrepio percorreu sua pele. Era a mesma ideia que ela havia abandonado por considerar impossível. Seu primeiro instinto fora salvar o irmão. O primeiro instinto de Will fora salvar a todos eles.

Resoluto, o menino se aproximava de modo árduo. Fazer força contra as correntes que o prendiam em direção à espada era como fazer força contra um aríete. Além disso, ele estava ferido e fraco. *Vai conseguir*, pensou ela, incrédula e chocada, mesmo estremecendo ao pensar em como seria tocar aquela arma terrível. No que poderia acontecer com Will. Vira homens caírem e vomitarem sangue preto. O que aquilo faria com alguém que a tocasse?

A mão estendida de Will estava a quinze centímetros da espada quando ele chegou ao limite das correntes.

Ele não alcança.

Não conseguia tocá-la, mesmo ao retesar o corpo inteiro. Incapaz de chegar até ele, Violet se lembrou de quando Will implorou a ela que o desacorrentasse. Ela se recusara. Havia condenado a todos: Will,

Tom, até mesmo o capitão, pensou Violet. Todos morreriam no compartimento de carga.

Então viu uma coisa que não deveria ser possível. O cabo da espada começou a girar em direção a Will, rodando até estar diante dele. Depois, em um piscar de olhos, estava na mão do garoto, como se tivesse saltado os quinze centímetros até sua mão. *Era impossível.*

Assim que a segurou, o menino enfiou a espada de volta na bainha.

Tudo parou; as chamas se apagaram. O enjoo passou, deixando-a arquejando. No novo silêncio que ressoava, os gemidos e soluços dos sobreviventes apavorados ficaram audíveis de repente, junto com o som da corrente da água e do ranger agourento vindo do casco.

Violet encarava o menino, incrédula. *Ele a puxou para si. Puxou a espada para si com uma mão invisível...*

O menino estava trêmulo. Curvado sobre a espada, seus olhos se abriram tomados por uma luta agonizante, como se estivesse dando tudo de si para manter a arma na bainha. Apenas por um momento, ele olhou direto para ela.

— Não consigo segurá-la! — disse Will a ela. A espada estava lutando com ele. — Vá!

— Jogue-a! — ordenou ela. — Jogue-a no rio!

— Não consigo! — retrucou Will, as palavras forçadas em meio à dor. Parecia estar prestar a ceder. — Tire todos daqui!

Ao ver os olhos escuros dele, ela entendeu o que o menino dizia. Se Violet conseguisse esvaziar o navio, ele seguraria a espada por tanto tempo quanto aguentasse. Por tanto tempo quanto precisasse.

Ela assentiu e se virou.

— Vá! — disse ela, dando um empurrão em um dos homens atônitos até que ele tropeçasse em direção às escadas.

O compartimento de carga destruído rapidamente se enchia de água. A saída ainda estava meio bloqueada, e três dos homens de Simon puxavam a imensa viga de madeira que a travava, desesperados. Pelo menos meia dúzia de outros estavam arquejando e tossindo, arrastando-se pela água, enquanto vários próximos a ela se agarravam a caixas, encarando o menino, com as expressões inertes e os olhos arregalados.

Outros estavam mortos. Ela precisava tirar todos dali. Precisava abrir caminho à força pelos corpos sem vida com Tom, empurrando outros pela água em direção à saída. Alguns dos corpos estavam inchados e desfigurados, como se a chama preta os tivesse retorcido. Ela não queria olhar para eles. Viu um Regente boiando de rosto para baixo, e, com um sobressalto, reconheceu o cabelo preto de Justice, flutuando como uma coroa escura em torno da cabeça.

— Vá, não temos tempo!

Ela agarrou outro homem pela camisa e o empurrou para a frente. Não conseguia suportar ficar ali nem mais um segundo, não conseguia suportar estar perto da espada repulsiva. Avançando atrás do último homem cambaleante e encharcado, Violet pegou o corpo de Tom e puxou o peso molhado pelas escadas, até que finalmente saiu para o convés.

O primeiro toque de ar puro em seu rosto foi milagroso. Foi como o sol saindo de trás das nuvens, depois da umidade sufocante e fétida do compartimento de carga. Acima, o céu aberto. Por um momento, Violet apenas respirou.

Então percebeu o que estava acontecendo no convés. A chama preta tinha penetrado ali também, com parte do espaço chamuscado, como se tivesse recebido açoites de fogo, as tábuas estilhaçadas e irregulares. Gritos e berros vinham da margem, havia pessoas apontando. Violet ouviu um terrível ranger de madeira às suas costas. Ela se virou e viu que o mastro estava caindo. Um segundo depois, a viga se chocou contra o convés, lançando cordames e pedaços de tábuas. O navio inteiro começava a tombar.

Ela correu. O convés se inclinava sob seus pés. O *Sealgair* estava afundando. Gritos de "Segurem o cordame!" e "Pulem!" vindos da praia não a ajudavam, não quando tinha que arrastar Tom pelo convés. Então...

— *Tom!*

A voz do Capitão Maxwell chamava do parapeito, e Violet sentiu uma descarga de gratidão. Tropeçou, agradecida, em direção ao homem enquanto as mãos dele tiravam o peso de Tom de cima dela, puxando-o por um passadiço improvisado para o píer. Depois, ele também a puxou, até que Violet finalmente chegou a terra firme.

Alívio, tão grande que ela quis enfiar os dedos na terra e nos seixos da praia, como se para provar para si mesma que era real. Que havia conseguido. Que estava viva.

Ela caiu de joelhos, ao lado de onde Maxwell tinha deitado seu irmão.

— *Está tudo bem, ele está com a gente.* — Ela ouviu de longe. — *Tom, vamos lá, Tom* — dizia Maxwell.

Então Tom tossiu e começou a recobrar a consciência.

— Violet? — disse ele, com a voz rouca. — Violet?

— *Ela está bem aqui, Tom* — respondeu Maxwell. Como se estivesse longe, Violet conseguia ouvir o homem dizendo a ela: — Você fez bem ao tirá-lo do navio. Simon vai ficar satisfeito quando souber.

Simon vai ficar satisfeito. E era isso que ela queria. Impressionar Simon, ser como Tom.

Mas ficou apenas sentada ao lado deles, imóvel, molhada, exausta e pingando.

Deveria ter acabado, mas Violet sabia que não tinha.

A margem estava apinhada de homens e mulheres gritando e chorando, cercando as pessoas retiradas da água e fitando o *Sealgair*. Ela ouvia vozes exclamando "Eu vi, chamas pretas" e os murmúrios da multidão em todas as línguas do cais: "miracolo", "merveille".

— *Teve um menino que pegou a espada...* — dizia uma voz ao lado dela.

Chocada, Violet reconheceu o homem que a chamara de rato enquanto a arrastava pelo colarinho. Tinha sido salvo, assim como todos os outros. Ela pensou no menino no compartimento de carga, em seu rosto cheio de hematomas. Perguntou-se qual daqueles homens o espancara, a quem ele também havia salvado. Havia salvado todos no navio. Menos a si mesmo.

Ela se levantou.

O *Sealgair* estava se inclinando na água, solto. Os passadiços tinham caído, e havia uma fenda de mais de três metros de água entre o casco e o píer se alargando.

Violet sabia o que precisava fazer.

Por muito tempo, quis provar seu valor a Tom, a seu pai, a Simon. Mas havia algumas coisas mais importantes do que isso.

Fitou o navio, correu e saltou.

Foi como saltar de volta ao inferno, depois de ter conseguido sair da primeira vez. O *Sealgair* era um deserto. Rangeu perigosamente, com o mastro quebrado, o convés rachado e as tábuas estilhaçadas e despontando para cima. Barris de carga estavam destruídos e espalhados. Metade de uma vela rasgada pendia sobre o convés.

Violet reprimiu o horror ao descer as escadas até o compartimento de carga. Imagens de fogo preto surgiam atrás de suas pálpebras, e ela esperava que fossem reaparecer a qualquer momento. Mas, do lado de dentro, o lugar estava escuro e quase alagado por completo, com a água entrando e espiralando, fria como gelo em seu peito. Violet avançou, em parte nadando, através das caixas viradas, dos destroços e dos sinais de luta.

O menino ainda estava acorrentado, sozinho, no compartimento alagado. Respirava com cautela, permanecendo calado no escuro, com a cabeça erguida, como se, mesmo sem ninguém ao redor, estivesse tentando não demonstrar medo.

Will ainda segurava a espada, mas Violet percebeu que ele havia encontrado um jeito de trancá-la na bainha, o mesmo mecanismo que devia tê-la contido antes de a caixa se abrir com uma explosão.

— Pode soltar — disse Violet. As articulações dos dedos dele estavam brancas por causa da força com que agarravam a espada. — Solte. Deixe que ela afunde com o navio.

Depois de um momento, ele assentiu e a jogou. Violet observou a extensão reluzente e sinuosa da arma afundar.

Ao redor, o compartimento de carga pingava, a água na altura do peito e subindo. Não demoraria muito para que o fluxo preenchesse até o último espaço e arrastasse o *Sealgair* para as profundezas. Quando olhou para o menino, conseguiu ver em seus olhos que ele sabia que não tinha como sair, acorrentado a um navio que naufragava. Will olhou de volta para Violet com o olhar lúgubre.

— Você não deveria ter voltado.

— Você disse para tirar todo mundo daqui — disse Violet.

Havia avançado pela barreira de água até estar diante dele. Conseguia sentir a desesperança do menino aflito, apesar do meio-sorriso sarcástico que ele conseguiu abrir em meio à respiração acelerada.

— Você não tem a chave — disse ele.

— Não preciso de chave — respondeu Violet.

Ela enfiou a mão na água e pegou as correntes.

Leão, tinham dito os Regentes. Ninguém jamais se dera conta de que eles eram irmãos, mas Tom não era o único com força correndo nas veias. Ela arfou.

A madeira se partiu, o ferro rangeu e se soltou. Por um momento, o menino apenas a encarou. Ficaram se olhando com assombro e reconhecimento, como se estivessem de lados opostos de um abismo. No momento seguinte, Violet colocou o peso dele no ombro. O menino — *Will*, lembrou-se Violet — desabou contra ela, ficando inconsciente em seus braços.

Era mais leve do que Tom, e mais fácil de carregar, tão magro que devia estar subnutrido, um invólucro frágil que continha força o suficiente para salvar um navio inteiro. Seu rosto era macilento, com as bochechas salientes demais, e novos hematomas brotavam sob a pele pálida. Um lampejo de instinto protetor selvagem a impeliu na missão de salvá-lo, não importava o quão difícil seria lutar para alcançar a margem.

— Aqui! — gritou uma voz das escadas. O navio sacolejou outra vez, inclinando-se de modo que o mundo inteiro ficasse na diagonal. — Por aqui!

Ela seguiu a voz, transpassando a barreira de água, grata.

Então seu estômago deu um rasante e afundou quando Violet viu quem a havia chamado.

O colarinho dele estava rasgado e manchado de sangue. O homem estava encharcado, a água pingava até mesmo das mechas de seu cabelo, de forma que a insígnia reluzente de sua estrela de Regente mal estivesse visível. Mas ele estava vivo e respirando. Havia ficado ali, ou não, percebeu ela, ao olhar para seu rosto. Havia voltado para cumprir uma promessa. Assim como ela.

— Pegue a minha mão — disse Justice.

CAPÍTULO CINCO

— Srta. Kent.

O homem se dirigiu direto a Katherine, embora a tia e o tio, seus guardiões, ainda não estivessem por perto, ainda saindo da carruagem com a irmã mais nova dela.

— Temo que lorde Crenshaw esteja atrasado. Houve um incidente no cais.

— Um incidente? O que aconteceu? — perguntou Katherine.

Ela aguardava de pé, trajando o melhor vestido novo de musselina branca bordada com flores, enquanto a bagagem era retirada da carruagem. Annabel, dama de companhia de sua tia, havia passado horas testando penteados diferentes em Katherine, antes de se decidir por um que emoldurava seu rosto com cachos dourados, com uma delicada faixa rosa para ressaltar o rubor recente de suas bochechas e o azul intenso de seus olhos.

— Um dos navios de meu senhor afundou no Tâmisa.

— Afundou? — exclamou Katherine.

— Ele está bem? — perguntou tia Helen, chocada.

— Meu senhor está ileso. Foi um navio de carga. Ele não estava a bordo. Manda suas desculpas por não poder estar aqui para lhe mostrar a casa.

A casa. A nova casa deles, fornecida pelo noivo de Katherine, Simon Cren... Lorde Crenshaw. Filho mais velho do conde de Sinclair, Simon era o herdeiro de um título e de uma fortuna. Diziam que seu pai era dono da metade de Londres. Momentos mais tarde, Annabel diria em seguida: *A metade cara.*

— De maneira alguma. Nós entendemos perfeitamente — disse a tia Helen. — Por favor, leve-nos para dentro.

Tem certeza?, perguntara tia Helen a Katherine, pegando suas mãos e se sentando no pequeno sofá com ela no dia em que lorde Crenshaw propôs casamento.

Aos dezesseis anos, Katherine ainda não havia sido apresentada à sociedade, mas sua tia e seu tio tinham arrumado algumas pequenas visitas muito respeitáveis, com esperança de melhorar as opções dela. Embora fosse a filha de um homem nobre, Katherine e a irmã eram, ambas, órfãs sem fortuna, e Katherine sabia havia muito tempo que o futuro de sua família dependia de sua habilidade de realizar um bom casamento. Também sabia que, devido à sua má situação, as chances eram pequenas.

Uma beleza impressionante foram as palavras que a sra. Elliott usara, olhando para ela através das lentes bifocais. *Uma pena que não tem fortuna nem conexões.*

Katherine se lembrava de que a primeira visita de lorde Crenshaw fora precedida por um redemoinho de preparações — beliscaram suas bochechas para que ficassem ruborizadas, sua tia assegurou a ela de que o mais adequado era não usar joias, e Annabel ficou espiando por uma brecha na cortina da janela para avisar sobre a chegada da carruagem.

— É muito majestosa — dissera Annabel. — Madeira preta brilhosa, com um condutor e dois cocheiros usando roupas muito elegantes. Há três cães pretos na porta da carruagem. Que nobre brasão de família! É dourado dos lados. — Annabel inspirou. — Ele está saindo. Ah, srta. Kent, ele tem uma aparência tão bela!

Naquele momento, enquanto a acompanhavam até a grande porta com colunas da elegante casa de Londres, Katherine decidiu que jamais tivera tanta certeza de uma decisão. A fachada sofisticada e as janelas altas e espaçadas eram perfeitamente proporcionais. Parecia a casa da família mais requintada do mundo. Atrás dela, o homem da carruagem agitou seu chicote e soltou um "Rá!". A carruagem começou a se afastar em direção aos estábulos, que ficavam nos fundos, uma vez que era apropriado que uma grandiosa casa urbana como aquela tivesse uma carruagem.

Ela se virou para o homem — o sr. Prescott, um dos advogados de lorde Crenshaw. O sr. Prescott tinha um rosto respeitável e enrugado, com cabelos grisalhos sob o chapéu alto.

— Lorde Crenshaw já morou aqui? — perguntou ela à porta.

— Já, de fato. Quando jovem, ele passava mais tempo aqui. No verão, é claro, fica em Ruthern com o pai. Ele ocupa uma casa na praça St. James quando está na cidade.

Ruthern era a propriedade da família em Derbyshire. Lorde Crenshaw descrevera seu terreno de colinas verdes, a vista sul com o lago e os passeios entre arcos que se podia realizar no verão. Ruthern ofuscava todas as casas urbanas de lorde Crenshaw e abrigava os inestimáveis artefatos que ele trazia do mundo inteiro. Ela começou a imaginar as paredes cobertas com trepadeiras e a torre do sino sustentada por mísulas, e como deveria ser caminhar por uma propriedade sabendo que pertencia a você.

— Então ele morou *mesmo* aqui — disse Katherine, quase para si mesma.

O advogado sorriu.

— Ele a reformou para você. Era masculina demais para servir a uma moça.

Assim que pisou no corredor amplo com o piso de mármore, Katherine amou a casa. Conseguia visualizar a sala de estar diurna com frisos delicados e cornijas lindas, o lugar perfeito para tomar um chocolate quente no café da manhã. A sala de estar para visitas, que ficava do lado oposto, tinha uma bela lareira clássica com laterais caneladas, e ela viu um piano Broadwood, que com certeza fora instalado para que ela pudesse se sentar e tocar após o jantar. A escada se elevava até o segundo andar, onde deveria ficar o quarto dela. Katherine já sabia que seria encantador, com sedas delicadas emoldurando as janelas e a cama.

— Eu gostava da nossa casa antiga — falou Elizabeth.

— Elizabeth! — repreendeu a tia.

Katherine abaixou o rosto. Elizabeth era uma menina pálida, de dez anos, com cabelo escorrido e sobrancelhas muito escuras e marcantes.

— Vamos ser muito felizes aqui — disse Katherine à irmã mais nova, tocando seu cabelo.

Por um momento, se lembrou do lar aconchegante em Hertfordshire, com a mobília acolhedora e os painéis de madeira antiquados. Mas a casa de lorde Crenshaw a superava em todos os aspectos.

Na noite do pedido de casamento, ela ficara acordada na cama, com Elizabeth conversando sobre o futuro que se abria para ela, para todos eles.

— Nós vamos nos casar na praça St. George Hanover. Eu gostaria que acontecesse logo, mas tia Helen diz que precisamos esperar até eu completar dezessete anos. Depois, vamos viver em Ruthern, mas passaremos a temporada em Londres. Ele vai manter uma casa para a tia e o tio, e você pode ficar com eles ou conosco, como preferir. Embora eu espere que você escolha ficar com a gente! Você vai ter uma governanta, uma de quem vai gostar, e ele determinará um dote para você, então suas chances de achar um bom par vão ser maiores também. Ah, Elizabeth! Você algum dia achou que seríamos tão felizes?

Elizabeth franzira as sobrancelhas espessas para a irmã.

— Eu não quero me casar com um velho — disse.

— Você vai ser rica o suficiente para se casar com quem quiser — respondeu Katherine, abraçando a irmã com afeição.

— Peço desculpas por nossa menina mais jovem — dizia a tia para o sr. Prescott naquele momento. — A casa é extraordinária.

— Vocês precisam conhecer os empregados — afirmou o sr. Prescott. — Lorde Crenshaw cuidou de todos os preparativos.

Havia muito mais empregados do que Katherine esperava — uma faxineira, um mordomo e lacaios para a casa principal; uma cozinheira e empregados de cozinha; um cavalariço, um condutor e ajudantes de estábulo; e criadas fazendo mesuras, de tantas funções diferentes que Katherine nem soube discernir.

Sua tia cumprimentou uma por uma, fazendo uma série de perguntas a respeito do gerenciamento da casa. Katherine ficou encantada ao descobrir que teria sua própria dama de companhia, a sra. Dupont. A sra. Dupont era uma jovem com cabelo escuro e um penteado elegante, perfeito para uma dama de companhia em uma casa respeitável. Pelo nome Dupont, era possível que fosse francesa, pensou Katherine. Ficou animada, pois ouvira que ter uma dama de companhia francesa era a prova mais contundente do requinte. A sra. Dupont não tinha sotaque francês, mas imediatamente caiu nas graças de Katherine ao dizer:

— Ah, você é ainda mais linda do que disseram, srta. Kent! Os vestidos novos vão ficar tão lindos em você!

Katherine ficou muito satisfeita com o comentário, imaginando as peças que teria.

— Você ouviu sobre mim?

— Lorde Crenshaw fala de você com frequência, muito admirado.

É óbvio. Katherine sabia que lorde Crenshaw pensava o melhor dela. Percebera até mesmo no primeiro encontro, seus olhos cravados nela, intensos e observadores. Aos trinta e sete anos, ele poderia ser seu pai, mas não havia nenhum fio grisalho em seu cabelo, que ele usava naturalmente em um penteado clássico, do mesmo castanho-escuro que seus olhos. A dama de companhia da tia de Katherine, Annabel, assegurara a ela que seu senhor possuía um físico muito esbelto para um homem tão maduro. Katherine conseguia imaginá-lo montado em um cavalo, vigiando sua grandiosa propriedade, ou comandando a casa.

Lady Crenshaw. A ideia ainda era nova, e vinha sempre acompanhada de uma pequena pontada de empolgação. Ela participaria de bailes e festas em casas de família, ofereceria reuniões elegantes e teria vestidos novos para cada estação.

Katherine estava começando a pensar que talvez pudesse usar um pouco mais de joias, já que era noiva, quando a sra. Dupont gesticulou para a escadaria mais próxima.

— No andar de cima, seu quarto fica...

O movimento fez a manga do vestido dela se afastar um pouco.

— O que aconteceu com seu pulso? — disse Katherine.

A sra. Dupont rapidamente puxou a manga para baixo.

— Sinto muito, srta. Kent. Não pretendia que visse.

Katherine não conseguia parar de encarar. No pulso da sra. Dupont havia uma marca de queimadura com o formato de um *S*. Katherine forçou-se a olhar para outro lugar, sentindo-se estranhamente desconfortável. A sra. Dupont não podia fazer nada se tinha uma imperfeição no pulso, e era errado que ela se sentisse estranha com relação àquilo. Mas não era a queimadura em si que a perturbara, pensou Katherine. Era algo sobre o *S*...

— Como o navio afundou?

Ela ouviu a voz de Elizabeth.

O sr. Prescott se virou para a jovem, assim como a tia e o tio. Katherine estava abrindo a boca para calar Elizabeth outra vez quando sua tia falou, devagar:

— É *bastante* estranho que um navio afunde no rio, não é?

Os criados olharam para ela, e então se entreolharam. O sr. Prescott não respondeu de imediato, mas pareceu inquieto, como se estivesse relutante em dizer algo. A atenção de Katherine se focou neles. Sabiam de alguma coisa. Todos eles sabiam de alguma coisa que ela não sabia.

— O que foi?

— Há boatos de que foi sabotagem — disse o sr. Prescott depois de um momento, como se fosse banal. — Ou um ataque de um dos rivais. Lorde Crenshaw tem homens procurando por um menino que ele acredita ser o responsável.

— Um menino? — perguntou Katherine.

— Sim, mas não se preocupe — disse o sr. Prescott. — Nós vamos encontrá-lo em breve.

CAPÍTULO SEIS

Recobrando a consciência aos poucos, Will se forçou a não se mexer. Conseguia sentir a palha desconfortável do colchão sob seu corpo, e o cheiro intenso dela: feno cortado deixado no campo por tempo demais; o almíscar de todos os outros corpos que tinham se deitado no colchão sem que fosse arejado; e cerveja velha. Um quarto de estalagem, talvez. E ele conseguia ouvir vozes...

— Eu nunca vi nada assim antes.

Era a voz de uma menina.

— Ninguém viu — disse outra voz, baixa. — Eu não sabia que alguém podia embainhar a Lâmina Corrompida. Mas seja lá o que o menino tenha feito, pareceu ter seu preço.

Will continuou sem se mover. *Estão falando da espada. Estão falando daquela espada no navio.* Fingindo estar inconsciente, catalogou em detalhes o que conseguiu sobre si mesmo e o entorno. Não estava acorrentado. Os hematomas e cortes das surras latejavam, e seu cabelo ainda estava molhado, mas o frio gélido do rio tinha sumido. Reconheceu as vozes. Um homem e uma menina.

— Quem... quem é ele? — sussurrou a menina.

— Só sei que Simon o quer, e ele está ferido.

— Ele simplesmente desmaiou. Não bati nele, nem nada assim — afirmou a garota, um pouco na defensiva. — Quando ele acordar...

— Ele está acordado — falou Justice.

Ao ouvir o comentário, Will abriu os olhos e se deparou com o olhar fixo de Justice. Seu cabelo preto como azeviche emoldurava um rosto de nobreza espantosa. Will se lembrava dele do navio, o poder do corte de sua espada longa enquanto ele se arrastava pela água que continuava subindo. Havia decepado homens como se fossem corda.

— Agora precisamos decidir o que fazer — disse Justice.

Justice estava usando uma longa capa marrom que cobria suas vestes estranhas, mas ainda portava uma espada. Will conseguia vê-la pelo relevo na superfície da capa. Em uma sala suja, de paredes de gesso rachado, Justice parecia ainda mais deslocado do que parecera no navio, como uma estátua heroica em um cenário inesperado.

Atrás dele, a menina, Violet, estava jogada. Ela era bonita, com o cabelo curto, e tinha um olhar determinado e sério. Tinha sido ela quem havia voltado para resgatá-lo. Will se lembrava muito bem. Sua força sobrenatural era um segredo que tinha surgido entre os dois: a conexão que tinham compartilhado em sua experiência conjunta do extraordinário.

Mas a maneira como os dois olhavam para ele era nova e desconfiada, como se Will fosse algo perigoso e eles não soubessem do que ele seria capaz. A sensação o levou de volta para a noite em Bowhill. O ataque, as palavras desesperadas de sua mãe prestes a morrer, a passar a vida sendo caçado por aqueles homens sem saber o motivo. Sem saber por que alguém tentaria matá-lo, apenas encarando aquele olhar conforme a faca vinha em sua direção...

Will se sentou na cama, ignorando a dor que o empalidecia e o rodopiar nauseante do chão.

— Preciso ir embora.

A porta ficava à direita. Era a única saída. As janelas estavam todas fechadas, cada veneziana pintada de preto lustroso cerrada com um grande trinco de madeira. As paredes de gesso espesso abafavam a maior parte do som, mas dava para ouvir os murmúrios vindos de debaixo do piso de madeira. Devia estar no quarto do andar de cima de uma estalagem... o coração de Will começou a martelar com o medo familiar.

A primeira regra, aprendida a duras penas, era ficar longe de estalagens, já que as estradas e casas públicas eram vigiadas.

— Está tudo bem. Saímos do navio. Você está seguro — afirmou Violet.

— Nenhum de nós está seguro — disse Justice.

Ele estava se aproximando, e Will fez o possível para não se retrair. Justice chegou tão perto que o garoto sentiu o ar se agitar quando a capa marrom do Regente girou e parou. Justice olhava para Will de modo minucioso, examinando as marcas e os hematomas em suas mãos e em seu rosto, depois parando nos olhos do rapaz.

— Mas acho que você sabe disso melhor do que qualquer um de nós — concluiu ele, em voz baixa. — Não sabe?

Will se sentiu exposto. Sentiu-se *visto*, como não se sentia desde que começara a fugir. Aqueles dois sabiam que Simon o queria. Podiam saber mais... podiam saber a resposta à pergunta que o remoía. *Por quê? Por que ele matou minha mãe? Por que ele está atrás de mim?*

No final das contas, eles eram parte de tudo. Parte do mundo do espelho, parte do medalhão e parte do assustador rompante de chamas pretas. No navio, as façanhas de Justice não tinham sido naturais. Ele havia atirado um rapaz de uma ponta do compartimento de carga do navio à outra com uma força tão sobrenatural quanto a de Violet, que havia quebrado correntes.

Ambos eram fortes o suficiente para quebrar Will no meio. Mas o que o assustava não era sua força, mas a ideia do que podiam saber a seu respeito.

— Eu não sei o que você quer dizer — retrucou ele, tentando manter o tom de voz firme.

— Aqui — disse Justice, em vez de responder. — Beba isto.

Justice tirou da cintura uma corrente fina de prata onde um monge poderia pendurar um rosário. Era um único pedaço de calcedônia branca, disposto na ponta de uma corrente, e havia sido desgastado até ficar liso como um seixo.

— É uma relíquia da minha Ordem — explicou Justice. — Ajuda aqueles que estão feridos.

— Estou bem — disse Will, mas Justice estava pegando a caneca de metal surrada da mesa, junto com uma jarra de água.

Balançando a corrente, o homem serviu a água, que escorreu pela corrente sobre a pedra até cair na caneca.

— Dizem que, depois da Batalha de Oridhes, nosso fundador usou esta pedra para cuidar dos feridos. Eram tantos que as pontas afiadas da pedra foram desgastadas até ficarem lisas por causa da água... o que acontece a cada uso, e talvez seu poder também diminua. No entanto, ainda é uma maravilha para aqueles que não sabem nada sobre o mundo antigo.

Quando a água atingiu a pedra, o líquido brilhou como a nascente mais cristalina reluzindo à luz do sol da manhã. Will sentiu o mesmo formigamento que tinha sentido quando olhou no espelho. *Uma maravilha*, chamara Justice. O Regente entregou a ele a caneca, com a pedra no fundo e a corrente de prata pendurada do lado. Por instinto, Will aceitou, embora tivesse pretendido recusar. O brilho da pedra refletiu em seu rosto como a luz do sol.

Ele a levou aos lábios, fria e perfeita. A tontura amenizou, assim como o cansaço excruciante que sentira desde o navio. Embora os cortes não tivessem cicatrizado milagrosamente, as dores mais intensas causadas pelos espancamentos pareceram atenuar um pouco. Ficou mais fácil de respirar.

— Estes quartos ficam na Cervo Branco — disse Justice. — E você está certo. Não podemos ficar aqui por muito tempo. Simon vai procurar em cada alojamento, e tem mais de uma forma de encontrar alguém.

— Eu já falei. Preciso ir.

Will tentou se levantar, mas Justice balançou a cabeça.

— Você mal consegue caminhar. E está enganado se acha que as ruas de Londres são seguras. Os olhos de Simon estão por toda parte. Apenas o Salão fica além de seu alcance. Precisamos esperar até o cair da noite, e então encontrar uma forma de atravessar.

— O Salão? — repetiu Will.

— Acho que vocês dois não fazem ideia de no que se meteram.

Will olhou para Violet por instinto. Seus cachos pretos emaranhados possuíam um corte masculino e a pele marrom do nariz era salpicada de sardas. Usava roupas parecidas com as dele — calça, paletó e colete —, embora fossem de uma qualidade muito superior.

Vocês dois... Will não sabia o que havia forjado aquela associação inquietante entre ela e Justice. A última coisa de que se lembrava era tentar dar um passo enquanto apoiava o braço nos ombros de Violet e sentir seu corpo tomado pela fraqueza. Antes disso, Justice estava lutando contra os capangas de Simon, enquanto Violet estava lutando por eles. Naquele momento, a menina estava de pé perto das janelas fechadas, parecendo tensa, enquanto Justice tinha ultrapassado o único conjunto de cadeira e mesa do quarto, prestando total atenção em Will.

— Então me conte — falou Will.

— O que eu sei — começou Justice — é que Simon estava procurando um menino e a mãe dele. Durante dezessete anos, se dedicou totalmente a encontrá-los. Vigiou estradas, alojamentos e portos do país, do continente e além, até os locais mais longínquos do império comercial. E durante dezessete anos a mãe do menino fugiu, sempre um passo à frente. Até nove meses atrás, quando Simon encontrou e matou os dois.

Justice inclinou o corpo para a frente, fixando o olhar em Will.

— Então, ontem à noite, enquanto eu observava o navio de Simon de um ponto de vantagem escondido, vi o Leão dele gritando ordens na chuva. Homens com tochas acesas trouxeram um prisioneiro a bordo na escuridão da noite. Achei que o prisioneiro fosse meu companheiro de armas, Marcus, mas não era. Era outra pessoa.

A respiração de Will estava acelerada.

— Não sei o que isso tem a ver comigo.

— Não sabe?

Will pensou nos meses se escondendo, e, antes disso, nos anos de medo nos olhos da mãe.

— Embora eu não possa conjurar a Lâmina, lutei contra muitas coisas sombrias e perigosas — falou Justice. — E Simon é a mais perigosa de todas. Se ele voltou os olhos para você, então você não vai escapar se escondendo.

Violet interrompeu, quebrando o silêncio:

— Isso não é possível. Simon é um mercador. Está falando dele como se... Simon é implacável, mas é implacável como todos os homens do cais. Não mata mulheres e crianças.

— Acha mesmo que tudo isso é apenas sobre simples negociações comerciais? — Você já viu a marca no pulso dos homens de Simon. Viu a força sobrenatural daquele que Simon chama de Leão — disse Justice.

— Leão... quer dizer... quer dizer o rapaz. O rapaz contra quem estava lutando.

— O rapaz que aprisionou vocês dois — disse Justice.

Vocês dois? Impotente, os olhos de Will se voltaram para Violet, cujo rubor se intensificou, culpada. Não era prisioneira. Tinha pegado o rapaz Leão nos braços e o tirado do navio naufragando.

Justice não sabe. Ele entendeu tudo de uma só vez. Violet trabalhava para Simon, e Justice não sabia. O Regente tinha levado a garota até ali acreditando que fosse prisioneira de Simon.

De repente, aquilo explicou a estranha aliança deles. Como uma torrente, Will compreendeu por que Violet estava tensa, nervosa, e a confiança tranquila que Justice tinha nela, a forma como deu as costas para a garota como se ela não fosse uma ameaça. No caos escuro do compartimento de carga, Justice não devia ter visto quem o derrubara.

O Regente não tinha como saber que Violet o deixara inconsciente e flutuando com o rosto para baixo, ignorando-o para, em seu lugar, salvar o Leão de Simon.

Will se lembrou de esperar sozinho e exausto, com a água escura atingindo seu peito. Havia embainhado a espada infernal, mas não tinha como sair do navio, acorrentado a uma das vigas imensas. Achou que era o fim. Achou que toda a sua fuga o levara a um fim nefasto que o selaria com água.

Havia erguido o rosto e visto Violet nas escadas. Ela se arrastara até ele e segurara suas correntes. E ele havia acordado ali, quando não esperava nem sequer acordar.

— Isso mesmo — disse Will, sem hesitar —, o rapaz que aprisionou nós dois.

Ele deliberadamente evitou olhar para Violet, focando em Justice.

— A criatura de Simon — continuou Justice, com desprezo. — Que jurou ser fiel a ele, como um Leão sempre é. Está no seu sangue.

Will não viu a reação de Violet ao ouvir as palavras, mas sentiu.

— Você sabe — disse ele. — Não sabe? Você sabe o que conecta todas essas... — Ele poderia ter dito *maravilhas*, para usar a palavra de Justice, ou poderia ter usado sua própria, *horrores* — todas essas coisas estranhas e sobrenaturais.

... uma dama no espelho com olhos iguais aos de sua mãe; uma espada no navio que cuspia fogo preto; Matthew colocando um medalhão estranho em sua mão; os olhos mortos dele vidrados enquanto a chuva encharcava suas roupas...

— Não posso contar tudo a vocês — disse Justice, baixando a voz. — Mesmo para a minha Ordem, há muitas informações misteriosas. E algumas histórias são perigosas demais para serem contadas, mesmo à luz do dia.

— Eu já... já vi coisas. Sei que Simon não é uma boa pessoa — afirmou Will. — Ninguém bom grava o próprio nome a ferro e fogo em seus homens.

Justice balançava a cabeça.

— Você acha que o *S* que ele marca na pele de seus seguidores quer dizer "Simon"? Significando, talvez, "servo", ou "submissão"? Aquele *S* é o símbolo de algo mais antigo, uma insígnia terrível com poder sobre os seus seguidores que nem mesmo eles compreendem por completo.

— Um símbolo de quê?

Justice apenas olhou de volta para o garoto. *Ele sabe*, pensou Will de novo. Seu coração galopava. Aquele *S* parecera antigo, maligno e predatório, como se a marca, ainda mais do que os homens que a carregavam, estivesse caçando Will. Ele sentiu que quase entendia, como se algo vasto e importante estivesse a poucos centímetros de seu alcance.

Depois de um longo momento, Justice puxou a cadeira para a frente e se sentou, parcialmente sombreado pela luz fraca do quarto com janelas fechadas. A capa pesada marrom assentou ao seu redor.

— Vou contar o que posso — disse ele.

As sombras do quarto pareceram se aproximar quando ele falou:

— Há muito tempo — começou Justice — existia um mundo de maravilhas, do que você e eu poderíamos chamar de magia. Torres e palácios grandiosos, jardins perfumados e criaturas maravilhosas.

As palavras soavam como as de uma história familiar, mas uma que Will jamais tinha ouvido.

— Naquele mundo, um Rei das Trevas despertou, tornando-se cada vez mais poderoso e matando todos que ficassem em seu caminho.

A luz da única vela do quarto tremeluziu, ocultando o rosto de Justice.

— Foi uma época de terror. As sombras do Rei das Trevas se espalharam pela terra. Exércitos sucumbiram sob seu poder. Cidades caíram nas mãos de suas hordas. Heróis deram a vida para contê-lo, mas apenas por um momento. As luzes do mundo se apagaram uma a uma, até que restasse apenas uma, a Chama Derradeira. Ali, aqueles do lado da Luz fizeram uma última tentativa.

Will a viu, uma ilha de luz cercada por uma ampla extensão de escuridão, e acima de tudo, erguendo-se, um poder grandioso e terrível usando uma coroa pálida.

— Eles lutaram — continuou Justice — até que a terra fosse devastada. Lutaram pelas próprias vidas e por todas as gerações ainda por vir. E, com um único ato de grande sacrifício, o Rei das Trevas foi destronado.

— Como?

Will estava fascinado pela história, como se estivesse lá, abatido pela luta, sentindo o gosto de cinzas e chamas.

— Ninguém sabe. Mas a derrota dele teve um preço terrível. Não restou nada daquele mundo. Os sobreviventes eram poucos, e o mundo caiu em ruínas. Anos se passaram, e tudo se perdeu para o silêncio do tempo, com a grama crescendo sobre os campos em que um dia exércitos lutaram, os palácios que não passavam de um punhado de pedras e os feitos dos mortos esquecidos.

"Aos poucos a humanidade se assentou e construiu cidades, sem saber nada sobre o que havia acontecido antes. Pois aquele mundo é nosso mundo, com todas as suas maravilhas desaparecidas, exceto por fragmentos, como esta pedra, a qual o tempo também levará, quando for desgastada até virar nada."

Justice ergueu a calcedônia branca, que balançou como um relógio de hipnotizador na ponta da corrente.

Um vestígio, pensou Will, *de um mundo que um dia fora grandioso*.

— E Simon? — perguntou Will.

Sentia-se meio zonzo, como alguém que acabou de acordar de um sonho, quase surpreso ao se encontrar em um quarto comum, e não olhando para as imagens do passado.

Justice o encarou de volta com olhos sombrios.

— Simon é descendente do Rei das Trevas, que jurou retornar e retomar seu reino. Simon trabalha para trazê-lo de volta e restaurar seu trono.

Foi como se um vento gélido o açoitasse, deixando Will arrepiado.

Simon trabalha para trazê-lo de volta...

As palavras ecoaram em sua mente, junto ao medo do que havia além das persianas fechadas, os homens de Simon matando sua mãe, depois caçando-o com o *S* marcado no pulso e tentando matá-lo também.

Um mundo antigo, um Rei das Trevas... esse tipo de história não deveria existir. Mas Will conseguia sentir a presença usando a coroa pálida como se ela estivesse bem ali, com eles.

Quando a calcedônia branca oscilou na corrente, Will soube de algum jeito que não era o único vestígio. A Lâmina era outro. Uma arma terrível desenterrada por Simon para um propósito mortal. Ele estremeceu ao lembrar.

— Não tem nada disso escrito nos livros de história — disse Will, abalado.

— Nem tudo que está escrito aconteceu, e nem tudo que aconteceu está escrito. — Justice parecia perturbado. — Minha Ordem é tudo o que resta de quem se lembra. Apenas nós mantemos os costumes antigos, e não é por acaso que o Rei das Trevas estenda sua mão pelo tempo agora, quando estamos cada vez em menor quantidade.

O casaco de Justice escorregou do ombro esquerdo, e Will viu duas coisas ao mesmo tempo. A primeira foi que o tecido da manga de Justice estava vermelho de sangue do pulso ao ombro. Fora atingido por uma bala para proteger Violet, achando que a estava salvando dos homens de Simon. A segunda foi o símbolo no uniforme, rasgado e sujo, porém visível. Era uma estrela prateada, com pontas de extensões variadas, como uma rosa dos ventos.

A estrela luminosa persiste, pensou ele.

— Você é um Regente — disse Will.

De repente, ele percebeu que o medalhão que usava sob a camisa ainda estava ali. Os homens de Simon não o haviam tirado, desinteressados de um pedaço fosco e empenado de metal velho.

— É nosso dever sagrado enfrentar as Trevas — disse Justice —, mas se Simon for bem-sucedido, não seremos o bastante. Na última vez em que o Rei das Trevas se ergueu, tudo se dobrou diante dele. A única pessoa poderosa o suficiente para impedi-lo foi...

Will sentiu que a resposta o pressionava, como se fosse parte dele...

— ... uma Dama — completou.

Ele se lembrou dela no espelho, antiga e bela, mas com a mesma determinação nos olhos que a mãe dele. Lembrou-se do choque que sentiu por causa da familiaridade e de quando seus olhos se encontraram, como se ela o reconhecesse.

Seu estômago se revirou.

— Ela me olhou como se me conhecesse.

— Você a *viu*?

— Em um espelho. — Will fechou os olhos por um momento, sentindo o metal quente contra a pele de seu peito. Então tomou a decisão: — Ela estava usando isto.

Com dedos trêmulos, desabotoou a camisa áspera e tirou o medalhão surrado. O objeto oscilou na corda de couro, gravado com as palavras daquela estranha língua, que passaram a ter um novo significado:

Não posso retornar quando for chamada para lutar
Então vou ter um bebê

Justice ficou muito quieto.

— Onde conseguiu isto?

Will pensou no antigo empregado da mãe, Matthew, em seus olhos que não viam e na chuva que encharcava suas roupas.

— Era da minha mãe.

Justice exalou. Will queria fazer uma pergunta, mas no momento seguinte as mãos do Regente se fecharam em torno das dele no medalhão e o pressionaram de volta contra o peito de Will.

— Não mostre a mais ninguém.

Ele pareceu abalado, e isso, mais do que qualquer outra coisa, convenceu Will a enfiar rapidamente o medalhão de volta dentro da camisa e fechar os botões.

— Eu preciso levar você à Regente Anciã. Fui ao navio procurando meu companheiro de armas, Marcus, e tropecei em algo além de minha alçada. — Os olhos de Justice estavam sérios. — Mas juro: vou proteger você. Minha espada é sua e não deixarei que Simon leve você, nem que isso custe a minha vida. — Justice fechou os olhos por um momento, como se até ele pudesse estar com medo. — Embora eu ache que, com você ao alcance dele, Simon vá destruir Londres até encontrá-lo novamente.

Você precisa encontrar os Regentes, dissera Marcus. Justice estava oferecendo respostas. Justice entendia o que Will enfrentava. Justice era a única pessoa que ele conhecera que estava lutando contra Simon. Will se viu assentindo uma vez.

— Não falta muito até o pôr do sol. Depois que escurecer, nós três poderemos seguir para o Salão — disse o Regente.

— Nós três — disse Will.

Pensou de novo naquela estranha aliança de três, forjada na água e no fogo preto. Ele se virou para olhar para Violet.

Mas a menina tinha sumido.

CAPÍTULO SETE

Violet correu para a rua, com o coração acelerado.

Do lado de fora, havia apenas os sons típicos de Londres: a batida rítmada de cascos no chão, os latidos de um cão e o anúncio do jornal da noite:

— O excelente *Correio Vespertino*!

Uma carruagem fechada passou voando sobre rodas raiadas. Um menino atravessou a frente de uma carroça de água, e o condutor soltou um grito incisivo de "Cuidado!" para ele.

Ela ficou atônita diante da normalidade de tudo. Não era nada parecido com o quarto de estalagem do qual saíra, onde o menino de olhos escuros estava na cama e o homem que se vestia como um cavaleiro antigo falava sobre os indícios de um mundo passado. Magia e reis das trevas… Will ouvira as histórias de Justice como se acreditasse nelas. E Violet, até mesmo Violet, ao se lembrar do fogo preto no *Sealgair* e ao ver os hematomas sumirem do rosto de Will conforme ele bebia a água servida sobre a superfície de uma pedra, por um momento havia começado a acreditar.

Justice tinha falado sobre Tom como…

Como se ele fosse um monstro. Como se fosse caçar uma mulher e matá-la. Como se servisse a um poder sombrio e fizesse isso por vontade própria. Um horror emergiu no interior de Violet. *A criatura de Simon. Está no seu sangue.* Ela se lembrou de Tom sujo de sangue enfiando uma barra de ferro no peito de uma mulher no navio. *Há muito tempo, existia um mundo que foi destruído nas batalhas contra um Rei das Trevas...*

Uma explosão de risos à esquerda. Um grupo de rapazes com as mangas das camisas toscamente enroladas passou por ela, ainda dando tapinhas nas costas uns dos outros ao final da piada. Violet exalou e balançou a cabeça.

A rua era só uma rua. Não havia homens procurando nada, nenhuma figura sombria enviada por Simon. Era óbvio que não havia. Aquelas histórias não passavam de histórias. Ela estava na Inglaterra, onde todos sabiam que a magia não era real, e onde não havia nenhum rei, exceto George.

Ela se apressou.

Seu irmão estaria no armazém de Simon. Insistiria em trabalhar depois do primeiro fôlego tossido, ainda pingando água do rio. Quando Violet aparecesse, ele a abraçaria, tão feliz ao vê-la quanto ela ficaria ao vê-lo. Tom bagunçaria o cabelo dela, e tudo entre os dois seria como costumava ser.

Ninguém precisava saber que ela havia ajudado Will a fugir.

Violet deslizou habilidosamente por um pedaço de tábua quebrada até um pátio de carga e descarga. Tinha crescido naquele cais, onde havia arranjado empregos provisórios ao longo do tempo. Algumas noites, saía de casa de fininho para dormir no topo de caixas empilhadas, ou apenas para se sentar, olhando para os navios, as luzes brilhando com intensidade. Naquele momento, ao subir em uma pilha de carregamentos, olhou para o rio, que era para ela como um segundo lar.

E congelou.

Parecia o local de uma explosão. Grandes trechos da margem do rio estavam sulcados e queimados onde haviam sido açoitados pelas línguas de fogo preto. Um carregamento arruinado e pingando perfilava a praia. O píer estava destroçado e retorcido, a água que batia estava cheia de pedaços de madeira.

Na margem, trabalhadores do cais puxavam um guindaste. Uma equipe de homens havia amarrado quatro cavalos de carga com coleiras pesadas e gritava "Puxem!" enquanto os animais se arrastavam. Uma onda de horror percorreu Violet.

Estavam dragando o rio, em busca da Lâmina Corrompida.

Não, não, não. A ideia daquela coisa de volta às mãos de Simon fez o estômago de Violet se revirar. O terror frio e claustrofóbico do compartimento de carga varreu seu corpo quando ela se lembrou dos homens de Simon vomitando sangue preto.

Eles a encontrariam. A busca estava sendo feita por toda a extensão do cais. Os homens de Simon guiavam barcas com redes e mastros longos, e, em algum lugar lá embaixo, a Lâmina estava esperando, com o horror corrompido de sua presença mal contido pela bainha.

...fogo preto abrindo um buraco no casco, os homens ao redor apodrecendo de dentro para fora...

Naquele momento, encarando a destruição, Violet se deu conta da escala do que a Lâmina havia provocado. Simon coletava objetos, lembrou-se ela, enjoada. Pensou nas escavações arqueológicas de Simon, em seus postos de comércio, no império espalhado pelo mundo apenas para arrastar coisas da Terra de volta para Londres. Como a Lâmina, cheia de um poder sombrio que podia partir um navio ao meio.

Acho que vocês dois não fazem ideia de no que se meteram, dissera Justice.

"Emborcou", ela ouviu a multidão reunida na margem tentando dar explicações naturais para o que estavam vendo, sendo que não havia nada de natural naquilo. "Uma bomba estourou", "Caiu um temporal inesperado".

Ela desviou os olhos da destruição. A margem estava cheia de observadores contidos pelos empregados de Simon. Ela viu alguns paletós familiares, guardas do cais, da Polícia do Rio Tâmisa. Um lampejo de cabelo castanho-avermelhado entre a multidão...

Tom.

Desceu aos tropeços das caixas assim que o viu.

Permanecendo fora de vista, desviou dos destroços do carregamento dragado, vendo de relance Tom cumprimentando o capitão do *Sealgair*,

Maxwell. Enquanto os dois caminhavam, ela acompanhava o brilho inconfundível do cabelo do irmão.

Pararam do outro lado de algumas pilhas de cortiça. Não havia mais ninguém por perto, apenas Tom e o capitão falando em voz baixa... era o lugar perfeito para uma recepção discreta.

Violet saiu do esconderijo, abrindo a boca para dizer *Tom* quando ouviu:

— ... trinta e nove mortos no ataque, mas não há mais corpos na água. O menino está desaparecido.

— E a menina?

O homem de cabelo castanho-avermelhado não era Tom. Era o pai dela.

Algum instinto infantil a paralisou, a visão das costas e dos ombros do pai conjurando culpa, como se ela pudesse estar em apuros. Com pressa, ela recuou um passo, encontrando um espaço sombreado entre as pilhas de cortiça.

— Onde está Violet, Maxwell?

Os ombros do pai estavam tensos, suas palavras breves, do modo que ficavam quando ele estava tentando se controlar.

— Não há sinal dela — respondeu Maxwell.

— Procure de novo. Precisam achá-la.

— Sr. Ballard... eu a vi pular de volta para o navio... não sei como alguém poderia ter sobrevivido...

— Ela não pode estar morta — disse o pai de Violet. Ela estava dando um passo adiante, abrindo a boca para dizer *estou aqui*, quando ele continuou: — Eu preciso daquela vira-lata idiota de volta e viva.

Violet parou; as palavras foram como um tapa na cara. Ela sentiu tudo ficar muito imóvel e quieto, como se cada partícula de ar tivesse sido sugada para longe.

— Tom tem sangue de Leão — continuou ele —, mas não pode receber seu verdadeiro poder sem matar outro igual a ele. Não mantive aquela bastarda na minha casa, humilhando a minha esposa e arriscando a minha posição social, para que ela morra antes da hora.

Violet sentiu as costas atingirem a cortiça antes de perceber que havia se movido. Seu punho disparou com força contra a boca para conter o som que tentou escapar. Ela encarava o pai.

— Vamos continuar procurando — dizia o Capitão Maxwell. — Se ela estiver viva, nós a encontraremos.

— Então a encontrem. E, pelo amor de Deus, não a assustem. Digam que o irmão está perguntando por ela. Que sente muito por ter dito palavras grosseiras a ela. Que sente a falta dela. Violet vai fazer qualquer coisa pela aprovação de Tom.

Ela estava tropeçando para trás. Quase inconsciente dos arredores, não estava pensando que poderia ser descoberta. Apenas tentava fugir, com os braços e as pernas atrapalhados por causa do terror.

Avançou entre as pilhas de cortiça e não ouviu as vozes se aproximando, os passos vindo em sua direção, quando a mão de alguém a agarrou e a puxou para um lugar seguro atrás de algumas caixas.

Poucos segundos depois, o pai dela e o Capitão Maxwell viraram a esquina, passando direto pelo ponto onde ela estava.

No espaço mal iluminado, ela encarou o rosto chocado de Will.

— Solte! Me solte! Você não tem direito algum...!

— Eu ouvi — disse Will. — Eu ouvi o que eles disseram. — Ela se sentiu quente, depois fria. Ele ouvira. Ouvira as palavras que a deixaram trêmula de tão enjoada. A sensação de exposição era horrível. — Não pode voltar para eles.

Ele a segurava pelos ombros, pressionando as costas dela contra uma caixa. Violet conseguiria afastá-lo, empurrá-lo para longe com facilidade, se ao menos conseguisse parar de tremer. Era forte o bastante. Se ao menos pudesse...

— Por que você está aqui? — perguntou ela, com a voz embargada.
— Se encontrarem você...

— Não vão me encontrar.

— Você não tem como saber.

— Se encontrarem, vamos juntos.

— Por que você...

— Você salvou a minha vida.

Ele afirmou isso com simplicidade. Ela se lembrou de que Simon tinha passado anos procurando por ele, então o acorrentara a um mastro em um navio cheio de mercadorias sobrenaturais. E, no entanto, ele a havia seguido até ali.

— Todo mundo que me ajudou um dia está morto — disse Will.

— Eu não queria que isso acontecesse com você.

Ela o encarou de volta. Will tinha feito todo o caminho de volta à fortaleza de Simon. E tinha ouvido. Tinha ouvido as palavras que transformaram a vida dela em uma mentira. *Tom não pode receber seu verdadeiro poder sem matar outro igual a ele.* O pai dela queria que ele a matasse. E Tom... será que Tom sabia? Será que sabia o que o pai planejava fazer?

— Venha comigo — disse Will.

— Ele é meu pai — retrucou ela. Se ao menos conseguisse parar de tremer... — E Tom. Tom é meu irmão. O Leão.

Quando crianças, ela e Tom faziam tudo juntos. O pai sempre encorajara a proximidade entre os dois, assim como encorajara a presença de Violet na casa. *Ela tem o mesmo sangue que Tom*, dissera ele. Violet se sentiu mal.

Lembrou-se de como o dia tinha parecido normal, antes que seu mundo fosse estilhaçado por Regentes, Leões e uma espada que cuspia fogo preto.

Não, não normal. Tom receber a marca de Simon gravada a fogo na pele. O cheiro da carne cozida, e um menino espancado e acorrentado no compartimento de carga.

— O que Justice falou... — Ela se forçou a perguntar, batendo os dentes. — Acha que é verdade?

— Não sei. Mas seja lá o que estiver acontecendo, nós dois fazemos parte disso.

— É por esse motivo que quer que eu vá com você?

— Eu quero respostas, assim como você. E tentei fugir. As coisas que estão acontecendo... Eu não conseguiria fugir delas. Não conseguiria fugir do que era parte de mim. E você também não.

— Eles são minha família.

— Simon também tirou a minha família de mim.

Violet não o conhecia. Com a maioria dos hematomas mais suaves, ele parecia diferente, como um advogado, se um advogado tivesse as maçãs do rosto proeminentes e os olhos intensos tão marcantes como os de Will. Seu cabelo escuro e a pele pálida demais estavam parcialmente escondidos sob um boné, e seu paletó azul desbotado estava rasgado no ombro.

— Regentes odeiam Leões. Você não escutou, no navio. — No navio, antes de Tom os matar. — Seja lá o que for, não sou bem-vinda.

— Você não precisa dizer a eles o que é — falou Will. — Ninguém sabe o que você é, exceto você.

Então ela percebeu. Ela o seguiria. Seguiria o menino que tinha acabado de conhecer.

— Ele está aqui, não está? Justice. — Justice, que odiava Leões. Justice, que havia lutado com o irmão dela e quase o matara. Justice, que poderia matá-la também, se soubesse o que ela era. — Você vai com ele até os Regentes.

Justice, que tinha levado um tiro no lugar dela na confusão do navio.

Justice, que achava que ela era prisioneira de Simon e amiga de Will.

Will assentiu.

— Eu preciso saber. O que eu sou. O que Simon quer de mim.

Will tinha mentido para Justice por ela. Will tinha voltado para ajudá-la. Eles tinham se metido naquela situação juntos, e ele estava certo. Ela queria respostas. Violet fechou os olhos.

— Então eu vou também — disse.

A escuridão tinha caído, mas havia luzes no rio, além de lâmpadas e tochas acesas nas margens, onde o trabalho de resgate ainda ocorria. As sombras ajudavam os dois a passarem despercebidos.

Will era *muito* bom em se esconder, em entrar e sair de fininho de sombras e buracos. Era uma habilidade nascida da necessidade. Antes, no caso de Violet, ser descoberta significara apenas um sermão; no caso de Will, ser descoberto significava ser capturado e morto. Ele sabia como se mover, onde colocar os pés, onde ficar parado.

Precisavam chegar ao outro lado do píer, entre pilhas de caixas e sacas cheias, e longas fileiras de madeira. Não havia sinal do pai dela, mas, por duas vezes, Violet ouviu vozes que fizeram seu coração subir à boca, e uma vez eles precisaram se enfurnar em um espaço entre latões enquanto os homens de Simon patrulhavam.

Justice estava esperando. Não passava de uma figura encapuzada indiscernível das sombras, até que Will apontou em sua direção com um inclinar silencioso de queixo. O Regente havia ficado para trás para lidar com os guardas de Simon enquanto Will ia atrás dela, percebeu Violet. Provavelmente era esse o motivo por que eles tinham visto tão poucas patrulhas: Justice acabara com elas.

Quando ele apareceu, Violet sentiu um tremor de medo, lembrando-se da força que demonstrara no navio. Ele havia jogado Tom para longe como se ele não pesasse nada, para em seguida sobreviver a um golpe na cabeça que o fizera flutuar com o rosto para baixo na água. Mesmo naquele momento, sua mão repousava de forma protetora na espada, uma arma antiquada como suas roupas antiquadas e sua forma de falar antiquada.

Se ele soubesse que eu era...

— Que bom — foi tudo o que Justice falou. — Precisamos ir.

Ele não perguntou por onde Violet andara, apenas pareceu contente por ela estar segura. Partiram com Justice à frente. Ela se viu encarando-o, seu cabelo preto como azeviche e liso, ao contrário do cacheado dela, sua postura ereta que parecia irradiar autoridade, a seriedade de seus olhos castanhos acolhedores.

— Agora ficou escuro o suficiente para podermos tentar atravessar sem sermos vistos. Se conseguirmos passar das patrulhas de Simon...

Houve uma súbita comoção da margem, e todos os três viraram a cabeça.

— Tem alguma coisa acontecendo — falou Will.

O clangor de uma carruagem, o som de vozes nas margens do rio, porém, mais do que isso, uma mudança no ar que Violet sentiu, mas não conseguiu exatamente identificar, como o prenúncio de uma tempestade. Quase conseguia sentir o gosto, perigoso e elétrico.

A expressão de Justice mudou.

— James está aqui.

CAPÍTULO OITO

Will se virou.

James. Ele não reconheceu o nome. Mas conseguiu sentir a tensão na voz de Justice. Os homens de Simon pareceram sentir também, esperando na margem, nervosos. *James está aqui.*

A carruagem estava chegando como uma procissão, anunciando-se com o som de cascos, rodas e tilintar de arreios. Havia três homens cavalgando à frente, todos usavam uma única peça de armadura quebrada sobre as roupas de montaria. Aquilo dava a eles um ar sobrenatural. Eram estranhos, com seus olhos fundos, sem piscar, e os rostos extremamente pálidos. Seguiam a meio galope adiante da carruagem — o oposto dos Regentes.

A própria carruagem era de madeira preta com verniz lustroso, puxada por dois cavalos pretos com pescoços arqueados, narinas dilatadas e os olhos escondidos por antolhos. Nas portas, entalhados na madeira, estavam os três cães pretos que compunham o brasão de Simon. As cortinas estavam fechadas; não se podia ver do lado de dentro.

Avançando pelo meio da multidão, a carruagem só parou quando a terra batida se tornou a margem de seixos. Dois cocheiros desceram dos assentos com um salto. Abriram a porta da carruagem como se fosse para um lorde na rua principal, e foi então que James colocou os pés na margem do rio.

O ar mudou, tornando-se leve como a brisa de um jardim antigo.

É você, pensou Will, como se eles se conhecessem.

Palácios em ruínas, a grama crescida sobre campos onde exércitos guerrearam, um mundo cujas maravilhas desapareceram, exceto por fragmentos, lampejos que deixariam qualquer um sem fôlego.

Ele era lindo. Uma beleza de ouro. Poderia ter sido entalhado em mármore de qualidade por algum mestre, mas não havia ninguém no mundo que tivesse aquela aparência.

Um calafrio de medo perpassou os homens de Simon — uma reação peculiar ao se deparar com o belo e jovem rosto de James. A própria juventude dele era um certo choque: James era um garoto de cerca de dezessete anos, a mesma idade de Will.

Will se aproximou, ignorando a reação de Justice às suas costas, até que estivesse bem no limite do caixote molhado. Ouviu um dos marujos dizer:

— É ele. O Tesouro de Simon.

— Pelo amor que tem à vida, não deixe que ele escute você o chamando disso — retrucou outro.

A multidão ficou mais tensa.

James caminhou adiante.

Toda a atividade tinha cessado com sua chegada. Os homens que haviam se reunido ao redor da carruagem ficaram para trás, abrindo caminho. Will reconheceu um ou dois do compartimento de carga do *Sealgair* e percebeu, com medo renovado, que não havia mais observadores. Os poucos que permaneciam eram homens de Simon. Havia marcas sob as mangas das camisas.

As botas de James esmagando os seixos soavam alto.

Próximo à carruagem, a margem do rio estava iluminada por uma fileira de tochas que se acendia sobre mastros e pelas lanternas dos homens, cujos rostos tremeluziam. O rio atrás deles estava escuro, com uma listra tremeluzente e brilhante sobre a superfície iluminada pela luz da lua crescente; o céu estava limpo. Havia apenas um som ocasional e distante de um respingo silencioso e do soar de um sino.

Os olhos azuis e frios de James avaliavam o caos espalhado pela margem. Sua silhueta elegante personificava a moda da época: o cabelo dourado escovado em um penteado estiloso, o paletó com a cintura justa, o elegante tecido da calça, que lhe caía como uma luva, e as botas longas e lustrosas.

— Sr. St. Clair — cumprimentou o Capitão Maxwell, do navio naufragado, fazendo uma reverência deferente, até mesmo nervosa, embora James devesse ser mais de trinta anos mais novo do que ele. — Como pode ver, dragamos quase todo o rio, para recuperar o carregamento. Algumas das peças maiores podem ser resgatadas. E é óbvio que...

— Você perdeu o menino — disse James.

No silêncio absoluto em que seria possível ouvir uma agulha caindo, a voz de James reverberou. Will sentiu seu estômago dar uma cambalhota diante da confirmação de que eles se importavam mais com ele do que com o navio e o carregamento.

— Quem estava no comando?

O silêncio dos homens se seguiu à pergunta casual. O único movimento foi o bater da água nas margens, um entrar e sair suave, como as ondas do mar.

— Não, Tom, você não precisa... — disse uma voz, mas Tom a estava ignorando, avançando pelos homens na multidão para se colocar diante de James.

— Eu estava no comando — afirmou Tom.

O irmão de Violet. Will não o vira desde o ataque, quando Violet o arrastou, inconsciente, para fora do compartimento de carga. Tom parecia recuperado, e até mesmo usava um novo conjunto de roupas, embora seu colete marrom não combinasse com a alfaiataria requintada de James e suas mangas estivessem puxadas de um jeito descuidado, como se ele estivesse fazendo um trabalho físico abaixo de sua posição social. À frente dos homens, Tom ajoelhou, de modo que James o olhasse do alto. Os olhos de James o percorreram, um olhar longo, demorado.

— Gatinho mau — falou James.

Sua voz não era exatamente agradável. O rosto de Tom ficou vermelho de humilhação.

— Eu aceito qualquer punição que Simon queira me dar.

— Você deixou os Regentes entrarem a bordo — falou James. — Você permitiu que matassem seus homens. E, agora, a única coisa que Simon quer está nas mãos dos Regentes.

Outra voz cortou o ar das margens do rio. Will viu o pai de Tom avançando.

— O menino desapareceu há apenas algumas horas. Não pode ter ido muito longe. Quanto ao ataque, se tivessem sido apenas os Regentes, Tom poderia ter lutado contra eles. Foi o menino que... você viu o que ele fez com o navio. Não fomos avisados. Não tínhamos ideia de que o menino era... de que ele podia...

— A melhor qualidade de seu filho é que ele não inventa desculpas — retrucou James.

O pai de Tom fechou a boca com um estalo.

Sobre um joelho, Tom olhou para cima, com as mãos em punhos e uma expressão de determinação tão intensa quanto no momento em que fizera o juramento.

— Eu vou encontrá-lo.

— Não. Eu vou encontrá-lo — falou James.

Os homens reunidos estavam inquietos, agitando-se no silêncio reprimido. Os três capangas, muito pálidos, desceram em silêncio dos cavalos. Suas peças únicas de armadura preta eram levemente repulsivas. Aqueles que restavam nas margens alternavam olhares nervosos dos homens para James, e então de volta. Will também sentiu uma pressão estranha se acumulando em seu peito.

James apenas tirou as luvas.

Os três homens se posicionaram ao redor de James, como se o estivessem protegendo de interrupções. Seus uniformes eram marcados pelos três cães pretos de Simon, mas era a armadura que usavam que deixava Will inquieto. As peças eram diferentes, como se os três as tivessem retirado do mesmo conjunto de armadura. Pretas como azeviche e pesadas como metal, emanavam uma energia *errada*, como os rostos pálidos dos portadores e seus olhos vidrados e fundos.

Um dos trabalhadores do cais entregou um pedaço rasgado de tecido azul a James, que fechou o punho recém-desnudado em torno dele. Will percebeu, com um tremor, que era um retalho manchado de sangue de seu próprio paletó.

Então James ficou imóvel.

Estava tão quieto que Will conseguia ouvir o crepitar das chamas das tochas. Atrás de James, o pai ergueu Tom e o puxou para trás como se o estivessem protegendo de um perigo. Os observadores estavam recuados também, como papel queimado se afastando do fogo.

Will conseguia sentir... *alguma coisa* acontecendo. Como palavras sussurrando, *eu vou encontrar você. Eu sempre vou encontrar você.* Como dedos de ferro se fechando em torno de pele. *Tente fugir.* Atrás de James, a luz das chamas iluminava o rosto dos homens. Estavam apavorados.

— Will — disse Justice.

A palavra o trouxe de volta ao presente. Seu coração estava martelando. Ele percebeu a urgência na voz de Justice e ficou surpreso ao ver medo nos olhos do Regente, o mesmo dos olhos dos homens no cais, como se soubessem o que estava por vir.

— Precisamos ir. Agora.

Uma brisa agitava o ar, formando redemoinhos de poeira e escombros aos pés de James. A chama do mastro mais próximo a ele tremeluziu e se extinguiu como se abafada em um pavio. O vento subiu; não era o vento. Era outra coisa.

— Precisamos ir. Precisamos ir embora, antes...

Antes que James use seu poder.

Dava para sentir um amargor no ar. Ele desejou, quase maravilhado, ficar e observar o que James estava fazendo. Desejou tirar a prova sobre se conseguiria impedi-lo.

Havia algum jeito de impedir magia?

Will olhou além de Justice para um guindaste que se destacava perto do rio, realocado para puxar mercadorias da água. Aqueles que o operavam tinham parado de trabalhar quando James chegou. O caixote no guindaste estava pendurado no ar, ainda pingando.

Pingando bem perto de James.

Ao lado de Will, a pilha de objetos resgatados que pertenciam ao *Sealgair* se elevava, uma pilha alta de vigas, a qual incluía longos e espessos troncos interiores e duas seções do mastro principal. Estavam amarrados com corda para evitar que saíssem rolando.

Will colocou a mão no nó da corda.

Se as vigas rolassem, derrubariam a escora do guindaste e a caixa pendurada cairia, atingindo James, ou perto o bastante para distraí-lo.

O coração de Will estava batendo forte. Ele sabia amarrar e desamarrar cordas. Sabia alterar nós para fazer com que escorregassem.

Antes que Justice pudesse impedi-lo, ele puxou o nó fibroso de cordas e o desfez.

— *O que você está fazendo?*

Justice tirou a mão dele da corda, mas Will mal percebeu, com os olhos cravados em James. *Mostre o que você pode fazer.*

A primeira viga balançou antes de rolar, errando o alvo e respingando água ao cair no rio. A segunda acertou, derrubando a escora do guindaste, que girou violentamente ao soltar toda a extensão da corrente. Tudo desmoronou com um estrondo.

No alto, o caixote despencou.

James virou a cabeça para o guindaste assim que a corrente ricocheteou e o caixote desabou, e, com um gesto de sua mão, o caixote parou subitamente, congelado de modo sobrenatural no ar.

Foi uma demonstração de poder diferente de tudo que Will sonhara. Apesar de tudo o que Justice falara sobre magia, a visão de um rapaz segurando um caixote de uma tonelada suspenso no ar com nada além de sua vontade deixou Will sem fôlego. Quisera testar, ver com seus próprios olhos. E havia conseguido.

Peguei você, pensou Will, com uma descarga de adrenalina. James estava visivelmente lutando para controlar o caixote. Seu peito se elevava e descia, e seu braço estava estendido, trêmulo.

ASCENSÃO DAS TREVAS

Tudo tinha parado: o vento, a sensação de perigo crescente. Tudo tinha sido interrompido assim que a concentração de James se voltara para o caixote.

Os homens de Simon estavam cambaleando para trás, com medo de o caixote cair em cima deles, com medo da demonstração declarada e sobrenatural de poder. Um segundo depois, James gesticulou para o lado, e o caixote foi violentamente atirado para a margem, onde se desfez em milhares de farpas inofensivas.

James olhou para cima. Seu cabelo louro estava desarrumado, e ele estava respirando irregularmente. Parecia exausto. Mas seus olhos estavam furiosos, cheios de ódio mal contido.

Desviou os olhos azuis letais direto para o lado oposto do cais, para Will.

— Eles estão aqui — disse.

— *Fujam* — ordenou Justice.

Eles correram, tropeçando nos caixotes e nos muros em direção à rua. Justice corria com agilidade, e Violet o acompanhava com passos firmes, planando por cima dos detritos dos estaleiros. Will se esforçava para acompanhá-los.

Em seu último lampejo de James, Will o vira dar ordens ríspidas aos três homens com os rostos perturbadoramente pálidos. Os cavaleiros haviam montado nas celas com delicadeza, os cavalos escuros se virando em direção a Will.

Naquele momento, conseguia ouvir cascos batendo. Quando Justice tirou todos de vista ao empurrá-los para dentro de uma porta, Will lutou para recuperar o fôlego.

— Quem são aqueles homens? — perguntou Will, sentindo calafrios devido aos rostos muito pálidos e aos olhos fundos que não piscavam.

— Estavam vestidos como Regentes.

— Não são Regentes — retrucou Justice, sombrio. — São as criaturas de Simon... Ele os chama de Remanescentes. Todos utilizam uma peça de uma armadura antiga, antes usada por um membro da Guarda Pessoal do Rei das Trevas. Simon escavou a armadura perto de uma torre em ruínas nas montanhas da Úmbria, em uma pequena aldeia chamada Scheggino. — Justice mantinha a voz baixa. — Os Remanescentes costumavam ser homens. A armadura os transforma. Não deixem que toquem em vocês.

Will estremeceu ao pensar no guarda antigo, apodrecido no subsolo até que tudo que restasse fossem alguns fragmentos de sua armadura. Não queria pensar na armadura sendo usada por outra pessoa, nem que remanescentes de uma guarda das trevas pudessem estar à caça dele.

As batidas dos cascos estavam mais fortes. A lua foi encoberta por uma nuvem, e eles aproveitaram para correr pela rua, em direção à entrada de outra, menor e mais estreita. Mas não era possível competir com os cavalos. Will vasculhou tudo em busca de um lugar em que um cavalo não conseguisse entrar, uma porta ou uma abertura que não fosse apenas um beco sem saída, uma armadilha...

— Aqui! — gritou Justice, usando o cabo da espada para quebrar a fechadura de um pequeno pátio de carga e descarga.

Do lado de dentro havia uma antiga charrete de carga. O dono já se fora naquela noite, mas a charrete permanecia, com o cavalo de carga ainda parcialmente no arreio. Justice entrou.

— Vocês sabem montar?

Juntando-se no pátio, Violet e Will olharam para o único habitante maltrapilho com o pescoço baixo nos ombros ossudos e os cascos afastados.

— Um velho cavalo de carga? — disse Violet, incrédula.

Justice colocou a mão no pescoço do cavalo. Era um capão malcuidado. Sua pelagem preta estava suja e a crina, enlameada e cheia de nós.

— É um cavalo de carga, mas sua linhagem remonta à Idade Média. Seus ancestrais eram cavalos de guerra. Ele tem coração, e vai correr.

De fato, havia algo no tom de voz de Justice que pareceu agitar o cavalo. Quando o Regente o tocou, o animal levantou a cabeça.

Will olhou para Justice e Violet. Justice estava oferecendo o cavalo a ele porque acreditava que o garoto era, de alguma forma, importante, e que seria mais rápido montado nas costas de um cavalo do que a pé.

ASCENSÃO DAS TREVAS

Will também sabia que Violet e Justice poderiam escapar se ele cavalgasse para o lado oposto, atraindo os Remanescentes.

Os Remanescentes o perseguiriam. Os homens de Simon sempre o perseguiam. Ignorariam Violet e Justice e viriam direto para ele. Will ponderou as possibilidades: um cavalo de carga velho contra os três garanhões descansados e lustrosos que vira disparando pela margem do rio.

— Sei montar sim — respondeu Will.

Soltando o cavalo dos eixos da charrete, Justice ergueu o olhar enquanto segurava as fivelas.

— Vamos nos separar e nos encontrar no Salão. Nós três.

Will assentiu enquanto Justice guiava o cavalo para fora.

— Você vai precisar cruzar o Lea — explicou o Regente. — É a cinco, talvez seis quilômetros daqui, ou pelo menos metade disso pelo campo aberto. Depois, você vai encontrar o Pântano da Abadia. Trata-se de uma trilha traiçoeira para cavalos. A Abadia foi derrubada cem anos atrás, mas o portão ainda está de pé. Siga para o portão.

O portão, pensou Will, fixando a ideia.

Justice usou sete centímetros da ponta da espada para cortar as longas guias de condução das rédeas da charrete, então as amarrou, encurtando--as para fazer guias de montaria improvisadas. Enquanto ele fazia isso, Violet tocou o braço de Will, puxando-o para um lado.

— Eu sei que você só está concordando em cavalgar sozinho para impedir que eles venham atrás de nós — disse Violet.

Will olhou rapidamente para Justice, para se certificar de que ele não tinha ouvido.

— Eles vão me seguir não importa o que eu faça.

— Eu sei, eu só... — Ela parou.

Will se perguntou se Violet estava preocupada em ficar sozinha com Justice. Ele abriu a boca para assegurar a ela que estava tudo bem quando Violet estendeu o braço e acertou o ombro dele com o punho, num gesto de solidariedade.

— Boa sorte.

Foi tudo o que disse, com os olhos castanhos sérios no rosto. Desacostumado com companheirismo, Will assentiu, calado.

Não havia sela nem estribos para subir, então Violet formou um com as mãos e Will segurou um punhado de crina e pegou impulso para se sentar no dorso morno e amplo do cavalo.

Justice estava próximo ao pescoço do animal, murmurando palavras em uma língua estranha. Will percebeu que entendia o que ele estava dizendo:

— *Corra como seus ancestrais corriam. Não tema as trevas. Você tem grandeza em seu interior, assim como todos de sua espécie.* — O cavalo jogou a cabeça para trás como se alguma coisa dentro dele estivesse respondendo. A crina preta estava em frangalhos, mas havia coragem em seu olhar. Olhando para Will, Justice falou: — Cavalgue rápido. Não olhe para trás. Confie no cavalo.

Will assentiu.

Arredio devido à nova descarga de energia, ou alarmado com o escurecer das sombras, o cavalo estava difícil de controlar. Quando criança, Will tinha cavalgado com a mãe, mas jamais sem sela e com guias improvisadas. Ele inspirou, trêmulo, então conduziu o cavalo para o centro da estrada.

— Ei! — gritou. — Ei, estou aqui!

Os três homens viraram a esquina a cavalo, e a pele de Will ficou arrepiada. Os Remanescentes eram como a vanguarda de um pesadelo. O solo sombreado sob eles parecia se mover, cães de caça deslizavam para dentro e para fora das pernas dos cavalos como um ninho de cobras. De perto, a peça de armadura que cada Remanescente utilizava dava a eles silhuetas assimétricas: um usava uma luva de proteção; outro, uma ombreira; e outro, um pedaço quebrado de capacete preto que cobria o lado esquerdo do rosto pálido como a morte. Foi como olhar para um túmulo aberto.

Eram apenas homens. Apenas homens de Simon. Mas, mesmo enquanto Will dizia isso a si mesmo, um Remanescente parou diante de uma parede coberta de trepadeiras e o aspecto morto de seus olhos pareceu se espalhar para as gavinhas onde a armadura do Remanescente as tocava. As folhas verdes murcharam, ressecando e escurecendo, a escuridão se espalhando como putrefação. *Não deixe que toquem em vocês.*

Pressentindo o perigo, o cavalo de Will se ergueu nas pernas traseiras e soltou um guincho, então disparou pelos paralelepípedos da estrada. Will se segurou, com o coração disparado.

Cavalgue rápido. Não olhe para trás.

Will não começou muito à frente, mas conhecia os melhores caminhos e ganhou vantagem. Manteve-se longe das ruas retas, onde seu cavalo, mais lento, estaria em desvantagem, seguindo para as ruas sinuosas que havia atravessado a pé. Seus perseguidores perdiam segundos parando e se virando, e o enxame de cães entulhava os espaços estreitos. Will ficou esperançoso com a possibilidade de permanecer distante.

Mas os arredores irregulares do distrito naval logo deram lugar a campo aberto. Ao longe, Will podia ver a silhueta de chalés esparsos. Ao norte, o moinho de vento baixo formava uma coleção de formas escuras e estranhas. Ao sul, havia a colina Bromley, uma elevação rasa cheia de árvores escuras e uma fazenda solitária.

À sua frente, havia um quilômetro e meio de planície, sem nenhum lugar para se esconder até o rio.

Will disparou para o descampado com os cachorros se enfileirando em seu encalço enquanto soltavam uivos terríveis e famintos. Criados para despedaçar carne e derrubar presas grandes, os cães de caça mordiam e grunhiam em direção às pernas vulneráveis do cavalo de Will. Mesmo sobre a grama, que abafava o som, ele conseguia ouvir os passos estrondosos dos três Remanescentes fazendo o chão tremer.

Estavam avançando. O cavalo de Will não fora treinado para corridas sobre superfícies planas, mas seu coração corajoso fez com que ele desse o melhor de si, impulsionando seu corpo pesado.

— *Corra!* — gritava Will. — *Corra!*

As palavras foram carregadas pelo vento, mas ele sentiu o cavalo responder e se recompor, percebeu suas passadas se alargarem.

Corra como seus ancestrais corriam. Não tema as trevas.

Confie no cavalo.

Correram pelo campo plano, apenas duas passadas à frente. Will nem sequer ouviu o rio antes que ele surgisse de súbito à sua frente. Era um canal escuro corrente, largo como uma rua ampla, cortado sobre uma margem gramada escura e com uma profundidade desconhecida. *Você vai precisar cruzar o Lea*, dissera Justice.

O cavalo se atirou de peito no rio. Will sentiu o chão sumir e o choque da água congelante quando o cavalo nadou com a cabeça erguida e as ancas mais baixas do que o dorso agitado. Ele segurou dois punhados da crina, agarrando-se ao pescoço e às costas escorregadios do animal.

Quando olhou para trás, viu um único relance: o esguicho da água quando o Remanescente usando a ombreira galopou com ímpeto para dentro do rio. À frente dele, como uma maré de ratos, os cães nadavam, subindo uns nos outros para alcançar Will.

— Vamos! — gritou Will. — Vamos!

O cavalo de Will subiu na margem oposta, as ancas se retesando conforme ele pegava impulso para o salto final sobre a encosta.

Então Will achou ter vislumbrado seu destino. *Atravesse o Lea, depois siga para o portão.* Achou que tivesse conseguido, que alcançar o portão fosse realmente possível depois de tudo.

Mas quando o cavalo subiu a encosta, Will congelou.

Não havia portão, apenas um pântano plano interminável, onde longas faixas de água escura fluíam em torno de ilhas de terra gramada. Uma paisagem ampla e perturbadora cheia de lama que fazia sucção e solo escorregadio onde o casco de um cavalo afundaria ou derraparia.

Ele não tinha escolha, a não ser continuar com o cavalo. Tentou permanecer na terra seca, evitando a água reluzente entre os trechos de grama longa. As passadas dos cães ficaram mais leves, como se pudessem correr pela superfície do pântano sem atolar. Enquanto seu cavalo, cansado, se esforçava para avançar pela terra pantanosa, os cães chegavam cada vez mais perto.

O portão, pensou ele. *Siga para o portão.* Mas não havia portão; ele estava sozinho em um pântano vazio com os três Remanescentes se aproximando.

O quão próximos estavam? Será que ele conseguiria manter a vantagem e encontrar um abrigo? Will virou a cabeça, arriscando-se a olhar para trás uma segunda vez.

A manopla preta lustrosa estava se estendendo, prestes a agarrá-lo. Will se inclinou para o lado. O cavalo guinchou e desviou junto; a mão pegou o ar. Um segundo Remanescente estendeu o braço antes que ele sequer se endireitasse. Will conseguia sentir o hálito quente da montaria do terceiro à direita. Se olhasse para o lado, os veria correndo.

Ele impulsionou o cavalo uma última vez. O som de cascos inchando e rachando ao redor ficou mais alto, assim como a respiração de Will, ofegante por causa da necessidade de fugir. O cavalo deu um último tiro de corrida enquanto o rapaz ergueu o rosto na névoa e viu que o som de cascos não vinha de um lugar às suas costas, e sim à sua frente.

Fora da bruma branca espiralada, os Regentes cavalgavam.

Uma investida de luz: doze Regentes montados em cavalos brancos galopavam em sua direção. Usavam a estrela e portavam lanças aladas, a armadura prateada reluzindo sob o luar. Will arquejou quando passaram por ele, seguindo direto para os Remanescentes de armaduras pretas.

— *Para trás, trevas!* — Ele ouviu o primeiro Regente gritar, erguendo um cajado com uma pedra incrustada no topo que pareceu irradiar um escudo de luz. — *O Rei das Trevas não tem poder aqui!*

Will virou o cavalo a tempo de ver os Remanescentes, uma escuridão em movimento, parecerem atingir a barreira que os Regentes criaram diante deles e se partirem como uma onda, se chocando contra rocha impenetrável. Os cavalos dos Remanescentes guinaram para trás e se acovardaram, os tendões das trevas sumindo.

— *Eu disse para trás!* — repetiu o Regente enquanto os três Remanescentes viraram os cavalos, tentando se reunir.

Incapazes de atravessar a barreira, os Remanescentes foram forçados a puxar a boca dos cavalos com as rédeas e se virar para seguir a meio galope, impotentes, de volta para o rio. Reduzidos a ganidos hesitantes, os cães perambularam indecisos, com o rabo entre as pernas, antes de finalmente seguirem os cavaleiros, sombras silenciosas se movendo pela beira da água.

Os Regentes estavam desviando, montados em doze cavalos brancos brilhantes, cercando Will e seu exausto capão preto, que tremia, com o pescoço e as ancas molhados de suor.

— Você invadiu terras Regentes — disse a líder, uma Regente de voz impositiva e com uma cicatriz irregular na pele marrom da bochecha e mandíbula esquerdas. Era pouco mais velha do que os demais, mas marcada pela insígnia que usava no ombro, o distintivo de um capitão. — Você vai nos contar que interesse aquelas criaturas das trevas tinham em você antes de a escoltarmos para fora de nosso território.

— Um Regente me mandou — disse Will. Pensou nos três Remanescentes voltando para Londres, onde Violet e Justice estavam sozinhos e vulneráveis. — Ele ainda está em perigo. Vocês precisam ajudá-lo... Justice.

— O que você sabe sobre Justice? — perguntou outra voz. Um Regente mais jovem usando uma armadura impecável estava avançando, os olhos cheios de arrogância. — Você o levou? Você o levou, como levou Marcus?

O jovem Regente desceu da montaria e, um segundo depois, estava puxando Will do cavalo. Ensopado, o rapaz escorregou e caiu no chão.

— *Cyprian!* — gritou a capitã, mas o jovem a ignorou, agarrando Will e arregaçando suas mangas com brutalidade.

Will mal percebeu o que ele estava fazendo, até que Cyprian emitiu um som contido quando os pulsos intactos de Will foram revelados.

— Eu não tenho a *marca* de Simon — afirmou Will, revoltado.

Cyprian não pareceu acreditar. Suas mãos avançaram sobre os pulsos de Will como se estivessem à procura da verdade. No instante seguinte, ele pegou a camisa de Will e a puxou para baixo. O tecido molhado e castigado se rasgou, e Will se curvou. O medalhão balançou longe de seu corpo, exposto. Will soltou um grito e o agarrou enquanto se apoiava na lama com a outra mão.

Quando olhou para cima, viu a armadura prateada imaculada de Cyprian e a espada estendida.

A expressão da capitã Regente mudou.

— Onde conseguiu isso?

Os olhos dela estavam fixos no medalhão que pendia do cordão de couro.

Justice o avisara, dissera que não mostrasse a ninguém. Mas todos aqueles Regentes o tinham visto. Will hesitou por um momento, sem saber o que fazer.

— Minha mãe — respondeu, lembrando-se do rosto familiar de Matthew, o antigo criado dela, estendendo o medalhão para Will, na chuva. A estrela luminosa persiste, mesmo enquanto as trevas despertam. Ele se levantou na lama. — O antigo criado dela me deu. Matthew. — Os olhos mortos de Matthew ficando vidrados... — Ele me disse para vir aqui e mostrar isto a vocês. Disse que pertenceu à minha mãe.

Os olhos dele encontraram os da capitã. O olhar da Regente era de choque, com um lampejo de medo.

— Precisamos levá-lo até a Regente Anciã.

As palavras ecoaram as de Justice, mas ela as pronunciou como uma ordem para os demais.

Os outros Regentes ficaram estupefatos. Trocaram olhares, perturbados. Cyprian foi o primeiro a expressar o que todos estavam pensando:

— Quer dizer que vamos levá-lo para dentro dos muros? — disse Cyprian. — Capitã, nunca alguém sem sangue Regente entrou em nosso Salão.

— Então ele vai ser o primeiro — respondeu a capitã.

— E se for uma armadilha? Existe uma maneira melhor de penetrar nossos muros do que bancar a vítima fugindo de uma captura? Nosso juramento mais sagrado é proteger...

— Basta! Já tomei minha decisão. O que vai ser feito com o menino não cabe a vocês, mas à Regente Anciã decidir.

Cyprian se calou.

— Amarrem-no — disse a capitã Regente, conduzindo seu cavalo de volta. — E levem-no para o Salão.

CAPÍTULO NOVE

Will tentou fazer com que ela ouvisse.

— Justice ainda está lá fora. — Os Remanescentes estavam galopando atrás dele, a manopla estendida prestes a alcançá-lo. — Tem uma menina com ele... Os dois estão em perigo, aquelas coisas que estavam nos perseguindo... — Uma putrefação escura se espalhava pelas folhas de uma gavinha... — Eu vi uma planta murchar quando a tocaram...

— Justice sabe o próprio dever. — Foi tudo o que disse a capitã Regente, ignorando-o enquanto Cyprian dava um passo à frente. — Amarre os pulsos dele, noviciado.

Will precisou se forçar a não recuar enquanto Cyprian amarrava seus pulsos unidos na frente do corpo. Seu cavalo não tinha uma sela em que o Regente pudesse prendê-lo, então Cyprian atou os tornozelos de Will juntos com um pedaço de corda, que passou por baixo da barriga do cavalo, de forma que, se ele deslizasse, seria arrastado. Will segurou a crina do cavalo de modo desajeitado, os pulsos amarrados dificultavam o movimento de suas mãos. Seu capão preto estava atado aos cavalos brancos dos Regentes, e eles partiram em uma procissão de duplas, seis Regentes à frente e seis atrás.

Estar amarrado fazia o coração de Will bater forte e um suor fino brotar em sua pele. Se fossem atacados, ele não teria como correr. Se fossem cercados, ele não teria como lutar. Agarrou a crina do cavalo. Todos os seus instintos estavam em alerta máximo. O pântano se estendia à frente — uma paisagem sombreada e bizarra. Os pares de Regentes eram lampejos estranhos no escuro.

A capitã cavalgava na frente, com uma expressão ameaçadora. Os outros Regentes a haviam chamado de *Leda*. A disciplina em sua postura — que os outros participantes da procissão imitavam — fazia Will se lembrar de Justice, mas ela não era acolhedora como o Regente, seus olhos, cravados no caminho, eram impassíveis.

Cyprian era perfeito em tudo. Cavalgava com as costas retas, usando roupas que pareciam repelir a lama ao redor. Era um dos Regentes mais jovens do grupo — mais ou menos da idade de Will. A outra era uma garota. Ambos estavam vestidos de forma diferente. As túnicas eram cinza-prateadas, e não brancas, e sua armadura era mais simples, como a de um Regente em treinamento. *Noviciado*, chamara a capitã.

Will ficou mais tenso conforme cavalgavam pela noite. O antigo criado de sua mãe, Matthew, havia dito a ele que fosse até ali, mas e se Matthew estivesse errado? O que ele sabia de verdade sobre esses cavaleiros que montavam cavalos brancos e se intitulavam Regentes? Will queria acreditar que estava indo em direção a respostas, mas sentiu como se estivesse viajando para um país estranho, desconhecido, deixando tudo o que conhecia para trás.

Enquanto atravessavam uma longa coluna, Will conseguia ouvir todos os ruídos noturnos do pântano: o coaxar rítmico dos sapos, os respingos suaves e distantes de pequenas criaturas e o vento sobre a água com musgo, o som de rajadas como o ondular de pequenas ondas oceânicas. Os gritos ocasionais da capitã Regente avisando que o caminho estava livre de inimigos e que podiam seguir em frente ecoavam desde a frente do grupo.

Então Will se espantou quando viu algo se elevando na escuridão, sob a luz fraca do luar.

— Mantenham a formação e permaneçam juntos — disse a capitã, parando por um momento, conforme subiam uma encosta gramada. — Vamos levá-lo para o outro lado.

Ela impulsionou o cavalo para a frente.

O portão, dissera Justice.

Um único arco partido de pé no monte destruído. Era um portão para lugar nenhum, iluminado pelo luar. Sua silhueta marcante se destacava contra o céu. Algumas pedras tombadas poderiam ter sido parte de um muro antigo, mas haviam caído na água havia muito tempo.

A sensação de reconhecimento fez com que a pele de Will se arrepiasse enquanto a fila de Regentes de vestes brancas cavalgava em direção ao portão na escuridão. Ele sentiu como se o conhecesse, como se tivesse estado ali antes. Mas como seria possível?

— O que é este lugar? — perguntou ele.

— É o Salão dos Regentes — disse a capitã, mas não havia Salão, apenas um arco solitário no pântano amplo e vazio.

Will estremeceu ao se dar conta de que estavam cavalgando para um Salão que não existia ou que desabara já fazia muito tempo e se transformara em ruínas, sobrando apenas um único arco.

Um dia algo havia estado ali, fazia muito tempo...

Antes que ele estivesse pronto, a capitã conduziu seu cavalo adiante. À frente de todos, ela foi a primeira a passar pelo arco e, para o completo choque de Will, a Regente não surgiu do outro lado, mas sumiu.

— O que aconteceu?

O coração de Will batia forte diante da impossibilidade do que acabara de presenciar. Uma dupla de Regentes desapareceu pelo arco, e a fila ainda estava avançando. Will foi tomado pela sensação nauseante de que havia algo importante do outro lado do arco que estava a poucos metros de distância. Outro par de Regentes sumiu, e Will teve a certeza de ter ouvido o som de cascos na pedra, ecoando como se de um túnel ou de uma câmara. Mas como seria possível? Não havia câmara nenhuma, apenas a grama, a lama e o céu aberto.

Espere, quis dizer, mas no momento seguinte estava passando sob o arco.

Sentiu um solavanco e um formigar momentâneo de pânico quando não voltou para o pântano. Will se encontrou cavalgando sob fragmentos de pedras antigas e imensos pedaços de alvenaria. Desfeitos, se espalhavam pela terra, deixando Will assombrado.

Então ele olhou para cima e perdeu o fôlego.

Uma cidadela antiga brilhando com mil luzes. Era monumental e de muito tempo atrás, como os imensos pedaços de pedra ao redor. Antigas muralhas altas se erguiam, formando um segundo arco sobre um imenso portal, e, atrás, torres altíssimas. Partes da estrutura eram uma ruína, o que apenas aumentava sua beleza estranha e angustiante. Era como ver de relance uma maravilha que tinha desaparecido do mundo e que, depois que a cidadela sumisse, estaria perdida para sempre.

Will voltou a ter a sensação de que conhecia o lugar, embora jamais o tivesse visto. *O Salão dos Regentes...* As palavras ecoaram como um sino que fez alguma coisa em seu interior estremecer.

— Jamais um forasteiro passou pelos nossos portões — disse um Regente atrás de Will, arrancando-o do devaneio. — Espero que a capitã saiba o que está fazendo ao trazer você aqui.

Ele olhou e viu os outros cavalgando em fila única. Atrás deles, Will também conseguia ver o pântano do outro lado do arco, coberto de grama. Ele se surpreendeu ao se deparar com o pântano normal que destoava da visão extraordinária diante dele.

Foi isso que Justice quis dizer? Um mundo antigo que foi destruído, exceto por vestígios...

No alto da cidadela, uma chama gigante crepitava como um farol reluzente que desafiava a noite. Estava disposta no topo das muralhas, iluminando os portões e revelando o esplendor da cidadela. Se as muralhas eram antigas, a chama era recente, brilhando como ouro novo. *A estrela luminosa persiste*, pensou Will, e a sensação de estremecimento aumentou.

— Abram os portões! — gritaram finalmente.

No alto da muralha, dois Regentes de cada lado do portão começaram a puxar a corda sem manivelas nem alavancas, e sim com a própria força sobre-humana. O imenso portão levadiço começou a subir.

Ao atravessá-los, Will se sentiu pequeno diante do tamanho e da maravilha do lugar. Viu um pátio amplo de cantaria antiga com quatro colunas imensas cujos topos quebrados se erguiam contra o céu limpo. A longa escadaria que dava para a primeira das construções estava intacta, os degraus de pedra elevando-se até um conjunto de portas imensas. Devia ser um lugar impressionante no seu auge, mas, mesmo naquele momento, ainda era lindo — o mesmo tipo de beleza do esqueleto de uma catedral em ruínas que conjura seu passado em elegantes vestígios de pedra.

Então Will percebeu os olhares e as reações chocadas à medida que os Regentes nas muralhas o viam. No pátio, grupos inteiros pararam e o encararam. Usando seus uniformes brancos e antiquados, os Regentes combinavam com aquele lugar antigo como monges combinam com um monastério. Will se sentiu um intruso com suas roupas enlameadas, um menino comum em um cavalo preto. Todos os olhos estavam sobre ele.

A capitã Regente os ignorou, descendo do cavalo em um movimento suave.

— Cortem as amarras dele — ordenou ela.

Cyprian tirou uma faca do cinto e cortou a corda que atava os tornozelos de Will para que ele pudesse ser tirado do cavalo. Dessa vez, quando Will atingiu o chão, se manteve de pé, embora suas mãos atadas afetassem seu equilíbrio, fazendo-o cambalear um pouco.

— Levem os cavalos — disse a capitã aos demais.

Os outros Regentes desceram e pegaram as rédeas dos cavalos com a deferência de irmãos de escudo, guiando-os para longe.

Quando uma Regente tentou pegar as rédeas, o cavalo de Will relinchou, mostrando a parte branca dos olhos e dando uma guinada para o alto, saindo do alcance. Estava se recusando a deixar Will.

— Calma. Calma, garoto — pediu o rapaz, sentindo um aperto no coração enquanto o cavalo que o havia levado tão corajosamente lutava para permanecer ao seu lado. — Você precisa ir com ela.

Ele sentiu o hálito morno e o roçar aveludado de seu focinho quando o cavalo hesitou, incerto. Will queria abraçá-lo e trazê-lo para perto, mas não podia, seus pulsos estavam atados.

— Vá — pediu, sentindo uma pontada de dor.

Will observou a Regente finalmente guiar o cavalo para longe e se sentiu profundamente sozinho.

Pálida sob o luar, a cidadela se elevou diante dele em arcos gigantes e uma imensa pedra branca. Olhando para ela, Will sentiu como se cada construção humana grandiosa fosse apenas um eco daquela forma esplêndida, obras que tentavam reproduzir algo lembrado apenas pela metade, com ferramentas e métodos rudimentares demais para capturar sua beleza. *Um dia todas essas muralhas foram habitadas*, pensou ele. *A cidadela resplandecia.* Ele estremeceu, sem saber de onde o pensamento tinha vindo.

Uma dupla de Regentes se aproximava. De túnicas brancas, pareciam monges a caminho de conversar com o abade, embora a Capitã Leda, usando sua armadura prateada, se parecesse mais com a pintura antiga de um cavaleiro celestial.

— Capitã, não fomos informados de que um novo Regente tinha sido Chamado... — disse o Regente de talvez vinte e cinco anos e cabelo ruivo penteado igual ao de sua ordem.

— O menino não é um novo Regente — retrucou a capitã, ríspida. — Ele não tem sangue Regente. Nós o encontramos no pântano. Estava sendo perseguido pelos homens de Simon.

— Um forasteiro? — O rosto do Regente ruivo ficou pálido. — Você trouxe um forasteiro para dentro dos portões? Capitã...

— Reúna todos no salão principal — ordenou a capitã, como se ele não tivesse falado. — Agora, Brescia. Não demore.

Brescia, o Regente ruivo, não teve escolha a não ser obedecer. Mas Will podia ver o medo e a incredulidade nos olhos dele, enquanto o choque tomava conta de todos. *"Um forasteiro?"*, ouviu ele. *"Um forasteiro no Salão?"*

As palavras fizeram sua pele se arrepiar. Ele queria respostas, mas não tinha a menor ideia da grandiosidade de tudo o que poderia encontrar, não havia percebido o quanto Justice fora extremo ao mandá-lo até ali.

— Você vai ser apresentado à Regente Anciã — disse a capitã a Will. — É ela quem vai decidir o seu destino. Agora, vou partir para preparar o caminho para você. Cyprian, mantenha nosso prisioneiro na antecâmara norte até que eu dê o sinal para trazê-lo ao salão principal.

O olhar de Cyprian era desafiador.

— Meu pai não vai gostar disso. Você conhece as regras. Apenas aqueles com sangue Regente têm permissão para adentrar as muralhas.

— Eu vou lidar com o Alto Janízaro — respondeu a capitã.

Cyprian não pareceu satisfeito, mas obedeceu de imediato:

— Sim, capitã.

A mão de alguém se fechou no braço de Will, forte como um torniquete, enquanto Cyprian o empurrava para os amplos degraus da entrada principal.

Para surpresa de Will, Cyprian não parecia possuir a força sobrenatural dos outros Regentes. Era forte, mas se tratava da força normal de um rapaz. Will se lembrou da capitã chamando Cyprian de *noviciado*. Será que os Regentes não nasciam com a força deles, e sim a conquistavam depois?

Três pares de Regentes entraram com eles. Caminhavam em perfeita sincronia, precisos e graciosos. Atado no meio deles, Will se sentiu como uma cotovia acompanhada por seis cisnes brancos. Com as mãos amarradas às costas e ainda fraco devido ao que havia acontecido no navio e a dois dias sem comer, ele não era uma ameaça, mas os Regentes lhe apontavam lanças como se ele fosse perigoso. De repente, Will sentiu como se tivesse entrado em um mundo que era muito maior do que ele, cheio de costumes que não compreendia.

Os Regentes o levaram até uma antecâmara com teto alto e abaulado. Assumiram seus postos, dois em cada uma das duas portas da câmara, enquanto os outros dois permaneceram perto dele com Cyprian.

— O salão principal fica à frente — disse Cyprian. — Nós vamos esperar aqui até que Leda dê o sinal.

Mas conforme o tempo se arrastava, o nó apertado no coração de Will não era apenas devido à preocupação sobre o que viria a seguir; era por Justice e Violet, que ainda estavam do lado de fora, em algum lugar com aqueles homens que usavam peças estranhas de armadura e dúzias de cães pretos. Àquela altura, os Remanescentes já estavam de volta a Londres, e Justice e Violet poderiam estar em qualquer lugar.

— E meus amigos?

Foi a pergunta errada. Cyprian o encarou de volta, com a arrogância de um jovem cavaleiro. Sua pele marrom e o cabelo preto combinavam com as maçãs do rosto pronunciadas e os olhos verdes. Tinha aparência mediterrânea, que podia ser originária de qualquer lugar, desde o Egito até a Sicília, e a nobreza de um Regente, combinada com uma postura e um uniforme perfeitos.

Mas os olhos verdes tinham se tornado profundamente frios.

— Seu *amigo* Justice é o motivo pelo qual meu irmão está desaparecido.

— Seu irmão? — repetiu Will.

— Marcus.

Marcus? Os olhos de Will se arregalaram ao reconhecer o nome, mas, antes que ele pudesse fazer mais perguntas, o chamado veio da outra ponta da antecâmara, convocando-o, enfim, para o salão principal.

Imensas portas duplas se abriam para um salão de colunas que pareceu se estender ao infinito. Vestindo branco e prata, duplas de Regentes cerimoniais vigiavam o local, suas armaduras emitindo um brilho reluzente de tão polidas. Ao entrar, com lanças apontadas para ele, Will levantou o rosto e ficou atônito diante do impacto de tudo, que o lembrava de estruturas que ele só vira em pinturas e gravuras de livros. Como a grande pirâmide de Gizé, era um lugar antigo, tão monumental que tinha perdurado mais do que a civilização que o construíra.

Ele se sentiu muito pequeno enquanto era levado para a frente. Seus passos ecoavam, e a magnitude do salão o sobrepujava. Os Regentes cerimoniais, adornados com a armadura elegante, pareciam poucos, ocupando apenas uma minúscula porção do espaço. Quando Will se aproximou do centro, começou a andar mais devagar, espantado.

Erguidos no altar, no fim do salão, havia quatro tronos imponentes de puro mármore branco. Lindos e antigos, pareciam brilhar à luz refletida. Tinham sido feitos para figuras maiores do que qualquer rei ou rainha humanos, figuras que exerciam o comando de exércitos antigos e cortes grandiosas e esquecidas. Will quase conseguia ver as figuras majestosas se movendo, arbitrando sobre seus assuntos diante dos governantes no salão.

Mas os tronos estavam vazios.

Abaixo, em um pequeno banco de madeira, sentava-se uma mulher idosa com longo cabelo branco. Era a pessoa mais velha no salão principal. Sua pele marrom era enrugada como caroços de nectarina e seus olhos, nebulosos devido à idade. Vestia uma túnica branca simples, e seu cabelo estava preso para trás, ao estilo dos Regentes. Um homem a quem a Capitã Leda se dirigiu como Alto Janízaro estava ao lado da mulher, vestindo azul, não branco, com uma insígnia de prata espessa visível em torno do pescoço. Estava acompanhado de vinte e quatro Regentes usando armaduras prateadas com detalhes trabalhados de estrelas e capuzes curtos por cima das túnicas.

Uma figura enlameada estava ajoelhada diante deles.

O coração de Will deu um salto. Era Justice. Seu uniforme manchado, e seu antebraço apoiado no joelho flexionado, a cabeça baixa. Violet estava com ele, contida entre dois Regentes, com as mãos amarradas diante do corpo. Estava suja de lama até a cintura; deviam ter atravessado o pântano a pé.

Ele ficou tão aliviado ao vê-la, ao ver os dois, que quase se esqueceu do que acontecia ao redor, mas a ponta de uma lança o empurrando para a frente o despertou.

— Este é o menino que você mandou para nós — disse o Alto Janízaro para Justice. — Violando todas as nossas regras e, de modo egoísta, colocando em perigo nosso Salão.

— Ele é mais do que apenas um menino — respondeu Justice. — Há um motivo pelo qual Simon o quer.

— É o que você diz — replicou o Alto Janízaro.

O estômago de Will se revirou. O menino sentia como se estivesse em julgamento, mas não sabia por que ou pelo quê. Podia sentir a atenção de cada Regente enquanto os quatro tronos desocupados o encaravam como cavidades oculares vazias.

— É o que eu vi. Ele embainhou a Lâmina Corrompida. Ele a chamou para sua mão e extinguiu a chama preta — explicou Justice.

— Não é possível — disse o Alto Janízaro enquanto os Regentes irromperam em murmúrios. — Nada pode sobreviver depois que a lâmina é sacada.

Will estremeceu, porque as palavras pareciam verdadeiras. Um único filete da lâmina despontando da bainha tinha sido o suficiente para destruir o navio de Simon. Will se lembrava de seu instinto para embainhá-la de volta, sabendo de alguma forma que, se ela se libertasse, mataria todos a bordo.

— Simon mantinha o menino acorrentado e sob forte vigilância. Quando eu o vi pegar a Lâmina, suspeitei do motivo. Mas não soube com certeza, até que vi o que ele usava no pescoço.

— No pescoço? — perguntou o Alto Janízaro.

Justice levantou o rosto.

— Will. Mostre a eles.

Devagar, Will abriu a camisa rasgada e puxou o medalhão para fora.

Não entendia a importância do objeto, só sabia que o último ato de Matthew tinha sido dá-lo a ele. Will estendeu o pedaço de metal opaco e torto que um dia tivera o formato de uma flor de cinco pétalas.

Nem todos no Salão pareceram reconhecê-lo, mas o rosto do Alto Janízaro empalideceu.

— A flor do espinheiro. O medalhão da Dama.

Os Regentes que se enfileiravam no Salão soltaram exclamações, chocados.

— Marcus sempre acreditou que o menino havia sobrevivido — falou Justice.

— Qualquer um pode usar um colar — retrucou o Alto Janízaro.

Antes que mais alguém pudesse falar, Leda se ajoelhou rapidamente diante do altar, com a cabeça baixa e a mão direita em punho sobre o coração. Espelhava a postura de Justice e pareceu acrescentar sua voz à dele:

— Alto Janízaro. Os Remanescentes de Simon estavam perseguindo o menino a cavalo e com dúzias de cães pelo pântano, em nosso território. Simon o queria a ponto de arriscar mandar Remanescentes para as profundezas do território dos Regentes. — Ela inspirou. — Este pode ser o menino que estávamos procurando.

Os espectadores arquejaram.

— Simon queria apenas se infiltrar no nosso Salão — retrucou o Alto Janízaro, com a boca contraída. — É esse o modo como as trevas operam, não é? Entram como parasitas, disfarçando-se de aliadas. Simon provavelmente deu a este menino o medalhão e ordenou que ele nos mostrasse.

Justice balançava a cabeça.

— Há rumores de que Simon retomou sua busca, de que acreditava que o menino estava vivo...

— Rumores plantados por Simon. Este menino que você trouxe do cais é um espião, ou pior. E você o deixou entrar em nossas muralhas...

— Venha aqui, menino.

A senhora idosa que estava sentada no banquinho tinha um tom de voz gentil e tranquilo. Seus olhos estavam sobre ele, o rosto emoldurado por longos cabelos brancos. Will deu um passo à frente, hesitante, ciente de que os outros haviam se calado quando ela indicou para que ele se acomodasse em um pequeno banquinho de três pernas ao lado dela.

De perto, Will conseguia sentir a presença acolhedora, constante e sábia da mulher. Ela falava como se não estivessem no salão, e sim confortáveis diante de uma pequena lareira.

— Qual é o seu nome?

— Will. Will Kempen.

Ele sentiu a reação dos Regentes às suas costas, mas a única reação que pareceu importar foi a da mulher.

— Filho de Eleanor Kempen — disse ela.

Todo o corpo de Will se arrepiou.

— Você conheceu minha mãe?

De repente, ele se lembrou de estar na estalagem Cervo Branco com Justice e Violet e de se sentir *visto*. Seu coração estava batendo rápido.

— Eu a conheci. Ela era corajosa. Acho que teria lutado até o fim.

Will, que estivera lá quando ela morreu, sentiu um tremor começar em seu interior e precisou se esforçar para contê-lo.

— Você tem um aliado poderoso em Justice — continuou a senhora. — Ele é o mais forte de nós, e não costuma fazer pedidos ao Salão.

A senhora estava olhando para Will como se estivesse vendo mais do que o rosto dele, e Will se lembrou de Justice falando sobre uma Regente que poderia ajudá-los, uma Regente que possuía toda a sabedoria antiga deles, e então percebeu...

— Você é a Regente Anciã — falou Will.

— Você está seguro aqui, Will. Somos Regentes. Nosso dever sagrado é enfrentar as trevas.

— Seguro — repetiu Will.

Nenhum de nós está seguro. Ele se lembrou das palavras de Justice.

O cabelo branco como neve da Regente Anciã combinava com suas vestes brancas e com as imensas colunas de mármore branco que se elevavam até o teto abaulado. Quando ela gesticulou para o salão principal ao redor, parecia pertencer a ele.

— Este é o Salão dos Regentes. Um dia foi o Salão dos Reis. Já teve outros nomes. Já foi chamado de A Estrela Imortal, e seu farol, a Chama Derradeira. Há muito tempo, foi a última fortificação na batalha contra o Rei das Trevas. — A voz dela conjurava paisagens antigas. — Agora suas glórias se dissiparam, e seu sol quase se pôs. Mas o Salão se mantém enquanto vigiamos o longo crepúsculo contra as trevas iminentes. Simon pode ser mais forte do lado de fora, mas ninguém pode nos desafiar dentro destas muralhas.

Will se lembrou dos Regentes afastando as trevas conforme galopavam em uma fileira de branco pelo pântano. Tinham confiança em seu poder quando estavam dentro de seu território. Os Remanescentes se acovardaram diante deles.

ASCENSÃO DAS TREVAS

Justice tinha contado sobre aquele lugar. *As luzes do mundo se apagaram uma a uma, até que restasse apenas uma, a Chama Derradeira. Ali, aqueles do lado da Luz construíram uma última resistência.* Uma luz que havia resistido às trevas, no fim do mundo.

Era aquilo, percebeu Will, com um tremor quando olhou em volta para as imensas colunas e os quatro tronos antigos ainda de pé, séculos depois, quando seu povo não passava de poeira e silêncio, e suas histórias tinham sido esquecidas.

Mas se aquela fosse a última fortaleza, então tudo o que Justice tinha dito era verdade, e Will estava em um salão que presenciara a batalha final. *O único lugar que o Rei das Trevas não conseguiu conquistar.* O pensamento faiscou dentro dele.

— Parece familiar a você, não parece? — perguntou a Regente Anciã. — Como se você tivesse estado aqui antes.

— Como você sabe?

— Às vezes, Novos Regentes se sentem assim também. Mas Regentes não são os únicos a caminhar por estes corredores.

Mais uma vez, Will teve a forte sensação de que estava cercado pelo fantasma de um lugar que conhecia, mas que não existia mais, como se ele contemplasse os ossos de uma grande besta antiga que jamais andaria novamente pelo mundo.

— Por que eu o reconheço? — perguntou. Seus pensamentos estavam confusos com uma quase lembrança que chegava a doer. — A Dama com o medalhão... quem é ela? Tem alguma coisa a ver com a minha mãe, não tem? Por que Simon estava nos perseguindo... me perseguindo?

A Regente Anciã o olhava.

— Sua mãe nunca contou a você?

O coração de Will estava acelerado, como se ele estivesse de volta a Bowhill e sua mãe o encarasse. *Will, prometa.*

— Ela me contou que saímos de Londres porque estava cansada de lá. Sempre que deixávamos um lugar, ela só dizia que era hora de seguir em frente. Nunca me contou sobre magia, nem Dama alguma.

— Então você não sabe o que você é.

A Regente Anciã o observava com um olhar tão minucioso que ele sentia como se a mulher pudesse ver seu interior. Como se ela pudesse ver tudo. Como se pudesse ver Bowhill, sua corrida trôpega pela lama, o acidente no cais de Londres, Matthew dando o medalhão a ele e o momento no navio quando ele havia estendido a mão para a Lâmina Corrompida.

Quando entrou no salão principal, Will se sentira como se estivesse sendo julgado, mas, naquele momento, era como se sua própria personalidade estivesse sendo sopesada pela Regente Anciã. De repente, ele se sentiu desesperado para não deixar algo a desejar.

Por favor, pensou ele, sem ter certeza de pelo que estava suplicando. Sabia apenas que a aprovação dela era importante para ele.

Finalmente, a Regente Anciã se sentou no banquinho.

— Não acolhemos um forasteiro desde que a magia começou a proteger o Salão — disse a Regente Anciã, parecendo tomar uma decisão. — Mas ofereço a você um santuário, se desejar ficar. Se continuar conosco, vai encontrar as respostas que procura… embora tenha muito a aprender e possa vir a desejar jamais ter buscado a verdade. Tempos sombrios estão próximos. — Então, depois de mais um olhar demorado, os olhos dela se suavizaram. — Mas, mesmo na noite mais escura, há uma estrela.

Will olhou para a grandiosidade do Salão ao redor e sua guarda de honra de Regentes nevados. Do lado de fora, Simon aguardava, pronto para a caçada incansável. A escuridão uivava, ninguém era confiável, nenhum esconderijo era seguro. Ele ergueu o rosto para Violet, tensa, nervosa, com as mãos ainda atadas. Will inspirou.

— Minha amiga também? — perguntou.

— Sua amiga também — respondeu a Regente Anciã, com um meio-sorriso.

— Regente Anciã, você não pode acreditar que este menino possa ser… que ele seja…

O Alto Janízaro tinha dado um passo à frente em protesto, mas a Regente Anciã estendeu a mão para impedi-lo.

— Seja lá o que ele for, não passa de um menino. O resto pode esperar até que ele descanse um pouco.

— Isso é um erro — disse o Alto Janízaro.

— Gentileza jamais é um erro — retrucou a Regente Anciã. — Ela é sempre lembrada em algum lugar do coração.

Violet se levantou, atrapalhada, enquanto Will se aproximava. Ele olhou para ela e Justice, os rostos familiares naquele lugar nada familiar.

— Fico feliz por você ter conseguido chegar — disse Violet.

— Eu também fico feliz por você — devolveu Will.

— Justice quase distendeu um músculo tentando chegar ao Salão atrás de você.

Por todo o tempo que Will estivera fugindo, ninguém se importara se ele conseguiria. Ele olhou para o rosto de Violet, suas roupas masculinas, e o modo tenso como começara a se portar.

Havia tantas perguntas que queria fazer a ela, sobre a fuga com Justice e sobre como era estar ali, tão longe da família. Mas Will não podia abrir a boca com Justice ao lado. Violet pareceu entender, olhando rapidamente para Justice, então de volta para Will, e assentindo de leve. Will voltou o olhar para o Regente, a quem ele tanto devia.

— Obrigado por argumentar a meu favor — disse Will.

— Eu falei que você seria acolhido aqui — respondeu Justice, com um pequeno sorriso. — A Regente Anciã pediu aos janízaros que escoltem vocês até seus quartos.

— Quartos?

— Você está cansado, e ainda por cima ferido devido à captura. Você passou muito tempo sem descanso. Deixe-nos oferecer as defesas do Salão.

Ele gesticulou.

Duas meninas usando túnicas do mesmo azul que o do Alto Janízaro estavam esperando. Como os Regentes, tinham uma aparência nobre e sobrenatural. Uma era branca e sardenta, com cabelo da cor de casca de trigo seco. O nome dela era Sarah. A outra era mais alta, e sua pele era de um marrom mais escuro do que o de Leda. Possuía o tipo de perfil que parecia esculpido, e usava um pingente azul no pescoço.

— Meu nome é Grace — disse a última. — Sou janízara da Regente Anciã. Ela pediu que preparássemos quartos para vocês dois.

Will olhou de volta para Violet. Ambos estavam cobertos de lama, e ele percebeu que Justice estava certo: estavam exaustos. Quando Violet assentiu, ele fez o mesmo.

Grace os levou por degraus desgastados por séculos de uso. Fizeram uma jornada lenta e espiralada através de um espaço que parecia estranhamente desabitado. Will viu apenas lampejos de pátios estranhos, corredores e câmaras, muitos em ruínas. Ao redor, a beleza esmaecida do Salão era como o vermelho esparso do pôr do sol antes de a última luz desaparecer.

Grace tinha uma confiança advinda do pertencimento enquanto os escoltava. Reparando que a parede era curva, Will se perguntou se estavam dentro de uma das torres que ele vira quando entraram pelo portão. Sentiu outra vez a sensação de entrar em um mundo maior do que ele havia imaginado. Grace parou em um patamar, diante de uma porta.

— Dizem que, antigamente, os hóspedes costumavam ficar nesta parte do Salão — disse ela. — Mas Regentes não recebem forasteiros, e esta ala ficou vazia. A Regente Anciã pediu que fosse reaberta. Este vai ser seu quarto.

Ela assentiu para Violet enquanto sua colega avançava com um molho de chaves de ferro em uma corrente. A garota pegou uma.

Na soleira da porta, Violet hesitou, virando-se para olhar Will. Ele imaginou que ela estaria ansiosa para limpar a lama da caminhada pelo pântano, mesmo que a ideia de passar a noite com os Regentes parecesse extrema. Em vez disso, ela estava enrolando.

— O quarto de Will fica perto?

— Logo ao lado do seu — disse Grace.

— Tudo bem, então — disse Violet, inspirando e dando um aceno de agradecimento.

— Até amanhã de manhã — despediu-se o rapaz.

Com um último olhar para ele, ela entrou no quarto.

Will se voltou para Grace, que gesticulou para que a outra janízara continuasse subindo as escadas. Os três avançaram, contornando a parede curva.

— E este é o seu quarto — falou Grace.

Haviam chegado a uma porta de carvalho acinzentada devido ao tempo, que a moça abriu com a chave.

— A Regente Anciã pede que você descanse e se recupere — informou Grace.

Depois, as duas janízaras o deixaram sozinho para que entrasse no quarto.

Foi uma diferença brutal dos seus alojamentos lotados em Londres, onde meninos dormiam no chão, quase sem espaço para se esticar. Apesar das palavras bondosas da Regente Anciã, uma parte de Will havia esperado uma cela de prisão ou uma ruína invernal abandonada. Ficou incrédulo quando a porta se fechou às suas costas.

Acima, o teto de pedra se arqueava em uma abóbada frisada. Todos os painéis eram coloridos com azuis e prata desbotados, como se tivessem sido pintados um dia. Os arcos se encontravam em uma estrela de pedra entalhada. Havia janelas amplas e uma imensa lareira de pedra com cornija alta.

Alguém tinha acendido o fogo e deixado uma lâmpada brilhando na pequena mesa ao lado de uma cama antiquada, mas que parecia macia e quente. Também havia uma camisa de dormir para ele se trocar. Uma flanela, uma bacia e uma jarra de prata com água morna estavam dispostas ao lado do fogo para que Will se lavasse, caso desejasse. Quando ele se aproximou para pegar a lâmpada, viu que havia um pequeno banco no qual repousava uma bandeja de jantar: pão fresco, queijo branco macio e um cacho de uvas maduras.

Sua mãe devia ter ansiado por um lugar como aquele, onde estaria segura dos homens que a perseguiam, e onde os Regentes estavam presentes para afastar as trevas. *Ela é quem deveria estar aqui.* Mas sua mãe jamais conseguira penetrar aquelas muralhas. Havia escolhido pegar

Will e fugir, até não ter mais como fugir. Will levou a mão ao medalhão que usava no pescoço.

Um brilho vindo da janela chamou sua atenção.

Aproximando-se, Will viu de novo a luz da chama gigante nas paredes mais distantes, brilhando, prometendo um lar. Era o farol, mantido aceso pelos Regentes até mesmo durante a madrugada. *A Chama Derradeira*, como chamara a Regente Anciã. Viva ao longo dos séculos, tinha queimado até o fim, quando era a única luz restante.

Por um momento, Will quase conseguiu visualizar os exércitos das trevas convergindo para o Salão e a única luz em suas muralhas, brilhante e desafiadora.

Ficou olhando por um longo tempo.

Mais tarde, depois de ter se lavado, colocado a roupa de dormir e comido a pequena refeição até restarem apenas migalhas, ele se deitou com o medalhão da Dama cálido como sua pele contra o peito. Depois de um tempo, seus pensamentos se tornaram um sonho em que ele tinha caminhado por aqueles corredores muito tempo antes, com a Dama ao seu lado. Ela se virou para ele com olhos iguais aos de sua mãe, mas seu rosto ondulou e mudou.

Onde o Salão estivera, ele não viu nada além de uma grande escuridão, e, acima, ergueu-se uma coroa pálida e olhos incandescentes de chamas pretas. Eles se aproximaram mais e mais, mas Will não podia correr. Ninguém podia correr. A chama preta cresceu até consumi-lo. Até consumir tudo.

Will acordou ofegante e ficou deitado, encarando a estrela de pedra entalhada. Demorou muito até pegar no sono de novo.

CAPÍTULO DEZ

Violet acordou com o som de sinos e de cantoria matinal. A entoação era melodiosa, um coral monástico que ela ouvia em meio ao sono. Mas alguma coisa não fazia sentido. A língua não era familiar. Não era latim. Parecia mais antiga. E por que ela ouviria monges, em vez dos gritos e sons das ruas de Londres? Então, em uma torrente de lembranças, ela entendeu.

Tom não pode receber seu verdadeiro poder sem matar outro igual a ele. A voz desprovida de emoção do pai dela e a decisão de Violet de percorrer pântanos à noite com o Regente chamado Justice, que odiava Leões e tinha tentado matar o seu irmão.

Violet estava no Salão dos Regentes.

Sentando-se na cama, viu um quarto estranho de pedra e teto alto, com uma lareira com a cornija entalhada e janelas arqueadas embutidas profundamente na pedra. As vozes ocasionais que ouvia vinham de fora, onde os Regentes patrulhavam as muralhas. Os cânticos entrando pelas janelas eram de Regentes em algum ritual matinal.

Ela estava cercada de Regentes, e todos eles queriam matá-la.

Em Londres, as cozinheiras estariam preparando o café da manhã: mingau, bacon, ovos ou peixe amanteigado. O pai dela seria o primeiro a descer para a refeição. E Tom…

Será que Tom sabia que ela estava desaparecida? Ou, mais assustador ainda, será que Tom *sabia*? Será que sabia o motivo de o seu pai a ter trazido para a Inglaterra… O que ele planejava fazer?

— Não tenha medo — dissera Justice a ela na noite anterior, interpretando erroneamente sua expressão enquanto ela encarava, atônita, as luzes do Salão. — Nenhuma das criaturas de Simon jamais colocou os pés nas nossas muralhas.

Ela havia levado a mão ao pulso por instinto, lembrando-se do anseio que sentira por ter a marca de Simon gravada na própria pele naquela mesma manhã. *Nenhuma criatura de Simon...*

Escoltada através das muralhas iluminadas por tochas flamejantes, ela havia encontrado o Salão já lotado, com a chegada de um forasteiro, Will. Haviam ficado chocados com Violet também, a segunda intrusa. Em meio à perplexidade, ela quase não notou o Alto Janízaro Jannick indagando:

— E quanto aos outros?

Justice havia se ajoelhado, com a cabeça baixa e a mão direita em punho sobre o coração — uma pose formal e antiquada.

— Havia um Leão. Os outros estão mortos — informou ele.

Eles odeiam Leões. Violet vira o ódio no olhar do Alto Janízaro ao ouvir a palavra. Naquele lugar estranho, um pensamento frio e horripilante lhe ocorreu: *O que eles fariam comigo se soubessem que sou uma?*

Ela saiu da cama. O quarto pequeno não tinha a grandiosidade do salão principal, mas a beleza estranha e desbotada do palácio era mais marcante do que na noite anterior: os vestígios de afrescos; os longos frisos do teto abaulado; o arco que dava para a sacada.

Dava para ouvir os chamados rítmicos e as respostas disciplinadas de um grande grupo se movendo em perfeita sincronia durante exercícios militares.

Então ela viu algo que a paralisou. Seu coração estava acelerado.

O uniforme de um Regente estava disposto no baú na extremidade da cama de Violet. Não era a túnica e a malha de correntes que Justice usava, mas uma túnica cinza-prateada com um corte semelhante e a estrela estampada no peito, junto com uma calça justa de lã e botas macias — as roupas que os Regentes usavam quando não estavam prontos para a batalha.

Tinha sido disposto ali para ela, como a camisola que Violet vestira na noite anterior. Ela olhou para as próprias roupas, uma pilha escura de lama seca ao lado da lareira. Seria impossível colocá-las de novo e, particularmente, nem mesmo queria. Mas...

Violet pegou a túnica. Estava limpa e era leve ao toque, feita de algum tecido que ela jamais vira, com bordados em torno do brasão de estrela. Dava para ver a costura minúscula e primorosa. Quando a vestiu, pela cabeça, percebeu que lhe cabia perfeitamente. Fechando o cinto e vestindo a calça e as botas, notou uma facilidade de movimentos que nem mesmo uma calça e um paletó ofereciam. Era como vestir roupas feitas especialmente para ela.

Virando-se para o espelho da parede, ficou chocada com a transformação. As roupas lhe davam a mesma aparência andrógina de um cavaleiro medieval que os Regentes possuíam. De repente, Violet havia se transformado em uma combatente do mundo antigo, orgulhosa e poderosa. *Parece que sou um deles.* Ela quase conseguia ouvir a corneta de batalha, sentir a espada na mão.

Se seu pai a visse vestindo aquelas roupas... Se Tom a visse...

— Combina com você — disse uma voz às suas costas.

Violet se virou, sobressaltada.

Will estava pulando para a sacada. Passou pelo parapeito e pousou sem fazer barulho. Usava um uniforme idêntico ao dos Regentes. No corpo dele as roupas tinham o mesmo efeito andrógeno que tinham no dela, destacando sua impressionante estrutura óssea, embora os olhos escuros do rapaz fossem intensos demais para que fosse considerado bonito.

— Eu não costumo usar saia — disse Violet, dando um puxão na túnica, que caía como uma saia abaixo do cinto até a metade das coxas.

— Nem eu — disse Will, imitando-a.

Sorriam um para o outro, hesitantes. A túnica prateada também caía bem nele, pensou Violet. Não disse isso a Will. Não disse como estava feliz em vê-lo. Lembrou-se do rapaz mentindo por ela no

Cervo Branco, ficando do seu lado contra Justice, embora ela mal o conhecesse.

— Obrigada por dizer a Justice que eu era... — Ela se sentiu estranhamente tímida ao pronunciar as palavras — sua amiga. — Violet inspirou. — Se descobrirem que Tom é meu irmão, não sei o que podem fazer.

Will parecia tão diferente com as roupas dos Regentes. As vestes transformavam o menino maltrapilho cheio de hematomas e ensanguentado do compartimento de carga de Simon em um rapaz cuja aparência combinava com aquele lugar estranho e antigo. Isso lembrava a ela de que ele era um estranho, de que tinha chamado uma espada para a própria mão.

Ela não o conhecia. Ainda sentia que precisava ser cautelosa. Mas Will não a entregara aos Regentes. Ele havia mentido por ela quando não precisava mentir.

— Então você é mesmo... como Tom? — perguntou Will em voz baixa. — Um Leão?

— Não sei. Eu sempre fui...

Forte.

Quando pequenos, ela e Tom faziam tudo juntos. Violet até usava as roupas que não serviam mais para o irmão. A mãe dele não gostava do hábito, mas o pai deles parecia achar divertido.

Ou era o que ela pensava.

Tom não pode receber seu verdadeiro poder sem matar outro igual a ele.

— Eu nunca tinha ouvido a palavra *Leão* até ontem. Mas você ouviu meu pai. Ele acha que um Leão precisa matar o outro. É por isso que ele...

É por isso que ele me trouxe da Índia. É por isso que me criou. É por isso que me manteve em casa, apesar de a mãe de Tom me odiar...

A verdade a atingiu. Sua família planejava matá-la, sacrificá-la, para que Tom ganhasse poder, e ela nunca mais poderia voltar para eles.

Violet se lembrou de quando o pai se sentou ao lado de sua cama por cinco dias e cinco noites quando ela adoeceu, dizendo ao médico:

Custe o que custar. Eu preciso que ela se recupere. Ela pensou em todas as vezes em que ele a defendera da mãe de Tom, em todas as vezes em que ele a confortara, em que dissera a Violet que ela era especial...

Ele a havia levado para casa para matá-la. Havia a mantido ali para matá-la. Seu carinho, sua preocupação, nada tinha sido real.

— Os Regentes não vão descobrir. Eu não vou contar — disse Will.

Abalada com os pensamentos, Violet olhou para o rapaz. Will falou aquilo com a mesma certeza com que falara no cais, como se quando fizesse uma promessa, a mantivesse. Ela podia não conhecê-lo, mas estavam sozinhos naquele lugar, só os dois. Violet respirou fundo para se acalmar.

— Você tinha razão. Os Remanescentes, aqueles três homens a cavalo, passaram direto por nós. Só queriam você. Justice e eu esperamos até que fossem embora, depois atravessamos o rio a pé.

Pise onde eu pisar, dissera Justice, escolhendo um caminho, cuidadoso, pelo pântano. Sempre que não imitava os passos dele, Violet ficava submersa em lama até a cintura, olhando irritada para a mão estendida do Regente, pronta para puxá-la de volta. De longe, ouviram o uivo estranho dos cães e vislumbraram os Remanescentes com suas armaduras antigas no horizonte, galopando pela ponte.

— Nós os vimos seguindo para oeste, de volta para Simon.

Avançando com cães. Ela havia ficado surpresa diante da intensidade do próprio alívio por Will não estar com eles.

— Para dizer a ele onde eu estou — completou Will.

O comentário foi sombrio e perturbador. Violet estremeceu ao pensar em Simon voltando a atenção para o Salão. Lembrou-se dos cães pretos atravessando o Lea como uma massa, uivando enquanto cercavam o arco solitário e quebrado no meio do pântano.

— Por que Simon quer tanto você?

As palavras de Violet pairaram no ar. Era uma pergunta cuja resposta ela queria saber desde que esbarrara com ele no compartimento de carga do *Sealgair*. Por que Simon capturaria um trabalhador do cais, o espancaria e o manteria acorrentado? Will parecia diferente depois de ter tomado banho e tirado as roupas esfarrapadas de Londres, mas ainda era apenas um garoto.

— Eu não sei. Mas você ouviu a Regente Anciã. Tem algo a ver com a minha mãe.

Will olhou para a palma da mão direita, que tinha uma longa cicatriz branca. Ele a esfregou com o polegar, sem se dar conta.

Era mais do que a mãe dele. Tinha algo a ver com *Will*. Com o que ele era. Os Regentes tinham reagido ao rapaz com uma mistura de assombro e medo. Justice tinha feito o mesmo, ajoelhando-se diante de Will assim que viu o medalhão. Forças diferentes estavam convergindo sobre ele, cercando-o como um torno.

Antes que ela pudesse fazer mais perguntas, Will foi até a janela e disse:

— Já reparou que não dá para ver Londres das janelas?

— Como assim?

— Não dá para ver Londres. Só dá para ver o pântano, sumindo em algum tipo de neblina. É como se este lugar estivesse escondido em uma bolha.

Não fazia sentido. Distraída do que ia perguntar, Violet se aproximou de Will. Os pelos de seus braços se arrepiaram.

Não havia sinal de Londres, e os pântanos se estendiam até virarem um borrão distante. Ela se lembrava de estar naqueles pântanos vazios, do impressionante arco em ruínas contra o céu. O Salão dos Regentes não tinha surgido até ela atravessar o arco; antes, estava invisível. Ela foi tomada pela sensação de estranhamento completo do momento outra vez. Não tinha pensado em como seria olhar para lá visto de dentro. Era realmente como se estivessem em uma bolha, em um bolsão, em uma dobra escondida do mundo.

— Quer dizer que o portão é a única forma de entrar e sair? — perguntou Violet, a voz tensa. Isso tornava o arco solitário no pântano ainda mais estranho. Ela se sentiu presa. — O que acontece se você tentar sair por outro lugar? O que acontece se você escalar uma das muralhas e continuar andando?

— O caminho traria você de volta para a muralha — respondeu Justice, da porta.

Violet se sobressaltou, se virando. Seu coração acelerou diante da ideia do que ele poderia ter ouvido. *Tom... Leões... sua família...*

— Bom dia — cumprimentou Justice.

Sua figura era alta e fascinante. Uma parte do longo cabelo preto estava presa longe do rosto em um coque firme, e a outra caía pelas suas costas. A túnica branca de Regente reluzia.

A visão fez com que cada nervo de Violet ficasse em alerta. O que fazia com que o uniforme antiquado de Justice parecesse deslocado em Londres era exatamente o que permitia que o homem se encaixasse ali, se tornasse uma parte da natureza sobrenatural do lugar. Mas ele ainda era uma ameaça. Havia atacado o irmão dela; havia atacado o navio de Simon. O coração de Violet estava batendo forte.

Ele só me trouxe aqui porque não sabia o que eu era, porque se soubesse...

— Por que existe apenas um caminho de entrada e saída?

Havia nervosismo na voz de Violet.

— O portão nos protege. Feitiços antigos escondem este lugar do mundo exterior. Um estranho no pântano pode dar a volta no portão, e até mesmo atravessá-lo, mas jamais vai encontrar o Salão. Você, por outro lado, pode ir e vir livremente.

— Então... nós podemos ir embora quando quisermos? — perguntou Violet.

— Vocês são nossos hóspedes. Podem partir, se desejarem, voltar para Londres, ou simplesmente ir para o pântano... Mas se voltarem, vão precisar de um Regente para acompanhá-los pelo portão, porque ele só se abre para aqueles com sangue Regente.

Voltar para Londres. Uma pontada aguda de dor e perigo. Ela não podia voltar para a família, nem para visitar, nunca. Violet se obrigou a não deixar transparecer o que estava sentindo, não com Justice presente, observando-a com seus olhos castanhos cálidos.

Will deu um passo à frente.

— Nenhum de nós dois tem motivos para ir a Londres. — Ele não olhou para Violet e manteve a voz firme: — Por enquanto, gostaríamos de ficar.

Alívio, mesmo sabendo que a tensão de manter a mentira continuaria. Quando Justice se virou de volta para a porta, ela e Will se encararam por um segundo, e Violet sentiu o conforto renovado da presença dele ao seu lado.

— Levamos uma vida de simplicidade e ordem, mas acho que há alguns benefícios de se viver no Salão. — Justice indicou para que eles o seguissem. — A Regente Anciã quer ver Will, mas ainda precisa de um tempo. Enquanto esperam, posso mostrar parte do Salão. Venham.

Violet hesitou. Seria seguro? A sensação de estar em território inimigo era intensa. Mas ela também estava curiosa. Seguiu Justice pelo corredor.

Ela se viu diante de uma fortaleza do tamanho de uma cidade antiga. Violet ficou sem fôlego ao olhar para a magnitude do lugar ao redor; jamais vira nem imaginara nada assim. Entalhes imensos de pedra faziam com que eles parecessem minúsculos enquanto desciam as escadas, de onde podiam observar as paisagens de pátios interiores. Violet vislumbrou jardins exuberantes, com flores em profusão e frutas silvestres, maçãs e pêssegos nascendo todos fora de estação. Um corredor tinha o teto coberto com brasões entremeados. Era lindo, como um dossel de floresta. Outro era coroado por estrelas entalhadas na pedra, onde as pontas dos arcos se encontravam.

— Nós chamamos de o Salão, mas na verdade é uma cidadela inteira — explicou Justice. — Grande parte se transformou em ruínas. A ala oeste está fora dos limites, e partes da ala norte também estão fechadas. Há seções e salas inteiras pelas quais os Regentes não caminham há séculos.

De longe, Violet conseguia ver a alta muralha externa, onde pares de Regentes vestidos de branco patrulhavam enquanto três rapazes vestidos de azul passavam por eles. A simplicidade e a ordem das quais Justice falara se faziam presentes. Todos tinham um propósito, movendo-se entre a beleza e a tranquilidade do Salão como se pertencessem a ele.

— Esta é a ala leste do Salão, onde moramos e treinamos. Os Regentes se levantam ao alvorecer e comem depois do canto matinal. Vocês perderam a primeira refeição, mas os janízaros separaram comida para os dois.

Eles entraram em uma sala com uma grande mesa de madeira, onde Violet teve um lampejo do que parecia ser a cozinha. Não estava com tanta fome, mas assim que viu os cestos e a comida coberta por panos de linho sobre a mesa, ficou faminta.

— Janízaros? — repetiu, sentando-se diante de um dos embrulhos de linho e começando a desfazê-lo.

Inspirou o cheiro de pão recém-assado.

— A vida de um Regente é rigorosa. Buscamos a disciplina perfeita, treinamos sem parar e fazemos votos de autossacrifício e celibato. — Justice se sentou diante dela, mas não comeu. Se o que ele dissera era verdade, o Regente havia feito o desjejum horas antes, ao alvorecer. — Nem todos com sangue Regente desejam se tornar um deles. Assim como nem todos que desejam se tornar Regentes são capazes de tal feito. Aqueles a quem falta o desejo ou os que falham nos testes se tornam janízaros honrados, e não Regentes. Usam azul, enquanto os Regentes usam branco.

— Como Grace, e o rapaz que a gente viu... — disse Violet.

A garota se lembrou de quando Grace a levara ao quarto e das três figuras por quem haviam acabado de passar nos corredores. Os janízaros pareciam tão sobrenaturais e etéreos quanto os Regentes, mas se vestiam de azul, não de branco, e não portavam espadas. A túnica que ela estava vestindo era de um cinza-prateado, como as dos noviciados. *Cinza, azul e branco*, pensou Violet. *Noviciados, janízaros e Regentes*.

— Os janízaros fizeram isso pra gente? — perguntou ela.

Justice assentiu.

— Os janízaros guardam o conhecimento do Salão; são acadêmicos e artesãos. Cuidam das bibliotecas, dos artefatos, dos jardins... São eles que fazem nossas armas, escrevem nossas histórias e até tecem nossas roupas.

Violet baixou o olhar para sua túnica. A malha cinza-prateada leve parecia ter sido tecida com magia, não por mãos humanas. O artesanato dos janízaros superava tudo que ela poderia imaginar.

Quando deu a primeira mordida, o pão tinha a mesma característica. Era simples, mas mais nutritivo do que qualquer comida que ela já havia provado. Mais fresco, embrulhado em um tecido de linho, ainda fumegante. Havia uma manteiga de um amarelo vibrante, recém-batida, e o mais doce mel, além de seis maçãs vermelhas em uma tigela. Quando ela provou uma, era mais refrescante e rejuvenescedora do que o gosto frio da água de um córrego na floresta em um dia quente.

— É como se eu sempre tivesse pensado que a comida deveria ter este gosto, mas nunca tivesse — falou Will.

— Parte da magia do mundo antigo ainda permanece aqui — disse Justice. — Você pode sentir nos alimentos que colhemos, na água e até mesmo no ar.

Era verdade. Violet se sentiu renovada depois de apenas algumas mordidas no pão morno. O mel derreteu em sua língua. Será que o mundo antigo tinha sido assim? As cores mais intensas, o ar mais limpo, a comida mais saborosa?

Pensou outra vez em sua família, tomando o café da manhã em Londres. Será que sabiam sobre aquele lugar? Com certeza sabiam sobre os Regentes. Tom os reconhecera no navio. E Simon... Simon sabia sobre o Salão. Os Remanescentes tinham perseguido Will até ali, até que os Regentes os afugentaram. Mas será que sabiam sobre sua magia, sua comida de gosto intenso e a qualidade do ar?

Ela sentiu uma pontada de dor ao desejar compartilhar tudo aquilo com Tom, mas sabia que não podia, e por temer que ele soubesse de tudo desde sempre e tivesse escondido dela.

O que mais o irmão não contara a Violet? O que mais ela não sabia? Quando Justice os levou para passear por vários jardins, Violet viu Regentes e janízaros trabalhando lado a lado enquanto cuidavam das

ASCENSÃO DAS TREVAS

plantas e do solo, compartilhando as tarefas serviçais do Salão. Percebeu que estava presenciando costumes que haviam sido repetidos ao longo de centenas de anos. Um mundo inteiro escondido, que ninguém do lado de fora jamais veria.

Muito menos um Leão.

Justice apontou para o arsenal e depois para os estábulos. Disse a Will que mais tarde ele poderia visitar o cavalo que o trouxera. Mas Violet mal o ouviu, distraída por ter acabado de se dar conta de que ela e Will eram as primeiras testemunhas daquele mundo, os primeiros a respirar aquele ar, a provar aquela comida... Ao longo dos séculos, Regentes tinham vivido e morrido ali, seguindo as próprias regras e mantendo as tradições vivas, sem ninguém mais saber de sua existência.

— Por que vocês fazem tudo isso? Por que não vivem uma vida normal fora das muralhas?

Justice sorriu. Não era um sorriso indelicado, mas um sorriso de reconhecimento, como se ela tivesse feito a pergunta mais importante.

— Olhe para cima — pediu ele.

Acima, nas muralhas, as chamas de um farol crepitavam, impossivelmente altas no céu. Ela o vira brilhar na noite anterior, quando passara pelo portão com Justice.

A Chama Derradeira.

— Ela é sustentada por magia. Magia de antes do nosso tempo. De longe, parece uma estrela luminosa no céu. O símbolo dos Regentes.

Ao erguer o rosto, Violet imaginou que conseguia sentir o calor das chamas. Justice se posicionou ao lado da garota.

— A Chama é o nosso propósito. Quando o Rei das Trevas jurou voltar, nós juramos impedi-lo, sem nos importar com quanto tempo nossa Ordem precisasse ficar de vigia. Mantivemos o juramento durante séculos, guardando o conhecimento do mundo antigo, destruindo os objetos sombrios dele e nos preparando para o dia em que chegaria a hora da batalha. Assim, mantemos a Chama acesa.

Enquanto ela olhava para a Chama, imaginava os Regentes do mundo antigo fazendo o juramento. Será que sabiam o que significaria para seus descendentes? Será que sabiam que eles viveriam afastados do mundo exterior durante séculos, esperando por um dia que poderia nunca chegar? Gerações de Regentes, levantando-se a cada manhã para cumprir sua missão, mantendo as tradições e vivendo e morrendo enquanto o Rei das Trevas permanecia quieto...

— Do lado de fora, o mundo dorme como uma criança inocente que não tem medo do escuro — continuou Justice. — Mas aqui nós lembramos. O que veio antes virá de novo. E quando vier, os Regentes estarão prontos.

Como uma única chama queimando, haviam carregado a luz do conhecimento ao longo de séculos. *A Estrela Imortal*, como chamara a Regente Anciã. *A Chama Derradeira*. Mas a fagulha de luz da qual os Regentes tinham cuidado por tantos anos era ainda mais frágil do que ela havia pensado.

Se tivessem vacilado uma só vez, se tivessem se permitido desviar de sua missão, o passado teria se apagado da memória, e o Rei das Trevas poderia ter retornado para um mundo incauto.

Ninguém teria previsto sua chegada. Ninguém saberia como impedi-lo.

O passado teria se erguido para sobrepujar o presente, e todas as batalhas travadas, todas as vidas sacrificadas para derrotar o Rei das Trevas teriam sido em vão. Ele se ergueria de novo, e tudo o que precisaria fazer era esperar até que o mundo se esquecesse.

O pensamento permaneceu com ela.

— Agora venham — disse Justice. — Vou mostrar a vocês o coração do Salão.

Entraram no salão principal por portas gigantes. O que tinha sido uma caverna ampla e iluminada por tochas à noite, durante o dia se transformara em uma catedral de luz. O brilho do sol entrava pelas janelas altas, formando imensos feixes de luz que se refletiam nas várias colunas brancas, como uma floresta deslumbrante de árvores majestosas e reluzentes.

Violet viu os quatro tronos vazios no altar. Depois de adquirir uma noção da história do lugar, perguntava-se pela primeira vez sobre as figuras que um dia haviam se sentado ali. *O Salão dos Reis*, como chamara a Regente Anciã.

— O que aconteceu aqui? — perguntou Violet, olhando ao redor para as magníficas estruturas de pedra. — Como este lugar sobreviveu, sendo que todo o restante foi perdido?

Justice acompanhou o olhar dela até os tronos vazios. Todos eram diferentes e entalhados com símbolos únicos: uma torre, um sol poente, uma serpente alada e uma flor, que Violet nunca havia visto.

— Há muito tempo, existiam quatro grandes reis do mundo antigo — contou Justice. — O Salão era o local de reunião deles, uma espécie de local de encontro. Mas quando o Rei das Trevas despertou, os quatro reis ficaram abalados. Três fizeram uma barganha com o Rei das Trevas e foram corrompidos, e o quarto fugiu, fazendo com que sua linhagem se perdesse ao longo dos anos. Foram os Regentes dos quatro reis que enfrentaram as trevas no lugar deles, parte da grande aliança que se juntou à batalha final.

— O Salão dos Reis se tornou o Salão dos Regentes — disse Violet.

Justice assentiu.

— Quando a batalha acabou, os Regentes juraram que manteriam vigia contra o retorno do Rei das Trevas. Os humanos estavam crescendo em número, e as últimas criaturas mágicas do mundo antigo usaram o que restava de seu poder para esconder o Salão, ocultando-o com feitiços. Agora, nós, os Regentes, servimos em segredo, e aqueles que têm o sangue de Regentes são Chamados do mundo todo para se unir à luta.

Aquilo explicava por que tantos Regentes pareciam ser nativos de diversos países, pareciam ter vindo de todas as partes do mundo, como seus reis haviam feito um dia. Violet ouvira idiomas diferentes no Salão, particularmente quando os Regentes haviam se reunido em grupos menores para discutir a chegada deles com Justice. Ela também se lembrava de ter ouvido Regentes com sotaques diferentes, como a francesa no navio de Simon.

— Dizem que, em nosso momento mais sombrio, os Regentes vão chamar por um Rei e a linhagem real vai atender. — Justice sorriu meio sem jeito, como se mesmo para ele aquilo não passasse de uma lenda. — Mas, por enquanto, permanecemos porque somos os únicos restantes. Cumprimos nossos votos de vigiar o retorno das trevas, ler os sinais e nos lembrar do passado, como os Regentes têm feito durante séculos.

Violet não podia deixar de se perguntar o que tinha acontecido com os reis antigos. Haviam deixado a luta para os Regentes, que a tinham assumido, leais, atendo-se a seu dever por muito mais tempo do que qualquer um poderia imaginar. O que teria feito os reis darem as costas à luta?

O Salão assumiu um novo significado. Enquanto caminhavam pela floresta de colunas de mármore, Violet pensou nos reis e nas rainhas que tinham vivido ali, seres reluzentes e majestosos que superavam a humanidade em poder e beleza.

Então se virou e viu um rosto.

Estava flutuando no meio da parede e a encarando. Ela soltou um arquejo, recuando em seguida.

Um segundo depois, Violet percebeu que era apenas uma gravura. Manchado e desbotado, o rosto de um leão a encarava de volta, com olhos castanhos translúcidos. Estava entalhado em um pedaço velho e quebrado de escudo, que pendia da parede como um troféu.

— O que é aquilo? — perguntou ela.

— O Escudo de Rassalon — respondeu Justice.

O Escudo de Rassalon. O nome ecoou em Violet, despertando algo profundo. O leão pareceu olhar direto para ela, que estendeu a mão para a pedra sob o escudo, onde uma escrita estranha estava entalhada na parede. O tempo havia erodido um pouco as palavras.

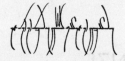

Os dedos de Violet tocaram as palavras, roçando a pedra fria. O coração dela batia forte.

— O que quer dizer?

— Os Regentes perderam o conhecimento sobre o velho idioma — explicou Justice —, mas me disseram que está escrito "Rassalon, o Primeiro Leão".

Violet afastou os dedos como se tivessem se queimado. Estava olhando para o leão com a grande juba e os olhos translúcidos. Sua pulsação estava acelerada.

O Primeiro Leão...

— Os Regentes têm poucos artefatos da guerra antiga, mas este é um deles. Aqui, o Escudo de Rassalon foi quebrado — disse Justice.

Ela encarou o leão. Sua mente fervilhava com mil perguntas.

Quem era Rassalon? Por que os Regentes o haviam combatido? Como ele tinha começado a lutar pelo Rei das Trevas? *O escudo... o que é isso? Em que estou envolvida?*

O leão parecia encará-la de volta. Violet imaginou os Regentes com lanças circundando um animal com um ferimento que sangrava, no lado do corpo. Lutavam contra Leões desde as grandes batalhas do mundo antigo.

— Desculpe interromper, Justice.

A voz de uma menina arrancou Violet do devaneio. Ela reconheceu Grace, a janízara que a levara até o quarto na noite anterior.

— A Regente Anciã está pronta para ver Will.

CAPÍTULO ONZE

Agitado, Will seguiu Grace por um longo corredor para o interior do Salão.

A arquitetura mudava — os arcos se tornavam mais baixos e mais estreitos, as formas dos entalhes eram diferentes e as paredes, mais espessas. Uma quietude pairava no ar, como se ninguém fosse até aquela parte do Salão.

Chegaram a portas duplas dispostas no fim de uma passagem. Will parou, sentindo uma aversão que o mantinha afastado. Sentia-se como se estivesse prestes a entrar em um túmulo, um lugar que não deveria ser perturbado. *Não quero entrar.* Mas Grace empurrou as portas para abri-las.

A sala era circular e possuía um teto em domo. A pedra cinza era velha como a rocha imóvel de uma montanha. No centro havia uma árvore de pedra entalhada até o teto. Era morta, dissecada e escurecida, como se uma árvore viva tivesse se calcificado séculos antes.

Will estremeceu com um choque de terrível familiaridade. Conhecia aquele lugar, mas, de alguma forma, tudo tinha sumido e sido substituído pela presença estranha e desolada da pedra morta.

A Regente Anciã o esperava perto da árvore, uma figura solene, de branco. O Alto Janízaro Jannick estava ao lado dela, o olhar desagradável tão irredutível quanto a pedra. As vestes azuis dele pareciam deslocadas, um borrão de cor na sala cinza, como a vida perturbando os mortos. As portas se fecharam atrás de Will, e ele ficou sozinho com os dois.

A sensação de familiaridade crescia a cada passo. Ele quase conseguia ver o que havia ali antes, uma visão fantasma fora do alcance.

— O que *é* este lugar?

— Esta é a Árvore de Pedra — respondeu a Regente Anciã. — É o lugar mais antigo e poderoso do Salão. Mas também é um lugar de grande tristeza, para onde os Regentes raramente vêm.

Will sabia que a Regente Anciã e o Alto Janízaro o estavam observando. Mas não conseguia tirar os olhos da Árvore de Pedra. Ele a *conhecia*, se lembrava dela, ou quase lembrava, como uma palavra na ponta da língua, exceto pelo fato de que o que ele lembrava era diferente do que estava à sua frente...

— Você sente alguma coisa emanando dela, não sente? — perguntou a Regente Anciã.

O Alto Janízaro fez um ruído de escárnio. Will mal o ouviu, a atenção fixa na Árvore. Era como se estivesse no escuro, onde deveria haver...

— Luz. Não deveria estar escuro. Deveria haver luz...

— A Árvore da Luz — disse a Regente Anciã, observando-o. — Foi chamada assim um dia.

— Um palpite — interrompeu o Alto Janízaro Jannick.

— Ou ele realmente sente — falou a Regente Anciã.

Will conseguia sentir. Mas estava olhando para a ausência do que sentia, como se olhasse para um deserto e soubesse que um dia fora uma floresta onde ele havia caminhado entre as árvores.

— Ela esteve aqui, não esteve? — perguntou Will, virando-se para a Regente Anciã. Seu coração batia acelerado. — Há muito tempo, a Dama esteve aqui e a Árvore estava viva...

Estava mais do que viva, resplandecia.

Quem era ela? Como ele a vira no espelho? A mulher parecera tão real, mas aquele lugar estava morto havia muito tempo. Will levou a mão ao medalhão sob a túnica. A Árvore da Luz era um espinheiro, como o medalhão de espinheiro que ele usava no pescoço. *Um espinheiro era o símbolo da Dama.* Como ele sabia que a Árvore havia brilhado um dia?

— Se apagou quando ela morreu — disse a Regente Anciã, assentindo. — Dizem que o toque da Dama vai trazê-la de volta à vida e fazê-la brilhar.

Will olhou para a Árvore. Os galhos mortos eram resquícios esqueléticos em uma paisagem vazia.

— Toque-a — pediu a Regente Anciã.

O estômago de Will se revirou. Ele não tinha certeza se queria tocá-la. A Regente Anciã e o Alto Janízaro Jannick estavam olhando para ele como se fosse um teste.

Ele estendeu a mão e colocou a palma em um dos galhos frios de granito. Conseguiu senti-la, desgastada pela passagem do tempo. Nenhuma luz brilhou, nem surgiu nenhum broto verde. Estava morta, como tudo o mais naquele lugar.

— Está vendo? Nada — disse Jannick.

Will olhou para o Alto Janízaro, que o encarava de volta com uma mistura de deboche e desprezo.

— Ignore-o — disse a Regente Anciã. — Quero que você tente.

— Tentar?

— Feche os olhos e tente encontrar a luz.

Will não tinha certeza do que a mulher queria que ele fizesse, mas conseguia sentir o peso da expectativa em seu olhar. Inspirou profundamente e fechou os olhos. Sob sua mão, a pedra estava fria, rachada e erodida pelo tempo. Em silêncio, ele tentou desejar que a Árvore se iluminasse, mas era como desejar que pedras voassem. Simplesmente impossível.

A Regente Anciã deu um passo à frente e falou de novo, gentil, como se ele não tivesse entendido:

— Não. Você está procurando no lugar errado. A Dama fazia a Árvore de Pedra brilhar, mas a Luz não estava na pedra. Estava nela.

Will fechou os olhos de novo. Conseguia sentir a tensão, a importância que tanto a Regente Anciã quanto o Alto Janízaro davam ao momento. *A ela.* Tentou imaginar que havia algo em seu interior que despertava. Sua memória começava a se agitar. Will se lembrou da Dama olhando para ele do espelho. Do rosto de sua mãe, pálido de medo. *Will, prometa.*

Não queria lembrar. Não queria desenterrar o passado, a dor cortando sua mão, o soluço preso em sua garganta ferida enquanto ele atravessava a colina enlameada aos tropeços com as últimas palavras da mãe ecoando nos ouvidos. *Will...*

Abriu os olhos. Não havia luz. Nem mesmo um brilho pálido. O Alto Janízaro estava certo. A Árvore de Pedra estava morta e fria, e o que fosse preciso para trazê-la de volta à vida não estava dentro de Will.

— Ele não é a pessoa que buscamos — disse o Alto Janízaro Jannick. — Não tem o poder da Dama. Isto tudo é uma perda de tempo.

A Regente Anciã abriu um sorriso pequeno, quase triste.

— No entanto, a Dama fez sua promessa.

— A Dama? — O Alto Janízaro balançou a cabeça com desprezo. — Onde estava a Dama quando Marcus foi levado? Onde estava a Dama quando minha mulher foi morta? Onde estava a Dama quando meu filho...

Ele reprimiu o que estava prestes a dizer, como se não suportasse pronunciar as palavras. Seu rosto estava pálido.

— Jannick — disse a Regente Anciã, gentil.

— A Dama está morta, Euphemia. *Nós* precisamos lutar. Não um menino que não tem habilidade ou treinamento. Não vou perder meu tempo com uma fantasia — retrucou o homem, depois se virou e saiu, resoluto.

Will ficou sozinho com a Regente Anciã na câmara silenciosa. O longo cabelo branco dela emoldurava seu rosto enrugado. O nome Euphemia combinava com ela, embora Will jamais o tivesse ouvido. Com a Árvore de Pedra apagada e morta ao lado dela, ele sentiu como se a tivesse desapontado.

— Não é culpa sua. Ele é um bom homem. Adotou Cyprian e Marcus quando mais precisavam de um pai e criou os dois como se fossem seus próprios filhos. Mas não confia em forasteiros. Não consegue confiar desde que seu primeiro filho morreu, há seis anos.

— Sinto muito — disse Will, olhando de volta para a Árvore de Pedra. — Eu tentei, apenas...

— Jannick está certo. Você não tem treinamento. Não está pronto. — A Regente Anciã o encarou como se estivesse procurando alguma coisa. — Mas qual de nós está pronto para o que a vida coloca à nossa frente? Não escolhemos o momento. O momento nos escolhe, querendo ou não, e precisamos nos preparar.

— Preparar para o quê?

Por um longo segundo, ela apenas o olhou.

— Justice contou uma parte a você.

Na estalagem Cervo Branco, em Londres, Justice havia contado sobre um mundo antigo que caiu nas trevas. Alguns dias antes, ele não teria acreditado. Mas Will vira fogo preto destruir um navio e uma menina de sua idade usar as próprias mãos para abrir correntes.

— Ele disse que existiu um Rei das Trevas que tentou governar, mas que foi impedido por uma Dama.

Por ela. Ela. Will sabia tão pouco sobre ela, mas desejava saber tudo. O lampejo que vira no espelho... Ela olhara para ele como se o conhecesse, como se estivessem conectados. Olhara para ele com olhos como os da sua mãe. Will inspirou.

— Eles se amavam, e ela o matou — contou a Regente Anciã. — Foi em algum lugar longínquo, ao sul, perto do Mar Mediterrâneo. Não sabemos como ela o derrotou, apenas que o fez. Era a única que podia.

Ele tinha tantas perguntas. Mas a principal, revirando-se no centro de tudo, era: por quê? Por que Matthew dera o medalhão da Dama a ele? Por que Justice o levara para o Salão? Por que a Regente Anciã dissera que ele era aquele que os Regentes procuravam? Por que os Regentes olhavam para ele daquele jeito, com medo, assombro e esperança?

— Vocês acham que eu sou ela, de alguma forma.

A Regente Anciã assentiu devagar.

— Você tem o sangue dela, que foi passado a você por sua mãe. O Sangue da Dama é forte. — A voz da Regente Anciã era grave. —

ASCENSÃO DAS TREVAS

Forte o suficiente para matar um rei antigo. Por isso Simon está atrás de você. — Ela olhou para ele. — Está tentando trazer de volta o Rei das Trevas. É seu único desejo... seu principal objetivo. Sob o domínio do Rei das Trevas, a magia sombria voltaria ao mundo, os humanos seriam massacrados e subjugados à medida que o passado fosse trazido para o presente. Simon quer governar tudo como o herdeiro do Rei das Trevas. E o Sangue da Dama é a única coisa que pode impedi-lo.

— Minha mãe... deveria matar o Rei das Trevas?

Mais tarde, Will se lembraria daquilo como o momento em que entendeu, o momento em que todas as peças se encaixaram, formando uma imagem que ele não queria ver.

O destino de sua mãe...

A mente dele disparou de volta para Bowhill, quando Will estava ajoelhado ao lado da mãe, enquanto o sangue dela encharcava o chão. Então ele entendeu: as últimas palavras de sua mãe, a morte dela e o motivo, o porquê de tudo o que estava acontecendo com ele. *Will, prometa.*

Os dedos de Will se fecharam sobre o medalhão. Ele se lembrou da Dama olhando direto para ele pelo espelho. De sua mãe arquejando: *Fuja.* Sentiu os dedos começarem a tremer, mas os conteve, agarrando o medalhão com mais força.

— Eleanor impediu Simon antes, há muitos anos. Ele matou a irmã dela, Mary, sua tia, em sua tentativa inicial de trazer de volta o Rei das Trevas. Mas se tratava de seus primeiros e mais descuidados esforços. Ele está muito mais perto do objetivo agora. E, com Eleanor morta, acredita que não exista nada em seu caminho. — A Regente Anciã encarou Will. — Exceto você.

— Exceto eu — repetiu Will, tentando compreender a magnitude da afirmação. — Mas não sou... Eu não posso...

Ah, Deus, ele podia ver os olhos da Dama cravados nele, como os olhos de sua mãe, encarando-o. *Will, prometa.* Ela sabia. Sabia. Tantos meses, tantos anos fugindo...

Ele sabia que sua mãe sentia...

Medo.

Mas jamais soubera de quê.

— Você tem o Sangue da Dama, Will — disse a Regente Anciã. — E ela ainda combate o Rei das Trevas. Através de você.

Ele encarou a Regente Anciã, sentindo o vazio frio da sala de pedra, os galhos pretos da Árvore morta como rachaduras no mundo.

— Não posso combater o Rei das Trevas.

A Árvore parecia debochar dele, prova de que Will não podia fazer o que eles queriam.

— Não tenho o poder dela.

Inconscientemente, ele agarrou o medalhão, que se enterrou na cicatriz em sua mão.

— Olhe para o medalhão — pediu a Regente Anciã. — Você consegue ler o que está escrito, não é? Você conhece as palavras do idioma antigo. Mesmo que não entenda o motivo.

Ele baixou os olhos para as palavras gravadas na superfície curva do metal. Era verdade que ele podia lê-las, mesmo quando não deveria, pois estavam escritas em uma língua que jamais estudara.

Não posso retornar quando for chamada para lutar
Então vou ter um bebê

Era uma mensagem enviada através do tempo. Uma mensagem para ele, pensou Will, sentindo a pele esfriar. A Dama tinha gravado o metal para que ele lesse. Tinha sido passado de mão em mão, inúmeras vezes ao longo dos séculos. E tinha chegado até ele, como ela pretendera.

No espelho, a Dama havia olhado para Will como se o reconhecesse.

— Minha mãe — disse ele, com dificuldade de processar tudo. — Ela sabia?

— Muitos carregaram o Sangue da Dama — explicou a Regente —, mas apenas um vai estar presente na batalha final. E a batalha final está se aproximando. Aqueles de nós com o Sangue dos Regentes também sentem.

Você sente... Como ela sentia... Ele pensou na mãe em seus últimos momentos, no desespero quando ela olhou nos olhos de Will.

— Treinar a vida inteira para enfrentar uma ameaça que pode nunca vir é diferente de começar a ver os sinais, os presságios de que o retorno do Rei das Trevas é iminente.

O rosto da Regente Anciã estava sério, mas Will só conseguia sentir a ponta dura do medalhão em suas mãos. Ele tremia.

— Os sinais?

— Você conheceu James St. Clair. Você já viu o que ele pode fazer? Will assentiu.

— James não é um descendente do mundo antigo como você. — A Regente Anciã fez uma pausa, seus olhos estavam graves. — É um Renascido, um dos presságios mais assustadores. Nos últimos dias, o Rei das Trevas ordenou que os maiores generais, servos e escravizados dele fossem mortos, de forma que pudessem renascer com ele e inaugurar junto o seu reino. O guerreiro mais mortal era chamado de o Traidor. Dizem que era o mais brilhante símbolo da Luz, até que ele traiu os seus para servir ao Rei das Trevas. Ele se tornou o general mais cruel do Rei das Trevas, um assassino impiedoso, conhecido por sua beleza, seus olhos azuis e seu cabelo dourado.

— Você quer dizer que...

— James não é apenas um descendente. Ele *é* o general do Rei das Trevas, renascido no nosso tempo. É jovem agora, mas quando aumentar seu poder, ele vai ser mais terrível do que você ou eu conseguimos imaginar, pois não é um de nós. Não é humano e está aqui com apenas um propósito: preparar o caminho para o seu mestre...

Um calafrio intenso percorreu Will, e todas as sombras na sala pareceram se aprofundar e crescer quando ela prosseguiu:

— Sarcean, o Rei das Trevas, o eclipse final, a noite sem fim, cujo reino das trevas vai dar um fim ao nosso mundo.

Sarcean.

O nome o atingiu como fogo preto, como algo que Will sempre soubesse e que tivesse voltado à vida com fulgor até ameaçar sobrepujá-lo.

Ele se lembrou do *S* rudimentar gravado a fogo nos pulsos dos homens de Simon e das palavras de Justice na estalagem Cervo Branco:

Aquele S *é o símbolo de algo mais antigo, uma insígnia terrível com poder sobre os seus seguidores que nem mesmo eles compreendem por completo.*

Sarcean.

Will voltou a visualizar uma sombra se estendendo do passado, espalhando-se sobre Londres, sobre a Europa, sobre um mundo que não tinha defesas porque tinha se esquecido. Na sua visão, tanto antigamente quanto naquele momento, as luzes se apagavam uma a uma, até que tudo estivesse escuro e quieto.

Ele impediria aquilo se pudesse, pensou Will. Impediria aquilo de se repetir. Provaria para a mãe que...

— O que eu preciso fazer?

A Regente Anciã não respondeu de imediato, apenas o estudou.

— Você disse que Simon estava perto. Disse que minha mãe o impediu no passado, mas que agora ele estava quase atingindo seu objetivo. Como?

Dava para ver nos olhos da anciã que havia algo que ela não queria contar a ele, e, de repente, Will ficou desesperado para saber. Começou a encarar Simon como alguém que ele poderia combater, como um desafio que ele poderia enfrentar.

— Simon adquiriu uma coisa — disse a Regente Anciã depois de uma pausa. — Uma coisa de que precisa há muito tempo. Podemos dizer que é a última peça de um quebra-cabeça que ele está tentando montar... Estamos trabalhando para recuperá-la antes que ele consiga.

— Ela não contaria mais nada. — Os Regentes estão aqui para impedir Simon. Vamos lutar e evitar que ele traga de volta o Rei das Trevas a qualquer custo. — Os olhos dela eram resolutos. — Mas se falharmos, você precisa estar pronto.

— Pronto. — Will sentiu uma compreensão fria se assentando dentro de si, uma verdade terrível que ele não conseguia afastar. *Will, prometa.* Essa era a última parte, a percepção final nos olhos de sua mãe. — Vocês pretendem matá-lo. É isso que você acha que preciso fazer. Matar o Rei das Trevas antes que o novo reinado dele acabe com o mundo.

— Você precisa estar pronto para enfrentar um inimigo diferente de qualquer outro que tenha encontrado. Um que vai tentar transformar sua mente em trevas, converter você à causa dele, mesmo enquanto acaba com este mundo para abrir o caminho. Uma força implacável derrubando qualquer um que se oponha a ele, extinguindo até a última fagulha de luz e esperança, até os confins da terra.

A Regente Anciã pegou a tocha da parede.

— Olhe. Sei que você consegue ler o que eles escreveram.

Ela segurou a tocha erguida, iluminando a escuridão acima das portas imensas. No alto, havia palavras entalhadas na pedra de modo rudimentar.

Will congelou, ouvindo apenas metade do que a Regente Anciã dizia.

— Estas portas marcam a entrada da fortaleza interior. É a parte mais antiga e mais forte do Salão. Foram escritas acima de cada porta de cada fortaleza de cada cidade. São as palavras que as pessoas liam ao se abrigarem, quando suas muralhas externas tinham sido derrubadas. Enquanto esperavam no escuro... seu último grito, seu maior medo... mesmo enquanto suas portas eram arrombadas, e elas encaravam o que havia do outro lado.

Will quase conseguia sentir o medo das pessoas enquanto se amontavam. A luz da tocha tremeluziu sobre as palavras.

Ele sabia o que estava escrito. Conseguia entender a língua que o povo do mundo antigo havia entalhado na rocha enquanto se protegia na escuridão.

Ele está chegando

CAPÍTULO DOZE

— Você é leal a ele, não é? — perguntou Justice.

Estava falando de Will.

— Ele salvou a minha vida.

Um estranho salvou a minha vida no dia em que eu descobri que minha família planejava me matar. Will podia ser um estranho, mas era o único ali que sabia o que ela era. Sabia, e mesmo assim tinha ficado ao seu lado.

Depois de um longo olhar observador, Justice continuou, parecendo tomar uma decisão:

— Venha comigo. Tem uma coisa que desejo que você veja.

As palmas das mãos de Violet ficaram suadas enquanto eles seguiram para a ala leste do Salão. Estar sozinha com Justice a deixava nervosa. O motivo era sua presença imponente e o perigo onipresente do que ele faria se descobrisse que ela era um Leão.

Virando uma esquina, ela ouviu os mesmos sons metálicos baixos de luta com espadas que tinha ouvido em seu quarto naquela manhã. Ela avançou em direção aos ruídos, passando por uma fileira de colunas, até chegar a uma arena aberta.

Então Violet viu as linhas ordenadas de jovens guerreiros. Havia mais ou menos vinte noviciados. Todos usavam as mesmas túnicas cinza-prateadas que Violet e Will tinham recebido, bordadas com a estrela dos Regentes, com saias que chegavam à metade das coxas. Todos se mexiam em sincronia, realizando um padrão de movimentos com espada que fluía de um para outro, idênticos. Ela observou, hipnotizada, enquanto as espadas se erguiam graciosamente e depois formavam um arco para a direita.

Um menino era surpreendentemente melhor do que os outros. Seu cabelo longo voava à medida que a espada cortava o ar. Ela pensou que o conhecia de algum lugar. *Cyprian*. O noviciado que acompanhara Will até o salão principal.

Violet não conseguia tirar os olhos dele. O rapaz era extremamente belo, da mesma maneira como uma estátua é bela — o nariz, os olhos e os lábios, todos tinham uma simetria perfeita. Mas era o jeito como ele se movia, como se fosse o Regente ideal, que a fazia desejar ser como ele, se encaixar em algum lugar tão bem quanto ele se encaixava, encontrar um lugar onde ela...

— *Alto!* — gritou Cyprian.

Os noviciados pararam de imediato, as espadas estendidas com uma precisão irredutível. Ela era a interrupção, percebeu Violet, de repente. Estavam todos olhando para ela, que reprimiu o instinto de dar um passo para trás.

— O que você está fazendo aqui, forasteira?

A voz de Cyprian era fria. Ele atravessou o pátio de treino para confrontá-la, ainda portando a espada.

— *É aquela menina.* — Violet ouviu um dos noviciados dizer atrás de Cyprian. — *A menina que veio de fora.*

— Está aqui para espionar o nosso treinamento?

Ela corou.

— Ouvi vocês do corredor. Não sabia que não tinha permissão de assistir.

— Treinamento dos Regentes é privado. Forasteiros não pertencem.

— Eu a trouxe aqui — interrompeu Justice, chegando por trás de Violet. — Ela é nossa convidada de honra, e não faz mal que ela assista ao treino.

— Você não deveria estar procurando meu irmão?

Justice hesitou.

— É dever de um Regente oferecer ajuda a todos que precisam — começou Justice em um tom de voz levemente repreensivo.

Cyprian não se intimidou:

— Você mal é um Regente, andando por aí sem um irmão de escudo. Debochou de nossa Ordem com seus erros e sua inconsequência.

— Basta, Cyprian — falou Justice, em um tom mais severo. — Você pode se destacar entre os noviciados, mas ainda não tem a autoridade de um Regente.

Cyprian aceitou a repreensão, mas sem baixar o olhar.

— Justice pode achar que você é de confiança, mas eu não acho — falou ele com os olhos frios fixos em Violet. — Vou ficar de olho em você.

— Não deixe que Cyprian a abale. Ele se esforçou a vida toda para agradar ao pai, e o Alto Janízaro Jannick não aceita forasteiros muito bem.

Justice a levara para um aposento que parecia pertencer a um salão de treinamento em desuso. As paredes eram adornadas com armamento antigo. Ele falou com gentileza, mas estar sozinha em uma sala com Justice não era reconfortante. A sensação de perigo voltou dez vezes mais intensa. Usando o uniforme branco, o Regente era um guerreiro em um lugar feito para lutar, parte do espaço estava repleto dos fantasmas de batalhas de um passado antigo. As palavras de Cyprian ressoavam na mente de Violet.

— Por que você me trouxe aqui?

Violet tentou manter a voz calma.

Ela ainda conseguia ouvir os sons dos noviciados treinando, embora estivessem distantes. Eram um lembrete de que ela estava ali sob falso pretexto. De repente, ficou com medo de Justice dizer que ela não podia permanecer no Salão. A insistência de Will de que Violet era sua amiga, de que não iria a lugar algum sem ela, a tranquilizava apenas até certo ponto.

Se fosse enviada de volta a Londres, não teria para onde ir. Violet esperou, tensa. Mas Justice não respondeu à pergunta diretamente.

— Esta é a sala em que eu treinei por muitos anos quando era menino.

ASCENSÃO DAS TREVAS

Justice avançou com um ar de nostalgia.

— Você treinou aqui?

— Eu praticava os movimentos aqui sempre que tinha tempo. Foi assim que cheguei ao Salão.

— Chegou?

Justice assentiu.

— Cyprian é um dos poucos nascidos no Salão. A maioria dos Regentes é Chamada. Acontece por volta dos sete anos, às vezes antes. — Ela se lembrava de Justice dizer que aqueles de sangue Regente eram Chamados do mundo todo. Os pais de Cyprian deviam ser janízaros, pois Regentes faziam voto de celibato. — Para aqueles de nós que são Chamados, o Salão é como um lugar que conhecemos desde sempre, e tudo aqui tem um tipo de sentido próprio. Seu amigo Will também se sentiu assim. Ele é Sangue da Dama, como eu sou Sangue dos Regentes. Nós compartilhamos uma conexão com o mundo antigo. Você, por outro lado... Você é a primeira forasteira de verdade a pisar no Salão.

Forasteira. Cyprian a chamara assim. Achava que ela fosse uma menina comum trazida de Londres. Estava errado. Ela possuía a própria conexão com o mundo antigo. Mas não era uma sobre a qual poderia contar aos Regentes.

— Foi por isso que você me mostrou aqueles guerreiros?

— Eu mostrei para que você pudesse ver nossa missão. Relíquias do mundo antigo ainda existem. A Lâmina Corrompida, o Escudo de Rassalon... Regentes vasculham o mundo inteiro em busca de objetos que sobreviveram àquela época. Vestígios mantidos por colecionadores que não sabem o que têm em mãos, fragmentos do passado que vêm à tona em escavações... Nós destruímos esses artefatos sombrios assim que os encontramos, ou os trancafiamos para evitar que causem mal. Quando precisamos, batalhamos contra o mal que liberam ou que é despertado em escavações arqueológicas que foram fundo demais no passado.

"Mas a verdadeira luta está se aproximando. Seu amigo Will está no centro de uma grande batalha. Ele pode ser o único com o poder de conter o Rei das Trevas.

— O que isso tem a ver comigo?

Para surpresa de Violet, Justice foi até uma das estantes, pegou uma das longas espadas de prata e a estendeu com o cabo voltado para ela.

— Aqui.

Uma espada. Igual às que os noviciados estavam usando quando ela os vira treinando. Seu coração começou a bater mais rápido ao notar a maneira resoluta com que ele a ofereceu.

Justice queria que ela a segurasse. Violet a pegou, testando timidamente o peso da arma. Jamais havia segurado uma espada, e ficou surpresa tanto com a solidez quanto com a força do objeto.

Então, desconcertada, Violet ficou encarando Justice na outra ponta da espada.

— Você ouviu as palavras "Irmão de escudo". Regentes fazem tudo em duplas. Recebemos um parceiro quando vestimos o uniforme branco. Uma pessoa ao lado de quem lutar e a quem proteger.

— Era isso que Marcus era para você? Um irmão de escudo? — perguntou Violet.

— Sim.

Ela encarou os olhos castanhos cálidos de Justice, lembrando-se do quão desesperadamente ele havia procurado por Marcus no navio.

— Você poderia ser isso para o seu amigo — disse ele.

Violet fechou a mão em torno do cabo e ergueu a espada. Estremeceu com a mesma sensação de destino que havia sentido quando vestiu as roupas de Regente, uma conexão com o passado, como se empunhasse uma espada em uma batalha antiga.

Pensou em Will, depois na sequência que vira os noviciados praticarem. Tentou imitá-la, dando um passo à frente e formando um arco com a espada para a direita. Sentiu como o movimento foi desajeitado: novo para seu corpo, algo que não fluía com facilidade. Uma imitação grosseira. Violet não tinha a graciosidade dos Regentes. Terminou o primeiro movimento com a testa franzida, sabendo que podia fazer melhor.

Mas quando ergueu o rosto para Justice, viu que o havia surpreendido.

— Você fez isso de memória?

ASCENSÃO DAS TREVAS

Ela assentiu.

— Tente o segundo movimento.

Dessa vez, quando ela começou o arco lento, Justice ergueu a própria espada para encontrar a dela em um contramovimento, como se estivessem se chocando em uma batalha estilizada.

— Agora o terceiro.

A espada dele encontrou a dela de novo, dessa vez no golpe descendente. Então ele começou um ataque lento e amplo, que mirou o pescoço de Violet. A garota se viu erguendo a espada para o quarto movimento, que era, de alguma forma, um bloqueio perfeito para o ataque do Regente. Dessa vez, foi ela quem ficou surpresa.

— Nós treinamos para o oponente que enfrentaremos — explicou Justice, respondendo à expressão dela — quando chegar o dia em que vamos ser chamados para lutar.

Justice, em seu uniforme de Regente, a encarou com uma espada na mão. Suas lâminas se uniram de novo quando Violet executou o quinto movimento, e Justice se tornou o oponente. A sequência bela e abstrata de repente tinha um propósito. Ela encarou Justice do outro lado do aço exposto. Seu coração batia forte, mas não era devido ao exercício.

— Relaxe as mãos. Não precisa segurar o cabo com tanta força.

Emular uma luta com ele era desconcertante, mas emocionante. *Você tentou matar meu irmão.* Outro movimento. *Regentes mataram o primeiro Leão.* Outro. Ela se lembrou de Tom, seu irmão Leão, bloqueando a espada de um Regente com uma barra de ferro um momento antes de enterrá-la no peito do oponente.

— Menos peso no pé dianteiro.

Parecia assustador, mas certo. Ela havia sonhado em participar de uma batalha, mas nunca pensara que estaria treinando para lutar contra Simon.

— Ponta da lâmina mais alta. Estabilize-a.

A sequência era incessante. Os braços dela tinham começado a doer, e sua túnica estava úmida de suor. Cyprian tinha feito a sequência parecer fácil. Justice, movendo-se com ela como contrapartida, fazia parecer fácil.

Só restavam três movimentos.

Por que um Leão não poderia lutar pela Luz? Por que ela não poderia encontrar um lugar ali? Ela era tão forte quanto qualquer Regente.

Dois movimentos.

— Seu amigo carrega um grande fardo. Se ele for o que a Regente Anciã acredita que seja... Quando as trevas chegarem, ele vai precisar de um protetor. Alguém que vai ficar ao lado dele. Alguém que o defenderá. Alguém que possa lutar.

Um.

— *Eu posso lutar* — disse ela entre os dentes trincados.

Com uma descarga de determinação, Violet concluiu o movimento final. Ofegante, olhou para Justice, vitoriosa.

— Que bom. — Ela sentiu a empolgação por ter conseguido. — Agora faça de novo.

Justice recuou um passo, abaixando a espada.

— De novo! — exclamou ela.

Horas depois, ele a mandou parar. Pingando de suor e trêmula por causa da exaustão, Violet olhou para Justice. Sua visão estava embaçada, e seus braços e pernas, no limite da resistência. Ela mal conseguia erguer a espada.

— Seus movimentos são rudimentares. Você não é uma Regente. Não tem nosso treinamento. Mas tem a coragem, e eu vou ensinar você — afirmou Justice.

Ela o encarou... ele era um Regente, um inimigo de seu pai.

Mas ela não precisava seguir o pai. Podia forjar o próprio destino. Violet afrouxou a mão sobre a espada.

— Então me ensine.

Completamente exausta, ela mal se deu conta de que já estava de noite. Depois que o treino acabou, Violet não queria nada além de se jogar na cama e apagar. Mas se encontrou voltando para o salão principal.

Àquela hora, não havia mais ninguém no lugar, apenas as pilastras brancas fantasmagóricas se estendendo na escuridão. Os passos de Violet ecoaram, alto demais. O altar surgiu na escuridão, os quatro tronos vazios a encararam de volta.

Tinham a aparência de um tribunal majestoso, reinando supremos acima de tudo que era levado diante deles.

Mas Violet não fora até ali por isso.

O pedaço de escudo quebrado pendia da parede. Ela parou diante do objeto e ergueu os olhos para o rosto de Rassalon, o Primeiro Leão.

O leão pareceu encará-la de volta. Seu semblante parecia tão nobre. Sua grande juba era formada por orgulhosos arabescos metálicos ao redor do focinho, seus olhos estavam sérios acima do nariz.

Quase parecia que ele tinha algo a dizer a Violet. *O que é?*, pensou ela, desejando de súbito poder falar com ele também. *Não estou traindo você por treinar com os Regentes. É o que você faria também. Não é?* Como algo tão digno quanto um Leão poderia ter lutado pelas trevas?

Violet fez o que não tinha ousado fazer antes: estendeu a mão e tocou o rosto do animal.

Um som às suas costas. Ela se virou, o coração batendo forte.

Cyprian.

Ele havia chegado de um treino noturno, como ela, ainda armado e usando a túnica de luta.

— Está me seguindo? — perguntou ela, desafiadora.

Ele também havia treinado o dia todo, mas parecia irritantemente perfeito, sem um único fio de cabelo fora do lugar, como se as horas de luta fossem fáceis para ele. Violet sabia muito bem que sua testa estava suja de terra e seus cachos cheios de suor.

Sou mais forte do que você, pensou ela em provocação. Mas seu coração acelerava por causa da culpa. Será que ele a vira tocar o escudo?

— O que está fazendo em nosso salão?

A mão dele estava no punho da espada.

— Estou apenas dando uma caminhada. Ou isso não é permitido?

Ele olhou para o escudo, então para ela.

— Este é o Escudo de Rassalon.

O coração dela acelerou ainda mais. Violet não podia explicar o que a levara até ali, a conexão que sentia com a criatura antiga.

Violet corou.

— Não me importo com um escudo velho.

Cyprian contraiu a boca, irritado.

— Seja lá o que você esteja escondendo, vou descobrir.

Não era justo. *Nascido no Salão*, dissera Justice, e, de fato, parecia que ele havia nascido ali; encaixava-se melhor do que ela jamais se encaixara em qualquer lugar. A ansiedade se transformou em escárnio:

— Tentando puxar o saco do seu pai?

Em vez de responder, Cyprian olhou de volta para o escudo, como se estivesse olhando direto para o passado, a postura reta e os olhos fixos.

— Leões são servos das trevas. Quer saber o que os Regentes fazem com eles?

— O quê? — perguntou ela.

A resposta fez com que Violet ficasse paralisada.

— Nós os matamos. Nós matamos todos que encontramos.

CAPÍTULO TREZE

— Justice disse que você lutou contra James — disse Emery.

Com mais ou menos dezesseis anos e o cabelo castanho longo ao estilo dos Regentes, Emery era um noviciado de aparência tímida que Will vira treinando com Cyprian. Tinha acabado de se aproximar com seus dois amigos, Carver e Beatrix, em seu encalço, e esperava, de olhos arregalados, a resposta de Will.

— Não... exatamente — falou o rapaz, com cautela.

De volta da ala de suprimentos, Will carregava duas túnicas sobressalentes, uma capa e um par de botas com forro de pele. As túnicas eram leves, mas a capa e as botas que ele recebera eram macias, quentes e feitas para o inverno — haviam sido confeccionadas com uma técnica de artesanato impressionante, como se tivessem sido tecidas com fios de luar prateado ou da mais macia e delicada nuvem.

— Mas você o viu? — perguntou Emery.

O menino usava uma túnica cinza-prateada como as que Will estava segurando. Falava sobre James como se Will tivesse encontrado uma criatura mítica, uma Hidra ou um Tifão.

James é um Renascido, lembrou-se Will. Um fragmento vivo do mundo antigo. Os Regentes passavam a vida estudando as histórias e tentando recuperar informação sobre o que foi esquecido a partir dos artefatos que coletavam, mantendo os velhos costumes da melhor forma que conseguiam lembrar. Dava para perceber o espanto de Emery, o mesmo que o de um pesquisador frente a frente com seu objeto de estudo.

— Como ele é? Ele falou com você? Como você fugiu?

— Emery — repreendeu Carver, interrompendo a profusão de perguntas. Então, para Will, disse: — Espero que a curiosidade dele não importune você. Não passamos muito tempo com forasteiros. E, para nós, o Renascido é algo saído das lendas.

Carver era o mais velho dos três noviciados, com mais ou menos dezenove anos, cabelo preto e o tom de voz sério de alguém que não fala muito. Embora fosse bem mais alto do que os demais, possuía um aspecto reservado.

— Tudo bem — afirmou Will. Então, para Emery, respondeu: — James estava no cais. Eu o distraí apenas para que a gente pudesse escapar. Justice nos disse para fugir, e estava certo. Mesmo com uma vantagem na distância, quase não escapamos. Mas não foi James quem nos perseguiu; foram três homens com rostos pálidos e olhos fundos usando peças de armadura preta.

— Os Remanescentes — completou Emery, de olhos arregalados.

— Então é verdade. Simon está mesmo se movimentando. — A voz de Beatrix tinha vestígios de um sotaque de Yorkshire. Will sabia que muitos noviciados nasciam fora do Salão, mas ainda era estranho pensar neles sendo Chamados de um lugar tão comum quanto Leeds. — É por isso que mudaram a data do teste.

— Isso pode ser por muitos motivos — falou Carver.

— Teste? — questionou Will.

— Para nos tornarmos Regentes — respondeu Emery. — Ele vai passar no teste, depois aceitar as vestes brancas e se sentar com os Regentes à mesa alta.

— Não é certeza — retrucou Carver, corando. — O teste é difícil e muitos fracassam. E não há vergonha nenhuma em se tornar um janízaro.

— E você, Will? Vai treinar com a gente?

Beatrix estava prestando atenção em Will.

— Não, eu... — Will não tinha se permitido pensar sobre os dias seguintes, mas tudo se tornou real quando ele expressou em voz alta: — Vou treinar com a Regente Anciã.

Ele viu o choque no rosto dos noviciados. *Treinar magia.* As palavras não ditas pairaram no ar. A reação dos noviciados fez com que ele percebesse que magia também era algo mitológico para eles. Seus olhos tinham a mesma expressão de quando falaram sobre James.

A ideia de treinar o deixava nervoso, ao mesmo tempo que Will se sentia atraído por ela, cheia de promessas. O fato assumiu um peso maior quando ele viu a reação dos noviciados, como se Will estivesse prestes a embarcar em algo além da compreensão deles.

— Nunca soube da Regente Anciã aceitando um aluno — disse Beatrix.

— Nem mesmo Justice — completou Emery.

— Você recebeu uma grande honra. — Carver saiu do seu estupor com um aceno de cabeça. — Regentes e janízaros se aconselham com a Regente Anciã. Ela tem um conhecimento que ninguém mais possui, e, se está treinando você, tem um propósito em mente. É a Regente mais sábia e mais poderosa do Salão.

Justice dissera a mesma coisa. Will se lembrava da forma como a Regente Anciã tinha olhado para ele na noite em que chegara ao Salão, como se estivesse vendo seu coração. Will queria ter certeza de que jamais a desapontaria.

— Algum conselho? — perguntou ele.

— Não se atrase — respondeu Beatrix, enquanto um treinador de cenho franzido os chamou com uma palavra ríspida, e os três noviciados saíram correndo para as aulas.

— Treinar alguém para usar magia... nunca aconteceu aqui. — Os olhos da Regente Anciã estavam sérios. — Não por um Regente. Nem por ninguém desde que a última das antigas cidades caiu e a magia desapareceu do mundo.

Will entrou na Câmara da Árvore. Os galhos mortos eram como rachaduras, provocando um arrepio em Will. Ele olhou para a Regente Anciã, uma figura de branco nevado ao lado da Árvore escura, segurando uma única vela.

— Regentes fazem magia — disse Will.

Os Regentes no pântano tinham feito os Remanescentes recuarem com um escudo invisível. Ele se lembrou dos cães pretos fugindo, se lembrou dos rostos pálidos dos Remanescentes se acovardando.

Mas a Regente Anciã balançou a cabeça.

— Regentes usam artefatos do mundo antigo. Não temos magia própria.

— Eu vi Regentes conjurarem luz. — A memória da luz branca no pântano era vívida. — No pântano. Um escudo de luz para afastar os Remanescentes...

Era brilhante e violenta, e pareceu envolver e proteger os Regentes, afastando as criaturas que os perseguiam.

— Regentes que patrulham fora dos limites levam pedras com eles. Nós as chamamos de pedras de proteção, mas, na verdade, são pedaços da parede externa do Salão, que tem seu próprio poder de repelir invasores.

— Pedras de proteção?

Ele pensou na barreira estranha e invisível que cercava o Salão, escondendo-o do mundo exterior. Será que doze Regentes cavalgando em formação poderiam criar um escudo ao carregar pedras pertencentes ao lugar?

— A força das pedras de proteção se dissipa à medida que se afastam da muralha, mas, até às margens do Lea, elas ainda têm algum efeito. — Os Remanescentes e a matilha de cães recuando para o outro lado do rio... — Toda a magia dos Regentes vem desses artefatos. Usamos o que sobrou, embora os artefatos do mundo antigo sejam poucos, e não possamos refazer nem consertar o que quebra ou se perde. Ninguém mais se lembra de como fazer isso. — A Regente Anciã sorriu com tristeza enquanto observava os galhos mortos da Árvore; então ela olhou para Will. — Mas seu poder é diferente... É parte de você, está no seu sangue.

Meu sangue. As palavras ainda o enchiam de inquietude nauseante. Deixavam Will ainda mais determinado a fazer aquilo, e ainda mais frustrado por não conseguir.

Mas ele já vira magia uma outra vez. E não tinha sido em um artefato; tinha sido poder puro, conjurado com o brilho de olhos azuis perigosos.

— James consegue fazer magia — disse ele.

A Regente pensou por um instante.

— Você está certo, mas ele é um Renascido. O conhecimento dele é inato. Ou talvez Simon tenha se sentado com ele, rodeado de velhos livros e se apoiando em boatos, sem perceber que estava treinando uma criatura muito mais poderosa do que ele mesmo, arriscando a própria vida com o que poderia libertar. — Ela olhou para Will, um olhar longo e firme. — Nenhum Regente treinaria um Renascido.

— Por quê?

— Por medo de que usassem seu poder para o mal, e não para o bem. E de que se tornassem algo que não poderia ser impedido, nem controlado.

A ideia de Simon treinar James fez o estômago de Will se revirar. Começar o próprio treinamento era como seguir os passos de James, mas com anos de atraso. Will queria se equiparar a ele, mesmo que a ideia de James ser um Renascido fosse perturbadora, mas fascinante.

— Os livros de nossas bibliotecas se desfizeram, depois foram reescritos e se desfizeram de novo. Nada resta do idioma antigo que você poderia ter sido capaz de ler. Temos apenas trechos em árabe e em grego e francês antigos. — A Regente Anciã gesticulou para que ele a acompanhasse ao outro lado da sala, onde levou uma vela até uma mesa de pedra com duas cadeiras. — Juntos, vamos caminhar por essas trilhas antigas que não são percorridas há séculos. E hoje começamos aqui. No lugar onde a magia um dia fluiu, que a magia surja novamente.

Will olhou para a Árvore morta. Era tão grande que seus galhos se estendiam sobre ele e a Regente, como rachaduras escuras no céu. Parecia um testemunho de tudo que Will não podia fazer: um pedaço do mundo morto que ele não podia trazer de volta à vida. Ele a havia tocado, mas não sentira nenhuma fagulha nela, ou em si mesmo.

— Ignore a Árvore. — A Regente Anciã trouxe a vela à frente e a colocou sobre a mesa pequena. — Começamos onde a luz já existe. Com uma chama.

Ela se sentou de um lado da mesa e gesticulou com a cabeça para que ele se sentasse no outro.

Devagar, ele a obedeceu. A vela estava entre os dois, mas Will ainda estava prestando muita atenção nos galhos ramificados da Árvore morta, acima.

— O poder de impedir o Rei das Trevas está dentro de você, Will. Mas você está certo sobre James. Se quiser combater o Rei das Trevas, vai precisar enfrentá-lo primeiro.

Ela parecia tão segura, mas ele não sentia nada além de um turbilhão de dúvidas. James não parecera precisar de nada além de concentração para controlar o ar. Mas se Will pudesse usar magia, estava além de seu alcance.

E se eu não conseguir?, pensou. Lembrou-se de James com a mão estendida e a caixa pairando no ar, acima de sua cabeça. *E se eu não tiver esse poder?*

Ele inspirou.

— Como?

— Com luz. Olhe para a vela e tente mover a chama.

Ele se sentou diante da vela. Era lisa e de cor creme, feita de cera de abelhas, não de sebo. A chama era um losango ereto, luminosa e constante. Will olhou e pensou: *Mexa-se*. Nada aconteceu, não importava o quanto ele quisesse. Uma ou duas vezes, ele sentiu uma pontada aleatória de esperança. *Será que consigo?* Mas os poucos movimentos e tremeluzires da vela se davam graças às correntes de ar, e não a ele.

— Como você fez com a Árvore de Pedra, busque sob a superfície. Procure por um lugar no interior — instruiu a Anciã.

No interior. Ele manteve os olhos na chama, *desejando* que ela se movesse. Era uma sensação boba, como tentar olhar com mais intensidade ou se concentrar no fundo da mente.

Havia fracassado em acender a Árvore. Mas o fogo à sua frente era apenas uma faísca. Uma chama. Ele fechou os olhos. Tentou imaginá--la, transformá-la não apenas em uma imagem, mas em uma verdadeira corporificação. Sentia que estava tremendo. Se ao menos pudesse...

Will abriu os olhos, arquejando. Nada. A vela estava parada. Nem sequer um tremor.

A Regente Anciã o observava.

— Havia uma espada no navio. Uma arma que cuspia fogo preto. Justice disse que você a chamou para a sua mão. O que aconteceu? — perguntou ela, baixinho.

— Eu não queria que as pessoas morressem.

— Então você convocou a Lâmina Corrompida.

Ele não queria falar sobre o assunto.

— Eu não estava tentando fazer isso. Ela simplesmente pareceu vir até mim.

— A espada tinha palavras no idioma antigo gravadas na bainha. Você se lembra do que diziam?

Ele se lembrava das marcas desbotadas na bainha, gravuras que sentiu sob as mãos, mas...

— Não consegui ler a inscrição. Estava desgastada.

Uma bainha preta como azeviche com marcas desbotadas pelo tempo e pelo toque de centenas de mãos.

— A Chama nem sempre foi corrompida. Um dia, ela foi a Espada do Campeão.

— Espada do Campeão?

A expressão da Regente Anciã era acolhedora à luz da vela, que transformava o branco de seu cabelo e túnica em dourado-claro.

— Chama-se Ekthalion e foi forjada pelo ferreiro Than Rema como uma arma para matar o Rei das Trevas. Dizem que um grande Campeão da Luz a portou para combatê-lo... mas não conseguiu fazer mais do que tirar uma única gota de sangue do Rei das Trevas. Foi o que bastou para corromper a Lâmina. Você viu a chama preta. Esse é o poder contido em uma única gota de sangue do Rei das Trevas.

Ela se inclinou para a frente ao falar, e Will teve a impressão de que a Árvore e as pedras na sala estavam prestes a ouvir.

— Mas há outra história. Uma que diz que aquele com o coração de um campeão vai ser capaz de empunhar Ekthalion e até mesmo limpá-la da chama sombria. Se você tivesse sido capaz de ler a inscrição, teria visto as palavras que um dia foram prateadas, antes de a lâmina se tornar preta. *A Espada do Campeão concede o poder do Campeão.*

— Não sou nenhum campeão. Não limpei a lâmina.

— E, no entanto, ela foi até você.

— E agora Simon está com ela.

A Regente Anciã se recostou, e, para surpresa de Will, abriu um pequeno sorriso.

— Mas você não precisa de Ekthalion para derrotar as trevas. Até mesmo aqueles que acham que são impotentes podem lutar com pequenas atitudes. Bondade. Compaixão.

— Os Regentes lutam com espadas.

— Mas nossas espadas não são o que nos torna fortes. O verdadeiro poder dos Regentes não são as nossas armas. Não é nem mesmo a nossa força física. Nosso verdadeiro poder é do que nos lembramos. — E alguma coisa nos olhos dela pareceu distante. — Quando o passado é esquecido, então tem a chance de retornar. Apenas aqueles que lembram têm a chance de afastá-lo. Pois as trevas jamais desaparecem de verdade; elas apenas esperam que o mundo esqueça, de forma que possam se reerguer.

Ela olhou para ele, séria.

— Acho que há um grande poder em você, Will. E quando aprender a usá-lo, vai precisar fazer suas próprias escolhas. Vai lutar com força ou compaixão? Vai matar ou demonstrar piedade?

As palavras agitaram algo dentro de Will. Ele conseguia sentir, embora sua mente quisesse se esconder. Não queria olhar para aquilo. Mas se obrigou, e, quando o fez, ali estava. Não era poder. Mas outra coisa.

— Uma porta — disse Will, tomado pela sensação. — Existe uma porta dentro de mim que não consigo abrir.

— Tente — instruiu a Regente Anciã.

Ele olhou com atenção para dentro de si mesmo. Estava diante de uma porta gigante feita de pedra. Tentou empurrá-la, mas a porta não se moveu. De algum jeito, conseguia sentir que estava selada. E que havia algo do outro lado.

O que havia atrás da porta? Will a empurrou de novo, mas a porta não cedeu. Lembrou-se da batalha dos Regentes e de tudo que dependia de seu sucesso. *Abra!*, pensou ele, esforçando-se para tentar movê-la, arrastá-la, qualquer coisa. *Abra!*

— Tente! — exortou a Regente Anciã de novo.

Will deu tudo de si, cada partícula de força...

— *Não consigo* — disse, profundamente frustrado.

A porta parecia provocá-lo, não importava o quanto ele a esmurrasse, não importava o quanto empurrasse, não importava o quanto forçasse...

— Já basta por hoje — disse a Regente Anciã quando Will veio à tona arquejando do devaneio. Ele não sabia quanto tempo tinha se passado, mas, quando olhou para a vela, ela havia queimado até restar apenas um toquinho. — Acho que você precisa de algo em que se concentrar. Amanhã, vou começar a ensinar a você os cantos dos Regentes. Nós os usamos para acalmar o caos interior e para calibrar a concentração.

Ela se levantou, ainda falando, e Will a seguiu, pensando nos cantos flutuantes dos Regentes que ele ouvia todos os dias de manhã. Sabia que tinham um significado, mas não entendera o seu propósito até aquele momento.

— Os cantos têm sido passados entre nós de geração em geração — explicou a Regente Anciã. — Mudaram ao longo dos séculos, mas um dia foram usados por aqueles com magia no mundo antigo, e acredito que ainda têm algum poder. Venha.

Ela foi até o outro lado da mesa e pegou a vela. Então, como se estivesse enfraquecida, a Anciã cambaleou, e a vela caiu de sua mão. Will correu para pegar o objeto, depois avançou para apoiar a Regente. Ela aceitou, grata.

Mas, por um momento, ele teve a impressão de que a vela não tinha caído da mão dela, e sim *através* dela. Will balançou a cabeça para desanuviar a mente.

— Você está bem?

— Apenas cansada — disse ela, com um sorriso, a mão no braço de Will, sólida e quente. — Um dos efeitos de envelhecer.

— Will! — gritou Emery, acenando para ele e Violet se aproximarem de sua mesa no refeitório.

Os noviciados começaram seus cantos matinais ao alvorecer, e o primeiro sino tocou uma hora antes. Acabaram o treinamento ao pôr do sol. No andar de baixo, no refeitório, filas de noviciados se sentaram ao longo das mesas postas para a refeição vespertina. Sentado com Violet nas cadeiras que Emery gesticulou para que eles ocupassem, Will estava faminto, como se os exercícios com a Regente Anciã o tivessem exaurido.

Violet desembrulhou um pedaço de pão morno enquanto Will se serviu de uma generosa porção de ensopado fervendo, engrossado com cevada e alho-poró. A primeira colherada foi quente, reconfortante e revigorante. Não demorou para que tivesse chegado ao fundo da tigela. Will nunca tinha comido tão bem.

Vários noviciados nas mesas próximas lançavam olhares estranhos a Emery devido à amizade que havia feito com os forasteiros. O garoto não parecia se importar e tinha aberto espaço para que Will e Violet pudessem se sentar com ele, ao lado de Beatrix e Carver.

— Suas roupas estão diferentes — falou Will.

Emery e os amigos não estavam usando as túnicas habituais de noviciados, e sim um traje que se usava sob armadura.

— Vamos sair dos portões. Com os Regentes, em patrulha. Hoje à noite — explicou Emery.

Disse como se fosse incomum.

— Os noviciados não costumam sair das muralhas?

— Não, quase nunca. Quer dizer... os melhores saem, às vezes. —

Como Carver, pensou Will. Ou Cyprian, que estava cavalgando do lado de fora quando Will o conheceu. — Mas, para nós, é um progresso no treinamento. Vamos atravessar o pântano até o Lea, depois seguir para o norte, até a floresta rasteira nas Planícies.

Era engraçado ouvir Emery falando do Rio Lea como se estivesse descrevendo uma missão para um local exótico. Will supôs que, para noviciados que tinham passado a maior parte da vida dentro do Salão, o mundo exterior parecesse um lugar estranho. Tentou, sem sucesso, imaginar Emery e os amigos nas ruas de Londres.

— Você sabe por que estão mandando vocês para fora agora?

Emery balançou a cabeça, então se aproximou para falar, como se fosse um segredo.

— Todos estão dizendo que os Regentes estão se preparando para alguma coisa grande. Querem que os noviciados estejam prontos... tão prontos quanto for possível. Por isso adiantaram o teste de Carver.

— Você mesmo falou — disse Beatrix. — Simon está se movimentando. O Renascido recebeu seu poder. E...

— E? — repetiu Will.

— E você está aqui.

Will corou, sentindo os olhos de todos sobre ele. Sabia o que os Regentes pensavam... sabia que achavam que ele era Sangue da Dama. Que ele poderia matar o Rei das Trevas. Mas quando pensava no que deveria fazer, tudo de que conseguia se lembrar era da Árvore morta e a chama da vela que não se moveu.

— É como a antiga aliança — disse Emery. — Todos nós lutando juntos.

O estômago de Will se revirou. *Não consigo. Não posso ser o que vocês precisam.* Não queria verbalizar o pensamento com todos olhando para ele.

Sentiu o ombro de Violet encostar de leve no seu e ficou grato pelo gesto silencioso de apoio. Respirou fundo para se acalmar.

— Quando é seu teste? — perguntou Violet a Carver.

— Em seis dias.

— E isso é cedo?

— Eu tenho dezenove anos. Noviciados costumam realizar o teste apenas aos vinte. A não ser que o sangue deles seja muito forte.

O jeito calado e sério de Carver era diferente da confiança excessiva de Beatrix e da amabilidade tímida e ingênua de Emery. Os três eram um grupo bastante unido, e ele parecia ser a presença constante que os mantinha unidos.

— Quem será seu irmão de escudo? — perguntou Violet.

Carver balançou a cabeça.

— Ainda não me disseram.

— Não é você que escolhe? — interferiu Will. Ficou surpreso por uma escolha tão importante ser feita por outra pessoa. — Achei que fosse... uma conexão profunda.

Não fazia sentido. Um irmão de escudo não era um parceiro para a vida toda?

— Somos pareados pelos mais velhos — explicou Carver. — A conexão vem depois.

Parecia uma forma arriscada de ganhar um parceiro para a vida toda. E se alguém não gostasse do irmão de escudo? Os Regentes no Salão estavam sempre em duplas. Dormiam juntos, comiam juntos, patrulhavam juntos. Talvez os Regentes fossem tão diligentes que aceitavam qualquer irmão de escudo. Ou talvez, depois de serem pareados, algum tipo de laço se formava.

— Eu achava que poderia escolher Cyprian, mas ele só vai fazer o teste daqui a um mês — disse Carver.

Will olhou para Cyprian. O garoto estava sentado duas mesas adiante, com um grupo de noviciados que Will não reconhecia. De costas eretas e vestido de maneira impecável, o garoto já possuía o aspecto de um Regente. Mas Cyprian tinha dezesseis anos, e Carver dissera que noviciados normalmente faziam o teste aos vinte...

— Ele é três anos mais novo do que você.

Carver assentiu:

— Ele vai ser a pessoa mais jovem a fazer o teste desde a Regente Anciã.

— Então quem vai ter a infelicidade de ser o irmão de escudo de Cyprian? — disse Violet, como se não conseguisse imaginar que alguém fosse querer tal coisa.

Mas Carver respondeu à pergunta com seriedade:

— Provavelmente Justice.

— Mas... ele *odeia* Justice! — retrucou Violet enquanto Will escancarava a boca, chocado.

— Eles são os melhores — falou Carver, como se isso fosse explicação suficiente. — Eles designam Regentes de igual força para formarem duplas.

Mais tarde, Will chamou Violet para conversarem no quarto dele.

— Os Regentes estão se preparando para alguma coisa — falou Will. — Uma missão. Fico me perguntando se tem a ver com o objeto sobre o qual a Regente Anciã me falou. Aquele que Simon pegou.

A Regente Anciã dissera que Simon havia tomado posse de um artefato que usaria para trazer de volta o Rei das Trevas. Mas ela se recusara a dizer o que era. Por quê?

— Você acha que eles vão tentar recuperá-lo?

— Talvez.

Violet estava jogada na cama, ainda com as roupas de treino. Havia largado a espada no chão quando desabou, exausta depois dos exercícios com Justice. Will tinha deixado seu próprio treino de lado quando ela entrou, desviando o olhar da vela e esfregando os olhos cansados.

Pegou a espada de Violet. Era pesada; o simples ato de segurá-la era difícil. Mas aquilo o fazia se distrair da vela apagada e de seu fracasso em progredir. Mais cedo, Violet havia tentado encará-la junto com ele, mas desistiu. Naquele momento, ele tentava um dos movimentos com a espada de Violet e quase enfiou a ponta na cabeceira da cama.

— Assim não. Golpeie para cima, como se estivesse entrando por baixo de uma placa de armadura — instruiu ela.

Will balançou a cabeça e recolocou a espada no lugar.

— Sua família trabalhava para Simon. O que você sabe sobre ele?

— Ele é rico. Podre de rico. Já tem uns vinte anos que meu pai faz negócios com a família dele. Ele tem escritórios em Londres e um império comercial por toda a Europa. Também tem escavações em torno do Mediterrâneo, no Sul da Europa e no Norte da África. — Ela fez uma pausa. — A propriedade da família fica em Derbyshire... a quilômetros de Londres. Dizem que é muito grandiosa, mas ele raramente convida pessoas para visitar.

A mente de Will se fixou naquele único detalhe.

— Ele tem família?

Violet deu de ombros.

— O pai. E a noiva. Ouvi dizer que ela é linda. Ele é rico o suficiente para se casar com quem quiser.

Simon. Will tentou imaginá-lo. O homem em quem passara tanto tempo pensando desde Bowhill... o homem que tinha mudado o curso de sua vida inteira. Será que era assustador? Autoritário? Sinistro? Frio? Era o descendente do Rei das Trevas. Será que era como seu senhor? Será que se parecia com ele? Será que tinha as mesmas feições? Será que alguma coisa tinha sido legada a ele ao longo dos anos?

— Eu nunca nem mesmo o vi — disse Will.

Will sabia tão pouco sobre Simon, mesmo depois de tudo que havia acontecido entre eles. Tinha apenas impressões vagas. O tipo de homem que marcava seus servos. O tipo de homem que ordenava que outros matassem. O tipo de homem que queria trazer o passado de volta ao presente, um herdeiro de seu terrível rei.

— Eu já — afirmou Violet. Os olhos de Will dispararam para o rosto dela. — Ele veio ver meu pai e conheceu Tom também, no escritório de meu pai. Não tive permissão para me juntar a eles.

— Como ele era?

— Eu só o vi rapidamente... Estava observando das escadas. Uma figura sombreada vestindo roupas elegantes. Para ser sincera, do que eu mais me lembro era de como meu pai agia. Ele foi tão bajulador, talvez até estivesse... com medo.

ASCENSÃO DAS TREVAS

— Medo — disse Will.

A mãe dele tinha medo. Passara anos se mudando de um lugar para o outro, fazendo as malas às pressas, olhando por cima dos ombros, até Bowhill, onde os homens de Simon a haviam encontrado depois de ela ter ficado por tempo demais.

Violet se apoiou nos cotovelos.

—Já reparou que não existem Regentes idosos? — perguntou Violet.

— Como assim?

— Eles morrem. Morrem em batalha, como morreram no navio de Simon. Há janízaros idosos, mas não Regentes idosos.

Ela estava certa. A única Regente idosa no Salão era a Regente Anciã.

— É o preço que pagam — concluiu Will, pensando em Carver e nos outros noviciados. — Todos acreditam que o Rei das Trevas está voltando e que é o dever deles impedi-lo.

— O que acontece se Simon atacar o Salão?

— Você luta e eu apago as velas.

Violet soltou um suspiro trêmulo, parando para socá-lo no braço quando ela se levantou para pegar a espada.

— Você o mima — disse Farah.

Will tinha ido ao estábulo antes da aula para ver seu cavalo preto. Havia levado uma maçã que tinha guardado do café da manhã como um agradecimento pela coragem do animal. Quando o cavalo o viu, aproximou-se a meio galope do parapeito, jogando a cabeça para trás, então relinchou baixinho e arrancou bufando a maçã madura da mão de Will. O garoto esfregou o pescoço do animal, a curva do músculo forte sob a crina preta que formava uma cascata acetinada.

Farah era a mestre dos estábulos, uma Regente de cerca de vinte e cinco anos. Sua pele marrom estava suja de terra devido ao trabalho no pátio de treinamento, e seu cabelo, completamente preso no alto. Ela apareceu vindo das baias — poucos Regentes e janízaros trabalhavam tão cedo.

— Ele me ajudou — explicou Will, baixinho, sentindo o arco morno e forte do pescoço do cavalo sob a mão e se lembrando da corrida pelo pântano. — Ele é corajoso.

Talvez existisse *de fato* alguma coisa na comida ou no ar ali, porque o cavalo preto tinha mudado em pouco tempo: o pescoço estava arqueado, a pelagem preta tinha ficado mais lustrosa, e havia um brilho em seu olhar que não existia antes. Começava a parecer um corcel de batalha, um cavalo que poderia liderar um ataque.

— Ele é frísio — disse Farah. — Uma das raças antigas... perfeito para a guerra. Corajoso, sim, e poderoso o bastante para carregar um cavaleiro portando uma armadura completa. Mas os dias das guerras se foram. Agora os frísios puxam carroças na cidade. Ele tem nome?

— Valdithar — respondeu Will, e o cavalo jogou a cabeça para trás e pareceu responder. — Significa "destemido".

A palavra da língua do mundo antigo veio a ele por instinto.

Quando ele ergueu o rosto, Farah o olhava de um jeito estranho.

— O que foi?

— Nada, eu... — Ela fez uma pausa — Faz muito tempo desde que falaram essa língua aqui.

Valdithar. O cavalo preto pareceu ficar mais alto, como se o nome o tivesse feito ser mais ele mesmo.

Will voltou aos estábulos todas as manhãs. Amava escovar Valdithar até que sua pelagem brilhasse e a crina parecesse uma cachoeira preta. Uma vez ou outra, saiu para cavalgar com os noviciados, e os cavalos de Regentes em que montavam proporcionavam um estranho prazer a Will. Eram criaturas graciosas e sobrenaturais, com pelagem branca-prateada e caudas longas e esvoaçantes — tinham a beleza estarrecedora de um Pégaso. Farah disse que eram descendentes de alguns dos cavalos grandiosos do mundo antigo, o último bando da raça. Em movimento, eram poderosos como o cume de uma onda, leves como espuma e intoxicantes como respingos do oceano.

Mas Will secretamente preferia o galope poderoso e terreno de Valdithar e ficou satisfeito pelo cavalo manter a nobreza entre os outros, um único capão preto entre os cavalos brancos.

Quando Farah o levava para cavalgar fora das muralhas — seguro ao lado de pares de Regentes portando pedras de proteção —, os cavalos dos Regentes transformavam o pântano em um lugar maravilhoso. Eram sutis como a bruma que cobria a grama no início da manhã, correndo com tanta leveza sobre a terra encharcada que parecia que nunca a tocavam. Will perdia o fôlego ao observá-los, como se tivesse tido um vislumbre do mundo antigo. Este era o motivo por que ele tentava mover a chama: proteger o que ainda sobrava do perigo que estava por vir.

Continuou treinando.

Mas a porta em seu interior permanecia teimosamente fechada. Ele a visualizava repetidas vezes, de todas as formas possíveis: abrindo-se devagar; abrindo-se com violência; esmurrando-a; atirando-se contra ela; empurrando-a com toda a força... Uma vez, esforçou-se tanto que saiu do transe arquejando e tremendo. Mas, apesar das roupas ensopadas de suor, a chama não se alterava.

— Já chega por hoje — disse a Regente Anciã com gentileza.

— Não, eu consigo continuar. Se eu apenas...

— Will, pare. Não sabemos o que o esforço pode fazer com você. Esse é um caminho desconhecido para nós dois.

— Mas eu quase consegui! — falou ele com a voz embargada, frustrado.

— Descanse e durma. Volte amanhã.

CAPÍTULO CATORZE

— O que ele precisa fazer? — perguntou Will.

Havia um sussurro tenso de expectativa pairando sobre a multidão, todos os olhos fixos na figura solitária vestindo prata, de pé na serragem e segurando apenas uma espada.

Todos os Regentes, janízaros e noviciados no Salão tinham se reunido para assistir ao teste, lotando as arquibancadas que circundavam o que devia, um dia, ter sido um grande anfiteatro. Os arcos e as colunas tinham desabado, mas o lugar ainda conjurava um passado de competições grandiosas. O clima de expectativa tinha um gosto metálico, afiado, como o som de uma espada sendo desembainhada.

Will se sentou com Violet e vários outros estudantes. Havia feito a pergunta a Emery e Beatrix, que estavam empoleirados, tensos, na beirada de um degrau de mármore, observando a figura solitária na serragem, seu amigo Carver.

— Praticamos triten... padrões com espada — respondeu Emery. — Ele precisa concluir três triten para passar; se fizer menos, será reprovado. — Emery respirou fundo, nervoso. — Você sabe que o teste dele foi adiantado um ano. A maioria dos noviciados não está pronta até completar vinte anos. Mas Justice tinha dezoito anos. E é óbvio que todos acham... — Emery se interrompeu.

Will acompanhou o olhar de Emery pelo anfiteatro e viu Cyprian sentado ao lado do pai, o noviciado exemplar de costas eretas. Cyprian faria o teste aos dezesseis anos, era um prodígio. A cerimônia que Will estava presenciando era o futuro de Cyprian, cuja excelência reluzente ofuscava Carver, um garoto tímido — ninguém duvidava que Cyprian passaria no teste e se tornaria Regente como o irmão.

— Carver pode levar quanto tempo quiser para realizar o triten, mas se a ponta da espada oscilar, ele fracassa — concluiu Emery.

Não parecia ser muito difícil. Will vira Violet treinando os padrões de espada dos Regentes no quarto noite após noite. A maioria dos noviciados os havia dominado aos onze ou doze anos de idade. Depois, o que se seguia era apenas a interminável busca pela perfeição.

— É só isso? Ele só precisa completar três padrões dos Regentes?

Emery assentiu.

Will olhou de volta para a arena. Na serragem, Carver avançou até ficar cara a cara com a Regente Anciã, sentada em um banco de madeira simples na frente das arquibancadas. Ele usava armadura, e sua túnica era da cor cinza-prateada dos noviciados. Carver se ajoelhou diante da Regente Anciã, imitando a reverência tradicional que Will vira Justice e outros Regentes realizarem, com o punho sobre o coração. *Ele passou a vida treinando para este dia*, pensou Will.

— Você busca usar a estrela — disse a Regente Anciã —, juntar-se aos Regentes na luta contra a Escuridão?

— Sim — concordou Carver.

— Então levante-se e prove sua força — exortou a Regente Anciã, tocando o ombro de Carver como se lhe concedesse uma bênção.

Ele se levantou.

Dois Regentes surgiram por um caminho de arcos carregando um baú de metal com mastros, como uma liteira.

Will não sabia o que esperar enquanto ambos avançavam em direção a Carver. Pousaram o baú de metal no chão, e, no momento seguinte, empurraram as fechaduras.

Errado. Foi o que Will sentiu assim que o baú se abriu. Dentro, havia um cinto de metal feito para se fechar na cintura. A imagem deixou Will extremamente inquieto. Ele se lembrou dos pedaços de armadura que vira os Remanescentes usando na caçada pelo pântano, da luva que vinha em sua direção. Quis se levantar e gritar: *Não toque!* Seus dedos se fecharam quando ele agarrou o assento.

Antes que pudesse dizer alguma coisa, os Regentes tiraram o cinto do baú com pinças de metal e o colocaram em torno da cintura de Carver.

O efeito foi imediato. O garoto quase cambaleou, sua pele estava ficando cinza. Carver usava uma armadura de placas. O cinto de metal não tocava seu corpo, mas Will tinha visto objetos das trevas matarem pessoas mesmo de longe, como a espada e seu fogo preto. O cinto não precisava tocar a pele de Carver para afetá-lo.

— O que é *isso?* — perguntou Violet.

— É um cinto feito com um filete de metal da armadura de um Guarda das Trevas — explicou Beatrix.

— Como os Remanescentes...

— Não tão forte. Não é uma peça de armadura completa. Isso o mataria. Mas é forte o bastante. A maioria dos que fracassam no teste cai de joelhos de imediato.

Carver permaneceu de pé e, quando os Regentes se afastaram, o garoto sacou a espada.

Foi quando Will percebeu que o desafio não era completar o triten.

Era manter o controle. Permanecer como um Regente diante da Escuridão. Ater-se à missão. Lutar.

Quando Carver começou o primeiro triten, o coração de Will estava acelerado e o anfiteatro completamente silencioso. Dava para ouvir cada passo de Carver ao realizar a sequência, sua espada cortando o ar, arqueando para baixo da esquerda para a direita. O cinto em sua cintura era como uma âncora, e ele estava encharcado de suor.

O segundo triten — ele devia ter repetido milhares de vezes desde a infância. Will reconheceu os movimentos, vira Violet executar a mesma sequência na noite anterior. Era mais longo do que o primeiro, e Will conseguia ouvir as respirações de Carver enquanto o garoto completava cada movimento. Quando terminou o segundo triten, parecia impossível que ele tivesse forças para continuar. Parecia que mal conseguia ficar de pé. O anfiteatro inteiro prendeu o fôlego, e continuou assim durante a longa pausa. Will percebeu quando Carver se recompôs para começar o terceiro triten.

— E se ele vacilar?

— Ele não vai. O sangue dele é forte — disse Beatrix.

Palavras de fé do amigo. A pele pálida de Carver estava sarapintada de roxo, e um filete de sangue escorria de seu nariz. Ele continuava, movimento após movimento. Era como assistir a um homem manter a mão no fogo enquanto a pele queimava. Mas o braço que segurava a espada não hesitava, e Carver completou a sequência final com a lâmina firme.

O anfiteatro irrompeu em vivas.

— Carver!

Emery e Beatrix se levantaram de um pulo, gritando, orgulhosos. No assento no limite da arena, a Regente Anciã sorriu. Os dois Regentes mais próximos rapidamente avançaram e tiraram o cinto de Carver, trancafiando-o de volta no baú. Carver, para a surpresa de todos, não caiu de exaustão, mas avançou para encarar a Regente Anciã e se ajoelhou diante dela uma segunda vez. Conseguiu fazer parecer um movimento gracioso, e não um colapso. A Regente abaixou o rosto para Carver, com olhos gentis e orgulhosos.

— Você se saiu bem, Carver. Agora está na hora.

Seis Regentes surgiram do caminho de arcos, vestidos diferente dos outros Regentes no Salão. Usavam branco, mas as suas vestes eram longas, à moda dos janízaros, ao contrário de curtas, como as túnicas dos Regentes. O mais surpreendente de tudo era a insígnia que traziam no peito: um cálice com quatro coroas. Will jamais vira um Regente usando nada parecido. Achou que todos usassem a estrela.

Caminhavam em pares, como sempre. O cálice nas túnicas reluzia, em forma de sino. Aquilo dava a eles um ar cerimonial e importante. Carver se levantou e acompanhou os seis Regentes em uma procissão pelo arco para fora de vista.

— O que está acontecendo? — perguntou Will.

— Ele vai beber do Cálice — respondeu Beatrix. — É o ritual mais secreto de nossa Ordem. Ele vai fazer seu voto, beber e voltar com o dom da força.

— O Cálice?

— O Cálice dos Regentes. A fonte de nossa força.

Então era ao beber de um cálice que os Regentes ganhavam sua força sobrenatural. Isso explicava os seis Regentes e a insígnia que usavam no peito. Deviam ser os cuidadores ou guardiões do Cálice. Mas o que significava que um noviciado bebesse? A sua mente fervilhava de perguntas.

— Como um cálice dá força a ele?

— Ninguém sabe. Nenhum noviciado nem janízaro jamais presenciou o ritual. Até mesmo o voto é segredo. Apenas aqueles que passam no teste sabem o que é. Mas dizem que apenas aqueles com o mais forte sangue Regente conseguem suportar o grande poder concedido pelo Cálice. Por isso há um teste. Você precisa provar sua força de vontade antes de beber.

Os olhos de Will se voltaram para o arco na ponta da arena.

— Quer dizer que ele arrisca a própria vida?

Os Regentes já abriam mão de tanto. Viviam vidas de autossacrifício e dedicação apenas para morrerem em batalha, jovens, enquanto os janízaros viviam plenamente, casando-se e tendo filhos. Das centenas de Regentes no Salão, apenas a Regente Anciã tinha chegado à terceira idade.

Will pensou na dedicação silenciosa de Carver, e sua humildade, e na coragem que demonstrara ao usar o cinto. Perguntou-se quantas horas Carver havia treinado, aprendendo a manter a concentração em momentos de pura exaustão.

— Olhem, ele está voltando — anunciou Emery. — Ali!

Mais vivas se elevaram das arquibancadas enquanto Carver surgia, e Emery e Beatrix se abraçaram, cheios de felicidade pelo amigo.

— *Ele conseguiu!* — Will ouviu um dos noviciados exclamar às suas costas. — *Carver é um Regente!*

Carver estava todo de branco, transformado como se tivesse acabado de sair de uma crisálida. Seus olhos estavam orgulhosos e felizes. Mas a maior mudança era em sua atitude, e Will se impressionou diante da diferença, a nova postura que ele compartilhava com os outros Regentes. Era um espécie de brilho interior, como se ele tivesse entrado na câmara de cinza e saído forjado pelo Cálice em branco radiante.

Enquanto ele estava na arena, uma jovem moça que Will não conhecia deu um passo à frente e segurou as mãos de Carver. Parecia apenas um ou dois anos mais velha do que o garoto, mas usava o branco dos Regentes, e seu cabelo castanho longo também estava penteado ao estilo dos Regentes. Ambos disseram palavras cerimoniais destinadas um ao outro e à multidão reunida. *Um voto de irmã de escudo*, percebeu Will, chocado, quando ela falou em voz alta:

— Eu vou vigiar você, e você a mim, e nós vamos combater as trevas um pelo outro.

— Acha que eles deixariam um forasteiro fazer o teste?

Os dois estavam sozinhos na sacada, e Violet ao lado dele. Os pátios abaixo permaneciam acesos enquanto os Regentes reunidos comemoravam ao som de algum instrumento de corda antigo. Will quase conseguia ver a beleza do Salão em seu auge, a vista e os sons conjurando desfiles antigos e as luzes flutuantes de um festival de tempos passados.

Quando olhou para Violet, havia ânsia nos olhos dela. Parecia uma jovem Regente esperançosa, pensou ele. Horas de treinamento com Justice tinham dado a ela a postura ereta de espada que todos os Regentes possuíam. Ela havia aprendido os triten e as meditações de concentração, e podia se sentar perfeitamente imóvel em posições de tensão durante horas. Mas não tinha permissão para treinar com eles, nem para participar de nenhuma das cerimônias.

— Você precisa ter sangue Regente para beber do Cálice — falou Will.

Beatrix havia explicado a ele. Apenas aqueles com sangue Regente podiam aguentar o poder do Cálice.

— Eles só bebem para ganhar força. Eu já sou forte.

Ele sabia o que ela estava perguntando de verdade. *Você acha que um Leão pode se tornar um Regente algum dia?*

— Acho que, se você fizesse o teste, passaria — disse Will. Os olhos dela dispararam para ele. — Você jamais deixaria um cinto te derrotar.

Violet deu um suspiro, então abriu um sorrisinho e bateu no ombro de Will com o punho.

Ele havia sido sincero. Com sua coragem e dedicação, ela parecia ter nascido para ser uma guerreira da Luz.

Era ele que não conseguia acender a Árvore de Pedra, que passava horas com a Regente Anciã sem nenhum resultado, exceto galhos mortos, como rachaduras se estendendo pelo firmamento.

Um som próximo fez os dois pararem e se virarem, sem querer que as palavras fossem entreouvidas, mas eram apenas Carver e Emery na escada, tendo um momento privado.

— Tenho orgulho de você.

Era a voz de Emery. Will conseguia ver o brilho fraco e pálido da túnica dele em uma alcova próxima.

— Por um momento, achei que não conseguiria. Mas continuava ouvindo a voz de Leda: "Regente, atenha-se a seu treinamento."

— Eu queria fazer o teste no mesmo tempo que você fez o seu. Sempre torci para que... talvez eu me tornasse seu irmão de escudo — confessou Emery, baixinho.

— Emery...

— Eu vou treinar com afinco. Para podermos ser Regentes juntos.

— Não há pressa. Eu... leve o tempo que precisar. Não se apresse por mim, Emery. Não tem...

— Will, Violet! — interrompeu Beatrix, acenando para Carver e Emery enquanto se aproximava, encerrando a conversa de todos. — Vamos nos juntar aos outros do lado de fora.

Violet deu um passo adiante, mas Will hesitou.

— Will? — Violet olhou de volta para ele.

— Vai você. Eu desço mais tarde — disse o garoto.

Depois de um momento, ela assentiu, então se virou e seguiu até o final do pátio. Ele a observou acompanhar os noviciados para fora, e depois se juntar a Justice. Will permaneceu na sacada escura e silenciosa sozinho, observando as festividades.

Os Regentes e noviciados eram como lampejos de luz. A música ainda fluía até a sacada onde Will estava, mas parecia distante, como os murmúrios ocasionais de gargalhada e palavras que ele não conseguia entender. O ar ali estava gélido, e o lugar iluminado apenas pelos azuis e cinza do luar. Ele respirou fundo.

Uma batalha se aproximava, e aquelas eram as pessoas que lutariam. Seriam aquelas pessoas contra a Escuridão. Ele vira o quanto levavam a sério seu dever. Carver tinha se esforçado, mesmo sofrendo, para mostrar seu domínio sobre a influência da Escuridão. Em apenas um mês, Cyprian faria o mesmo teste. Aos dezesseis anos, seria o mais jovem Regente a beber do Cálice.

O medalhão da Dama pendia do pescoço de Will. Ele conseguia sentir o peso tangível. Moveu o braço e fechou os dedos sobre o objeto, lembrando-se de que o antigo criado de sua mãe, Matthew, havia morrido para entregá-lo a ele. *Você precisa encontrar os Regentes*, dissera Matthew. Havia acreditado no destino de Will, em seu papel na batalha que se aproximava.

— Você não está comemorando com os demais — disse a Regente Anciã.

Ela surgiu subindo as escadas em silêncio até a sacada. Com olhos gentis, observou as comemorações junto a ele. Um rompante distante de gargalhadas os alcançou, e ele viu Carver, com flores brancas em torno do pescoço, falando com sua nova irmã de escudo. Os dedos de Will apertaram o medalhão.

— Todos dizem que Carver realizou o teste mais cedo do que deveria — falou Will.

Ela olhou para Will, reconhecendo o que estava implícito nas palavras.

— O teste dele foi adiantado um ano. Eu ordenei, embora tenha aumentado significativamente a chance de ele fracassar.

— Por quê?

— Não vou mentir para você. Seu treinamento é muito importante. Nós temos muito pouco tempo. Você precisa conseguir conjurar seu poder. — A atenção da Regente se voltou para o brilho fraco das luzes abaixo. — Quanto aos Regentes, vamos precisar do máximo de pessoas possíveis prontas.

— Você acha que Simon está prestes a agir. Não, é mais do que isso, não é? Tem alguma coisa que não está me contando.

Quando os sons distantes da festança chegaram até eles, Will viu algo oculto no olhar dela.

— Você deveria descer e comemorar com os demais. O tempo é curto. Aproveite este momento de alegria enquanto pode.

CAPÍTULO QUINZE

Will acordou com Violet cutucando seu ombro.

— Tem alguma coisa acontecendo.

Ele despertou, ainda grogue do sono, e ela já havia puxado metade de seu corpo para fora da cama, fazendo-o tropeçar nas colchas no chão até a janela.

Violet estava certa. Tinha alguma coisa acontecendo. Era possível ver o aglomerado de Regentes reunidos no escuro, sem tochas. Ele achou ter vislumbrado a figura de Jannick, o Alto Janízaro.

— Vamos. Precisamos descobrir o que está se passando.

Violet empurrou a túnica de noviciado para Will.

Os corredores estavam desertos, era a calada da noite. Do lado de fora, agacharam-se atrás de uma carroça, no frio congelante e no escuro. Will conseguia ver o Alto Janízaro, em suas longas vestes azuis, esperando, e ao lado dele a figura menor e mais magra da Regente Anciã em sua capa branca. Havia seis outros Regentes reunidos, incluindo Leda, a capitã. Todos estavam com os olhos fixos no portão.

Cavalos brancos e seus cavaleiros Regentes vestidos de branco apareceram como visões no caminho de arcos. *Uma expedição secreta*, pensou Will. Vira Regentes voltarem de missões antes, mas jamais na calada da noite, enquanto os cabeças da Ordem esperavam por eles no escuro, sem tochas. Enquanto observava, Will percebeu que os Regentes que retornavam estavam gravemente feridos, dois caídos na sela e os outros três mal sentados em seus cavalos. Dos vinte e quatro cavalos brancos, apenas os primeiros cinco carregavam Regentes; os outros estavam sem cavaleiros, levando sacos cinza que tinham o formato errado para serem carga.

Leda correu para apoiar o peso de Justice quando ele deslizou para fora do cavalo, obviamente sentindo dor. Ela levou uma garrafa aos lábios dele, administrando as doses de água de Oridhes. Os outros faziam o mesmo para ajudar os Regentes cobertos de sangue. Will olhou mais uma vez para os cavalos sem cavaleiros e, para seu horror, entendeu tudo.

Os sacos cinza não eram carga, e sim corpos.

— E Marcus? — disse Jannick.

Justice, parecendo mais derrotado do que Will jamais o vira, balançou a cabeça.

— Então você voltou sem ele. — Will escutou uma voz dizer e, quando se virou, viu Cyprian nos degraus que davam para o Salão.

O garoto devia ter acordado e ido ver o que estava acontecendo. Mas ele não estava se esgueirando escondido atrás de carroças como Will e Violet. Tinha vindo como um brasão para desafiar Justice em pessoa. Seu lábio estava cerrado.

— De novo.

— Cyprian — começou Jannick, dando um passo à frente. — Este não é o momento.

— Mas é óbvio que *você* sobreviveu. Você é bom em sobreviver, enquanto deixa meu irmão para trás...

— Eu disse que já chega, Cyprian...

— Não — interrompeu Justice, livrando-se dos braços de Leda para ficar de pé sozinho. — Ele merece ouvir.

O rosto de Justice estava exausto. Havia sangue encharcando sua túnica branca. Will sentiu o estômago revirar. O que poderia ter feito aquilo com um esquadrão de Regentes?

— Nós encontramos o comboio. Estava exatamente onde nos disseram que estaria. — A expressão de Justice mudou. — Mas era uma isca. Marcus não estava lá, James estava.

James, pensou Will, sentindo um arrepio, toda a sua atenção se fixando no nome. Havia se sentido da mesma maneira no rio, quando o viu pela primeira vez, sem conseguir desviar o olhar.

— O Traidor — disse Cyprian com uma voz ríspida renovada. — Ele fez isso?

— Uma bruma havia descido sobre o vale. Ela nos deu a cobertura perfeita. Vimos o comboio, quatro carruagens com o brasão de armas de Simon. Achamos que era o certo.

Will imaginou os Regentes descendo o vale coberto de bruma, formas brancas fantasmagóricas sobre as quatro carruagens pretas lustrosas.

— Estávamos no meio do caminho quando nossos cavaleiros da dianteira simplesmente... foram erguidos das selas. Ficaram pendurados no ar, e seus corpos começaram a se contorcer. Os ossos deles se partiram diante de nossos olhos, e as peles se rasgaram. Vi a armadura de Brescia ser amassada como papel.

Regentes pendendo inertes, suspensos na bruma, seus corpos estalando e se contorcendo em formas que não eram naturais. A imagem era aterrorizante, chocante, mas Will vira James levantar uma caixa com poder invisível. Por que não levantar um corpo, movê-lo e quebrá-lo de acordo com a sua vontade?

— Houve caos, gritos e cavalos guinando e se debatendo uns contra os outros. Eu ordenei a retirada, mas era tarde demais, a força invisível foi solta entre nós. Não havia como combatê-la. Mal voltamos com vida.

— Mas vocês voltaram. Ninguém mais foi capturado? — Era a voz contida de Jannick.

Justice assentiu, tenso. Era óbvio que voltar e trazer os corpos para casa tinha cobrado seu preço, em vidas, em dor. Mas ele conseguira.

Eles não podem combater magia. Os Regentes, com sua força sobrenatural, podiam superar qualquer força física do mundo, mas não podiam combater o que não podiam ver.

Por isso precisam de mim. Acham que eu posso.

Will sentiu o estômago se revirar ao pensar nas lições fracassadas, em sua inabilidade em acender a Árvore de Pedra e mover uma única chama de vela.

Os Regentes estão perdendo para Simon. Estão seguros aqui. Mas lá fora... ele se tornou poderoso demais.

Leda havia apoiado o peso de Justice de novo, o braço dele sobre seus ombros. Chamou Jannick, olhando ao redor para se certificar de que estavam fora do alcance de serem ouvidos. Então falou em voz baixa:

— Alto Janízaro, se não libertarmos Marcus em breve, ele...

— Aqui não — retrucou Jannick.

Will acompanhou o olhar do Alto Janízaro e viu um aglomerado de silhuetas à porta, um pequeno grupo de outros noviciados havia se esgueirado atrás de Cyprian e estavam observando. Will reconheceu Emery, de olhos arregalados e pálido, e Beatrix, ainda de camisola, com um cobertor envolvendo os ombros.

A Regente Anciã deu um passo à frente.

— Todos vocês, para a cama. Temos feridos para cuidar aqui.

Cyprian e os outros noviciados foram escoltados para fora, deixando Will e Violet escondidos perigosamente perto de onde Jannick e a Regente Anciã estavam. Ele tentou permanecer quieto, mal respirava.

— O Traidor está brincando conosco.

Jannick manteve a voz baixa, mas estava embargada com desprezo.

— Ele sabe que vamos fazer qualquer coisa para trazer Marcus de volta — disse a Regente Anciã.

— É minha culpa. Fui eu quem... o Traidor. Eu o tinha. E ele escorreu pelas minhas mãos. Agora Simon tem o poder de que precisa para nos matar, um a um...

— Estamos entre ele e a única coisa que ele quer — interrompeu a Regente Anciã.

Will estremeceu. Ela estava falando dele. Acreditava que Will podia impedir o Rei das Trevas. Com base em quê? Algumas palavras do idioma antigo e a imagem de uma dama no espelho?

— Você não pode se culpar — continuou a Regente Anciã para Jannick. — Você não poderia saber o que o Traidor se tornaria quando...

Ela parou de falar, desequilibrando-se um pouco nos paralelepípedos irregulares. Jannick correu para ajudá-la, pegando seu braço e deixando que a mulher apoiasse o peso sobre ele.

— Euphemia...

— Não foi nada. Pisei em falso.

— Tem certeza?

— Tenho. Tenho certeza. — Ela sorriu para Jannick, dando um aperto reconfortante no braço dele. — Tenho certeza, Jannick. Não há motivo para preocupação. Agora vamos. Temos mais sobre o que conversar.

Os últimos sobreviventes tinham desmontado dos cavalos, e os Regentes no pátio começado a abrir os sacos cinza. Outros guiavam os cavalos que tinham perdido seus cavaleiros para sempre. Depois de um momento de silêncio, a Regente Anciã falou:

— Leda. Justice. Venham conosco.

Will trocou olhares com Violet. Ambos concordando silenciosamente em seguir a Regente Anciã. Quietos, saíram de fininho de trás da carroça, esperaram até que o caminho estivesse livre e então acompanharam os outros.

O escritório do Alto Janízaro ficava no final do Salão. Olhando-o de relance por uma fresta na porta, Will percebeu que estava cheio de livros, até mesmo a mesa estava coberta com manuscritos e pergaminhos. O dever de Jannick como Alto Janízaro era supervisionar todo o trabalho que os janízaros faziam no Salão, o que incluía a parte acadêmica, o ensino de história e a manutenção de registros. Pela fresta, Will conseguia ouvir as vozes baixas.

— Esta é a primeira vez que James enfrentou um esquadrão — dizia Justice. — No ano passado, ele não poderia ter vencido uma luta assim. Está ficando mais forte a cada dia que passa... Está recebendo seu verdadeiro poder. E sabe disso. Ele nos atraiu para a batalha, confiante de que iria vencer.

A voz de uma mulher que poderia ser Leda respondeu, mas Will não conseguiu ouvir direito o que disse. Ele olhou para Violet e os dois se aproximaram mais da porta.

— A cada ano há menos pessoas com sangue Regente nascidas no Salão — continuou Justice —, e menos ainda pessoas com sangue Regente Chamados de fora. Temos pouquíssimos noviciados e, desses, apenas uma parte é forte o bastante para beber do Cálice e se tornar Regente. Cyprian, sim. Beatrix... Emery, talvez. Mas os outros...

Jannick franziu a testa.

— O que você está querendo dizer?

— Podemos em breve não estar em número suficiente para lutar.

— Essa é a intenção de Simon? Nós matar um por um?

— Abrindo caminho para seu mestre — completou a Regente Anciã. Houve um silêncio terrível depois que todos compreenderam as palavras dela, e Will quase conseguiu sentir a tensão aumentar na sala.

— Não existem janízaros fortes o bastante para beber do Cálice? — Era a voz de Leda. — Muitos que vestem azul anseiam por trajar o branco.

— Se eu fosse forte para beber do Cálice, já seria Regente — disse Jannick. — Mas não sou. Não posso beber, assim como nenhum outro de sangue mais fraco. É perigoso demais.

— Ainda há o menino — disse a Regente Anciã.

— O menino! Ele não é nada, não mostra nenhum sinal de talento. Nenhuma fagulha de poder. A linhagem da Dama morreu com a mãe dele.

— Talvez seja hora de contar aos outros — interrompeu Justice. — A verdade. Sobre Marcus. Sobre os planos de Simon. Os noviciados e os janízaros merecem saber...

— E quebrarmos nosso voto sagrado?

— Se os outros soubessem do que realmente está acontecendo...

— Se soubessem, entrariam em pânico, haveria caos. E então como nós poderí...

Jannick parou de falar. Will sentiu uma pontada de inquietude.

ASCENSÃO DAS TREVAS

— Você trancou a porta? — perguntou Jannick.

— Acho que sim — respondeu Leda.

— *Vá* — disse Will, sem emitir som.

Ele e Violet correram aos empurrões para sair rapidamente de vista. Acabaram amontoados atrás de uma coluna depois de virar várias esquinas até as profundezas do Salão.

Ainda calados, embora estivessem ofegantes devido à corrida, esperaram que os passos retrocedessem.

— É pior do que nos contaram — disse Will quando tiveram certeza de que estavam sozinhos. — Simon está ficando mais forte e não há como impedi-lo. — *Nem mesmo eu*, pensou, e as palavras pareceram pairar no ar, embora ele não as tivesse dito.

— Will... — começou Violet.

— O Alto Janízaro está certo. Não consigo usar magia. Durante todo esse tempo, eu nunca acendi a Árvore nem movi a chama.

— Você parou a espada no navio de Simon. Eu vi.

— Os Regentes estão lutando pela própria vida. Acham que posso ajudar. Mas e se eu não for... e se eu não puder...

— Você é. Você vai.

— Como você sabe?

Ele olhou para Violet. Seu cabelo tinha crescido tanto que Violet começara a usá-lo ao estilo dos Regentes, o que dava a ela a aparência de um deles.

— Eu não sei. Eu sinto. Você se encaixa. Ainda mais do que os Regentes. É como se estas paredes tivessem sido construídas para você. É a mesma sensação que tenho quando ouço a Regente Anciã falar ou quando descubro uma nova lenda. Simplesmente parece certo, de algum jeito.

Era Violet quem se encaixava. Ela havia dominado os treinos com espada que os noviciados praticavam; ela comia com eles e conversava com eles; eles tinham aceitado a sua presença, parecendo se esquecer de que Violet não tinha sangue Regente. Ela parecia uma guerreira do mundo de outrora, passeando pelos corredores em suas roupas antiquadas.

— Minha mãe teria conseguido — disse Will. — Ela possuía uma força... Dá para perceber quando me lembro do que ela fez, do que ela...

— Você é filho dela — argumentou Violet.

Will inspirou fundo, trêmulo, e fechou os dedos sobre a cicatriz na palma da mão. Assentiu uma vez.

Eles se levantaram e viram que a sala em que estavam era velha e estava em ruínas, com uma imensa coluna caída a atravessando e pedaços de pedra ainda caídos próximos à fissura, embora parecesse que a coluna tinha caído séculos antes. A arquitetura era diferente da observada da cidadela principal e lembrava o estilo antigo das salas próximas à Árvore de Pedra.

— Que parte do Salão é esta?

Violet deu um passo em direção ao centro da sala.

— Acho que estamos na ala oeste. — *A parte proibida do Salão*, pensou Will. — Acha que vamos ter problemas por vir até aqui?

— Não se não nos encontrarem.

— Cuidado com onde pisa — alertou Will quando olhou para a poeira que cobria o chão e que não tinha sido perturbada havia muito tempo.

Estava escuro, então ele voltou e retornou com uma tocha de uma das arandelas do corredor atrás deles. Os dois seguiram de sala em sala, observando antigos entalhes e afrescos. Viram uma porta feita de pedra espessa demais para ser movida empurrando. Havia uma inscrição entalhada na superfície. Will encarou as palavras.

— *Entrem somente aqueles que conseguirem* — leu Will, estremecendo, depois se deparou com Violet o encarando com uma expressão estranha.

— Você consegue ler?

Ele assentiu.

— Como?

— Não sei. Só consigo.

Ele se lembrou da reação de Farah ao ouvi-lo pronunciando as palavras. Ela o olhara atônita, embora jamais tivesse feito perguntas sobre o assunto. A verdade era que dizer as palavras do idioma antigo fazia com que ele se sentisse estranho tal qual a familiaridade do Salão. Como se houvesse algo de que ele deveria se lembrar e não conseguia, um fantasma além de seu alcance.

— É como se fosse algo que eu sempre soube.

— "Entrem somente aqueles que conseguirem" — repetiu Violet.

— Não podemos entrar. É pedra sólida.

— E?

Violet tirou Will do caminho com um empurrão e colocou as palmas das mãos na pedra. Então usou sua força para movê-la.

Para o espanto de Will, a porta se abriu com um som baixo de eco. A tocha que ele segurava permitia que enxergassem as pegadas que conduziam para baixo.

Violet tinha um leve toque de arrogância na voz:

— Acham que somente os Regentes são fortes o bastante para passar pela porta.

— *Onde* estamos? — perguntou Will.

Ele ergueu a tocha para iluminar os degraus que davam em uma escura câmara subterrânea. Ambos eram um pequeno círculo de luz em movimento. Uma biblioteca fantasmagórica foi revelada, com prateleiras se estendendo por três ou quatro andares acima, desaparecendo na escuridão. Os livros eram encadernados com couro, mas tão antigos que o material desbotara até esbranquiçar. As lombadas estavam pálidas como ossos, de forma que a sala parecia, em parte, um cemitério. *Alicorni*, dizia a tinta preta escrita na lombada de um; *Prefecaris*, dizia outro. Will e Violet avançaram pela câmara ampla quieta como um túmulo.

— Eram animais — sussurrou Violet, chocada quando entraram em uma segunda sala.

Estavam cercados por restos mortais de bestas: um monte de esqueletos grandes demais para serem de alguma cobra, uma garra que era lisa como vidro, um bico imenso, uma variedade de dentes estranhos, cascos, ossos e pedras. Will viu alguns restos de equipamento de caça: a ponta de uma lança, dois ganchos e parte de um tridente. No alto, na parede, estava pendurada uma corneta destinada a soar uma única nota. *Uma corneta para convocar animais que não existem mais*, pensou ele.

Segurando a tocha no alto, Will liderou o caminho para uma terceira sala. Essa estava cheia de artefatos. Havia pedras presas às paredes, que exibiam pedaços de escrituras entalhadas. Ele viu uma peça de sino; a metade de uma estátua de mármore, cujo braço branco estava estendido; e um arco desmontado que não fazia parte da coleção da sala, mas que havia sido levado até ali.

— O que é este lugar? — sussurrou Violet.

— Isto é o que restou.

Ele sentiu a pele se arrepiar ao perceber — as estátuas bizarras e os pedaços de arquitetura ao redor eram tudo que restava de um mundo perdido.

Havia fragmentos de armas: um cabo sem lâmina; um punho de marfim; um elmo pela metade; e uma luva igual à que ele vira tocar as gavinhas, que logo murcharam. *O que aconteceu com os exércitos grandiosos que lutaram para proteger o mundo?* Mas ele sabia a resposta. *Foram-se. Foram-se como vestígios de pegadas depois de uma tempestade.* Havia mais itens significativos: um frasco em cacos; uma tigela de bebida; e o pente de uma criança.

Na outra extremidade da sala, um feixe de luar entrava pelo teto e atingia um pedestal de pedra, como se o que houvesse ali fosse precioso e raro.

Will conseguia ler as palavras:

O chifre que todos buscam e jamais encontram

No pedestal, havia uma caixa de madeira laqueada aberta, revelando o chifre branco de um animal que ele só conhecia dos mitos. Era mais longo do que seus braços estendidos, uma espiral nacarada que se desenrolava de uma base mais espessa a uma ponta afiada. Diferente dos outros artefatos na sala, ele brilhava, como uma lança de luz. Limpo e imaculado pela poeira ou pelo tempo, era como um raio na escuridão.

— Um unicórnio — disse Violet em voz baixa, espantada, e ele se lembrou de que ela era um Leão.

Ela estava estendendo a mão.

— Parece que os humanos o serraram...

Os dedos dela tocaram a base larga e lisa do chifre, que afunilava até se tornar pontiaguda e irregular, como se tivesse sido parcialmente serrada, e depois arrancada.

Como um tronco de árvore, pensou Will, e ele foi tomado por uma visão, um ataque de cavalos brancos em um campo de batalha, como uma onda se quebrando. Alguns levavam cavaleiros com armaduras e espadas brilhantes, outros possuíam longos chifres baixos, como lanças mortais. Estavam avançando contra uma torrente iminente de sombras escuras. O coração de Will batia forte por saber que não sobreviveriam, mas que avançariam mesmo assim, corajosos até o fim. Havia uma resposta ali, mas em algum lugar distante ele ouviu Violet dizer:

— *Will*.

Ele ergueu o rosto, mas não para Violet, e sim para um caminho de arcos pretos cortados da pedra da parede. Havia outra sala.

Ele pegou a tocha e se dirigiu até lá, atraído por alguma força. Conseguia ouvir Violet às suas costas, dizendo: *Will? Aonde você está indo?* Ele a ignorou. Degraus levavam a uma sala menor do que as outras e escura como breu.

Não era uma escuridão comum; era tangível e circundante, escurecia a tocha de um modo perturbador, em vez de ser iluminada por ela. Violet correu escada abaixo atrás de Will, então parou de repente na base, como se a escuridão espessa e sufocante a repelisse.

Havia outra coisa ali.

Era o que o Regente havia dito no navio, momentos antes de a Lâmina Corrompida ter rachado o contêiner. A sensação era a mesma, mas muito pior, como se o que quer que estivesse ali fosse mais sombrio e mais perigoso do que a chama preta da Lâmina jamais poderia ser. Mas Will estava sendo atraído, como se sentisse a presença que o chamava. Deu mais um passo à frente.

Conseguia sentir o que estava repelindo Violet, uma sensação de estranheza nauseante. Mas não conseguia parar. Seu coração se acelerava. Cada resposta que buscava parecia estar na promessa do que pairava no ar à sua frente.

Não era a Lâmina. Era outra coisa.

No começo, pareceu simples. Um pedaço de rocha preta. Como se suspensa, pendia do centro da câmara, girando devagar. Ele ergueu a tocha para observá-la, mas a luz não fez efeito.

Era tão preta que parecia sugar toda a iluminação da sala. Um vazio infinito, um buraco terrível que queria consumir tudo que existia. Aquilo o chamava como um abismo chama alguém que pode se atirar, atraindo a pessoa até a beirada e sussurrando para que salte.

Ele quis tocá-la. Estendeu a mão e, quando as pontas de seus dedos roçaram a superfície, Will sentiu uma lufada terrível de frio. Arquejou enquanto o choque percorria seu corpo. Teve uma visão dos quatro tronos vazios do Salão, mas havia quatro figuras resplandecentes sentadas neles, grandes reis trajando vestes coloridas e chamativas. Mas, conforme observava, três deles começaram a se transformar — seus rostos se desfaziam, os ossos cada vez mais transparentes, até que os reis se tornassem terríveis versões sombrias de si mesmos. Então Will viu uma figura se elevando sobre todos, com uma coroa pálida e olhos de chamas pretas...

— Pare!

Ele arquejou enquanto um aperto forte em seu braço o puxava para trás. Will encarou o rosto da Regente Anciã. Seus olhos estavam brilhantes e severos, e suas mãos no ombro de Will, segurando-o.

— Você jamais deve tocá-la. Esta pedra é a morte. — A voz da Regente era tão resoluta quanto seus olhos, que possuíam uma expressão que ele nunca presenciara antes. — Até mesmo o mais breve toque mata.

Will piscou e olhou ao redor. Sentiu como se tivesse sido arrancado de um sonho, ou de um feitiço. A Regente Anciã os tinha seguido, passando por Violet, que os encarava das escadas, preocupada.

— Mata? — repetiu ele, zonzo.

As mãos da Regente Anciã em seus ombros fizeram com que ele se sentisse mais aquecido. Sua presença tinha o efeito oposto da pedra. Ela parecia emanar um calor reconfortante, como o fogo de uma lareira. Perto dela, a luz da tocha se tornava mais forte.

Ele olhou de volta para a pedra suspensa. Podia jurar que a havia tocado... ou não? Will ainda sentia o calafrio de sua superfície, via as figuras se transformando, sentadas nos tronos. Será que havia imaginado? Teve um desejo intenso de colocar a palma da mão na pedra para ter certeza.

— É por isso que a mantemos trancada, onde ninguém pode entrar — disse a Regente Anciã, com um olhar que dizia muito.

Parte de Will ainda se sentia atraída pela pedra, e levou um momento para que o garoto se lembrasse de que ele e Violet não deveriam estar na câmara. Ele corou.

— A gente só estava...

— Sim, eu sei. Vocês dois têm o hábito de estar em lugares aos quais não pertencem. — Apesar das palavras, o tom da Regente era cordial.

Tocando gentilmente o braço de Will, ela começou a guiá-lo de volta para o arco onde Violet esperava. A garota se aproximou de imediato do círculo de luz emanado pela tocha da Regente Anciã, como se fosse um santuário que protegesse os três da pedra.

— O que é *aquilo*?

Will se virou para olhar uma última vez para a pedra. A chama da tocha deles tocava sua superfície e desaparecia por completo, como se caindo em profundezas infinitas. Ele ainda conseguia sentir a sua atração, ainda não queria virar o rosto.

— Este é o objeto mais sombrio e perigoso que possuímos — explicou a Regente Anciã, cujos olhos voltaram a ficar inquietos conforme ela acompanhava a direção do olhar de Will. — Esta é a Pedra das Sombras.

— A Pedra das Sombras... — disse Will.

As palavras lhe causaram calafrios. Ele se lembrou dos cavalos brancos galopando em direção a um exército de um turbilhão de sombras escuras, o último ataque desesperado da Luz.

A Regente Anciã assentiu.

— Uma vez você perguntou o que aconteceu com os quatro reis.

Os tronos. Os quatro tronos vazios. *Há muito tempo, existiam quatro grandes reis do mundo antigo*, dissera Justice. *Este nem sempre foi o Salão dos Regentes; um dia fora o Salão dos Reis.*

— Justice disse que três se juntaram ao Rei das Trevas e que o quarto fugiu e se perdeu para sempre.

— Isso é apenas parte da história — falou a Regente Anciã.

Ela estava cercada pelos pedaços de pedra e pela arquitetura do mundo antigo, o que dava mais peso às suas palavras.

— Os três fizeram uma barganha terrível. Juraram servir ao Rei das Trevas em troca de poder. Ele garantiu a eles uma força além da de qualquer humano pela duração de uma única vida mortal. Mas quando morreram... eles se transformaram. Os Reis se tornaram criaturas de sombras monstruosas profundamente obedientes à vontade do Rei das Trevas.

— Criaturas de sombras...?

— Tão insubstanciais quanto a noite. Impossível de serem tocadas. Nenhuma muralha conseguia mantê-las afastadas. Nenhum guerreiro conseguia lutar contra elas. Não se pode atingir uma sombra; sua lâmina passaria por ela como fumaça. Mas uma sombra pode atingir você... atingir você e matá-lo. Isso as torna invencíveis.

Os Reis de Sombra... Ele quase conseguia sentir o gosto — poeira, morte e horror: uma escuridão infinita que engoliria a todos. O círculo de luz em que os três estavam pareceu muito pequeno.

— Como os Reis de Sombra foram detidos?

— Ninguém sabe. Mas estão presos na pedra. E jamais devem ter a permissão de sair.

Na visão de Will, ele vira uma figura ainda mais terrível, erguendo-se acima dos Reis de Sombra. O Rei das Trevas, o Rei dos Reis, maior do que qualquer sombra, usando sua coroa pálida. Era como se os Reis de Sombra caminhassem diante dele, abrindo caminho para seu mestre. De repente, Will entendeu por que jamais deveriam sair. Um momento depois, a Regente Anciã pronunciou as palavras:

— Eles são um dos presságios. Eles vão anunciar o retorno do Rei das Trevas.

Como James, pensou Will, estremecendo. A Regente Anciã observou o rosto do garoto por um longo momento, então prosseguiu, com um olhar sério:

— Simon está tentando conjurar uma sombra própria. É o primeiro passo para trazer de volta o Rei das Trevas. O Rei das Trevas criou muitas dessas criaturas. Elas aumentaram as fileiras dos seus exércitos, invencíveis no campo de batalha. Apenas os mais poderosos usuários de magia poderiam combatê-las.

"Se Simon conseguir conjurar uma única sombra sequer, seria um oponente devastador, e, com a magia praticamente desaparecida do mundo, nenhum mortal vivo hoje poderia enfrentá-la.

"Mas os Reis de Sombra eram muito piores. Mais rápidos, mais fortes e com um desejo mais letal de destruição. Os Reis de Sombra lideravam o exército de sombras em seus corcéis de pesadelos. Rompiam as defesas das grandes cidades de Luz e espalhavam as trevas, pois nem força nem magia podiam detê-los. Uma única sombra pode parecer apavorante para nós, mas não é nada em comparação ao horror impiedoso dos Reis de Sombra.

"E se eles se libertarem? A noite vai durar para sempre, e, nas trevas, Ele vai despertar, um eclipse final que vai acabar com o nosso mundo."

— É Marcus — disse Will.

Estavam de volta ao quarto dele. As paredes circulares e a luz laranja das lâmpadas eram seguras e familiares depois das estranhas profundezas do subsolo do Salão.

O coração de Will batia forte. Ele mal conseguira conter a palavras até que estivessem sozinhos. Naquele momento, enquanto ela subia nas cobertas onde eles se sentavam juntos com tanta frequência, a conclusão veio à tona, verbalizada com urgência.

— Como assim?

— O motivo pelo qual Simon está próximo de trazer de volta o Rei das Trevas. Marcus sabe. Ele sabe como conjurar uma sombra.

Os olhos de Violet se arregalaram. Tinham passado tantas noites juntos no quarto dela e no dele, Violet com uma espada e Will com uma vela, praticando suas lições separadamente. Tudo parecia tão pueril depois que ele havia descoberto a verdade.

— Você ouviu a Regente Anciã — começou Will. — Ela disse que conjurar uma sombra era o primeiro passo para conjurar o Rei das Trevas. Simon deve estar tentando obter o segredo de Marcus.

Regentes eram fortes, mas quanto tempo aguentariam sob tortura? E se não conseguissem encontrar James, como conseguiriam combater uma sombra que arma nenhuma era capaz de perfurar? *Não se pode atingir uma sombra... Mas uma sombra pode atingir você.*

— Estão todos desesperados para trazê-lo de volta — disse Violet, devagar. — Todas as missões para além da muralha, sacrificando dezenas de Regentes...

Will não conseguia parar de pensar na visão dos três Reis de Sombra em seus tronos, criaturas grandiosas e terríveis, subservientes a uma maior do que todos eles, o Rei das Trevas, que parecia se elevar sobre os tronos como um deus sobre os céus.

Simon era o descendente do Rei das Trevas. Simon queria uma sombra própria.

E se aprendesse com Marcus como conjurar...

Ele vai despertar. O eclipse final.

Faziam sentido todos os olhares tensos, as conversas interrompidas, o medo que jazia subjacente a tudo isso. Os Regentes estavam amedrontados. Mas estavam avançando mesmo assim. Até a morte. Sua Ordem tinha durado por séculos, guardando os segredos do mundo antigo, de modo que, se o Rei das Trevas algum dia voltasse, alguém se lembraria e estaria presente para impedi-lo.

— Eles precisam trazer Marcus de volta. É a única forma de impedir Simon — concluiu Will. Os Regentes acreditavam que estavam vivendo os dias finais, com Simon prestes a trazer de volta o Rei das Trevas. — Mas não podem. Não conseguem *nem* encontrá-lo.

Se não conseguissem trazer Marcus de volta, Simon liberaria aquela escuridão terrível, aquele frio... Will sentiu em seus ossos.

— Como se resgata um homem que não se consegue achar?

De repente, Violet deu um salto para fora da cama e caminhou até a janela que dava para o portão. O alvorecer ainda não havia chegado, e a paisagem estava escura, os únicos pontos de luz eram as tochas nas ameias e o fogo luminoso da Chama Derradeira.

— Violet?

Ela parecia em conflito. Sua silhueta à janela tinha mudado desde os primeiros dias deles ali. Ainda era esguia, mas o treino constante tinha alargado seus ombros um pouco. Violet mantinha a cabeça mais erguida também, e a postura mais ereta.

Quando se voltou para encarar Will, seus olhos estavam muito escuros, como se ela estivesse dividida entre duas escolhas dolorosas.

— Eles não conseguem encontrá-lo. Mas talvez eu consiga.

CAPÍTULO DEZESSEIS

Ao crepúsculo, ela encontrou Will no pátio leste.

Violet sentia o estômago se revirando de nervosismo, todos os seus sentidos estavam em alerta, mesmo enquanto ela tentava permanecer calma. A ideia do que estava prestes a fazer a deixava enjoada e febril, os calafrios faziam seus dentes baterem. Ela reprimiu tudo, determinada a prosseguir com o plano. Era sua chance de fazer a diferença, de mostrar aos Regentes que podia fazer o que era certo. *Eu consigo.*

No final das contas, era simples.

Os Regentes precisavam encontrar Marcus, e Violet tinha acesso ao círculo íntimo de Simon como ninguém ali.

Eu consigo. Vou provar meu valor. Posso lutar pela Luz.

Os Regentes não podiam saber. Ela não podia contar, *posso encontrar Marcus porque sou um Leão.* Mas se fosse para casa, para sua família de Leões, poderia descobrir onde Simon estava mantendo Marcus antes que ele confessasse como conjurar uma sombra.

Will guiava dois cavalos brancos dos Regentes, criaturas belas com pescoços arqueados e focinhos delicados que se afunilavam. Violet tinha roubado dois conjuntos de vestes brancas de Regentes da lavanderia. Tinha sido sua ideia saírem escondidos, assim evitariam que os Regentes descobrissem seu destino.

Will tinha protestado:

— Você não pode. Não pode voltar para eles.

ASCENSÃO DAS TREVAS

— Meu pai é um dos confidentes mais próximos de Simon — dissera ela, percebendo a verdade dolorosa contida nas palavras. — Sei que, se voltar para casa, posso descobrir onde ele está mantendo Marcus. Posso entrar escondida no escritório do meu pai e obter acesso aos registros...

Violet havia baixado a voz até virar um sussurro. Falar sobre o pai no Salão a deixava nervosa. Uma parte dela esperava que os Regentes surgissem de repente, derrubando-a e gritando "Leão".

Se algum dia descobrissem o que ela era...

— Seu pai quer matar você. Lembra? Ele precisa matar um Leão para que Tom receba seu poder.

— Eu posso lidar com a minha família — afirmara.

Pode mesmo?, uma voz na mente de Violet retrucava. Mas ela a sufocou. Tinha a oportunidade de ajudar os Regentes, e o faria.

Um Leão não precisa lutar pela Escuridão. E eu vou provar.

— É você que não deveria deixar o Salão — dissera ela a Will. — É você quem Simon procura.

Na mente de Violet, os três cães no brasão de Simon eram como o bando de cães pretos que tinham caçado Will pelo pântano. Simon queria muito Will e não pararia até que o tivesse nas suas mãos.

— Se Marcus disser a Simon como conjurar uma sombra, meu paradeiro não vai importar. Tem certeza de que não pode simplesmente contar a eles?

Contar aos Regentes. Contar a Justice. *Sou um Leão. Tom é meu irmão. O menino que matou todos os seus amigos.* O estômago dela se contraiu.

— Não posso. Você sabe o que fariam com um Leão. Eles me prenderiam... — *Na melhor das hipóteses* — e então perderíamos a chance de descobrir o que Simon fez com Marcus.

Apressados, vestiram os uniformes brancos dos Regentes que ela roubara e montaram nos cavalos. Seguiram para o portão parecendo o mais perto que conseguiam com Regentes.

Haviam escolhido o crepúsculo, porque a luz fraca disfarçaria ainda mais seus rostos. Regentes vigiavam quem entrava pelos portões; não policiavam aqueles que deixavam o Salão. Mesmo com essas precauções, Violet ainda sentiu o pulso acelerado. Enquanto se aproximavam, mil preocupações surgiam em sua mente. Será que estava usando o branco dos Regentes corretamente? Será que era alta o suficiente para se passar por uma Regente? Será que Leda olharia duas vezes para seu rosto? Será que de alguma forma adivinhariam o que ela era?

Leão, Leão, Leão...

Leda, de serviço, levantou a mão do alto da muralha. Will levantou a mão em resposta. Violet se sentou ereta e deu seu melhor para adotar os modos arrogantes de Cyprian: o Regente exemplar, ombros retos, costas eretas e queixo erguido.

Então, para sua surpresa, eles passaram; ela sentiu a pressão familiar que ocorria durante a travessia do portão. De repente, estavam no pântano, respirando o ar fresco e gelado e olhando para o mundo.

Durante a cavalgada, não houve sinal dos homens de Simon, apenas respingos e ruídos de insetos e pássaros, e a luz decadente do crepúsculo sobre o pântano.

Um único olhar para trás de Violet revelou o arco partido, a figura solitária contra o céu. Era como se o Salão inteiro tivesse desaparecido, ou não tivesse passado de um sonho. Se não fosse por suas roupas e os cavalos brancos, ela acharia que havia imaginado tudo.

Não tinha mais volta.

Sem quererem parecer cavaleiros da Antiguidade em Londres, pararam antes do rio para trocar de roupa. Esperando se sentir mais ela mesma de novo, Violet ficou chocada com o quanto as roupas de segunda mão de Tom pinicavam e pareciam desconfortáveis depois de experimentar o tecido leve da túnica dos Regentes. Ela se contorceu e franziu a testa, como se as peças não coubessem. Então esfregaram lama nos pelos brancos dos cavalos, sujando-os bastante. Os animais pareciam completamente indignados, mas pelo menos sua aparência começou a se assemelhar um pouco mais com a de cavalos normais, e não com dois feixes radiantes de luz.

ASCENSÃO DAS TREVAS

Atravessando o Lea por uma ponte, Violet se permitiu começar a desejar rever Londres. Além do nervosismo, pensou em todas as coisas de que sentira falta. O gosto de castanhas quentes em um cone de papel, ou de uma batata assada amanteigada comprada para aquecer as mãos. A risada alta de um show de marionetes em uma esquina. As grandes carruagens e as cartolas passando por um teatro ou casa de espetáculos.

Então viu a cidade no horizonte.

Foi um choque — a cidade era uma cicatriz feia e aglomerada sobre a terra. Quanto mais perto chegavam, mais feia ficava. O campo se transformou em terra rachada e casas sujas e esquálidas, ruas entulhadas de gente, carroças de asnos, carruagens, rebanhos se arrastando, meninos, ladrões, vagabundos e todo tipo de gente que conseguia ser enfiada pelos cantos. Era uma agressão aos sentidos depois da tranquilidade do Salão.

Quando desceram dos cavalos, o pé de Violet afundou em uma lama repugnante e aquosa. Um momento depois, ela começou a tossir. Um miasma espesso e sufocante pairava sobre as casas, fumaça de madeira e os cheiros de pessoas e esgoto do rio. Ela quis levar o antebraço ao nariz para bloquear o fedor, sentindo a bile subir. Será que sempre tivera aquele cheiro? E o barulho: os ruídos altos, gritos, condutores berrando, uma desordem que era demais para os ouvidos. Ela foi chacoalhada — as pessoas a empurravam com os ombros para fora do caminho, como se Violet não conseguisse encontrar o ritmo certo para acompanhar a multidão, desencontrada.

Os dois tinham voltado para a estalagem Cervo Branco, concluindo que, se Justice os tinha levado até ali antes, então era um lugar seguro para Will ficar enquanto Violet procurava Marcus. Um menino pegou os cavalos deles com mais deferência do que ela esperava. Olhando para Will, Violet ficou surpresa ao perceber que ele parecia diferente. Os Regentes sempre tiveram algo de sobrenatural, e Will também tinha adquirido aquilo, a forma como se portava, a postura ereta, os movimentos eficazes, como se a miséria de Londres não o tocasse. Violet viu o próprio reflexo na janela da estalagem e ficou chocada ao perceber que tinha exatamente a mesma postura que ele: honrada, mesmo em suas roupas londrinas.

Uma mulher virou um balde de dejetos de uma janela e Violet desviou, rápida como um Regente. Seu estômago se revirou quando ela percebeu o que fizera: será que instintos assim a denunciariam para sua família? Será que veriam uma Regente quando olhassem para ela? Será que saberiam?

Já havia escondido seu lado Leão dos Regentes. Será que precisaria esconder seu lado Regente da família?

Outros sons e odores a atingiram quando a porta da estalagem se abriu, uma onda de gritos e gargalhadas, e o cheiro de molho, palha mofada e cerveja velha. Ela entrou em um cômodo barulhento e confuso, onde era difícil de distinguir qualquer coisa na fumaça escura.

— Por aqui, bons senhores — disse o estalajadeiro.

Violet jamais recebera um "bom senhor" ou "boa senhorita". Ela e Will pediram dois pratos de juntas de cordeiro com molho e receberam um pequeno aceno de cabeça da estalajadeira. Não eram apenas os reflexos dela, era uma diferença na postura. Alguma coisa nela estava mudando o comportamento dos outros.

Violet escolheu uma mesa reservada onde ela e Will poderiam se sentar sem serem vistos, e ficou de olho na porta, alerta para a possibilidade de perigo.

— As pessoas nunca me chamam de "senhor" — falou Will, aproximando-se para sussurrar sobre a mesa de madeira manchada.

Estavam de frente um para o outro no canto mal iluminado da estalagem.

— Nunca me chamam também, geralmente é "garoto" ou "moleque".

— "Inútil."

— "Miserável."

— "Você aí."

Ou pior.

— Londres... está... diferente de como eu lembrava.

ASCENSÃO DAS TREVAS

Ela não conseguia se forçar a dizer em voz alta o que a incomodava: *Eu estou diferente; Londres é a mesma.* Passara três meses no Salão. Apenas três meses? Como três meses podiam tê-la transformado em uma estranha em sua própria cidade?

— Mais barulhenta e mais cheia, sem cantos matinais — brincou Will.

Ela conseguiu abrir um pequeno sorriso.

Duas juntas de cordeiro foram servidas com um baque sobre a mesa de madeira irregular. Violet olhou para o monte gorduroso e solidificado e se sentiu enojada. Tinha um cheiro rançoso, era cinza e marrom, e o prato estava encrustado de sujeira. Ela se obrigou a morder, mas era totalmente insípido — as texturas diferentes eram desagradáveis, uma parte pegajosa, outra borrachuda e outra dura. Violet se forçou a engolir. Não sentiu a revitalização maravilhosa que vinha depois de uma garfada da comida dos Regentes, o crocante de uma vagem fresca, nem a acidez adocicada de uma laranja colhida da árvore. Aquilo só deixava seu estômago pesado.

Uma explosão de gargalhadas ruidosas à esquerda fez Violet virar a cabeça. Um grupo de homens batia as canecas de alumínio na mesa. Atrás deles, dois outros se empurravam, sujos, com a barba por fazer e derramando cerveja na palha ressecada. Os olhos dela desviaram para a silhueta próxima à porta, que gritava para o estalajadeiro. Ela se sentia alerta, ansiosa. Violet olhou para Will, inquieta.

— Não nos reconheceram — afirmou ele.

— Não é isso. É...

Era difícil colocar em palavras.

— Eles não sabem — disse Will, e ela assentiu devagar quando ele foi direto ao ponto: — Não sabem sobre o mundo antigo, sobre as trevas, sobre nada disso. Não sabem o que está se aproximando.

A pele de Violet se arrepiou, porque era isso. A vida inquietante, todo esse caos, não sabia o que estava acontecendo, e, por isso, era vulnerável.

— Ninguém os avisou. Ninguém disse que uma batalha está por vir — refletiu Violet. Eles estavam apenas vivendo. Mas pior do que isso: — Mesmo que alguém contasse...

— Eles não acreditariam — completou Will.

Ela assentiu. Aquela gente... havia uma batalha se aproximando e aquela gente não tinha nem ideia. Não sabiam a verdade, assim como ela um dia não soube. Na estalagem inteira, somente Violet e Will sabiam sobre a ameaça do Rei das Trevas.

Pela primeira vez, ela sentiu a solidão da missão de ser um Regente: serem os únicos observadores, os únicos que se lembravam do passado, os únicos que conheciam os perigos do que estava por vir...

Mais do que isso. Os Regentes sempre pareceram tão desapegados, tão separados do mundo. Atinham-se ao modo de vida do Salão, e aquilo os mantinha no mundo antigo, como se jamais o tivessem deixado de fato. Ano após ano, o mundo do lado de fora mudava, mas eles permaneciam iguais, afastando-se cada vez mais das pessoas comuns.

Se Violet permanecesse com eles, será que em algum momento não conseguiria voltar para o mundo exterior também?

Já dava para sentir. Um distanciamento das pessoas ao redor baseado em um conhecimento do que estava por vir, como se ela tivesse um pé no mundo antigo.

— O que você vai contar para a sua família? — perguntou Will.

Ela tirou o olhar dos fregueses tagarelando. Sua família não era ingênua nem ignorante como os homens e as mulheres da estalagem. Conheciam a batalha que estava se aproximando. E tinham se colocado do lado do Rei das Trevas.

— Eu costumava sair de fininho o tempo todo — contou Violet, distraída. — Voltava no café da manhã. Simplesmente me sentava à mesa e pedia torrada. Meu pai fingia que não sabia que eu tinha saído.

— Parte de você quer voltar para eles — disse Will, com a voz baixa.

— Você não iria querer?

Will olhou para a palma da mão marcada pela cicatriz.

— Minha mãe e eu, nós nos mudávamos muito. Não cheguei a conhecer ninguém de verdade. Ela nos mantinha discretos. — Ele levantou a cabeça e sorriu, irônico. — Nunca vivi em nenhum lugar como o Salão dos Regentes. Nunca tive um lugar seguro, do qual depender, e o qual proteger. — Ela não conseguia desviar o olhar de Will, que nunca fora tão direto. — Mas há uma parte de mim... Minha mãe e eu não tínhamos muito, mas tínhamos um ao outro. Nós éramos uma família.

Família. Tom ainda estava ali, no coração de Violet, apesar de todos os medos e todas as dúvidas que machucavam. O Tom que ela admirava, o Tom que ela se esforçara para imitar, antes de descobrir sobre os Leões.

Ela sabia o que Will queria dizer porque sentira a mesma coisa, a devoção a uma pessoa que ela acreditava que sempre a apoiaria, e a segurança desse sentimento.

— Você voltaria? — Violet olhou de novo para as outras pessoas na estalagem e tentou imaginar ser uma delas de novo. — Você gostaria de não saber?

— Não posso. — Will apertou o polegar na palma da mão. — Achei que minha vida de antes fosse normal, mas agora sei que não era. — Ele levantou o rosto. Seus olhos estavam muito sombrios. — Minha mãe estava com medo. Sempre ansiosa, sempre olhando por cima do ombro... Tentava me proteger da verdade. A verdade sobre quem eu era e sobre o que estava acontecendo. — A cicatriz que percorria a linha do destino da mão dele estava espelhada no dorso, como se o tivesse atravessado. — Consigo entender por que ela fez isso, e parte de mim pode até querer voltar, mas não consigo. Não agora que sei o que ela sabia.

Achei que minha vida fosse normal, mas agora sei que não era. Violet pensou em sua infância, mimada pelo pai, fazendo o que queria, sem regras nem escola.

Também havia pensado que era normal. Mas alguma coisa sempre esteve errada.

— Fico feliz por saber — disse ela, tomando a decisão de repente e com um orgulho teimoso.

Melhor ser um Leão do que um cordeiro no abatedouro.

— Nós dois podemos escolher a nossa família — disse Will.

Ela corou. De repente, sentiu-se profundamente protetora em relação a Will, lembrando-se de sua estranha determinação e lealdade. Ele havia voltado para ela quando ninguém mais o tinha feito, e estava ali naquele momento, apesar do perigo.

— Eu deveria ir logo — disse Violet, cortando a conversa. — Não sei quanto tempo vai levar.

Ela tinha que obter a informação de que precisavam com Tom ou com seu pai.

— Vou esperar aqui.

— Não se meta em encrenca.

— Em que encrenca eu poderia me meter?

CAPÍTULO DEZESSETE

Katherine estava empurrando o dedão do pé de volta para dentro do calçado no sapateiro Martin's quando o homem estranho entrou, aproximou-se da sra. Dupont e sussurrou alguma coisa em seu ouvido.

A sra. Dupont acabara de ter as medidas tiradas para o mais perfeito par de sapatilhas de seda branca, ambas com uma minúscula rosa bordada cor-de-rosa. Fariam uma combinação elegante com os presentes que lorde Crenshaw tinha mandado: lindos vestidos diurnos de musselina bordada com flores, cujas cinturas eram altas e afuniladas e as mangas, delicadas e bufantes; luvas de seda branca com seis botões bordados; e um colar de pérolas que era o acessório perfeito.

Naquele momento, no entanto, o cenho da sra. Dupont estava levemente franzido. O homem que sussurrara ao seu ouvido aguardava à porta. Katherine não ouvira o que ele dissera, exceto por talvez tê-lo visto formar as palavras *o garoto*.

O garoto?

— Se puder esperar aqui, milady — disse a sra. Dupont. — Volto em breve.

— Mas o que... — começou Katherine, mas a mulher já havia partido com passos largos para fora da loja.

A situação deixou Katherine desconfortável. Ela se lembrou de o sr. Prescott dizer algo sobre um garoto. O que era mesmo? *Tenho certeza de que a sra. Dupont vai voltar logo.* Momentos se passaram. Dava para notar os olhares curiosos do dono da loja e de seu assistente. Ela corou, imaginando que a estavam reprovando. Nenhuma mocinha deveria ser vista em público sem acompanhante. Principalmente a noiva de um homem como lorde Crenshaw. Até mesmo a ideia poderia arruinar uma reputação, e Katherine sabia que estava sendo observada por muitas pessoas afeitas à fofoca.

Lorde Crenshaw estava passando bastante tempo em Londres, a negócios, nos últimos dias, mas a sra. Dupont dissera que os boatos sobre sua bela noiva estavam por toda parte, e todos sabiam que Katherine era parte do motivo.

Katherine tinha gostado da ideia de que falassem sobre ela, de que pudesse ser vista dando aquele passeio. Convites já começavam a chegar à casa, embora qualquer compromisso social fosse detalhadamente analisado por sua tia. Um passeio para compras tinha sido permitido porque a sra. Dupont e um valete a acompanhariam, junto ao condutor deles, que esperava próximo à carruagem do lado de fora.

Mas naquele momento ela estava sozinha.

Pensamentos inquietantes sobre um *escândalo* e atitudes *inapropriadas* a fizeram fechar as mãos dentro da estola de pele de zibelina. Katherine não deveria ser vista sozinha na cidade. Quanto tempo levaria até as pessoas começarem a falar? Ela não podia esperar parada; todos estavam olhando. Esperaria na carruagem, fora da vista dos intrometidos, e seguramente acompanhada pelo valete e pelo condutor de lorde Crenshaw.

Saiu da loja para a calçada lotada, e seu estômago despencou, pressionado pelo pânico.

A carruagem se fora.

A rua parecia fria e anônima. Ela olhou ao redor, desesperada, em busca de algum sinal da carruagem, mas não havia nada. Era estranho e assustador. Onde estava a sra. Dupont? A carruagem não podia tê-la deixado para trás, podia?

Mas tinha. Todos haviam deixado Katherine. A ideia de estar sozinha nas ruas de Londres a fez estremecer. Katherine foi dominada por uma terrível sensação de ser abandonada. Uma ameaça à sua reputação era pior do que uma ameaça à sua segurança. Se alguém soubesse que ela estava fora, sem acompanhante... Katherine começava a entrar em pânico, todas as histórias de jovens moças arruinadas por indiscrições tolas fervilharam em sua mente.

Concretizando o pior pesadelo da jovem, o dono da loja saiu do estabelecimento, e Katherine percebeu que a fofoca estava prestes a sair voando até os lares de cada cliente que ele tinha em Londres...

— Prima — disse alguém, pegando sua mão para acalmá-la.

Katherine não tinha um primo. Não conhecia a voz. Ela ergueu o rosto, confusa.

O rapaz que segurara sua mão tinha um rosto fascinante, com as maçãs proeminentes, olhos escuros e cabelo preto. Era o tipo de rosto do qual não se conseguia tirar os olhos, o tipo de rosto que teria sido impressionante mesmo se visto do outro lado de uma sala. O jovem era atraente de um jeito saído de uma história de Byron de tirar o fôlego, provocando a mesma sensação elétrica de nuvens se reunindo antes de uma tempestade.

Ela sentiu uma conexão intensa e imediata quando seus olhos encontraram os dele. O rapaz ergueu as sobrancelhas, perguntando silenciosamente se ela fingiria com ele — estava se oferecendo para ser o acompanhante perfeito de Katherine: um parente masculino. Até mesmo dissera alto a palavra *prima*, para que os transeuntes ouvissem.

Ela sentiu as bochechas quentes ao pensar que aquele jovem cavalheiro — pois ele era um cavalheiro, com certeza — percebera a dificuldade de Katherine e fora resgatá-la.

— Obrigada, primo — respondeu a jovem, igualmente alto.

Olhando de volta para a fachada da loja, viu o dono relaxar e voltar para dentro, como se um pequeno mistério tivesse sido resolvido.

— "Primo"? — sussurrou ela depois que o lojista foi embora. — Não nos parecemos em nada!

— Eu não tinha certeza de que conseguiria me passar por seu irmão.

Quem é ele? Katherine observava o rapaz. Não conseguia afastar a sensação de conexão. Vir a seu resgate era ao mesmo tempo imprudente e cavalheiresco, algo de que ela estava intensamente ciente.

Dava para sentir o calor da mão dele sob a sua. Exceto por um ou dois conhecidos respeitosos selecionados a dedo para ela por sua tia, Katherine não conhecera ninguém em Londres, muito menos rapazes atraentes. Seu coração estava se comportando de modo estranho. *O que lorde Crenshaw pensaria se soubesse que um rapaz segurou a minha mão?*

— Aonde vamos? — sussurrou ele de volta, de forma conspiratória.

— A carruagem do meu noivo deveria estar esperando por mim. — Ela pronunciou a palavra *noivo* com muita ênfase. Ele não disse "e onde está seu acompanhante?", nem fez perguntas sobre a situação dela, o que era um sinal de seus modos de cavalheiro. — Estávamos voltando para casa agora mesmo.

— E ela se foi?

— Sim, eu… é que… sim.

— Então vou achar uma carruagem para você, senhorita…

— Kent.

— Srta. Kent.

O clima, que naquela mesma manhã Annabel havia descrito como "instável", escolheu aquele exato momento para transformar o frio em gotas geladas que caíam do céu. O rapaz era um galanteador perfeito. De imediato, tirou o paletó para que ela o segurasse acima da cabeça, de forma que Katherine estava tremendo, mas seca, quando ele foi até o meio da rua movimentada para chamar um coche.

Ela observou o rapaz parar o coche enquanto a chuva o ensopava por completo. As rodas do coche respingavam lama nas botas e na calça dele. O cocheiro parou os cavalos descoordenados, um marrom fosco e o outro de um branco sujo. Depois de escoltar Katherine até o coche, o rapaz rapidamente entregou de vez seu paletó, dispondo-o de forma que ela pudesse se sentar no forro seco para proteger o vestido do assento enlameado. Entraram juntos. O condutor deu um açoite com o chicote, gritando:

ASCENSÃO DAS TREVAS

— Adiante!

Do lado de dentro, ela finalmente se sentiu segura. Estava a caminho de casa, e a ameaça à sua reputação tinha acabado. A chuva transformara as janelas do coche em um borrão líquido. Fechada nessa bolha, Katherine estava seca e aquecida. O rapaz à sua frente estava ensopado, com a camisa molhada, transparente e agarrada ao corpo e a calça suja de lama. Suas roupas eram de segunda mão, mas haviam sido reparadas de modo tão elegante que mal dava para notar. Ele parecia um jovem pretendente aristocrático — sua educação traía as roupas. Mais uma vez, ela ficou impressionada com a beleza do rapaz, seu cabelo preto parecia saído de uma pintura romântica.

— Que aventura — disse ele, charmoso.

— Posso perguntar seu nome?

— Kempen. Will Kempen.

— Espero não o estar desviando demais de seu caminho, sr. Kempen.

Ele a olhava de volta com uma curiosidade evidente, embora estivesse sendo cavalheiro demais para fazer qualquer pergunta a ela. Então, quando ele disse apenas "De maneira nenhuma; fico feliz em acompanhar a senhorita", Katherine se viu cedendo, contando a história toda às pressas:

— A verdade é que a sra. Dupont, minha dama de companhia, estava comigo, mas um homem entrou na loja enquanto eu estava tirando as medidas para uns sapatos.

O Martin's era um dos sapateiros mais requisitados de Londres, e Katherine passara a semana ansiosa pela ida à loja. Até o desaparecimento da sra. Dupont, a saída havia superado as expectativas. Katherine tivera as medidas tiradas, depois vira lindas amostras, com a sra. Dupont apontando as de maior tendência na moda e dizendo: "Lorde Crenshaw acha que o rosa combina com você."

— Ele não era um de nossos criados. Nunca o tinha visto. Ele entrou e falou com ela. Não sei o que disse, mas ela pareceu achar que era urgente e partiu de imediato! — As sensações perturbadoras retornaram, o medo de ser abandonada. — Então, quando saí para procurar a carruagem, ela havia sumido. A sra. Dupont deve tê-la levado ou... só consigo pensar que meu noivo os chamou por causa de negócios, sem saber que eu estava com eles.

— Seu noivo? — repetiu Will, casualmente.

Ele olhava para ela. Gotículas de água ainda se agarravam à sua garganta, encontravam o peito e molhavam o colete e a camisa. Mas Will conseguia ignorar o desconforto, como se fosse tudo parte da aventura, como se fosse óbvio que ele se encharcaria resgatando uma dama de um dilema social.

Olhando de volta para ele, era fácil para Katherine se esquecer dos sentimentos inquietantes de mais cedo. Pensou que tudo aquilo era muito atraente. Will era exatamente o tipo de belo rapaz, filho de um lorde, que ela sempre havia imaginado que a chamaria para dançar em um baile. *Sempre soube que conheceria você*, pensou Katherine, do nada. É óbvio que a tia não aprovaria. Aquela era uma das "experiências desnecessárias da juventude" que a tia desejava que Katherine evitasse.

Uma experiência que Katherine jamais achou que teria. Estava consciente da própria pulsação.

— Lorde Crenshaw. Você o conhece?

As palavras eram descontraídas.

— Eu já ouvi falar. Ele é dono de navios, não é?

— Isso, é ele mesmo.

É lógico que todos sabiam quem era lorde Crenshaw.

— É ele quem coleciona antiguidades, ou é o pai dele? — perguntou Will com um interesse educado.

— Os dois. Mas lorde Crenshaw tem uma verdadeira paixão por isso. Dizem que, durante o verão, dragou o Tâmisa inteiro apenas para recuperar uma espada que queria.

Katherine gostava da riqueza e do poder que a situação revelava. Annabel havia dito depois que era o assunto mais comentado da cidade. Uma extravagância que apenas um homem com a fortuna dele poderia cometer.

— Ele encontrou?

ASCENSÃO DAS TREVAS

— Aparentemente, sim. Annabel, a criada de minha tia, disse que...

— Arre! — soou o grito do cocheiro do lado de fora, e ela parou de falar quando o coche chegou ao endereço fornecido por Katherine.

— Ah! Chegamos — disse ela.

De repente, Katherine percebeu que era a última vez que veria seu salvador. Não havia sido um encontro em um baile onde ele poderia deixar um cartão e ir visitar a família dela uma semana depois. O encontro havia sido um segredo, o lampejo de uma vida que ela não tinha, e não se repetiria. Ela sentiu mais uma vez a conexão, a animação da aventura. Não estava pronta para que terminasse.

— Não posso permitir que você parta sem substituir o seu paletó. É o mínimo que posso fazer.

Dava para ver com clareza a calça respingada e enlameada do rapaz, e ela só podia imaginar o estado deplorável em que o paletó estaria quando ela se levantasse.

Will protestou:

— Não é necessário...

— Eu insisto. Você está ensopado. E, além disso, coberto de lama. Seu cabelo está um caos. E...

— Acho que sua família não ficaria feliz ao descobrir que um rapaz a escoltou para casa — argumentou ele, cauteloso.

Ela corou. Era verdade. Seria um escândalo. O mesmo escândalo que ele tentara evitar ao acompanhá-la. Se sua tia soubesse que ela passara tempo com um rapaz, ficaria a vida toda lançando-lhe olhares de reprovação, sem falar no fato de que Katherine perderia toda a liberdade que lhe restava. Com certeza não poderia apresentar Will a nenhum deles.

— Então você pode me esperar nos estábulos, enquanto trago as roupas para você. — Ela ergueu o queixo. — Diga ao condutor que dê a volta pelos fundos.

Talvez Will tivesse percebido que ela não aceitaria um não como resposta, porque abriu a janela do coche para gritar a instrução ao condutor.

Assim que pararam perto da entrada para os estábulos, ela percebeu que sua própria carruagem não tinha voltado. A sra. Dupont ainda estava sumida. Mas sua tia e seu tio estariam em casa, com sua irmã e os criados. Ela precisaria tomar cuidado. Katherine mostrou a Will a passagem dos fundos que dava acesso ao jardim e, mais adiante, à casa.

Os estábulos estavam secos e quentes, com cheiro de feno fresco, e eles correram para dentro debaixo da chuva. Algumas gotículas se acumularam em seu cabelo e no chapéu, mas não era nada de mais, e Katherine finalmente estava em casa, fora de perigo.

— É uma linda residência — elogiou Will, olhando para as folhagens escuras do jardim.

— Nós só viemos para cá em janeiro. Morávamos em Hertfordshire.

Ela mantinha os olhos nas janelas acesas da casa.

— Eu fiz o oposto. Minha família morava em Londres, mas partimos para o campo.

Ele passou a mão pelo cabelo, tirando a água. Alguma coisa na natureza casual do gesto a fez corar. Katherine jamais estivera sozinha com um rapaz de sua idade. Os olhos deles se encontraram, e ele pareceu se divertir, tornando a situação uma piada compartilhada entre os dois.

— Espere aqui — disse ela, e saiu para a casa.

Quando entrou, o impacto de tudo que havia acontecido a atingiu. Aquela era a casa de lorde Crenshaw. Os criados eram de lorde Crenshaw. Ela havia se cercado com as paredes de lorde Crenshaw e levado alguém que não deveria para dentro — um rapaz que acabara de conhecer, assumindo um risco que não deveria jamais ter assumido.

As batidas do coração de Katherine aceleraram selvagemente enquanto ela entrava na sala de estar dos fundos. Ouvira passos? Permaneceu muito quieta quando entrou. Depois de alguns segundos de silêncio, deu um primeiro passo para o interior da casa.

— O que você está fazendo? — perguntou uma voz familiar.

— Eu estava só conversando com o cocheiro.

Katherine se virou de modo calmo.

Elizabeth estava de pé na sala de estar, franzindo a testa.

— Aquele não é o cocheiro. É um menino estranho que você trouxe para a casa.

— É um amigo.

— Você não tem amigos.

Katherine inspirou.

— Elizabeth. Ele me ajudou, e isso estragou suas roupas. Vou pegar umas novas para ele. É APENAS educação, mas você sabe em que tipo de problemas eu me meteria. Você não pode contar a ninguém.

— Quer dizer que pode estragar *o noivado* — falou Elizabeth, com desprezo.

Era verdade. Mas Katherine estava empolgada, e não nervosa. A possibilidade de ela ser descoberta era pequena, pensou. Parecia mais que ela e Will estavam em uma aventura juntos.

— Isso mesmo.

— Ele está colocando você em encrenca. Não gosto dele.

— Você não gosta de ninguém.

— Não é verdade! Eu gosto da tia. E da nossa antiga cozinheira. E do sr. Bailey, que vende muffins. — Elizabeth falou devagar, refletindo sobre a lista com cuidado. — E...

— Eu esbarrei com ele por acaso e prometi que estaria seguro aqui. Você me faria quebrar minha promessa?

A irmã mais nova de Katherine era uma pessoa bastante correta, um primor, de fato, no que dizia respeito a regras, e o argumento da honra foi o suficiente, embora por pouco.

— Não — respondeu Elizabeth, irritada.

— Não. Então fique quieta e não diga nada.

Will ergueu o olhar quando ela entrou com o paletó. Ele havia trocado parte de seu traje por uma calça longa e meias e estava vestido com a camisa que ela deixara para ele, desamarrada e com a gravata ainda jogada por cima de seus ombros, um estado de desnudez que ela jamais vira num homem.

Mais cedo, Katherine havia levado uma toalha para que Will se secasse, assim como as roupas que ele estava usando. Teria gostado de sentá-lo diante de uma lareira com o ensopado quente da cozinheira, mas não poderia acender uma lareira nem arriscar que a cozinheira o visse. As paredes que os cercavam precisariam ser seu santuário, com o cheiro forte de feno — que dava cócegas no nariz — e o som ocasional e suave dos cavalos. Ele levantou a ponta da gravata.

— De quem são estas roupas?

— Do meu noivo.

Katherine o observou ficar quieto de um jeito que ela apreciou. O rapaz não parecia com lorde Crenshaw mesmo com aquelas roupas. Parecia mais jovem, da idade dela. Seu coração estava batendo rápido. Não que ele pudesse ser perigoso, ele *era* perigoso. Se ela fosse encontrada com ele ali, aquilo a arruinaria. Arruinaria não apenas a ela, mas a toda a sua família. Katherine podia ouvir os sons distantes da casa, ver as luzes das janelas. Cada som era uma ameaça.

Seu noivo sabe que você passa o tempo sozinha com outros homens? Ele não disse isso, embora ela pudesse sentir as palavras pairando no ar entre os dois.

— Ele é mais alto do que eu — disse o rapaz, com cuidado.

— E mais velho.

O que ela estava fazendo? Tinha o levado até ali para substituir as roupas que arruinara por ela. Mas depois que ficaram sozinhos, era como se o filho atraente de um lorde a tivesse convidado para dançar em uma das saídas que sua tia insistia que ela era jovem demais para ter.

Apesar do comentário, as roupas de lorde Crenshaw haviam servido com perfeição, e o rapaz ficou bem nelas. *Melhor do que lorde Crenshaw*, sussurrou uma voz traiçoeira. Ela havia imaginado um pretendente assim. A gravata jogada lhe dava um ar despreocupado, levemente libertino. Os olhos de Katherine eram atraídos para ele.

— Vou amarrar isso para você. Eu fazia isso o tempo todo para o meu tio. Venha cá.

ASCENSÃO DAS TREVAS

Ele se aproximou da mesma forma lenta e cautelosa com que tinha falado. Katherine estendeu o braço para o pescoço dele, e Will recuou por instinto.

— Você é tímido? Já estive perto de homens antes. — Ela ergueu o queixo. — Cresci numa família com meninos.

Ela estava mentindo.

— Primos? — perguntou ele.

Ela pegou as pontas da gravata. Sabia que sua aparência era considerada sua maior vantagem — afinal de contas, fora isso que lhe conseguira um noivado com lorde Crenshaw. Mas a juventude com uma criação superprotetora fez com que ela jamais fosse festejada como uma beldade, ou sequer tivesse o tipo de compromissos sociais que a colocariam na companhia de pretendentes, pelo menos não até que lorde Crenshaw tivesse se apresentado à sua família. Além disso, a admiração de lorde Crenshaw viera a uma distância profissional. Naquele momento ela conseguia ver, de perto e para o seu deleite, o efeito que tinha sobre um rapaz de sua idade, quando os olhos pretos de Will ficaram ainda mais escuros.

Mas estava menos preparada ainda para o efeito do rapaz sobre ela, para o quanto era difícil se concentrar em amarrar a gravata sabendo que ele estava tão perto, consciente da respiração de Will movendo o tecido fino e elegante da camisa e a única mecha de cabelo que caía sobre a testa dele.

— Se o meu noivo soubesse o que está acontecendo aqui, acho que ele mataria você.

Outra observação casual. Ela não ergueu o rosto. Mas estava atenta à reação dele, imaginando que ele também estava tentando controlar a respiração — ou será que não?

— Então espero que você não conte a ele.

Ela esticou o restante da gravata em seu nó simples e se certificou de parecer tranquila ao recuar um passo.

— Pronto.

Enquanto ele acomodava o paletó nos ombros, ela percebeu às pressas que tinha sido um erro... um erro ter dado a ele as roupas de lorde Crenshaw. A qualidade vital que o garoto tinha que atraía o olhar havia se tornado ainda mais intensa, as roupas o transformavam em um poderoso jovem lorde, e lorde Crenshaw jamais tivera aquela aparência, apesar de todas as garantias de Annabel de que ele era exatamente o que um belo pretendente deveria ser.

— Estou em dívida com você — disse Will.

Em vez de protestar que tinha sido ele que a havia ajudado primeiro, Katherine falou:

— Então responda a uma pergunta.

A mão dele ficou imóvel sobre o último botão do paletó.

— Tudo bem.

— Me diga quem você realmente é. De onde é? Quem é a sua família? Achei que você quisesse passar despercebido.

— Se eu estivesse escondendo quem sou, dificilmente admitiria.

Foi a única resposta. No silêncio, os ruídos distantes e baixos dos cavalos pareciam altos, e as partículas de poeira do feno flutuavam devagar no ar. Katherine percebeu que o rapaz dissera tudo o que tinha a dizer, embora ela o tivesse levado até ali e lhe dado roupas.

— Você não vai me contar nada? — perguntou ela com pressa, franzindo a testa e soando um pouco como Elizabeth, mas não ligou para isso.

Will balançou a cabeça.

— Você foi gentil. Mais gentil do que imaginei. Não deveria fazer parte disso. Sinto muito. Achei que poderia... eu estava errado. Eu estava errado em...

— Em o quê?

De repente, escutaram um ruído alto e inconfundível: o estalar de rodas sobre cascalho recém-disposto aproximando-se.

— É a carruagem — falou Katherine.

— Você deveria ir e recebê-los. Vou sair pelos fundos.

— Mas... — *Vou ver você de novo um dia?* foi uma súplica que ela não queria expressar em voz alta. Não havia tempo. Katherine fingiria que ela e a sra. Dupont haviam voltado juntas, o que salvaria sua reputação e à da sra. Dupont. Ela ergueu o queixo. — O paletó é um empréstimo.

Pelos olhos de Will quando ele segurou sua mão, Katherine soube que ele compreendeu o que estava implícito na frase.

— Então vou precisar devolvê-lo.

Ele não beijou a mão dela da maneira como lorde Crenshaw fizera; apenas abaixou a cabeça sobre seus dedos, como uma reverência. As palavras eram uma promessa de que se encontrariam de novo.

Depois, ela seguiu para o pátio, para encontrar a sra. Dupont.

CAPÍTULO DEZOITO

— ... Sinto que seja tarde demais para visitas... — disse a governanta quando a porta se abriu, mas então ela arregalou os olhos. — *Violet?* — E depois: — Sr. Ballard! Sr. Ballard!

Violet se viu puxada para o corredor em meio a um borrão de pessoas se movimentando — a casa despertava com portas se abrindo, passos ecoando e várias vozes elevadas de uma só vez.

— Violet! — ouviu ela. Era a voz de Tom. Ela viu o irmão arregalar os olhos azuis familiares, chocado ao reconhecê-la. De repente, ela estava nos braços dele, mornos e seguros. — Ah, Deus. Achei que você estivesse morta. Achei que você estivesse... — Ela o abraçou de volta como se fosse um bote salva-vidas. — Disseram que você pulou do navio...

— Tom, sinto muito. Achei que...

— Tudo bem. Você está segura. Está em casa.

O abraço apertado e sólido de Tom era real, e ela se entregou, fechando os olhos. Da última vez que Violet o vira, ele parecia morto e pálido na margem do rio, mas agora estava ali, quente e vivo. Ela se permitiu sentir o alívio do retorno, a corrente de felicidade diante da preocupação sincera nos olhos dele. Nada importava, a não ser seu irmão.

— Violet? — perguntou uma voz diferente.

Por cima do ombro de Tom, ela viu a figura nas escadas, as feições severas e o cabelo castanho-avermelhado grisalho, uma túnica marrom-escura por cima das roupas de dormir. Devagar, ela se afastou do abraço de Tom.

— Pai — falou Violet.

A única coisa que ela enxergava ao olhar para o pai era ele no cais ordenando, de modo frio, que o Capitão Maxwell a encontrasse. *Não mantive aquela menina bastarda em minha casa apenas para que ela morra antes da hora.* Nesse momento, a governanta fechou a porta, e Violet se sobressaltou. Seu coração estava acelerado. O papel de parede com estampa reticulada pareceu se amontoar ao redor à medida que seu pai se aproximava, e ela precisou se forçar a não recuar. *Ele vai saber,* pensou Violet. *Vai saber que estou aqui para espioná-lo.* Ao mesmo tempo, disse a si mesma que precisava fazer aquilo, precisava encontrar Marcus. Um lembrete da própria missão.

Violet permitiu que ele a abraçasse e olhou para o pai com um sorriso falso, fingindo alívio.

Ele retribuiu o sorriso e disse:

— Bem-vinda de volta ao lar, minha filha.

Violet estava sentada na sala de estar do andar de baixo, com um cobertor envolvendo os ombros e o restante da ceia em uma bandeja à sua frente. Seu irmão estava sentado ao seu lado no sofá. O pai havia puxado uma cadeira, depois de ordenar que os criados acendessem de novo a lareira e as velas e trouxessem chá quente, pão fatiado e alguns pedaços de carne que haviam sobrado do jantar.

— Coma primeiro — insistira ele depois que os ferimentos dela foram tratados.

Violet obedeceu, precisando fingir fome e engolindo cada mordida com determinação. Depois de acabar com o último pão, ergueu o rosto e soube, sentindo o estômago se revirar, que não podia mais evitar o que estava para acontecer. Tomou fôlego e repetiu as palavras da história que tinha preparado:

— Sinto muito. Não pude impedi-los. Eles levaram o garoto.

— O garoto? — repetiu o pai.

Violet estava olhando para Tom.

— Você me disse para proteger a carga. Achei que tivesse falado dele. Daquele garoto. O garoto que estava acorrentado no compartimento.

— Continue — disse o pai de Violet, depois de um momento.

— O navio estava afundando. O menino teria se afogado. Eu voltei e abri as correntes dele... Achei que poderia carregá-lo para fora. Então *eles* vieram. Levaram nós dois.

— Regentes — disse Tom.

Pronunciou a palavra da mesma forma que Justice dizia *Leões*.

— É do que eles chamavam uns aos outros. Usavam roupas antiquadas. Mas... não eram naturais, eram...

— O garoto está vivo? — interrompeu o pai.

Ela havia se preparado para aquilo também.

— Não sei. Ele aproveitou a distração e fugiu. — Era uma história bastante parecida com o que eles já sabiam, mas ambígua o suficiente para que confundisse os fatos. — Ele também não era natural. Pelo menos achei ter visto... O que ele era?

Tom e seu pai trocaram olhares.

— Os Regentes são inimigos de Simon. E odeiam nossa família — respondeu Tom, ignorando a pergunta da irmã.

— Por quê?

Ele abriu a boca para responder, mas o pai o interrompeu, com um gesto sutil:

— Há algumas coisas que você precisa saber, mas não até ter descansado. É uma longa história, que não deveria ser ouvida tarde da noite, com você ainda exausta. — Ele sorriu para Violet. — O importante é que está em casa agora.

A mão dele repousou pesada no ombro de Violet, apertando um pouco.

Tom a levou para o quarto dela no andar de cima. Quando ficaram sozinhos, Violet percebeu que seu coração batia forte e sua mente fervilhava de pensamentos sobre o que ela gostaria de dizer. Sobre o quanto sentira saudade do irmão. Sobre o quanto tinha sido assustador descobrir que ele era um Leão... e que ela também era um. Ele era o único outro Leão com quem Violet podia falar, e ela tinha mil perguntas. Sobre Rassalon, sobre o Rei das Trevas... todas pararam em sua garganta.

— Desculpe — disse Tom, as palavras apressadas, assim que ficaram sozinhos. — Desculpe. Fiquei pensando que fui eu quem disse para você entrar no compartimento de carga. Você nem estaria no navio se não fosse por mim. Você salvou a minha vida, e a última coisa que eu te disse foi...

Vá para casa. As palavras se alojaram em seu peito como uma faca.

— Você estava tentando me proteger — disse Violet, tomando um fôlego trêmulo. — Tentou me fazer ir embora. Sabia que era perigoso, por isso disse... — *Você está velha demais para isso... me seguir por aí, usar minhas roupas.* Aquilo a magoara, mas agora ela enxergava toda a grosseria do irmão por outro ângulo: Tom estava ansioso, vigiando a todos, consciente do que estava trancado no compartimento de carga.

— Você é minha irmã.

De repente, sentindo uma pontada de dor, desejou que pudesse simplesmente contar a ele. Que pudesse contar tudo e que ele acreditasse. Olhando para o rosto sincero do irmão, Violet pensou que se ele soubesse o que o pai estava planejando... o que realmente queria fazer com ela... se ela ao menos pudesse contar...

— Pensei em você todos os dias. Tinha tanta coisa que eu queria... te contar...

— Pode me contar agora. Quero saber de tudo. Violet, eu achei que você tivesse morrido. Eu ficava repassando o ataque, tentando imaginar uma maneira de você ter sobrevivido.

Ele não tinha como saber, tinha? Não tinha como saber que ela era o sacrifício, que ele deveria matá-la.

— Eu... — começou ela enquanto ele estendia o braço para colocar a mão na cabeça da irmã, como sempre fazia.

Violet quase recuou. O *S* preto sinuoso queimava no pulso de Tom. A respiração dela acelerou pela proximidade da marca. *A insígnia do Rei das Trevas.* Será que Tom sabia o que realmente queria dizer? Será que sabia o que Simon estava tentando fazer, o que estava tentando libertar, uma sombra que não podia ser combatida? Quando ela olhou para a curva escura da marca, sentiu a dor da distância entre eles, a dor profunda de não poder voltar para casa.

— Vamos conversar amanhã de manhã — disse ela, abrindo um sorriso. — Rocambole de uvas-passas, como sempre fazemos.

— Tudo bem. Mas estou aqui, se precisar de mim.

— Eu sei.

Ele bagunçou o cabelo da irmã, um gesto tão familiar quanto respirar.

— Boa noite, Violet.

Então Tom se foi.

Ela permaneceu à porta por muito tempo depois de ele desaparecer no fim do corredor. Tom estava exatamente como ela se lembrava, jovem, belo e alto. Violet sempre quis ser como ele. Tom representava para ela tudo que era ideal.

— Você.

Violet se virou e se deparou com os olhos frios da mãe de Tom. Louisa Ballard era uma mulher de quarenta e um anos, magra demais, mas muito bem-vestida. Prendia o cabelo preto em um respeitável coque baixo, e seus vestidos perfeitamente ajustados eram adequados para uma mulher de sua idade. Seus lábios se estreitaram enquanto ela franzia o cenho. O olhar que lançou a Violet foi de uma hostilidade severa.

— Como você ousa voltar aqui?

Violet ficou tensa. Por um momento, achou... mas qualquer fantasia ridícula de que as palavras de Louisa pudessem ser uma artimanha, uma crueldade para forçá-la a ir embora para sua própria segurança, se fora. Não era uma artimanha. Não era Tom tentando tirá-la do navio por saber que ela estava em perigo.

Ela não sabe. Ela simplesmente me odeia.

Violet se perguntou o que aconteceria se contasse a verdade a Louisa. *Seu marido me trouxe para a Inglaterra para me matar. Ele me criou para que, quando eu fosse velha o bastante, seu filho pudesse cortar o meu pescoço.* Louisa achava que Simon era um cavalheiro respeitável que supervisionava a companhia de comércio do pai. Não sabia nada sobre Leões e mundos antigos.

— A única coisa boa que você já fez foi partir — disse Louisa, fria. — Mas foi egoísta demais para ficar longe.

— Sim, sra. Ballard — respondeu Violet, mantendo os olhos no chão, enquanto suas unhas se enterravam nas palmas das mãos.

Dentro do quarto, a garota fechou a porta e se recostou no batente.

A vida era assim, disse Violet a si mesma. Exatamente assim. Ela olhou ao redor — estava sozinha entre todos aqueles objetos que um dia pensou que significassem que ela pertencia a algum lugar.

Assim que a casa ficou escura e silenciosa, ela afastou as cobertas e vestiu rapidamente a camisa e a calça. Foi de meias até o corredor.

O escritório do pai ficava no final, à esquerda. Ela seguiu direto para lá. Se houvesse papéis, contratos, livros de contabilidade, qualquer coisa que pudesse ajudar os Regentes a encontrarem Marcus, estaria naquela sala.

Violet já havia escapulido de fininho à noite antes. Sabia como evitar a terceira tábua que rangia e como se manter na parede mais distante de forma que sua sombra não fosse vista por baixo da porta. Ela se moveu com agilidade e, em pouco tempo, estava do lado de fora da porta do escritório, colocando a mão na maçaneta.

Estava trancada.

Em outra situação, uma tranca não a teria impedido. Ela podia quebrar uma tranca. Podia quebrar a porta. Mas se fizesse isso, não teria mais como fingir. Seu pai saberia de imediato o que ela fizera. E se a informação que Violet procurava não estivesse no escritório? Ela não podia se entregar antes de descobrir onde encontrar Marcus.

Violet estava dando as costas contra sua vontade para a porta, a fim de pegar o molho de chaves da governanta, quando ouviu uma risada grave e masculina do outro lado do corredor.

Congelou. Estava vindo do quarto de Tom. Havia alguém com ele. *Com quem? Tom não recebe visitas a esta hora da noite...*

Ela se aproximou silenciosamente, sem querer ser descoberta. A porta estava entreaberta. Dava para ver um filete de luz, e ela vislumbrou o interior do quarto. Prendeu o fôlego e olhou pela fenda na porta.

Algumas velas acesas e brasas tremeluzentes sob a cornija da lareira iluminavam o quarto. Tom estava sentado na poltrona em frente à lareira, e havia outro garoto, jogado no tapete Axminster, aos pés de Tom, com a cabeça apoiada em sua coxa.

Devon. Violet o reconheceu de imediato, era um dos amigos de Tom de quem ela não gostava. O garoto era o funcionário de Robert Drake, o comerciante de marfim, e às vezes trabalhava como mensageiro para Simon. Um rapaz pálido e desagradável, Devon tinha a aparência de marfim desbotado, como se fosse feito inteiro da mesma cor. Cabelo branco escorrido cobria sua testa. O rapaz costumava usar um gorro, mas naquela noite o havia tirado, revelando uma bandana suja que prendia o cabelo. Seus cílios brancos eram longos demais.

Violet encarou a compleição pálida de Devon, os olhos apenas um tom mais escuro do que água transparente. Devon costumava ficar perambulando perto dos estabelecimentos de Simon, um parasita sem cor. Foi assim que Tom o conheceu. Ele se agarrava às pessoas como havia se agarrado a Tom.

— ... eu não contaria a ninguém que ela voltou. Simon gosta que seus Leões sejam leais. Se achar por um momento sequer que sua família não é de confiança... — dizia o menino com a sua voz desagradável.

— Violet não é um risco. É minha irmã. Simon vai saber que tê-la ao seu lado é uma vantagem. Ela me salvou no navio.

— Se você estiver errado de novo, James vai enfiar uma coleira e um sininho em você.

Uma risada desdenhosa.

— Não estou preocupado com James.

— Mas deveria. Ele é o menino de ouro. O único Renascido que Simon tem em sua pseudocorte. Mais do que um Renascido. Era o preferido do Rei das Trevas, e agora está seguindo as ordens de Simon... acha que isso não dá prazer a Simon?

— Você adora uma intriga — disse Tom, parecendo se divertir. — Acha que há um espião por trás de cada cortina e uma adaga sob cada manga.

Devon se virou, ajoelhando entre as pernas de Tom e o encarando.

— E você é um Leão; você acha que todos são leais. Tenho algo que você pode usar como vantagem. James vem ver Robert ao alvorecer. Sozinho. E *nunca* está sozinho. Simon deve querer que a questão seja mantida em segredo absoluto para mandar James sozinho. Podemos descobrir o que é.

— Se Simon quer que seja mantido em segredo, deve ser mantido em segredo.

Devon se inclinou para a frente, deslizando as palmas das mãos para cima das pernas de Tom.

— Você não está nem um pouco curioso para saber o que Simon planejou?

— Violet.

Ela se virou. Seu pai estava no fim do corredor, segurando um candelabro na mão esquerda. Abriu um sorriso acolhedor para ela.

— Minha querida. O que está fazendo?

— Não consegui dormir — disse Violet, sorrindo de volta. Seu coração estava acelerado. Ela tomou muito cuidado para não olhar em direção à porta do escritório do pai, que estava a poucos metros. — Achei ter escutado vozes.

James, pensou ela. *Simon está planejando alguma coisa e ele vai mandar James sozinho.*

Preciso contar aos Regentes...

— Tom está finalizando alguns assuntos com o funcionário de Robert Drake. Nada para se preocupar.

— Ah, sim! Eu só estava...

— Achei que você estivesse saindo escondida — disse o pai, abrindo outro sorriso antes que ela pudesse terminar de falar. — Como costumava fazer, pelo corredor, depois saindo pela janela lateral da copa. — Ela congelou ao descobrir que ele sabia sua rota secreta. — Eu odiaria ver você partir tão cedo, depois de voltar para casa.

Mantendo o tom de voz leve, ela respondeu:

— Eu só não consegui pegar no sono.

O pai fez um gesto amigável em direção às escadas, no fim do corredor.

— A verdade é que eu também não consegui dormir. Sei que você tem perguntas. E está certa... está na hora de eu responder algumas delas.

Violet disse a si mesma: *ele não sabe que eu estava xeretando. Não sabe de nada.* Seu coração ainda batia forte. Ela precisava continuar se comportando como se fosse inocente. Assentiu, consciente de que estavam se afastando cada vez mais do escritório trancado à medida que ele ia na frente, em direção ao andar de baixo, segurando a vela. Ela teve o cuidado de não olhar para o escritório, nem dar qualquer sinal de que aquele era o motivo por que estava ali.

— Acho que você já sabe que o que vou contar tem a ver com nossa família. Louisa não sabe de nada, e Tom sabe apenas uma parte.

Estava muito escuro; a vela fazia as sombras saltarem à frente e depois se encolherem de volta conforme eles se aproximavam.

— Uma parte de quê?

— Algo assim não pode ser contado. Só pode ser mostrado.

O pai parou à terceira porta na base das escadas e indicou para que Violet entrasse.

Era a sala da Índia.

Violet tinha quatro anos quando o pai a levara para a Inglaterra, e ela possuía poucas memórias de sua vida antes disso. Tom, que era três anos mais velho, se lembrava bem mais da Índia. Contava histórias sobre o lar deles em Calcutá, não muito longe dos portões arqueados da Casa do Governo. Violet não gostava de ouvir as histórias. Ela as repelia, sentindo-se injustiçada pelo fato de que era o irmão quem as estava contando, e não ela. Não gostava de pensar naquele país.

Com frequência, seu pai levava os convidados até a sala, indicando os gabinetes do tempo que passara em Calcutá, o grande mapa da cidade e as pinturas de príncipes e senhoras em jardins e sob mangueiras.

ASCENSÃO DAS TREVAS

Aqueles eram os momentos em que ela se sentia mais compelida a sumir. O orgulho da família de Violet por sua conexão com a Índia estava condicionado a ela não estar presente.

Naquele momento, ela olhava ao redor, para as pinturas da nobreza, os bronzes das divindades e os tecidos delicadamente pintados pendurados, e via uma coleção de rostos encarando-a de volta, deslocados e pouco familiares. Violet deu um passo à frente. Tudo ficou escuro, a luz da vela apagou.

Clique.

Ela soube. Mesmo ao se virar. O som da porta se trancando foi como o selar de um túmulo. *Não.*

— Pai?

Não.

— Pai?

Ela girou a maçaneta, nada. Chacoalhou a porta, nada. Sentindo o pânico dominá-la, ela a empurrou com o ombro... mas a porta sequer rangeu. Violet a esmurrou.

— Pai? Me deixe sair! Me deixe *sair*!

Sequer um milímetro, nem um movimento — até a voz de Violet soava abafada. *Uma jaula de leão,* pensou ela, sentindo o pânico entalar sua garganta. O pai mandara construir a sala depois de retornar da Índia. Foram meses de construção, uma sala pronta para abrigar os artefatos que ele trouxera para casa...

Uma sala pronta para me conter.

Ela havia ido até ali por sua própria vontade, como uma tola, e agora estava presa.

Tinha que haver outra saída. Estava escuro como breu; Violet sentiu um calafrio ao perceber que a sala não tinha janelas. Nunca notara isso antes. Tentou reprimir o pânico crescente. *Pense.*

Respirou fundo e recuou, então correu contra a porta, atingindo-a com toda a força. O impacto fez seus dentes baterem e lançou uma descarga de dor pelo seu ombro. Ela cerrou a mandíbula e tentou de novo. E de novo. Sem sucesso. A porta estava coberta por um papel de parede para que parecesse que era parte dela, mas sob a camada, era feita de metal, espesso como laje de pedra.

Violet testou o chão... era de pedra. Bateu nas paredes, mas não havia pontos fracos. Empilhou mobília para alcançar o teto, mas seu punho surtiu o efeito da palma de sua mão estapeando pedra.

Ofegante, ela caiu de volta no chão. Quando deu um passo, seu pé acertou um balde de cozinha ao lado do armário maior. O horror subiu por sua garganta. O balde tinha sido deixado para ela. Era uma prova de que seu pai havia planejado tudo friamente.

Ela pensou na família no andar de cima, então estava à porta novamente, gritando o nome do irmão, mesmo que soubesse, pela qualidade abafada do som, que sua voz não seria ouvida, a menos que alguém estivesse do outro lado da porta. Quando olhou ao redor, os objetos pareceram subitamente ameaçadores. Formas escuras se agigantavam, silhuetas como a de companheiros prisioneiros, uma parede cheia de rostos.

As mãos tateantes de Violet encontraram um vaso pintado, e ela o quebrou de propósito, para poder usar um dos cacos como faca. Se não conseguisse sair, estaria pronta para quando o pai entrasse.

Seria o pai, e não Tom. Violet disse isso a si mesma. Agarrou-se às palavras do irmão que tinha entreouvido, defendendo-a de Devon. Não a machucaria. Não por vontade própria.

Como o pai de Violet obrigaria Tom a matá-la? Será que o forçaria? Ela não conseguia imaginar, um sacrifício involuntário de um livro de histórias, com tanto ela quanto Tom resistindo. Fosse o que fosse que tivesse acontecido, ela lutaria até o fim.

Violet desabou de joelhos diante da porta, com o caco afiado de porcelana pronto, e esperou que se abrisse, ainda acreditando que seu irmão viria ajudá-la.

Um som do outro lado da porta.

— Tom? — disse ela, levantando-se aos tropeços.

Passos. Soaram como se tivessem parado do outro lado da porta.

— Tom, por favor, estou aqui dentro!

Ela colocou as palmas das mãos abertas na porta e pressionou a boca o mais perto possível da fenda.

— Tom, consegue me ouvir? Tom, estou trancada aqui dentro!

— Não é Tom. — A resposta fria veio.

— Louisa. — O estômago de Violet afundou. Ela deixou a testa descansar contra a porta, os olhos fechados. Mas tentou, com a voz tranquila: — Eu me tranquei aqui dentro. Pode me deixar sair?

— Você não se trancou aí. Seu pai fechou você aí e tenho certeza de que mereceu.

O que ela poderia dizer? Se Louisa já ouvira uma história do pai de Violet, não acreditaria em nada que ela dissesse. Principalmente na verdade. *Sou Sangue do Leão. Esta sala foi construída para me conter. Ele estava esperando até eu ter idade suficiente para que Tom me matasse e tomasse meu poder.*

— É só um mal-entendido. Se você abrir a porta, vou explicar.

— Explicar? Se dependesse de mim, você ficaria aí dentro. Você é uma criatura egoísta que não causa nada além de mal para esta família.

Dava para sentir a porta fria sob as palmas das mãos e no ponto em que sua testa repousava. Violet já passara horas presa e estava se sentindo fraca. Louisa a odiava. O pai a encarava como um sacrifício, indiferente. Seu único aliado na casa era seu irmão, Tom, mas a sua ingenuidade não poderia ajudá-la naquele momento. Violet respirou fundo.

— Você tem razão. — Violet se obrigou a dizer. — Você tem razão. Sou egoísta. Voltei achando que este era meu lar. Mas não é.

O silêncio era ensurdecedor. Ela se forçou a continuar:

— Eu não pertenço a este lugar. É o que você sempre falou, não é? Não sou desejada, exceto como um tipo de… — Ela não conseguia dizer. — Foi tudo apenas fingimento. Nunca fui parte da família de verdade. E Tom… — Ela pensou no irmão abraçando-a no corredor, na forma como se sentiu segura nos braços dele. — Tom está melhor sem mim.

O silêncio continuou. Ela forçou cada palavra dolorosa a sair:

— Então eu vou embora. Eu vou embora e nunca mais voltarei. Não vai ser como da última vez. Vou ficar longe. Você nunca mais vai precisar me ver. Nenhum de vocês vai. Vou embora, eu juro. — Ela tomou um fôlego breve. — Se você apenas abrir a porta.

Dessa vez o silêncio se prolongou tanto que ela percebeu que não havia ninguém do outro lado da porta. Louisa tinha ido embora. Havia deixado Violet na sala escura, falando sozinha. A garota recuou e ficou encarando a porta, sentindo a solidão sombria da sala se aprofundar em seu interior.

Então a porta se abriu.

— Ele deveria ter deixado você em Calcutá.

Os olhos frios de Louisa estavam cheios de desprezo. Violet sentiu um desejo ensandecido de gargalhar, mas o som provavelmente sequer sairia. Em vez disso, um silêncio amargo se prolongou. Era o mais próximo que tinham chegado de um entendimento. Violet abaixou a cabeça e saiu correndo.

Não podia voltar pelo caminho que conhecia, pela janela na copa, então saiu por uma janela lateral, pousando sem fazer barulho. Havia chegado à rua quando parou, um pouco sem fôlego, para olhar de volta para a casa.

Era tão familiar — uma luz brilhando em uma janela do andar de cima e um pouco de fumaça exalando da chaminé da lareira do fogão. Não demoraria para a cozinheira começar a preparar o café da manhã, e a família comeria junta. A última refeição de Violet com eles tinha acabado sem que ela sequer soubesse. Seu último adeus a Tom havia sido a sensação fantasmagórica dos dedos dele em seu cabelo.

Ela se lembrou da primeira lição de costura. A sua governanta tinha sugerido que ela bordasse a palavra *mama*, que Violet fizera com pontos tortos para presentear Louisa. A expressão da madrasta se alterou. Ela agarrou o bordado e o atirou ao fogo, e a governanta foi dispensada. Violet havia falado a verdade. Não voltaria. Não tinha uma família, somente um sonho que existira apenas em sua cabeça.

ASCENSÃO DAS TREVAS

* * *

Já era tarde quando ela finalmente chegou à estalagem, o lugar sujo e impessoal onde tinham deixado os cavalos. A balbúrdia das mesas no andar de baixo, cheias de homens derramando bebidas e pedindo por mais, atingiu seus ouvidos assim que ela entrou. Violet desviou deles para chegar à escada estreita de madeira. Com as pernas exaustas, subiu até o pequeno quarto onde ela e Will tinham concordado em se encontrar.

Não queria nada além de se deitar na cama com o braço sobre os olhos e descansar, mas sabia que precisava cavalgar de volta para o Salão. Só tinham até o alvorecer para encontrar e impedir James. Ela empurrou a porta para abri-la.

Will estava esperando à janela, embora houvesse pouca chance de se ver alguma coisa atrás do vidro sujo.

— Violet!

Will se virou com os olhos arregalados quando ela entrou, aliviado.

— Consegui o que precisamos. Temos que ir — disse Violet.

Pela refeição fria e parcialmente consumida no parapeito, ele estava vigiando a janela havia horas, esperando que a amiga voltasse. Violet observou o banquinho desconfortável em que Will estava, o rosto dele praticamente grudado à janela.

— O que você estava fazendo?

Dava para ver o ponto que ele havia tentado limpar no vidro para ver melhor.

— Estava preocupado com você.

A resposta a fez se sentir acolhida, como se não estivesse sozinha. Como se talvez, naquele quarto, não estivesse, de fato, sozinha. Sentindo-se subitamente desconfortável, Violet deu um soquinho no ombro de Tom.

Foi só quando estavam selando os cavalos nos estábulos que ela notou o paletó impecavelmente desenhado, com a cintura justa, e a calça preta.

— E o que você está vestindo?

— Eu precisei pegar emprestado.

Will fez uma careta, mas ela tinha que admitir que as roupas o faziam ficar atraente. O colarinho alto levantado destacava as maçãs do rosto proeminentes de Will e seu cabelo preto.

— Pegou emprestado ou roubou?

— Peguei emprestado. Não é importante. — Subindo na sela, ele puxou as rédeas, virando o cavalo para a rua. — Vamos, temos que ir.

CAPÍTULO DEZENOVE

— Aqui! — Uma onda de alívio inundou Violet ao ver Regentes se aproximando para recebê-los. — Estamos aqui! — Era tão bom ver as túnicas brancas e as estrelas prateadas, formas pálidas em meio à noite. Ela contou mais de vinte Regentes avançando a meio galope pelo pântano escuro em duplas, com Justice à frente do grupo.

Ainda em Londres, ela contara a Will tudo que havia entreouvido.

— James vai estar sozinho com Robert Drake, o mercador de marfim. Podemos pegá-lo desprevenido antes que ele tenha a chance de usar magia.

— Ele pode nos levar até Marcus — argumentara Will, entendendo de imediato enquanto ela assentia.

A brecha para agirem era pequena. Tinham voltado para o Salão depressa. Depois de tudo, o rosto de Justice era uma imagem bem-vinda. As palavras escaparam dos lábios dela:

— Graças a Deus — disse Violet enquanto os Regentes pararam, cercando os dois. — Não temos muito tempo. Encontramos um jeito de achar Marcus, mas precisamos agir antes do alvorecer.

Nada aconteceu. Violet tentou achar algum sinal de que os Regentes tinham escutado o que ela dissera, mas encontrou apenas expressões vazias. Um momento depois, doze Regentes desceram dos cavalos, com as lanças apontadas.

— Não me ouviram? Eu disse que encontramos um jeito de achar Marcus. Mas precisamos ir... agora...

Os rostos deles permaneceram inexpressivos. Violet reconhecia os Regentes; eram pessoas familiares. Carver e Leda estavam montados. Justice era um dos doze que tinham descido do cavalo.

— O que foi? — perguntou Violet, sentindo um arrepio frio percorrer a coluna. — Por que não estão me ouvindo?

— Porque você é um Leão — afirmou Cyprian, parando o cavalo ao lado de Justice, os olhos completamente frios.

O estômago dela se revirou. Foi como cair em um poço terrível.

— Não se aproximem — disse uma voz à esquerda. — Ela é forte.

Violet ouviu uma espada ser desembainhada.

— Violet... — alertou Will.

Eles sabiam.

Sabiam o que ela era. Um Leão, descendente de Rassalon.

Violet viu nos rostos de todos eles, seu pior pesadelo estava se tornando realidade. Com um lampejo de memória, a expressão de Cyprian fez sentido. O garoto devia tê-la visto deixar o Salão e relatou aos Regentes. *Vou ficar de olho em você.* Será que ele a seguira até sua casa? Podia imaginá-lo dizendo, em sua voz arrogante, "Ela é um Leão. A irmã de Tom Ballard".

— Espere. Estou do lado de vocês. James vai estar sozinho ao alvorecer. Vocês vão ter a chance de capturá-lo.

Nada.

— Estou dizendo que descobri como chegar a James. Podem usá-lo para encontrar Marcus. Por isso voltei. Para ajudar vocês.

O círculo de lanças estava se fechando. Ela se virou, mas não havia para onde ir. Desesperada, Violet observou as expressões hostis, procurando alguém que estivesse disposto a ouvir.

— Justice. Você me conhece. Fale para eles.

Mas o rosto familiar que ela conhecia das horas passadas na sala de treinamento estava severo e indiferente.

— Para trás, Leão — avisou Justice.

Alguma coisa horrível revirou em seu estômago. Violet olhou para o tamanho da força que convergia. Vinte e quatro Regentes, metade se aproximando com lanças, e metade a cavalo empunhando bestas.

Será que achavam que ela podia enfrentar tantos Regentes? Sem armas?

Achavam. Dava para ver a ponta das lanças. Estavam todas direcionadas para ela.

— Violet está dizendo a verdade. Se querem encontrar Marcus, precisam acreditar — falou Will, dando um passo adiante.

Algumas das bestas desviaram de Violet para ele.

— Vocês não precisam fazer isso, eu sou uma de vocês, eu... — Violet parou.

Mais dois Regentes tinham descido dos cavalos. Seguravam um pedaço de ferro pesado, sólido e antigo, com entalhes estranhos. Algemas, percebeu Violet. Eram espessas como pedaços de madeira. Alguma coisa em seu interior gelou quando ela as viu. O chão desabava sob seus pés.

— Acreditem em mim. Acreditem! Só temos até o alvorecer...

— Levem-na — ordenou Justice.

Violet vislumbrou um borrão de movimento à esquerda e ouviu Will se debatendo, já nas mãos dos Regentes.

— Parem com isso! Ela está dizendo a verdade! Violet arriscou a vida para descobrir como ajudar vocês...!

— *Will!* — gritou Violet enquanto um Regente simplesmente atingiu a têmpora de Will com o punho da espada para que parasse de falar.

Will ficou inerte nos braços deles de imediato, desmaiado.

Violet entrou em pânico, atacando o Regente que se aproximou por trás. Não estava pensando, então o atingiu com força total. Ele voou, até se chocar contra uma fileira de outros Regentes. Ela desviou de uma lança, depois partiu a seguinte. Um estalo metálico ressoou quando ela acertou o punho na barriga de um terceiro, com tanta força que produziu um talho profundo em sua armadura. Com tanta força que ele se curvou, cambaleando. Com tanta força que seu próprio punho doeu, distraindo-a de forma que Violet não viu o golpe desferido contra sua cabeça...

Sua visão escureceu. Ela foi pressionada contra o chão com força. Com uma torção, seus braços foram puxados para trás e as algemas pesadas se fecharam em seus punhos. Assim que aconteceu, ela se sentiu fraca e zonza, como se as algemas tivessem roubado sua força. Pareciam sólidas e imóveis de uma forma que Violet nunca havia visto, mas quase conseguia sentir o gosto na boca.

— *Acreditem em mim. James vai estar lá ao alvorecer, precisam chegar lá antes dele...* — dizia ela quando sua cabeça foi empurrada para baixo e sua bochecha pressionada contra a terra molhada de turfa.

Será que tinha sobrevivido à família apenas para ser morta pelos Regentes? Justice pairava acima dela, a espada em punho. O coração de Violet se apertou quando pensou que ele a executaria, bem ali, na terra enlameada.

Nada aconteceu. Estavam todos parados, olhando. Um silêncio bizarro tomou conta do pântano vazio. Will era uma forma imóvel no chão, e havia corpos de pelo menos nove Regentes caídos ao redor dela, alguns feridos, outros inconscientes.

Dos que restavam, ela viu Leda limpar um filete de sangue da boca, e atrás dela Cyprian ergueu a espada, com as articulações dos dedos esbranquiçadas e os olhos fixos nela. Violet conseguia ouvir as palavras que os Regentes diziam com horror e desprezo. "Não é normal", "Leão", "mundo antigo", "Rassalon".

— Basta. — Justice interrompeu a conversa, dando um passo à frente. — Levem os dois para as celas.

Assim que Violet desceu as escadas, sentiu-se enjoada. Se as algemas a tinham enfraquecido, as celas a deixavam quase incapaz de continuar de pé, como se a prisão estivesse em sua mente.

Os Regentes a levaram para uma cela com grades, ignorando suas súplicas, assim como a ignoraram no pântano, sem ouvir nada do que a garota tinha a dizer sobre James ou quão pouco tempo restava.

Nas profundezas do Salão, a única luz vinha das duas tochas do lado de fora. As grades projetavam sombras no interior da cela, entrecruzando-se no chão e formando uma treliça de ferro que se repetia. Pelo efeito estuporante que o lugar tinha sobre ela, dava para saber que havia sido construído para conter prisioneiros poderosos, talvez criaturas das trevas durante a guerra de outrora. As paredes eram pretas, inquietantes e erradas. Não eram feitas de pedra, mas de algo mais parecido com obsidiana, reluzindo e entalhadas com uma longa escrita cursiva que lembrava a caligrafia do mundo antigo.

Mas quaisquer que fossem as criaturas vis que um dia haviam sido aprisionadas ali, a colmeia preta de celas estuporantes estava toda vazia, exceto pela que ficava à frente da de Violet, onde Will estava deitado, pálido, inconsciente e respirando com dificuldade, porém vivo. Depois de deitar o corpo do garoto na pedra, suas mãos atadas com um par de algemas iguais às dela, os Regentes tinham-no trancado e saído em fileira. Todos, exceto um, que permanecera do lado de fora da cela dela.

— Justice — falou Violet.

Ele ainda usava a armadura, branca e prateada. Seu belo rosto estava emoldurado pelo cabelo preto como azeviche, parcialmente amarrado em um coque e o resto caindo pelas costas.

— Você vai ficar nesta cela. Não vai ser solta. O Alto Janízaro está com o conselho neste exato momento para decidir seu destino.

Meu destino. Ela sentiu as palavras reverberando dentro de si. Pensou em uma caçada a um leão — a besta grandiosa cortada por uma lança em cinco lugares. Enquanto olhava para o rosto impassível de Justice, sentiu um calafrio terrível.

— Mas você vai dizer que estou do lado deles. Vai dizer que fui a Londres para ajudá-los.

As palavras caíram em um silêncio gélido. *Ele está me olhando*, pensou ela. *Mas está vendo outra coisa.* A sensação os tornou estranhos de repente. Ela se sentiu completamente isolada, buscando no rosto dele, através das barras, algum indício da expressão de antes.

— Justice?

O rosto dele não se alterou.

— Quando a decisão for tomada, vão levar você acorrentada para o Salão.

Era difícil respirar.

— E fazer o quê?

— Você é um Leão. Vai ser morta para impedir que machuque as pessoas.

Ela se sentiu zonza.

— Você ainda pode encontrar James. Ele deve saber onde Marcus está sendo mantido. Ele é o preferido de Simon. Você pode impedir James e salvar Marcus.

— Os Regentes não vão ser atraídos para mais uma emboscada. Seja lá o que você tenha tentado ganhar ao se infiltrar em nosso Salão, acabou.

— Se vocês não impedirem Simon agora, talvez não tenham outra chance. Ele é forte e está perto de concretizar seus planos...

— Você é serva do Rei das Trevas. Está em seu sangue.

— Justice, você me conhece. Não sou um Leão. Sou *eu*. Violet.

— Você vai seguir a Escuridão. A não ser que nós a impeçamos. Essa é a tarefa dos Regentes. Somos os últimos protetores. Contra criaturas como você.

Ela mal ouviu o clangor abafado da porta quando ele partiu. Violet se sentia atordoada; a dor era imensa. Lembrou-se de outra porta se fechando, lembrou-se de bater nela com seus punhos até que estivessem em carne viva. Aquilo era pior, seu futuro se fechava, deixando-a no escuro.

Ela pensou: *Meu pai tinha uma jaula para Leões, mas os Regentes também têm uma.*

Seu mundo, todos os seus sonhos, se estreitaram até se transformarem naquela cela. Suas vidas falsas foram rasgadas para revelar a verdade: ninguém a queria. Justice a olhava e enxergava um Leão. Ele a mataria. *Como você ousa voltar aqui?* As palavras de Louisa se contorceram como vermes em sua mente.

Os sorrisos do pai, as palavras carinhosas do irmão, a orientação firme de Justice... Era tudo mentira.

Não, não era verdade. Sua família havia mentido. Justice havia sido honesto. Ele contara a ela como se sentia em relação a Leões desde o começo.

— Violet?

Ela se arrastou até as grades. Na cela à frente, Violet viu Will levantando-se sobre o cotovelo. Sentiu-se tão incrivelmente feliz ao ouvir a voz do garoto, ao vê-lo vivo e desperto. Parecia fraco, e o cabelo do lado esquerdo estava grudado à cabeça com sangue seco. Antes que o rapaz conseguisse se sentar, ele disse:

— Você está bem? Eles machucaram você?

— Eu estou bem. — Ela ficou tocada. A primeira coisa em que Will pensara fora nela. — Eles acertaram a sua cabeça.

— Eu sei — disse Will, o sorriso fraco de resposta tornando a situação um tipo de piada. Ela o viu se sentar por completo, então fingir que preferia não ficar de pé, em vez de mostrar que não conseguia. Violet engoliu em seco. — Há quanto tempo estamos aqui embaixo?

— Não muito. Uma hora. Talvez duas.

— Uma hora! James vai fugir.

A frustração de Will reavivou o que Violet havia sentido, o desejo de socar as paredes e gritar "Ei! Acreditem em nós! Deixem a gente sair!". Também havia um desespero crescente. Estavam presos ali embaixo, naquele poço, enquanto do lado de fora o alvorecer se aproximava, e com ele a única chance que tinham de impedir James.

— É minha culpa. — Violet deu um suspiro, frustrada. — Não acreditariam em nada depois que descobrissem que sou um Leão. Acham que tenho sangue de traidor. Que estou destinada a servir à Escuridão. Por isso estamos aqui embaixo.

— Então eles são uns tolos.

Will pegou impulso para se levantar, embora fosse óbvio que o movimento tivesse sido doloroso. Ela avançou até as barras da cela. Com as mãos algemadas às costas, precisou apoiar o ombro nas grades. Devia ser a única coisa que o mantinha de pé.

— Não me importo com o que dizem. Você é uma pessoa boa e honesta. Aconteça o que acontecer, não vou deixar que machuquem você.

Ela olhou para o rosto pálido de Will emoldurado pelo cabelo preto. O sangue em sua têmpora... havia sido por causa dela. As algemas forçando seus braços dolorosamente às costas... havia sido por causa dela. Violet era o motivo por que estavam presos, o motivo por que os Regentes não acreditavam em nada. Ela era um Leão de sangue, sua família servia a Simon, seu irmão era uma de suas criaturas.

— Como você pode confiar em mim? Sou uma deles.

— Você voltou para me buscar — disse Will.

Quando se conheceram; a decisão monumental de Violet de pular de volta no navio que afundava; e a forma como ele a olhara, coberto de hematomas e acorrentado. Will não esperava que ninguém viesse. Talvez ninguém jamais tivesse vindo antes.

Ela o olhava através das grades das duas celas que pareciam simbolizar tudo que os separava: futuros diferentes; destinos diferentes. Ele era o herói; ela era o Leão que não se encaixava em lugar nenhum.

— Eles vão deixar você sair. — Ela conseguia sentir a verdade nas próprias palavras. — Você é Sangue da Dama. Eles precisam de você.

— Não me importo. Não vou deixar você.

Ele estava sendo sincero? Com as grades separando-os, sua amizade parecia ser sido rompida à força; no entanto, era o que os mantinha unidos. Will estava li dentro com ela, quando, do lado de fora, havia uma luta mais importante.

— Você tem um destino — disse ela.

— Você também. É o que fazemos dele. Você e eu. Vamos lutar contra Simon juntos.

Juntos.

Violet sentiu a fé de Will acabando com toda a dúvida. A fé de Will nela. Era como uma chama perfurando a escuridão. Olhou para o rosto machucado do garoto, seu olhar determinado, e pôde ver por que as pessoas o seguiriam. Pôde ver por que seguiam a Dama.

— Agora, se vamos impedir James, precisamos dar um jeito de sair daqui — falou Will, como se estivesse tudo decidido.

Ela respirou fundo, trêmula, e assentiu. Não verbalizou nenhuma das palavras de gratidão que a tomaram, gratidão pelo que significava ter uma pessoa a seu lado naquele momento. Apenas o imitou, olhando para a cela que a confinava.

— Não tem rachaduras, fechaduras nem janelas. Apenas o portão de grades.

— Aqui é a mesma coisa. Você não consegue entortar nem quebrar as grades?

Ela balançou a cabeça e deu voz à náusea que sentia desde que colocara os pés ali.

— As celas... Eu me sinto... — Não conseguia descrever. *Fraca,* talvez. *Tonta.* — As algemas, as paredes... parecem... — *Parecem enevoar a minha mente. Um peso em meu peito. É difícil pensar, ou me mover, ou fazer qualquer outra coisa.*

— Eu também sinto.

Violet ergueu o rosto para ele e percebeu que o esforço de Will para ficar de pé não se devia ao corte na cabeça, e sim à pedra preta de que a cela era feita. Estava o afetando, tanto quanto a afetava. Mais até.

— Quer dizer que você não consegue apenas... — Uma tentativa tímida de piada — abrir a porta com magia?

Mesmo dizendo, ela sentiu uma onda de inquietude. A ideia de alguém tentando enfrentar aquela compulsão a deixava enjoada.

— Mesmo que eu soubesse como, me sinto da maneira que você se sente. Bloqueado. Não, preso. Mas não é no meu corpo. É na minha mente.

— Então esperamos alguém vir — concluiu Violet — e saímos à moda antiga.

— Não temos muito tempo se quisermos ter alguma chance de impedir James...

Ouviram um barulho no topo das escadas, o guincho metálico da porta pesada de ferro se abrindo. Will parou de falar e se virou em direção ao som.

Violet sentiu o coração acelerar quando imaginou um esquadrão chegando para levá-la para o Salão, então viu uma sombra familiar projetada no chão.

— Cyprian.

É óbvio que era ele, descendo as escadas no uniforme reluzente. Ele a havia colocado ali, sempre a olhando com desprezo. Fora vê-la atrás das grades, regozijar-se por Violet estar exatamente onde ele sempre achou que ela deveria estar.

— Meu pai tomou uma decisão — declarou Cyprian em um tom arrogante e presunçoso.

— Seu covarde — disse ela através das grades. — Você e seu pai. Por que não entra aqui e me enfrenta sem grades nem correntes?

Ele não mordeu a isca. Cyprian ficou parado diante da cela, uma figura bela demais na túnica de noviciado, passando os olhos por ela devagar.

— O que você falou sobre James? Ninguém acredita. — Um escárnio familiar nos lábios dele. — Os Regentes não agem de acordo com a palavra de um Leão. Estão preparando o salão principal. Foi o que meu pai decidiu. Vão matar você.

— Você veio se gabar — disse ela, enojada.

— Não. Vim libertar você.

— ... O quê?

Foi como pisar em falso, o chão sumiu sob seus pés. Violet o encarou.

Cyprian ergueu o queixo. De repente, ela percebeu o peito do garoto se elevando e descendo, percebeu que ele estava engolindo o desconforto.

— Toda missão para resgatar Marcus fracassou. Os Regentes não sabem onde ele está, nem como trazê-lo de volta. Talvez você estivesse mentindo quando falou que tinha uma forma de encontrá-lo. — Cyprian tomou um último fôlego, então tirou algo da túnica. — Mas talvez não.

Era uma chave. Uma *chave*. Os olhos de Violet se fixaram no objeto, a esperança retornando. Atrás de Cyprian, Will se apoiava nas grades da cela.

— Você vai mesmo desobedecer para nos ajudar? Por quê? — perguntou Will.

— Marcus é meu irmão.

O noviciado exemplar. Ele ali, trajando seu uniforme impecável. Violet pensou em todos os milhares de horas que o garoto havia passado treinando, transformando-se em um candidato perfeito. Fora feito para beber do Cálice e se tornar um Regente. Jamais desobedecera a uma regra na vida.

Mas naquele momento, nas celas no subsolo do Salão, aliava-se a dois descendentes do mundo antigo contra os Regentes.

— Você vai confiar em mim tão fácil?

— Eu não *confio em você*, Leão. — Cyprian levantou o queixo de novo, da mesma forma arrogante de antes. — Se está mentindo, suponho que vai me matar. Mas, pela ínfima possibilidade de que você esteja dizendo a verdade, vou assumir o risco.

— Então abra a porta — ordenou Violet.

Ele deu um passo à frente, colocou a chave na fechadura e a girou. Cyprian era corajoso, o que era irritante, como a túnica imaculada e sua postura perfeita. Ele permaneceu parado, sem tremer, quando a porta de grades se abriu. Só olhou de volta para ela quando Violet se colocou à sua frente na passagem. Estava ridiculamente tentada a fazer um barulho alto, ou avançar na direção dele, só para ver se conseguia assustá-lo.

Mas ela deu as costas ao Regente, mostrando as algemas. Cyprian balançou a cabeça.

— Não. Elas ficam até sairmos do Salão.

— Ah, seu...

— *Violet* — disse Will, fazendo-a se calar.

— Estou disposto a arriscar minha vida, mas não a vida de todos no Salão — afirmou Cyprian. Seu queixo se ergueu novamente.

— A nobreza dos Regentes — retrucou ela, sarcástica.

— Você disse que James estaria com a guarda baixa ao alvorecer — falou Cyprian, indicando para que ela se mantivesse à sua frente.

— Isso mesmo.

Violet o olhou, irritada.

— Então não temos muito tempo. — A porta da cela de Will se abriu. — Vamos.

CAPÍTULO VINTE

Will observou maravilhado enquanto as palavras tranquilas e imperiosas de Cyprian permitiram que o grupo passasse pelos guardas — "Meu pai mandou buscar os prisioneiros" — e saísse — "Meu pai está à minha espera". Ele havia preparado os cavalos, que esperavam no pátio leste. Ninguém questionou o motivo de o garoto precisar dos animais. Ninguém questionou por que cavalgava para fora do portão. Nem mesmo com dois companheiros montados com cordas-guias às suas costas, usando mantos de Regente — que Cyprian havia conseguido — para esconder as algemas.

Fiel à sua palavra, ele abriu as algemas quando chegaram ao pântano. Assim que o objeto saiu de seus pulsos, Will se sentiu melhor. Suas pernas pareceram mais firmes. Seus pensamentos, mais nítidos. Cyprian colocou as algemas em uma sacola de tecido. Quando foram encobertas, até mesmo a sensação residual que os objetos provocavam em Will desapareceu.

Esfregando os pulsos, ele virou o rosto e viu que Cyprian tinha guiado o cavalo dois passos para trás e observava os dois com a calma de alguém encarando o medo, com o maxilar trincado.

Ele realmente acha que podemos matá-lo.

Tinha soltado dois prisioneiros perigosos com base na mais remota possibilidade de que o ajudariam. Devia estar esperando que Violet cortasse seu pescoço assim que se livrasse das algemas.

Mas a libertara mesmo assim. Por uma chance de que ela ajudasse seu irmão.

Violet quebrou o silêncio, desafiando Cyprian de modo direto:

— Qual é o problema? Está com medo de perder o treino matutino?

Não era disso que ele estava com medo, e os três sabiam.

— Você já *saiu* do Salão antes? — perguntou Violet.

— É óbvio. Realizei onze patrulhas completas no pântano.

O queixo de Cyprian se ergueu. Segurava as rédeas com firmeza.

— Ah, *onze* — repetiu Violet.

— Você já foi a Londres? — perguntou Will.

— Duas vezes. Só não… — Ele parou de falar.

— Só não o quê?

— Sozinho — completou Cyprian.

Você não está sozinho. É o que Will teria dito a qualquer outra pessoa. Mas Cyprian tinha rompido com os Regentes. Estava perdendo muito mais do que o treino matutino. Quando se dessem conta de que ele havia sumido, Cyprian seria rotulado um traidor que havia desobedecido ao Salão para ajudar um Leão.

Em todos os aspectos que importavam para ele, Cyprian estava sozinho.

— Não estávamos mentindo. Vamos capturar James e trazê-lo de volta para o Salão — afirmou Will.

A desconfiança de Cyprian não cedeu:

— Nem mesmo um Leão é forte o bastante para atacar James cara a cara.

— Eu sei como distraí-lo.

Essa parte era verdade. Will sabia que poderia atrair James para fora. Sabia o que chamaria sua atenção, o que o faria se distrair. Parecia que ele sabia desde sempre. Como aconteceu com a caixa no cais, que quebrou a concentração de James. Will jamais se esqueceria do momento em que os olhos de James encontraram os dele, a sensação de voltar para casa, como se eles se conhecessem.

Will contou seu plano a eles durante a cavalgada. Violet não gostou, mas não havia alternativa, e ela sabia.

— A única coisa que importa é trazermos Marcus de volta — disse Will.

Podia sentir Violet se lembrando das palavras da Regente Anciã: *Conjurar uma sombra é o primeiro passo para trazer o Rei das Trevas de volta.*

Tinham apenas uma chance. Uma única oportunidade de capturar James e descobrir a localização de Marcus. Estava tudo em jogo, não apenas a reputação de Violet, nem o futuro de Cyprian com os Regentes.

Assim que chegaram, Violet voltou a colocar as roupas de Londres. Ela se camuflava, e Cyprian se destacava, um cavaleiro de contos de fadas no meio da cidade grande. Sua túnica branca era a vestimenta mais imaculada do lugar. Se fosse uma luz, Will teria pedido que a apagasse.

— Você está parecendo um manjar branco — disse Violet.

— Não sei o que é isso — respondeu Cyprian, arrogante.

— É tipo um pavê sem nenhuma das partes boas. A gente deveria esfregar lama nele, como fez com os cavalos.

— E com vocês mesmos — replicou Cyprian.

Violet levou um momento, mas ela fez uma careta de extrema irritação.

— Vejamos o quão limpo você fica se um monte de Regentes te ataca em um pântano!

— Parem vocês dois — disse Will. — Chegamos.

Faltava mais ou menos meia hora até o alvorecer. No cais, os armazéns e o litoral já estariam apinhados de gente. Mas naquela parte de Londres as ruas estavam desertas, com apenas uma ou duas luzes nas janelas, lâmpadas acesas nos quartos dos madrugadores.

— Tem certeza de que precisa ser você a entrar lá? — perguntou Violet.

— Precisa. Você sabe.

Ela assentiu, relutante. Atrás, Cyprian estava com uma das mãos no cabo da espada.

— Vocês assumam posição — disse Will. — E não se matem até pegarmos James.

Um sino acima da porta quebrou o silêncio, soando alto em um espaço escuro cheio de silhuetas estranhas. Will entrou sozinho na loja.

A oficina de Robert Drake estava vazia, embora houvesse superfícies pálidas curvas por todo lado. Robert era um mercador de marfim, e Will estava rodeado pelas formas sepulcrais. Presas entalhadas detalhadamente, animais de marfim trabalhados em caixas e miniaturas pálidas aglomeradas.

Ele entrou devagar. Havia um balcão nos fundos, e duas cestas enormes de chifres atrás, espessos, brancos e curvos em todas as direções. Uma luz vinda de uma sala nos fundos era sutilmente visível, e Will vislumbrou um rapaz pálido sentado a uma escrivaninha de madeira escura sobre um tablado.

— Olá? Tem alguém aí? — chamou ele.

— Estamos fechados. — Veio a resposta da sala dos fundos da loja.

Will tentou de novo:

— A porta estava aberta. Achei que talvez você pudesse...

— Eu disse que estamos fechados. Pode voltar às oito, quando nós...

O menino parou de falar.

— Posso persuadi-lo a abrir mais cedo? — Will levou a mão à bolsa.

O menino o encarava do outro lado, um borrão de olhos arregalados próximo à única lâmpada.

Will o reconheceu ao se lembrar da descrição de Violet. As feições sem cor, o cabelo branco escorrido sob o gorro. Ele sentiu a pulsação acelerar um pouco. Aquilo estava mesmo acontecendo. O menino era Devon, o balconista de Robert Drake, e parte da suposta corte de Simon.

— Talvez por uma pequena quantia?

Will voltou a tocar a sacola, que estava cheia quase só de pedras e parecia volumosa.

— Peço desculpas — disse Devon, depois de um momento. — Esqueci meus modos. — Ele se levantou, erguendo a lâmpada. Tocou as velas com a chama, iluminando a loja ao avançar, múltiplas fontes de luz que refletiam nas superfícies do marfim. — Estou a seu serviço.

Ele não tirava os olhos de Will.

— Não há razão para formalidades.

— Não? Por que… Por que está aqui? — Devon olhou para a bolsa de novo, então de volta para Will. — A esta hora.

Era *bastante* cedo, e Will era um estranho. A cautela de Devon parecia entrar em conflito com o potencial de ganhar dinheiro. Will sabia o que precisava fazer. Mostrar quem era, fazer Devon falar, então…

— Estou procurando uma coisa.

— Uma coisa?

— Um presente.

A tensão se elevou enquanto Devon saía de trás do balcão. Parecia que acreditara no pretexto de Will. Mas o garoto ainda conseguia sentir que estava na propriedade de um dos apoiadores de Simon. Era como estar na casa de Simon, a mesma sensação de perigo.

— Marfim é um presente esplêndido — dizia Devon. — Cada peça é insubstituível. As pessoas matariam para tê-las. Veja. — Sob a luz fraca, Devon indicou um díptico romano de homens com cães que pareciam leopardos. — Esta peça é uma antiguidade. Os romanos caçavam elefantes durante o Império. Agora os elefantes no Norte da África se foram. Até onde sabemos, este foi o último.

Will olhou para o marfim à luz tremeluzente e sentiu uma pontada de inquietude ao pensar naquelas magníficas criaturas, já desaparecidas. Olhou de volta para Devon, que continuava o tour pela loja.

— Hoje em dia caçamos elefantes ao sul do Saara, onde ainda há algumas manadas. Peças mais novas dão origem a bolas de bilhar, topo de bengalas, espelhos de mão, teclas de piano. Os materiais da mais alta qualidade são reservados para esculturas ornamentais e joias. — Devon o guiou pelas silhuetas pálidas dos mortos. — Talvez um dia uma dama use o marfim do último elefante do mundo como pente de cabelo.

Will parou em frente a uma peça fixa à parede, e os pelos de sua nuca se arrepiaram. A estrutura ornamental tinha um chifre que era, ao mesmo tempo, familiar e estranho. Era longo, reto e espiralado, estreitando-se até uma ponta afiada, uma forma que ele já vira.

Mas se o chifre do Salão dos Regentes era uma espiral branca, espuma prateada, fogo helicoidal, aquele era amarelado em certos pontos, amarronzado onde as curvas das espirais se encontravam, e em geral possuía o aspecto de um dente velho e morto. Καρτάζωνος, dizia a placa em grego antigo. *Cartazon.*

— Um chifre de unicórnio?

— É falso — respondeu Devon. — Vem de um narval, um tipo de baleia caçada nos mares do Norte. Outros são confeccionados... Artesãos no Levante possuem uma técnica de ferver as presas de morsas. Se você deixar um chifre de molho durante seis horas, ele fica mole e maleável, de modo que dá para trabalhá-lo, talhando-o como quiser. Eles fazem por um bom preço.

Um falso. Uma coisa morta se fingindo de outra, como peles de coelho costuradas juntas para fazer pele de leão. O chifre no Salão era tão diferente que aquele parecia uma piada.

— Pode tocar — falou Devon.

Will olhou para ele. Devon o estava encarando de volta. Parecia um tipo de teste.

Levantando a mão, Will passou as pontas dos dedos pela extensão do chifre. Parecia comum, como de um touro; um pedaço de osso velho.

— Robert coleciona os falsos como raridades — explicou Devon. — Um hobby caro. As pessoas pagam muito pela ideia de que algo puro existe. Mesmo que o troféu signifique que elas o mataram.

— Você já achou que um deles poderia ser legítimo?

— Um *cornu monocerotis* legítimo? — Devon abriu um sorriso de lábios fechados. — O chifre que neutraliza veneno, cura convulsões e guia uma pessoa a água potável? O chifre que, se alguém o segurar, compele a pessoa a dizer a verdade? — Devon recostou o corpo no balcão, era uma silhueta pálida. — Já vi pilhas de chifres tão altas quanto prédios, rebanhos inteiros massacrados, carcaças lotando praias até onde a vista alcança. Nunca é real.

O chifre que os homens buscam e jamais encontram. Will sentiu um arrepio ao pensar em um mundo que havia desaparecido, mas deixado relíquias enterradas nas profundezas do Salão dos Regentes.

— Você não acredita em unicórnios? — perguntou Will.

— Eu acredito em comércio. Há duzentos e cinquenta anos, a Rainha Elizabeth recebeu um chifre incrustado de joias pelo majestoso preço de um castelo. Não teria valido tanto se ela soubesse que era uma espinha de peixe. — A luz da vela tremeluziu, e o marfim que entulhava cada superfície pareceu assumir um tom diferente. — Por quê? Você acredita? — A luz brincou no rosto de Devon. — Uma clareira com potros recém-nascidos, cada um com uma pequena saliência no meio da testa? — Havia algo provocador nas palavras.

— Não estou aqui para caçar unicórnios.

— Não?

O tom descontraído de Devon escondia algo.

— Não. Acho que eu já mencionei que estou aqui para comprar um presente.

— Para uma dama?

Will sentiu uma pontada de reconhecimento.

Ele sabe, pensou, e isso fez sentido com o jeito provocador de Devon e à maneira como ele evitava olhar para Will.

Will sentiu a pulsação acelerar. Já que Devon o reconhecera, ele precisava ir embora. Sem denunciar o plano.

— Sim, isso mesmo. — Will manteve a voz tranquila. — Uma dama.

— Camafeus são populares. — Devon passou para o balcão e pegou uma bandeja de exposição. Cinco broches com camafeus de marfim estavam presos no veludo preto. — Ou anéis?

Os movimentos do rapaz eram lentos e deliberados, como sua respiração. Depois que Will notou que tinha sido reconhecido, podia ver que Devon estava com medo. O garoto olhou para a mão de Will que segurava a bolsa. A mão cheia de cicatrizes.

— Um colar, talvez — disse Devon. — Uma rosa de marfim tão elegante que você acreditaria que uma flor de verdade estaria adornando o pescoço dela.

Ele está me enrolando.

— Eu deveria voltar depois com a opinião de uma dama. Sou péssimo com escolhas.

— Robert vai chegar logo. Você poderia esperá-lo.

— Acho que já tomei muito do seu tempo.

— Não é problema algum.

— Volto em um horário mais razoável. Uma recompensa.

Will espalhou pelo balcão o pouco do conteúdo da bolsa que consistia em moedas e saiu da loja.

Consegui. Ele tentou manter o passo tranquilo, deixando que qualquer um que passasse pela rua o visse. *Devon sabe quem sou.* Forçou o eco daquela antiga voz a desaparecer, o momento em que o mundo havia mudado e a partir do qual nada seria seguro novamente. *Fuja!*

Porque só havia uma coisa que atrairia James.

Eu.

Will sabia o que precisava fazer e tinha chegado ao local designado. Esperava que os outros assumissem seus postos, quando viu Cyprian.

— Cyprian. Você não deveria estar aqui.

As ruas paralelas estavam desertas. As casas altas se elevavam de ambos os lados, criando cânions escuros e vazios, perfeitos para uma emboscada.

Cyprian deu um passo à frente, sério como um guarda-costas.

— Se você é o que Justice diz que é, não pode ficar sozinho.

Isso não era parte do plano que Will havia contado aos gritos enquanto galopavam para Londres, com o vento do pântano açoitando as palavras de sua boca.

— Você precisa assumir sua posição. Devon vai contar a James quem eu sou.

— Se você é mesmo Sangue da Dama, não posso ser o responsável por deixá-lo cair nas mãos de Simon.

As palavras foram tão inesperadas quanto tudo sobre a presença de Cyprian. O noviciado exemplar quebrando todas as regras. Will percebera o desconforto de Cyprian ao enganar os outros Regentes para

ASCENSÃO DAS TREVAS

que os libertassem. O noviciado tinha uma noção extraordinária do próprio dever. Mas se não conseguissem trazer Marcus de volta, nada daquilo importaria.

— Cyprian...

— Justice estava certo a respeito de uma coisa — começou Cyprian, balançando a cabeça. — Marcus sempre acreditou na Dama. Tinha certeza de que você sobrevivera. Achou que seria ele quem o encontraria. Me contou que ele...

Cyprian parou de falar, então desabou. Sem aviso, som ou mudança; ele simplesmente desabou em um colapso.

— Cyprian!

Will correu para o noviciado, que estava caído de bruços. Apoiado no joelho, ele tateou desesperado em busca de um ferimento, um dardo ou uma bala, mas não encontrou nada. Cyprian não respondeu, ficou inconsciente, pesado e imóvel, com os olhos abertos, como se estivesse congelado. Será que estava vivo? Morto? Não parecia estar respirando...

Will se virou para a rua escura e vazia, procurando um agressor, mas não viu nada. Ouvia apenas a própria respiração ofegante em um silêncio que o fazia se sentir completamente sozinho.

E então passos.

O som de saltos de botas lustrosas sobre paralelepípedos. *Tec, tec, tec.* Will sentiu a pulsação se acelerar ao máximo quando James perambulou para fora da escuridão. O Renascido estava vestido para uma noitada, em roupas requintadas. Tudo se dissipou, o mundo era insignificante, e James, a única coisa real. *Você, você, você.* A beleza extraordinária de James se cravava em Will como uma faca; doía.

— Não, não se levante — disse James em um tom agradável.

Antes que Will sequer pensasse nisso, uma força invisível o jogou para a frente, de modo que ele se estatelasse sobre as mãos e os joelhos.

Era uma pressão. Como se James estivesse com as mãos sobre ele, como se ele tivesse mil mãos. Era difícil respirar. Era difícil fazer qualquer coisa que não permanecer daquela maneira, incapaz de mover um músculo. Will vira James parar uma caixa no ar com seu poder; sabia que ele podia fazer aquilo. Mas não sabia que pareceria íntimo, como se as mãos de James estivessem tocando seu corpo todo.

— O menino salvador — disse James em um tom despreocupado.

— O Tesouro de Simon — falou Will.

As palavras chamaram a atenção de James. O coração de Will batia forte. O cheiro de flores noturnas em um jardim... Tudo pareceu tão familiar. A proximidade de James o deixava zonzo. Will sabia que James se aproximava quando as pernas longas do rapaz surgiram à vista.

— Todo mundo achava que você tinha morrido em Bowhill — disse James. — Você deveria ter morrido. Mas sobreviveu e escapou do navio de Simon. Como, exatamente, fez isso?

— Com prazer — respondeu Will.

— Que colar bonito.

Will ficou tenso. O colarinho de sua camisa tinha começado a se abrir, mãos invisíveis o puxavam, expondo seu pescoço, depois o colo, e então exibindo seu peito. Will sentiu o coração batendo forte diante do perigo quando o medalhão se soltou.

Era parte do mundo antigo, assim como James. Por um momento de tirar o fôlego, Will se perguntou se James o reconhecia, não daquele mundo, mas do antigo. *James não é apenas um descendente*, dissera a Regente Anciã. *É o general do Rei das Trevas, renascido em nosso tempo.*

A informação o atingiu com todo o seu impacto. James era um Renascido. Não um reflexo no espelho, não uma imitação pendurada na parede. Era um fragmento vivo do mundo antigo, de alguma forma, passeando por aquele.

Não era à toa que Londres pareceu se dissolver ao redor. Não era à toa que estar perto de James era como viajar no tempo. *Eu vou encontrar você. Eu sempre vou encontrar você. Tente fugir.*

Will e seus amigos acharam que podiam capturá-lo? A audácia da ideia o atingiu. Três deles contra James, o plano pareceu tolo, juvenil. Não estavam brincando de caçar coelhos com estilingue. Era importante. *O Traidor.* Mesmo os Regentes mais fortes o temiam. Will se lembrou do esquadrão que James dizimara, os corpos envoltos em tecido cinza que ele havia rasgado sem nem mesmo tocar.

— Conseguiu com a sua mãe? — perguntou James.

Os dedos no pescoço de Will foram até seu queixo, erguendo-o. Na verdade, não eram os dedos de James. James não estava perto o suficiente para tocá-lo.

Os olhos de Will subiram das botas de James para sua expressão satisfeita. Atrás de James, Will podia ver a espada de Cyprian, caída na bainha, ao lado do corpo inerte do noviciado.

— Não toque nisso! — exclamou Will enquanto o medalhão escorregava de seu pescoço.

— Ou você vai fazer o quê?

No navio de Simon, Will havia chamado uma espada para si, fazendo-a saltar para a própria mão. Mas naquele momento ele não conseguia alcançar a espada; não conseguia mover os braços, nem as pernas, não importava o quanto fizesse força contra as garras invisíveis de James.

— Você não consegue usar seu poder, consegue? — falou James.

Todas as aulas, todas as horas que havia passado com a Regente Anciã, tentando se concentrar. Ele deveria ter as mesmas habilidades que James. Deveria ser aquele que poderia impedi-lo.

— Você é fraco — disse James.

Will se concentrou totalmente na espada. *Busque sob a superfície. Procure por um lugar no interior.* A Regente Anciã o acolhera acreditando que ele seria capaz de fazer aquilo. Acreditando que seria aquele que os ajudaria. Will queria que ela estivesse certa... queria provar que estava certa.

— Como sua mãe — concluiu James.

Dessa vez, quando avançou em direção à porta fechada, Will atirou tudo de si, embora houvesse uma parte dele que temesse o que havia do outro lado...

Doeu; uma dor doentia, nauseante, como endireitar um osso quebrado, mas ele fez força para ultrapassá-la, pontinhos pretos e vermelhos nadavam em sua visão. Por um momento, ele viu...

... faíscas de luz em um campo escuro: tochas, em meio à massa escura de um exército e, à frente, uma figura que não conseguiu discernir no começo, mas que de alguma forma conhecia. Ela se virava em sua direção, como a Dama havia feito, mas Will não queria ver, não queria olhar naqueles olhos que queimavam com chamas pretas. *Não...*

Ele arquejou, ofegante, retornando a si de uma só vez e com a garganta cheia de sangue, como se alguma coisa tivesse se rompido. No segundo seguinte, os dedos de James agarraram seu queixo, os dedos verdadeiros, levantando a cabeça de Will. Os olhos de James eram azuis, não pretos; ele olhava de cima para Will, com uma satisfação prazerosa. Will sentiu os dedos escorregarem no sangue que fluía devagar pelo seu rosto e teve o pensamento absurdo de que sujaria os anéis incrustados de joias de James.

— É você quem deveria ser o guerreiro? Você não é páreo para o Rei das Trevas.

Will soltou a respiração, meio rindo, zonzo com os ecos do passado.

— Tem alguma coisa engraçada?

A voz de James estava perigosamente relaxada. Will o olhou nos olhos um momento antes do ataque.

— Eu não sou o guerreiro. Sou a isca.

Foi a vez de James cair. Violet estava sobre ele com a sacola pesada com que havia acertado a cabeça dele.

— Eu sou a guerreira — disse ela quando James caiu no chão, completamente imóvel.

Funcionou. A armadilha funcionou! A pressão invisível no peito de Will desapareceu. Ao lado, Cyprian respirou, trêmulo. *Está vivo*, pensou Will, aliviado. Cyprian estava vivo. Mas não havia tempo para comemorar. Will começou a se levantar, desesperado, quando James se agitou no chão enlameado.

— Coloque as algemas nele! — gritou Will.

Violet puxou as laterais da sacola para baixo depressa e tirou os dois conjuntos pesados de algemas dos Regentes com que havia acabado de acertar a têmpora de James. Eram as mesmas algemas que Violet e Will tinham sido forçados a usar. Assim que ficaram à mostra, Will pôde senti-las, como um gosto desagradável na boca. Mas não pareciam exercer seu efeito total até se fecharem sobre alguém.

Violet colocou as que Will usara em James. Depois de um segundo, adicionou as que ela própria usara.

— Só por precaução — disse, um pouco defensiva.

Will soltou um suspiro. Era parte risada, parte alívio. As algemas pareciam grandes demais, enormes e pesadas para a compleição esguia de James. O Renascido não seria capaz nem mesmo de ficar de pé enquanto usasse os dois pares.

— Pegamos ele?

Cyprian retomava a consciência. Massageando a têmpora com uma das mãos, ele se esforçara para se levantar, embora ainda parecesse atordoado e desequilibrado.

— Pegamos — confirmou Will.

O plano funcionara. James havia mordido a isca. James o seguira depois que Devon o reconhecera, pensando que Will estava sozinho, depois o atacara. Will distraiu James enquanto Violet se posicionara.

Mas quando abaixou o rosto para James, não pôde deixar de sentir que o que haviam capturado era uma criatura perigosa que não entendiam e que não tinham ideia de como conter. Ele se aprumou, tenso.

— Agora vamos levá-lo para o Salão.

CAPÍTULO VINTE E UM

Eles colocaram James em um cavalo com Violet.

— Você é a mais forte — dissera Will. Mas era mais do que isso. — Você tem que ser a pessoa que vai entregá-lo aos Regentes.

Violet assentira; Will sabia que ela entendia. Tinha sido ela quem havia arriscado a vida voltando para a família para descobrir o paradeiro de James. E estava arriscando mais ainda naquele momento, voltando para os Regentes depois de eles a terem acorrentado. Os Regentes não deveriam ter dúvidas de a quem dar crédito pela captura de James.

Violet arrastou James para cima sem muito esforço, assim que ele começou a recobrar a consciência. Will assistiu ao momento satisfatório em que James tentou usar seus poderes e percebeu que estavam bloqueados pelas algemas.

— O que é isso? — perguntou James, piscando de maneira aleatória e sem equilíbrio nos pés.

— O poder do mundo antigo — respondeu Will quando James lhe lançou um olhar letal. — Acho que nenhum de nós é páreo para esse poder.

Na verdade, Will estava aliviado. Antes, havia uma chance de que James fosse simplesmente poderoso demais para conter. A situação parecia precária e empolgante: por enquanto, eles o tinham.

Empurrado em direção ao cavalo, James pareceu notar a identidade do Regente que quase matara. Soltou um murmúrio de desprezo.

— Cyprian. Você deve estar adorando isto.

— Vocês dois se conhecem?

As mãos de Violet seguraram o corpo de James com mais força.

— Pode-se dizer que sim. — O olhar de James era debochado. — Seu irmão fala de você o tempo todo. Chama seu nome, implora para ver você, chora por...

— *Cale a boca.*

A cabeça de James se virou para o lado quando Cyprian deu um tapa com o dorso da mão em seu rosto. Foi um choque, vindo do noviciado queridinho do professor, tão controlado. A respiração de Cyprian estava um pouco oscilante.

James parou e passou a língua pelos dentes.

— Estes são os Regentes que eu conheço.

— Amordace-o — disse Will, sentindo as emoções sob o exterior controlado de Cyprian. — Ele está provocando você de propósito e está dando certo.

Will manteve os olhos em Cyprian, mas estava ciente de que James era algo luminoso e perigoso. Sabia como era sentir o poder de James deslizando pela sua pele. Achou que ainda podia senti-lo, mesmo quando o Renascido foi colocado no cavalo, um garoto perigoso de olhos azuis compartilhando a sela com Violet. Pela expressão de James, com os olhos brilhando sobre a mordaça de pano, ele também sabia.

Galoparam para o pátio, quatro figuras encapuzadas de quem ninguém desconfiou, graças a Cyprian — as portas se abriam para ele. O pátio estava silencioso, os único Regentes visíveis vigiavam o portão e a muralha. Quando Violet desceu do cavalo e puxou o capuz da capa para trás, revelando o rosto, levou um momento para que a atenção dos Regentes se voltasse para ela. Uma cabeça se virou, então outra...

Quando Violet arrastou James para fora da sela e tirou o capuz dele para revelar o cabelo louro, os Regentes que vigiavam a muralha gritaram:

— *É o Renascido!* — Regentes sacavam as espadas; outros levantavam bestas em direção a eles. — *O Renascido está dentro das muralhas!*

Os gritos estavam permeados de um medo que não estivera presente nem mesmo quando descobriram que Violet era um Leão.

— Nós pegamos James St. Clair! — gritou Will. — Chamem o Alto Janízaro!

A cabeça de James se ergueu ao ouvir as palavras, e ele se virou para a entrada do Salão, estranhamente tenso.

Mas foi Justice quem apareceu, à frente de vários Regentes, descendo os degraus do pátio. Cyprian fez menção de avançar, mas Will o impediu.

Justice parou ao ver o que acontecia: Violet no centro, segurando James, amordaçado e acorrentado, pelo ombro. Os outros Regentes se calaram quando a garota empurrou o Renascido para a frente.

Por um longo momento, ela e Justice apenas se encararam.

— Você precisava dele — disse Violet, a voz firme —, então eu o trouxe.

Justice permaneceu quieto enquanto algo sem palavras se passava entre eles. Violet ficou parada, com as costas eretas. Depois de um longo momento, o Regente assentiu uma única vez.

Suas palavras foram como um sinal quando se virou para os Regentes que estavam atrás dele.

— Vocês ouviram. Tragam o Alto Janízaro. James St. Clair é nosso prisioneiro.

Ele combinava com o Salão.

Isso era o mais estranho sobre a presença de James naquele lugar antigo. Ele parecia pertencer. Formando fileiras de prata e branco, os Regentes, com sua aparência sobrenatural, sempre pareceram os guardiões do Salão. Mas James parecia o jovem príncipe deles, de volta a seu trono de direito.

Nem sempre foi o Salão dos Regentes, lembrou-se Will. *Um dia fora o Salão dos Reis.*

James estava amarrado a uma cadeira, a parte inferior do corpo presa às pernas da cadeira e os braços algemados atrás do encosto. Will estava ao lado, junto a Justice, Violet e Cyprian. Diante de James, os Regentes estavam alinhados em fileiras. Ignorando tudo, James tinha adotado uma postura deliberadamente relaxada, um aristocrata tranquilo e à vontade, talvez até meio entediado, esperando que outros o entretivessem.

Will estava muito ciente de que, apesar das correntes e dos guardas, a única coisa que realmente restringia James eram as algemas. Era assustador: as algemas eram relíquias, ninguém sabia de verdade como funcionavam, e, se fossem quebradas, não poderiam ser refeitas. Sem as algemas, talvez não existisse um jeito de conter os seres com poderes antigos. Um Renascido como James poderia governar este mundo como um deus, esmagando mortais como formigas sob o salto elegantemente retorcido da sua bota.

As portas se abriram com um estrondo repentino. A silhueta do Alto Janízaro surgiu à entrada, flanqueada por quatro assistentes em túnicas cerimoniais. Quando o Salão se calou, ele avançou pelo corredor, parando diante de James para fitá-lo.

James relaxou na cadeira de propósito, devolveu o olhar do Alto Janízaro e disse:

— Oi, pai. — Antes que Will reagisse às palavras, James continuou em um tom despreocupado: — Conheci o garoto que você treinou para me matar.

Will ficou quente, depois gelado. Olhou em volta para os outros Regentes, esperando ver a mesma incredulidade em seus rostos. *Pai?* Ninguém pareceu surpreso. Mas foi a expressão sombria de Cyprian que o fez acreditar.

Vocês se conhecem?, perguntara Violet. *Pode-se dizer que sim* fora a resposta de James.

— O que ele quer dizer? Ele é seu *filho?* — perguntou Will.

Ele se lembrava vagamente da Regente Anciã dizendo: *Ele adotou Cyprian e Marcus depois que seu filho morreu, há seis anos.*

Não era... não poderia ser... James? Ele relaxou sob as correntes e seus olhos brilharam com uma provocação instigante.

— Cresci usando uma tunicazinha e recitando votos como um bom Regentezinho. Não te contaram?

James se recostou, os cantos dos lábios se repuxando.

O Alto Janízaro o olhava de cima, impassível. Como o sacerdote de uma religião ascética, sua túnica azul pendia em dobras, e a corrente espessa que indicava sua hierarquia reluzia ao redor de seu pescoço. Ele passou os olhos frios por James.

— Esta coisa não é meu filho.

As palavras caíram como um cutelo. Se algum dia existira uma conexão entre James e o Alto Janízaro, fora perdida.

Will se virou para olhar os outros. Viu a expressão severa do Alto Janízaro em todos os rostos próximos. A única pessoa espelhando seu próprio choque era Violet.

Então eles sabiam sobre James, pensou Will. *Todo mundo.*

— O general do Rei das Trevas nascido no Salão inimigo — disse James a Will. — Que jeito melhor de descobrir seus segredos e planos?

Tentou imaginar James como um Regente, cumprindo seu dever ao acordar antes do alvorecer para vestir a túnica cinza, realizar as tarefas rotineiras e praticar os movimentos de espada com diligência... A ideia simplesmente não se adequava ao escorpião à sua frente.

Chocado, Will sentia um horror crescente ao pensar em como um Renascido tinha vindo ao mundo: não por mágica, mas pelo parto, de uma mulher que não suspeitava de nada. Precisou se esforçar para não demonstrar o que estava sentindo. Uma reação, pensou Will, era o que James queria, e o que não podia receber.

— Você não era o general do Rei das Trevas, era o brinquedinho dele — disse o Alto Janízaro. — Compartilhava a cama com ele. Assim como compartilha com Simon.

James mostrou os dentes, não exatamente em um sorriso.

— Se eu fosse o amante do Rei das Trevas, pai, não acha que eu permaneceria fiel a ele?

— Tragam a caixa.

O Alto Janízaro gesticulou para um dos Regentes de prontidão.

— Seja lá o que faça comigo, Simon vai retribuir dez vezes mais intensamente.

ASCENSÃO DAS TREVAS

Um Regente carregando uma caixa retangular coberta por um tecido se aproximou. Quando o pano foi removido, o estômago de Will se revirou. Ele reconheceu a longa caixa de madeira envernizada e escura por baixo, da extensão de uma bengala.

— Você vai nos contar onde está Marcus. Vai nos contar os planos de Simon. E depois vai nos levar a ele — disse o Alto Janízaro com uma autoridade calma.

— Não vou mesmo.

— Sim, você vai.

Uma segunda Regente deu um passo à frente, uma mulher de cabelo cacheado e preto. Ela abriu os dois trincos, levantando a tampa da caixa.

Arquejos e murmúrios reverentes ondularam pelas fileiras de Regentes reunidos, como se estivessem diante de uma relíquia sagrada. Will foi golpeado pela visão de tirar o fôlego, como na primeira vez em que colocara os olhos no objeto.

Aninhado em uma cama de cetim, sua beleza era dolorosa: a beleza do que fora perdido. Como um feixe de luz, um cajado de marfim nacarado longo e sinuoso espiralava, formando uma ponta afiada. James empalideceu.

— O Chifre da Verdade — anunciou o Alto Janízaro.

Will se lembrou das palavras de Devon. *O verdadeiro* cornu monocerotis. *As pessoas pagam muito pela ideia de que algo puro existe. Mesmo que o troféu signifique que elas o mataram.*

— Sabe o que esta coisa faz? — perguntou James.

Will disse, em parte citando Devon:

— Se você o segurar, vai ser compelido a falar a verdade.

James gargalhou.

— Segurar? Foi o que te contaram? Você precisa fazer mais do que segurar. Precisa ser apunhalado com ele.

A ideia pareceu fazer um sentido maligno quando James explicou. O coração de Will estava acelerado.

— É verdade?

Era verdade. Dava para sentir no silêncio tenso que se seguiu, a sensação de que tudo estava rapidamente saindo do controle. Os olhos de James brilharam.

— Você vai fazer as honras, pai? — Ele inclinou a cabeça. — O peito? A coxa?

Não. Will deu um passo à frente.

— Você não vai apunhalar seu próprio filho. — Ele se colocou entre os dois. — Não é certo.

— O salvador fala — disse James às suas costas, as palavras saindo com desprezo.

Will o ignorou.

— Eu não o trouxe de volta para ser torturado. Deve haver outro jeito.

— Não há outro jeito — retrucou o Alto Janízaro. — James não vai falar por vontade própria, e Simon é uma ameaça a todos. O chifre foi feito para encontrar a verdade. Se eu não o utilizar, então outra pessoa terá que fazê-lo.

— Deixe que eu faça. Pelo meu irmão — intercedeu Cyprian.

— Não. — Foi Justice quem falou, devagar. — Will está certo. O Chifre da Verdade não é um instrumento de vingança nem crueldade. Se isto precisa ser feito, deve ser por alguém neutro. Não por uma pessoa que guarda rancor contra ele.

— Ninguém neste Salão é neutro — disparou Cyprian. — Cada Regente aqui perdeu alguém por causa de James. Já se esqueceu de Marcus? A vida dele está em risco.

— Eu faço — interrompeu Will.

Ele já estava avançando. Não sabia se havia se prontificado para proteger James ou para proteger os Regentes. Pegar o Chifre da Verdade e perfurar James — Will não conseguia afastar a sensação de que, se fosse para acontecer, ele deveria o responsável.

James deu uma risada baixa e debochada.

— O menino herói — disse.

ASCENSÃO DAS TREVAS

No altar, Violet franzia a testa, seus olhos estavam muito sombrios, e suas mãos cerradas. O Alto Janízaro indicou o chifre.

O coração de Will batia forte. Nunca apunhalara ninguém. Nunca batera de verdade em alguém, a não ser nas tentativas fracassadas de fugir dos homens de Simon no navio. Aproximou-se da caixa envernizada e olhou para o chifre de novo. Era mais longo do que o braço de um homem — seria como segurar uma lança. Contrastando com o veludo preto e acolchoado dentro da caixa, o objeto irradiava um brilho particular, uma lança luminosa feita para perfurar as trevas. A Regente que segurava a caixa permaneceu impassível.

Will podia sentir os olhos de todos sobre ele quando estendeu a mão para a caixa. *Cartazon. O chifre que todos procuram e nunca encontram.* Ele fechou as duas mãos em torno do objeto. Como uma faísca, a pulsação luminosa que se movia pelo seu corpo quando Will pegou o chifre o deixou sem fôlego. A arma de um herói, um instrumento de pureza, como uma espada honrada.

Então ele olhou para James.

Havia algo dolorosamente familiar a respeito do chifre e do garoto. A beleza estonteante, é óbvio; a sensação de um mundo perdido ao qual ambos pertenciam. E a profanação dessa beleza: a ponta serrada e reduzida do chifre; e James, cujo rosto parecia irreal de tão belo, acorrentado e vestido com trajes modernos.

Era fácil entender por que o Rei das Trevas o quisera. Ninguém podia olhá-lo sem desejar possuí-lo. Mesmo acorrentado, James comandava a sala.

Will faria mesmo aquilo? Seguraria James e o perfuraria com um chifre?

— Não perfure nada importante.

Will ouviu James dizer em tom de deboche enquanto ele avançava.

James conhecia Simon. Sabia os planos de Simon. Era a chave para tudo, e aquela era a chance de descobrir o que ele mantinha em segredo. *Perfure-o com o chifre e ele vai ser forçado a dizer a verdade.*

De maneira provocadora, James abriu as pernas e se recostou na cadeira, desafiando Will com o olhar. Will levantou o chifre com a mão direita. Mirou a ponta no ombro esquerdo de James. O objeto pressionou de leve o tecido do paletó dele. Sob o tecido, dava para sentir o calor do corpo de James à espera. Will colocou a mão esquerda no ombro de James, segurando-o.

Então levantou o chifre e o enfiou com força.

James soltou um som, completamente contra a própria vontade, e os olhos dos dois se encontraram. O chifre estava dentro do ombro do rapaz e Will o segurava no lugar; não tinha atravessado de todo.

— Dói? — perguntou Will.

— Sim — respondeu James, entre os dentes trincados.

A fúria em seu olhos misturava-se a alguma outra coisa. Pânico. Will percebeu, agitado, que James tinha acabado de ser compelido a dizer a verdade.

— Onde está Marcus? — perguntou o Alto Janízaro.

— Ele está... — começou James, obviamente resistindo. — Ele está... Ele está em...

— Empurre mais dois centímetros — ordenou o Alto Janízaro.

Mais fundo. Will empurrou, girando o chifre como um saca-rolha. Dessa vez, o som que James produziu foi primitivo. Também houve uma mudança nele — estava combatendo com toda a força uma compulsão sob sua pele. Will podia quase sentir, o chifre luminoso que não suportava a falsidade, abrindo caminho. Irradiava do ponto ensanguentado, implacável enquanto Will o segurava firme.

— Onde está Marcus? — perguntou de novo o Alto Janízaro.

A resposta foi forçada a sair:

— Com Simon. Você sabe disso.

— Onde?

— Em Ruthern. — Uma pausa. — Simon vai levá-lo para outro lugar assim que souber que fui capturado. Não vai facilitar as coisas para você.

— Vamos ver. Como entramos?

ASCENSÃO DAS TREVAS

O esforço cobrava seu preço. O cabelo de James estava molhado de suor. Will conseguia sentir o conflito se acirrando à medida que James dava tudo de si para guardar as palavras. Manter o chifre dentro dele requeria uma pressão forte e contínua.

— Seria preciso um ataque direto com força total. Você não é forte o suficiente para fazer isso. É vigiado por todos os três Remanescentes e um contingente dos homens de Simon. Você vai morrer nas muralhas. Embora talvez tenha mais sorte agora que...

James trincou os dentes e tentou ficar em silêncio.

— Pode tentar empurrar com mais força — falou Cyprian. — Perfure-o e verifique se tem um coração aí dentro.

Mais dois centímetros.

— ... agora que não o estou protegendo — completou James.

— O que Simon está planejando?

— Matar você — disse James. As palavras pareciam dar um prazer cruel a ele. — Matar todos vocês e se erguer sobre a pilha de suas cinzas enquanto o Rei das Trevas retorna e assume o trono.

Era apavorante; soou real na boca de James. Will pensou na Pedra das Sombras guardada no cofre e nas palavras gravadas na parede, entalhadas nos últimos momentos de terror e confusão. *Ele está vindo.*

— Diga como impedi-lo — exigiu o Alto Janízaro.

— Não podem. — Depois que disse isso, James fechou os olhos e gargalhou, sem fôlego, como se a verdade tivesse surpreendido até mesmo a ele. — Simon vai despertar o Rei das Trevas, e não há ninguém vivo que possa impedi-lo.

O Alto Janízaro deu um passo para trás, e um murmúrio irrompeu entre os Regentes às suas costas. Olhares tensos, medo, uma onda de inquietude. Afinal, James não podia mentir, podia? O Renascido observou com satisfação, vitorioso.

Você fez isso, Will quase falou, olhando para os rostos dos Regentes, então de volta para a expressão satisfeita de James. Fugindo do assunto, revelando quase nada... James estava brincando com os Regentes, e eles permitiam.

Will colocou a mão livre no pescoço de James e forçou sua cabeça para trás. Ignorou os ruídos chocados dos Regentes, a forma como Violet fez menção de se aproximar, então olhou nos olhos de James.

— Você foi encontrar Robert Drake para buscar algo. O que era?

A mão direita de Will ainda segurava o chifre com firmeza.

— Nada. — De tão perto, Will conseguia ver os cachos molhados de suor de James, sentir seu corpo estremecendo, mesmo enquanto James o encarava de volta, desafiador. Will empurrou o chifre com mais força.

— Eu... Uma informação.

Dentes trincados.

— Que informação?

James estava ofegante. Com a mão no pescoço dele, Will o sentiu engolir em seco e o pulsar da artéria, como se o sangue estivesse correndo em torno do chifre.

— Um objeto. Um artefato. Eu... — Ele lutava mais do que nunca. — *Não.*

— Que artefato? Algo de que Simon precisa?

— Precisa. Quer. — O chifre estava escorregadio com sangue. — Pare, eu não vou...

— Por que ele quer?

— Vai torná-lo poderoso, torná-lo o homem mais poderoso vivo. Assim que o tiver, ele... ele vai...

James ainda estava se esquivando, tentando fugir da verdade. Will empurrou o chifre e se concentrou na única pergunta que tinha algum sentido:

— O que Robert Drake contou a você?

— Ele me contou... que Gauthier tinha voltado para a Inglaterra... que estava em Backhurst Hill... que tinha consigo o c-c... *não, prefiro morrer a falar para você...*

— Você não vai morrer. — A voz do Alto Janízaro Jannick atravessou a fala. — Vai simplesmente nos falar. É assim que o chifre funciona.

Jannick tinha avançado para reiterar seu controle. As palavras pareceram lembrar a James de que ele estava presente.

— *Você* — falou James, olhando para o pai com veneno através do cabelo despenteado pelo suor. — Você quer que eu conte a verdade? Vou contar. Vou contar a todos os Regentes no Salão.

— Então conte — incitou Jannick, severo.

James olhou de volta para o pai com os olhos brilhantes demais, e Will sentiu o perigo transbordando. Era tarde demais para impedir.

— Vou contar por que meu pai está tão desesperado para trazer Marcus de volta.

A expressão de Jannick mudou por completo.

— Tire o chifre.

A ordem foi cortante e súbita, mas a mão de Will hesitou.

— Vou contar por que não há Regentes velhos, por que a vida deles é curta, de onde vem a força...

— Eu disse para tirar!

Jannick deu um passo em direção a James como se para arrancar o chifre ele mesmo.

— Não. — Cyprian o impediu. — Will, não. — Ele segurava o pai pelo braço. — É sobre Marcus.

— Will Kempen — advertiu o Alto Janízaro Jannick —, puxe o chifre.

A mão de Will, escorregadia de sangue, deslizou pela haste, mas não tirou o chifre. Seu coração batia forte, os olhos provocadores de James fixos no pai.

— O Cálice dos Regentes — falou James, com a voz nítida, permitindo que o Salão inteiro ouvisse. — A primeira menção ao objeto que Simon encontrou foi em uma escavação nas florestas da Calábria. Os nativos o chamavam de *Calice del Re*. Os Regentes bebem dele quando fazem o juramento, mas nunca lhes pertenceu... Foi um presente dado ao rei deles.

O Cálice dos Regentes, contara Justice. *Nós bebemos dele quando vestimos os trajes brancos.* A pele de Will se arrepiou quando James recitou as palavras de uma história familiar:

— Quatro reis do mundo antigo, aos quais se ofereceu um grande poder por um determinado preço. Para selar o acordo? Era necessário beber. Beber do Cálice. Três beberam e um se recusou. Aqueles que beberam ganharam habilidades físicas extraordinárias, durante um tempo. Quando o tempo deles acabou...

— Eles se transformaram — sussurrou Will, gelando.

Em sua mente, viu os quatro reis sombrios e transparentes, e uma pedra tão preta que toda luz ao redor desapareceu em seu interior.

Os Reis de Sombra.

— Ninguém perguntou o que aconteceu com o Cálice — continuou James. — Assim como ninguém pergunta de onde os Regentes tiram sua força. Por que vigiam em duplas, em busca de um sinal. Por que eles treinam para sempre manter o controle. Por que suas vidas são curtas. É por causa do juramento. O juramento que fazem quando bebem do Cálice. — Os olhos de James tinham um brilho febril. — De se matarem antes que comecem a se transformar.

Will voltou o olhar horrorizado para todos os rostos conhecidos: Leda, Farah, Carver e até mesmo — sua pele se arrepiou — Justice.

Cada Regente. Todos eles tinham bebido do Cálice.

— *Digam que vocês não são...* — Will ouviu um noviciado falar. — *Digam que não são sombras.*

Janízaros e noviciados estavam encarando os Regentes como se tudo que conseguissem ver fossem potenciais sombras, cercando-os, superando-os em números. Tarde demais, Will puxou o chifre, e James desabou para a frente, gargalhando, sem fôlego.

— É verdade? — perguntou Cyprian.

A risada de James ficou estranha.

— Se é *verdade*? — repetiu James, com a camisa e o paletó encharcados de sangue, ainda ofegante de dor. A verdade era o objetivo, ainda que sua farpa tivesse sido arrancada do ombro do Renascido. O rapaz olhou de novo para o pai. — Você não conta aos noviciados antes de eles beberem? Nem mesmo ao seu precioso filhinho adotivo?

Segurando a haste branca que parecia ter sido mergulhada em tinta vermelha, Will desviava a atenção de um fato a outro, muito mais sombrio. *Simon quer conjurar uma sombra própria*, dissera a Regente Anciã. Will percebeu a verdade escancarada começar a se revelar aos olhos de Cyprian.

— Você falou que Simon havia aprendido a conjurar uma sombra. O que quis dizer? — Cyprian empurrou o pai para fora do caminho e se posicionou de frente para James. — *O que você quis dizer?*

James não respondeu, apenas olhou de volta para Cyprian e, devagar, abriu um sorriso.

— Marcus — respondeu Will, sentindo a verdade dentro de si. — Por isso estão tão desesperados para trazê-lo de volta. Simon não precisa do Cálice para conjurar sombras. Só precisa... — O plano de Simon era terrível em sua simplicidade. — Só precisa de um Regente.

Will olhou para Violet, e seus olhos se encontraram. Porque havia outra verdade. Simon não levaria um prisioneiro que precisasse ser mantido vivo por anos. Não. Simon teria escolhido alguém que já fosse parcialmente uma sombra. Onde quer que Marcus estivesse, não teria muito tempo até que a sombra em seu interior o dominasse por completo.

— Capture um Regente sem muito tempo, mantenha-o vivo e espere que ele se transforme — concluiu Will.

Então assistiu ao Salão ao redor irromper em caos.

Com a tocha erguida, Will desceu as escadas até as celas subterrâneas. A chama lançava sombras tremeluzentes no caminho.

Não chegou a descer dois degraus antes que a sensação espessa e opressora o sufocasse, e ele precisasse reprimir o ímpeto de balançar a cabeça ou esfregar a têmpora para voltar a si. Will já sabia que não funcionava.

Acima, havia um tumulto de discussões e gritos. Noviciados e janízaros se voltavam contra Regentes, enquanto o Alto Janízaro tentava desesperadamente manter a ordem. Nas profundezas lustrosas das celas de obsidiana, aquelas preocupações pareciam de outro mundo.

Will adivinhou em que cela atiraram James depois daquela pequena performance: a mesma em que haviam jogado Will, a mais poderosa do Salão.

E estava certo. Mas se Will tinha sido deixado livre para se movimentar, James estava acorrentado à parede.

Will abriu a prisão com a chave que havia pegado de Cyprian e entrou.

Tinham arrancado o paletó de James — provavelmente cortando-o — e as algemas ainda estavam em seus pulsos. A camisa branca rasgada tinha uma mancha de sangue que escorria pelo ombro esquerdo. James estava esticado, com os braços presos acima da cabeça. Apesar das privações, sua postura lânguida era profundamente provocadora.

— Eu estava me perguntando quando meu pai mandaria você aqui embaixo.

— Todo mundo está falando de você lá em cima. — Will fechou as barras às suas costas, deixando a fechadura estalar. — Você é o centro das atenções. Mas suponho que esteja acostumado.

— Não sou amante de Simon.

— Não perguntei isso. — Will corou. — E, de qualquer jeito, não tenho como saber se está dizendo a verdade.

— Você pode me apunhalar de novo.

Will parou. Lembrou-se de que James havia instaurado o caos entre os Regentes usando apenas suas palavras. Ele podia parecer um anjo, mas era uma criatura de Simon, e tinha escolhido aquela abordagem porque achava que funcionaria com Will, em específico.

— Você não tem a marca de Simon. — Will podia ver a pele imaculada, uma vez que James estava sem o paletó. — Por quê?

— Talvez apenas não esteja no pulso.

James se recostou na parede e olhou para Will, relaxado.

— Por quê? — repetiu Will em um tom calmo.

James o olhou por um longo momento, parecendo estar se divertindo com a situação.

— Desabotoe minha camisa.

ASCENSÃO DAS TREVAS

Era, sem dúvida, um desafio. Will deixou a tocha na arandela da parede e avançou, devagar, os olhos de James nos seus. Quando estivera tão próximo de James, no andar de cima, o havia apunhalado. A lembrança pairou entre os dois. A respiração de James acelerou por um momento, embora sua pose lânguida não tivesse mudado, nem a forma como olhava para Will. *Desabotoe minha camisa.*

Podia ser uma armadilha. Will sabia. Levou as mãos ao pescoço de James e começou a desabotoar a camisa, um gesto estranhamente íntimo, como desatar a gravata de outro rapaz.

A camisa branca e elegante se abriu, e Will a afastou, expondo os ombros e o peito de James. Não tinha certeza do que estava esperando, mas não conseguiu segurar o choque diante do que viu.

— Ele tentou. Não ficou — disse James. Will o encarou, incapaz de desviar o olhar. — É um dos benefícios de ser o Traidor. Eu cicatrizo rápido.

Onde deveria haver um ferimento aberto e ensanguentado da punhalada, havia apenas pele lisa e sem marcas.

Will não conseguiu deixar de tocá-lo, abrindo a palma da mão sobre onde o ferimento da punhalada estivera apenas uma hora antes. A ferida tinha cicatrizado, sumido, desaparecido por completo. Não havia marca, nenhuma cicatriz, James não carregava nenhum sinal do ataque que sofrera. Will sentiu a raiva percorrendo o próprio corpo.

— Quantas vezes? — Will se ouviu dizendo.

— O quê?

— Quantas vezes ele tentou marcar você?

Will achou ter visto um lampejo de surpresa nos olhos de James. Ele parecia achar graça da ingenuidade de Will.

— Eu não contei.

— Você disse que doía.

Outro lampejo.

— Boa memória.

— Você é mais poderoso do que Simon. Por que deixa que ele faça isso?

— Está com ciúme? Simon gostava da ideia do nome dele em mim.

— Não é o nome dele.

Will sentiu o exato momento em que captou a atenção total de James. Foi como um estalo — de repente, James estava presente. *Aí está você*, pensou Will. Não tinha afastado a mão, e a pulsação de James latejava devagar sob a pele.

— Os Regentes sabem que você é esperto?

A voz de James soava íntima, nova, e subitamente apreciativa, como se ele tivesse descoberto um segredo. Will permaneceu onde estava por um longo momento, antes de dar um passo para trás para contemplar James da parede oposta da cela.

— Simon sabe o que você é? — retrucou Will, com firmeza.

Meio despido, James estava exposto. A camisa aberta revelava o peito e o abdômen sem marcas. A ausência da cicatriz da punhalada ainda era inquietante. Will se perguntou quanto o corpo de James podia cicatrizar e quantas vezes havia sido posto à prova. Ele se perguntou, com uma onda de inquietude, se a habilidade de cura era inata ou se era um dom concedido a James pelo Rei das Trevas, para manter seu tesouro intacto.

— Ele conhece as minhas habilidades. Ou achou que ele só me queria por causa do meu rostinho bonito?

— Acho que ele te quer porque você era a joia da coroa de outro homem. — Will disse sob a luz tremeluzente da tocha. — Acho que ele não faz ideia do que você realmente é, ou de quem ele está tentando conjurar. Se soubesse, jamais ousaria pilhar o túmulo de um rei.

James ficou chocado. Como a luz da tocha, a surpresa escureceu os olhos de James, transformando o azul translúcido em preto.

— O que você está fazendo aqui de verdade? — perguntou James.

O Tesouro de Simon. James era o Traidor, a coisa mais próxima do Rei das Trevas que existia. Era valioso para Simon: parte de sua coleção de tesouros do mundo antigo, como os pedaços de armadura que tinha desenterrado e a mortal Lâmina Corrompida. James era uma ferramenta, uma arma e um perigo por mérito próprio. E estava ali, sozinho e acessível. Will tinha apenas uma pergunta queimando em seu interior:

— Quero saber o nome do homem que matou minha mãe.

Ele surpreendera James de novo. O olhar estranho e tremeluzente voltara aos olhos dele.

— O que faz você pensar que eu contaria?

Will permaneceu parado, a parede fria de obsidiana às suas costas; era sufocante, uma magia opressora emanava da superfície lustrosa. James sentia, ambos sentiam.

— Eu mantenho a minha palavra. Sou leal a meus amigos. Não me esqueço quando as pessoas me ajudam.

— Meu pai não avisou que não negociasse com o Traidor?

Os olhos de James tornaram-se muito escuros.

O Traidor. Mais uma vez, o fato de que James era parte do mundo antigo, como as paredes de obsidiana, atingiu Will, mas James também era novo, não apenas para aquele mundo, como também para o mundo em que estavam.

— Acho que o que as pessoas foram é menos importante do que aquilo que são. E que o que as pessoas são é menos importante do que o que poderiam ser.

James se agitou com isso e Will percebeu não apenas surpresa, mas, por baixo, outra coisa.

— Você não é o que eu esperava — disse James.

— Não?

— Não. Não sei o que eu tinha achado que o Sangue da Dama seria. Um herói de ouro, cheio de integridade, como Cyprian. Ou um menino imprudente, pronto para a luta. Mas você é mais...

— Mais o quê?

— Eficaz.

— Diga quem matou minha mãe.

James o encarou de volta. No andar de cima, os Regentes estavam em polvorosa. Discutiam por causa das palavras de James, se deveriam atacar, como lutar, mas também por causa da sua própria natureza. Os Regentes do Cálice eram o círculo íntimo de elite, mas com o preço sombrio do poder que possuíam exposto, os noviciados e os janízaros estavam revoltados. No entanto, ali embaixo, na cela subterrânea, as prioridades eram muito diferentes.

No momento em que Will começou a duvidar de que ele falaria, James disse:

— Quem deu o golpe final foi Daniel Chadwick. Mas a pessoa que deu a ordem foi o pai de Simon. Edmund, o Conde.

Will sentiu a pulsação acelerar, mas havia uma parte que não fazia sentido.

— O pai de Simon? Não o próprio Simon? Mas é Simon que está tentando trazer de volta o Rei das Trevas.

— Pais têm muita influência sobre os filhos — falou James, meio debochado.

No andar de cima, o Alto Janízaro decidia o destino de James.

— Agora, você. Responda uma pergunta — falou James, como se estivessem tendo uma conversa casual.

— Pode fazer.

— Você gostou de segurar o chifre?

A voz dele havia retomado o tom caloroso e perigoso de antes. A sensação conjurou o momento em que estavam no andar de cima, como se a violência fosse uma tentação. Will esteve a ponto de sentir o chifre na mão e o pulsar lento e constante do sangue de James outra vez.

— Acho que os Regentes fizeram as perguntas erradas — afirmou Will.

— O que você teria perguntado?

As palavras provocadoras com certeza eram um ardil. Era vantajoso para James manter Will ali, na cela, pensou Will. E ele era bom em prender a atenção das pessoas. Seria uma habilidade natural ou aprendida? Algo de sua outra vida ou desta? James era como a porta trancada de um mundo de segredos, intangível e fascinante.

— Você se lembra dele? — perguntou Will.

Ele sentiu a mudança, como se o passado estivesse presente entre eles — uma inimizade intensa, uma guerra quase perdida, James vestindo vermelho imperial, com rubis ao redor do pescoço. Uma presença sombria que ele conjurara sem nem mesmo dizer seu nome, crescia, cada vez mais forte...

— Ninguém nunca me perguntou isso. — A voz de James estava um pouco perturbada. *Você também sente*, Will quase falou. Em vez de responder à pergunta, James continuou: — Você se lembra dela? Da Dama?

— Não — respondeu Will, abalado. Ele se forçou a dizer: — Mas sou um descendente. Você é um Renascido. Você estava lá.

Eles se encaravam. A cela estava silenciosa, a pedra pesada impedia qualquer som de vir de cima, tornando quase possível imaginar que se ouvia a chama da tocha na arandela.

— Eu não me lembro daquela vida — disse James. — Não lembro quem eu era, nem o que fiz. Os nomes, os rostos... Só os conheço das histórias dos Regentes e das escavações de Simon. Mas existe uma coisa que eu conheço tão bem que é uma parte de mim. Ele. A verdade dele. A sensação dele. É mais profundo do que a memória, mais profundo do que a minha própria essência, está entalhado em meus ossos. Posso afirmar.

"Simon não é nem um décimo dele. Os planos de Simon, seu poder, suas ambições não são nada... Simon não pode compreendê-lo, tanto quanto o calor de um único dia não pode compreender uma noite que dura dezenas de milhares de anos."

Will sentiu o escuro e o frio das sombras na cela de obsidiana se fecharem ao redor de si.

— Você acha que ele está vindo atrás de você.

James recostou a cabeça na parede e sorriu.

— Ele está vindo para todos nós.

CAPÍTULO VINTE E DOIS

— Vocês não estão em perigo! — Jannick tentava se fazer ouvir na confusão instaurada no Salão. — Seus companheiros não são o inimigo! Durante os milhares de anos que passamos no Salão, nenhum Regente se transformou!

No altar, ao lado dele, Violet olhava para o caos, seu estômago se revirava. *Sombras. Os Regentes são sombras.* Jannick tentava manter a Ordem unida, mas havia uma ruptura entre os Regentes, que tinham todos bebido do Cálice, e os noviciados e janízaros, que não tinham bebido e que estavam assustados, chocados e revoltados.

— Não estamos em perigo? — Ela ouviu Beatrix gritar. — As sombras do Rei das Trevas estão dentro do Salão!

— Quantos? — Era Sarah, uma das janízaras que tinha levado Violet até o quarto em sua primeira noite no Salão. — Quantos de vocês existem?

— Cada Regente é uma sombra... ou vai ser! — disse Beatrix.

— Você está certa. — Uma voz familiar interrompeu o falatório. O Salão se calou. O único som era o estalar rítmico de um cajado contra a pedra enquanto a Regente Anciã avançava até a frente. — Aqueles que beberam do Cálice vão se tornar sombras. Inclusive eu.

Violet deu um passo para trás junto aos demais para permitir que a Regente Anciã passasse. Havia algo diferente na forma como os Regentes em silêncio a olhavam, um assombro novo, temeroso. A idade dela... a única Regente com cabelo branco, a única Regente com olhos esbranquiçados e pele enrugada. Estremecendo, Violet percebeu que a idade da Regente Anciã era um sinal de seu poder: ela havia contido a sombra em seu interior por mais tempo do que qualquer outro Regente.

— Agora vocês sabem o que os Regentes enfrentam — disse ela. — Lutamos em todas as frentes, fora *e* dentro. Não podemos abandonar nosso dever nunca. Não podemos baixar a guarda nunca. Pois o que há entre nós e a Escuridão é apenas nosso treinamento, e o voto que fizemos de morrer antes de nos transformarmos.

Foi para Justice que Violet olhou. Os dons dele o tinham marcado como candidato ao Cálice muito cedo. Ele tinha passado a juventude treinando para aquele momento. Uma infância de negação ascética: nada de travessuras infantis, nada de rebeldia adolescente, nada de aventuras da vida adulta e de um primeiro amor. Ele havia relevado todos os desejos em seu corpo em favor da maestria e do controle, sem saber para que estava treinando. *O Cálice vai tornar você forte. O Cálice vai dar poder a você.* Era o que diziam aos noviciados.

Quando ficavam sabendo o preço que teriam que pagar por esse poder?

Ninguém concordaria em beber se realmente soubesse o preço a ser pago, pensou Violet... ou era o que achava, mas conseguia ver os rostos dos noviciados. Beatrix tinha endireitado os ombros. Emery erguera o queixo. Estavam agora cientes do preço. E estavam decidindo diante dos olhos de Violet que beberiam. Assim como Carver tinha bebido.

Estavam prontos para dar a vida à causa. O Cálice era apenas mais um passo.

Era assim que acontecia? Eles treinavam, descobriam o preço e então bebiam? Depois vigiavam em duplas, em busca de qualquer sinal, prontos para matar seu irmão de escudo, enquanto seu irmão de escudo vigiava, pronto para matá-lo também?

E se o treinamento falhasse por um segundo...?

Violet estava abalada.

— O que acontece quando você se transforma?

Os olhos da Regente Anciã estavam sérios.

— Atada ao Rei das Trevas, uma sombra não tem vontade própria, apenas segue as ordens de seu mestre. Mal se assemelha ao homem ou à mulher que um dia foi, é um horror incorpóreo que pode passar por qualquer porta, portão ou parede. E não pode ser combatida. Nenhum mortal pode tocar sua forma sombreada. Ela mata, mutila e rasga, invulnerável o tempo todo.

— É isso o que vai acontecer com Marcus? — perguntou Violet.

A Regente Anciã assentiu.

— Se Marcus se transformar, é improvável que alguém aqui consiga detê-lo.

Violet se sentiu fria, lembrando-se da Pedra das Sombras nas profundezas do cofre, as trevas tão intensas que ela nem mesmo conseguira se aproximar. *Um terror antigo, uma das maiores armas de Sarcean, eles lideravam o exército de sombras em seus corcéis de pesadelos.* Ela conseguia sentir o quanto os Reis de Sombra queriam ser livres para comandar seus exércitos mais uma vez, uma legião de sombras que o mundo achava que havia sido aniquilada.

— Mas as defesas. As defesas do Salão são mágicas — argumentou Violet. — Mantiveram exércitos de sombras afastados antes. No mundo antigo. Este lugar era chamado de "A Estrela Imortal". Ele não pode entrar no Salão.

— As defesas se abrem para qualquer um com sangue Regente — explicou a Regente Anciã, a preocupação evidente em seu olhar. — Isso incluiria Marcus.

Dentro do Salão. Violet viu Emery olhar para Beatrix com um medo tangível. Até os Regentes formados empalideceram diante da ideia de enfrentarem um inimigo que não podiam manter fora e não podiam combater.

A Regente Anciã levantou a voz acima dos murmúrios:

— Esse é o caminho de Simon para o poder. Ele descobriu sobre o Cálice em uma de suas escavações. E descobriu que podia ser o mestre das sombras. Ele é o descendente do Rei das Trevas. Sua linhagem é forte o suficiente para fazer as sombras obedecerem a ele. Se Simon as-

ASCENSÃO DAS TREVAS

sumir o controle de uma sombra, vai usá-la para aniquilar qualquer coisa que entre em seu caminho. Vai invadir nossas muralhas, levar a Pedra das Sombras e soltar os Reis de Sombra. Então eles vão abrir caminho para seu verdadeiro senhor e mestre, o Rei das Trevas, que quer trazer a magia das trevas de volta ao mundo e governar com ela para sempre em seu trono pálido. É por isso que precisamos deixar nossas diferenças de lado e nos concentrar como um só em Marcus.

Houve acenos de cabeça pelo Salão, a anuência se instaurando às palavras dela.

Cyprian deu um passo adiante para falar.

— Falta quanto para ele? — perguntou o garoto. A Regente Anciã ficou calada, mas Cyprian já estava balançando a cabeça e respondendo por conta própria: — Ele é forte. Vai sobreviver. Não vai se transformar.

— Cyprian... — começou Justice.

Ele foi a pessoa errada a falar. Cyprian avançou em sua direção.

— Você deveria ser o irmão de escudo dele. Como pôde deixar que os homens de Simon se aproximassem? — O noviciado perfeito encarava o Regente exemplar. — Quanto falta para *você*?

Justice parecia ter levado um tapa na cara; as palavras de Cyprian o tinham deixado atordoado. *Eles não falam sobre isso abertamente,* percebeu Violet. Os Regentes nunca falavam sobre seu lado sombrio, talvez nem mesmo para seus irmãos de escudo em sussurros proibidos tarde da noite. *Estou dando algum sinal? Acha que estou mudando?* Eram assuntos íntimos, dolorosos demais para serem expostos.

— Ou você iria simplesmente matá-lo para impedir? É tudo mentira, não é? A força dos Regentes, o grande poder destinado deles... são mentiras para esconder o que todos vocês têm que fazer. Se desse a mínima para meu irmão, jamais teria deixado que ele bebesse do Cálice.

Violet estava se colocando entre eles, segurando Cyprian pelo ombro para contê-lo.

— Cyprian...

Mas a voz de Justice cortou a dela:

— Marcus escolheu.

Justice não tentou mentir, nem evitar a verdade. Encarou Cyprian.

— Os heróis estão mortos. Os poderes antigos se foram. Somos só nós. Poucos de nós. — Às suas costas, o salão amplo de pedra rachada e cores desbotadas pareceu comprovar suas palavras, antigo e quase vazio. — Somos tudo o que resta, e não somos o suficiente. O que você faria se não houvesse mais ninguém para conter as trevas? Beberia de um cálice que mancharia você para conseguir lutar?

— *É o acordo do Rei das Trevas.* — Cyprian fechou os punhos. — Ele está dentro deste Salão. Dentro de você. Vocês todos se corromperam.

— Nós pagamos um preço terrível. Fazemos isso porque precisamos. É o único jeito de lutarmos.

— Você poderia ter lutado sem ela. Qualquer um de vocês poderia. — A mandíbula de Cyprian estava cerrada. — Talvez vocês não fossem tão fortes. Mas teriam permanecido Regentes. — Ele olhou ao redor com amargura. — Esta é minha escolha. Nunca vou beber do Cálice.

Violet se dirigiu ao pátio de treinamento.

No salão principal, Jannick tinha começado a falar sobre os preparativos para um ataque enquanto a Regente Anciã se movia entre pequenos grupos de noviciados e janízaros como se distribuísse esmolas, oferecendo conforto e sabedoria. Violet tinha procurado por Will, mas ele sumira.

Não havia Regentes no pátio de treinamento. *A época de treinar acabou. Chegou o momento de lutar.*

Desesperada para alcançar a excelência de um Regente, Violet havia passado horas ali, praticando até que seus braços e pernas tremessem, sua respiração ficasse difícil e o suor escorresse pela sua pele.

Mas a motivação dos Regentes em busca da perfeição parecia agora diferente. As fileiras imóveis de pontas de espadas, o controle absoluto que buscavam não era um mero desejo de atingir um ideal, mas uma necessidade assustadora. A abnegação deles, o fato de darem as costas à carne, suas vidas rigorosamente regimentadas, tudo isso era para conter as sombras.

Justice estava parado ao lado de uma coluna, olhando para o espaço em que havia passado tanto tempo treinando. Seu belo rosto estava sério e calado; ele não a cumprimentou quando ela se aproximou para se posicionar ao seu lado. Acompanhando o olhar do Regente, Violet contemplou o pátio vazio, sabendo agora que não via as mesmas coisas que ele via nos Regentes e no treino dos noviciados, e jamais vira.

Tudo estava diferente. Em Londres, ela era uma menina ingênua e impulsiva, até que sua identidade estilhaçou seu mundo, expondo-o. *Leão.* Os Regentes sendo forçados a encarar o que eram pela primeira vez parecia uma exposição semelhante.

— Você está bem? — perguntou ela em voz baixa.

Justice deu um sorriso pequeno e amargo.

— Você me oferece o tipo de compaixão que não lhe mostrei.

Violet pensou em todos os momentos em que aquilo havia sido verdade. Justice tinha mentido para ela ao mesmo tempo que se recusava a perdoar as mentiras da garota. Ele a chamara de criatura das trevas ao mesmo tempo que carregava as trevas dentro de si.

Mas no mundo de Justice não havia tons de cinza. Violet entendia agora. Depois que se bebia do Cálice, a transformação aconteceria. Não havia segundas chances, e a única saída era a morte.

— Você me acolheu — disse Violet. — Você me treinou. — Ela se lembrou das palavras que ele lhe dissera no Salão. — Disse que todo mundo deveria ter alguém ao lado. Alguém que cuidasse da pessoa.

Justice não respondeu por um longo momento, os olhos cravados no pátio de treinamento. Vazio depois de tudo, o pátio amplo e silencioso parecia evocar gerações de Regentes que haviam treinado, bebido do Cálice e morrido antes da hora.

— Nós paramos em uma estalagem na beira da estrada — falou Justice, por fim. — Estávamos voltando de uma missão em Southampton. Deveríamos ter voltado direto, mas ele parecia tão feliz. Eu sugeri que fizéssemos uma parada... Uma noite roubada, sem toque de recolher, sem deveres. É contra o treinamento dos Regentes, mas eu queria dar a ele uma noite para simplesmente ser ele mesmo. Eu só o deixei sozinho por um segundo.

Ele estava falando de Marcus. Violet inspirou, sentindo a dor no relato, imaginando os últimos momentos deles.

— Vocês dois eram próximos?

— Éramos como irmãos. O laço entre irmãos de escudo é... Fazíamos tudo juntos. — Justice mantinha o corpo imóvel. — Cair nas trevas... era o maior medo de Marcus. E eu o deixei sozinho com isso.

Dava para sentir na voz de Justice o que ele não havia se permitido mostrar diante de Cyprian. Culpa, maior do que a de um homem que havia simplesmente deixado um amigo sozinho para ser capturado. Ela entendia. Violet sentiu um aperto no peito.

— Ele está se transformando, não está?

Justice assentiu sutilmente, a mais ínfima anuência.

— Percebi os primeiros sinais em Southampton. Achei que tínhamos mais tempo.

A resposta tornou tudo muito real de repente. As trevas surgindo no horizonte. A ameaça das sombras, a malevolência de Simon ao arrastar o passado para o presente. E Marcus. Seus últimos dias aterrorizado pelo que estava prestes a se tornar.

— Quanto tempo?

Os olhos de Justice estavam sombrios.

— Dizem que quando os três reis beberam, viveram uma vida inteira de poder e só se tornaram sombras depois que morreram de causas naturais. Mas o Sangue dos Regentes não é tão forte quanto o Sangue dos Reis. Só podemos resistir ao Cálice por um tempo. Se um humano comum bebesse, ele se transformaria de imediato. Mesmo aqueles com sangue Regente mais fraco se transformariam rápido demais, em um dia, uma semana talvez. Por isso apenas os mais fortes entre nós bebem. Quanto mais forte é seu sangue, mais tempo você resiste. Mas é óbvio que não dá para saber com certeza.

Foi o mais perto que ele chegara de admitir o peso do fardo que carregava. *Fazemos isso porque precisamos*, afirmara Justice. A Regente

Anciã dissera que a única coisa que havia entre o mundo e a Escuridão era o treinamento dos Regentes.

— Pode perguntar — falou Justice.

Ela reuniu coragem.

— Você está se transformando também?

— Estamos todos nos transformando. Começa assim que você bebe e continua até que a sombra domine você. — A honestidade de Justice era total. — Mas ainda não tenho sintomas.

Bastava, pensou ela. Precisava bastar. Para os dois.

— Talvez lutar seja saber que as trevas existem em você, e mesmo assim escolher fazer a coisa certa — disse ela.

Violet queria acreditar nisso. Mas não era tão simples. A sombra tomaria conta de Justice no final, não importava o que ele escolhesse. Ela não queria pensar no que deveria fazer quando o dia chegasse. Justice sempre parecera tão forte, uma luz-guia tão constante. Ela não conseguia imaginar como seria enfrentar as trevas sem ele.

— Se quer dizer que as trevas são um teste, está certa. Como as enfrentamos. Como as combatemos. Como nos mantemos na luz.

Ela assentiu e fez menção de se afastar e partir, quando a voz de Justice a chamou de volta:

— Violet.

Ela se virou.

— Eu estava errado em duvidar de você. Você jamais hesitou, nem mesmo quando os Regentes a expulsaram. Sei que traí sua confiança. — Os olhos castanhos de Justice estavam sérios. — Mas eu ficaria honrado em lutar a seu lado, Regente e Leão.

Ela lutou contra a emoção.

— Os Regentes não lutam com um irmão de escudo? O que acontece se Marcus se for?

— Enquanto Marcus estiver desaparecido, não posso formar um elo com um novo irmão de escudo. — As palavras eram uma admissão. — Não tenho ninguém para me vigiar.

Ela pensou no que significaria lutar, como Leão ou Regente, ou qualquer pessoa, tentando encontrar um caminho nas trevas.

—Talvez a gente possa vigiar um ao outro.

—Um ataque direto.

Leda era a capitã do pequeno grupo de doze que tinha voltado para o salão principal. Violet estava diante dos degraus do altar. O Alto Janízaro e a Regente Anciã estavam ao seu lado, e, com eles, Justice, Farah e alguns Regentes e janízaros que cuidavam dos arsenais e lideravam as patrulhas. Will tinha voltado quieto, vindo sorrateiramente para o lado de Violet.

Violet se pegou olhando para os quatro tronos vazios, um símbolo bizarro do que estavam combatendo. Os quatro reis haviam governado o mundo antigo antes de o Rei das Trevas os transformar em sombras. Naquele momento, Simon ameaçava conjurar uma sombra que poderia destruir o mundo atual. Se não conseguissem resgatar Marcus...

— A área da propriedade de Simon em Ruthern vai ser perigosa — disse Leda. — No passado, já organizamos ataques às fortalezas de Simon. Justice perdeu onze Regentes lutando para libertar Will do navio. Mas não foram os marujos e os assassinos que mataram Regentes, foi... — Ela parou de falar.

— O Leão de Simon — concluiu Violet para ela. *Tom.* A boca de Violet ficou seca. Tom estaria lá. Tom lutaria, mataria Regentes, como fizera no navio, ou seria morto. Ela sentiu um desejo quase sobrepujante de avisá-lo e precisou se forçar a falar: — Vou distraí-lo. Ele não vai me atacar.

— É verdade, temos um Leão próprio — afirmou o Alto Janízaro, especulativo.

— Vou impedi-lo de matar Regentes — disse Violet.

Não sabia como; apenas sabia que precisava fazer isso. Viu olhares nervosos e céticos sendo trocados.

Will bateu o joelho no dela, um gesto estranhamente reconfortante. Os olhos de Violet foram até o rosto do amigo, e Will deu um curto aceno de cabeça. *Você consegue.* Os outros não pareceram notar, nem o gesto reconfortante silencioso nem o nervosismo de Violet. Ela respirou fundo e acenou de volta.

— O guerreiro mais mortal de Simon não é o Leão, é o Traidor — falou Leda. — James pode ser nosso prisioneiro, mas não significa que vamos entrar em uma luta sem magia.

Ela sentiu os ombros de Will enrijecerem.

Ele ainda não tinha aprendido a liberar a própria magia, Violet sabia disso. Mesmo contra James, ele tinha tentado e fracassado em usá-la. Will jamais falava sobre o assunto, mas Violet o vira dedicar horas e horas ao treinamento, debruçado sobre livros antigos, buscando novos métodos e perdendo-se em entoações e meditações, tudo inutilmente.

Nós também temos alguém que pode usar magia. Violet quase conseguia ouvir as palavras não ditas. Elas pairaram no silêncio, mas ninguém as verbalizou porque sabiam que Will não tinha mostrado sinais de seu poder.

Will trouxe o tópico à tona ele mesmo:

— Sei que não posso usar magia. Mas quero ajudar na luta.

Justice balançou a cabeça.

— Você é importante demais para se arriscar. Se o plano der errado... não podemos perder você para Simon. Seu papel vai ser desempenhado mais tarde. Precisamos que você permaneça seguro, no Salão.

Will corou, mas ficou em silêncio.

— O que podemos esperar em Ruthern? — perguntou Jannick.

Violet olhou de volta para Leda, que usava o manto de capitã. Os Regentes possuíam uma força sobrenatural concedida a eles pelo Cálice, mas não tinham facilidade para lutar contra a magia.

— Primeiro, os homens marcados. Ainda não sabemos a magnitude do poder que a marca concede a eles. Há rumores de que uma pessoa com a marca pode se tornar os olhos de Simon, que Simon pode sentir o que sentem, ver o que veem.

— ... mas Tom tem uma marca — disse Violet.

Quis morder a própria língua quando todos os Regentes se viraram para encará-la. Será que Simon olhava através dos olhos de Tom, que habitava o corpo dele? Violet agarrou o próprio pulso por instinto, lembrando-se do seu desejo de possuir uma marca, havia não muito tempo. A ideia de que Tom entregara o corpo para ser habitado por Simon lhe causou um arrepio.

— Dizem que era assim que o Rei das Trevas comandava o campo de batalha — contou Leda. — Seus seguidores carregavam a marca e isso dava controle a ele.

De certa forma, a ideia de que um dia os seguidores do Rei das Trevas foram marcados, de que seus exércitos pertenciam a ele por completo, de que ele podia habitar seus corpos, individualmente ou muitos ao mesmo tempo, era ainda mais assustadora do que a ideia de transformar pessoas em sombras. Violet imaginou a expressão nos olhos das centenas de soldados, e eram todos o Rei das Trevas...

— Segundo, os Remanescentes — disse Leda. — Os homens com rostos pálidos que afugentamos de volta para o pântano. Cada um veste uma peça de armadura que um dia pertenceu a um membro da Guarda Pessoal do Rei das Trevas. Ou... talvez eu devesse dizer que a armadura os veste. Acreditamos que ela os modifica. O estilo de luta que usam... é estranhamente semelhante ao nosso, como se a armadura conhecesse a antiga habilidade do portador anterior. Jamais os enfrentamos em batalha deflagrada, mas no pântano foram necessárias doze pedras de proteção para obrigá-los a recuar.

Os três homens de olhos vazios usando peças estranhas de armadura preta galopavam pelo pântano, com os cães correndo à sua frente. O estômago de Violet se revirou diante da ideia de combater não os guerreiros, mas a própria armadura antiga, ainda viva em sua missão de proteger o Rei das Trevas.

— Eles podem ser combatidos, mas não tão fácil — falou Justice. — São necessárias lanças ou armas de curto alcance. Não dá para se aproximar. Um único toque é mortal. Pode ter sido assim que Simon descobriu onde escavar para encontrar a armadura enterrada. Qualquer coisa que a toca murcha, jamais crescendo novamente. No solo onde a armadura estava enterrada, nenhuma árvore se arraigava nem pássaro nenhum sobrevoava. — Os olhos dele eram sérios — Quando estiverem se aproximando da propriedade e de seus parques, cuidado com a grama morta.

Cuidado com a grama morta. Violet estremeceu e fixou o aviso em mente.

Então houve um silêncio. Violet olhou em volta, para os Regentes reunidos. Todos haviam se calado, quase como se houvesse algo que não queriam enfrentar.

— E por último... — A voz de Leda morreu.

— Por último? — perguntou Violet.

Leda não respondeu, como se o assunto fosse perturbador demais. Violet observou Jannick e Justice trocarem olhares. O silêncio se estendeu. No fim, a Regente Anciã falou:

— Por último, há o próprio Simon.

— Simon! — exclamou Will.

Violet sabia que Simon era uma figura distante, o homem para quem sua família havia trabalhado durante muitos anos. Sempre ouvira boatos sobre ele, passados de boca em boca aos sussurros e entre olhares de esguelha. Boatos sobre os rivais dele encontrarem infortúnio, sobre ser perigoso enfrentá-lo. Quando Violet imaginava como seria combatê-lo, pensava em enfrentar seu império comercial, não o homem em si.

— Não se esqueçam de quem ele é. Simon é o descendente do Rei das Trevas, o herdeiro do trono — disse a Regente Anciã. — Simon pode não ter magia própria, mas seu sangue permite que use os objetos e as armas do Rei das Trevas, assim como nós usamos os objetos da Luz.

— As armas? — repetiu Violet.

— A espada que você viu no navio. Ekthalion, a Chama Preta.

Assim que ela falou, pareceu inevitável. O terrível fogo preto nauseante que tomara o navio, os marujos de joelhos vomitando sangue preto. Mas...

— Como ele pode usá-la? Ele morreria. Todos morreriam.

Violet quase sentia o gosto da água do rio na língua. Não queria voltar a ver aquela coisa.

— Há muitas lendas sobre a espada. Ela se chama a Lâmina Corrompida, mas um dia foi a Espada do Campeão, forjada para matar o Rei das Trevas. *A Espada do Campeão concede o poder do Campeão...* Essas palavras estão gravadas nela. Mas foi totalmente maculada, corrompida por uma única gota do sangue do Rei das Trevas. Agora compartilha dos instintos destruidores de seu mestre.

Violet se lembrou da forma como a espada abrira o casco do navio e da sensação de que a arma tentava se libertar. Os homens mais próximos do objeto pareciam apodrecer de dentro para fora.

— A bainha foi forjada para conter o poder. Mas quando a espada é sacada... Aquela única gota do sangue do Rei das Trevas é mais destrutiva do que qualquer coisa em nosso mundo. E você está certa. Depois que ela é totalmente libertada, todos e tudo ao redor morrem... exceto o próprio Simon, que não pode ser ferido pelo sangue do Rei das Trevas, porque esse mesmo sangue corre em suas veias.

A Espada do Campeão concede o poder do Campeão. As palavras ficaram gravadas na mente de Violet.

— Se um dia foi a Espada do Campeão...

— Não. Não tente pegar a Lâmina você mesma. Muitos tentaram, acreditando na lenda antiga, acreditando que poderiam limpar a Lâmina e restaurar a glória da espada. Estão todos mortos. Se Simon tem Ekthalion, nossa única chance é evitar que ele a tire da bainha.

— Ele não vai arriscar sacar a Lâmina se há uma chance de que isso mate Marcus — disse Will.

Violet ficou imóvel, espantada com a percepção. Will ficara quieto durante toda a discussão. Era muito típico dele, percebeu ela. De vez em quando, o rapaz surgia com esse tipo de observação inesperada, como se sua mente funcionasse de um jeito diferente, muito à frente das outras pessoas.

— Podemos usar isso contra ele durante a luta — concluiu Will.

— Ele está certo — concordou Leda, devagar, como se esse tipo de tática ardilosa não ocorresse à sua mente Regente, acostumada a ser mais direta.

— De quantos Regentes vamos precisar? — perguntou Jannick.

— Todos — respondeu Leda. — Do mais jovem ao mais velho, todos os Regentes têm que lutar.

— Assim como os não Regentes — cortou Cyprian, entrando no salão principal. Ele desceu pelo corredor central entre a floresta de colunas. — Eu também vou.

— Esta batalha não é lugar para um noviciado — disse Jannick.

— Posso não ter bebido do Cálice — retrucou Cyprian, erguendo o queixo —, mas sei lutar. Sou mais do que apenas um noviciado. Sou o melhor aprendiz do Salão. Melhor do que alguns Regentes formados. — Era verdade, não importava o quanto Violet desejasse que a afirmação não passasse de fruto da arrogância de Cyprian. Quase conseguia sentir a inveja intensa que a inundava sempre que o via lutar: a técnica perfeita, o domínio natural dos movimentos, mesmo que Cyprian não tivesse a força de um Regente. — Se perdermos esta batalha, perderemos tudo. Todos que podem devem lutar.

Jannick mantinha os olhos cravados nos de Cyprian ao assentir devagar.

— Muito bem. Vamos convocar os noviciados. Leda, você está encarregada da tarefa.

Se ele está disposto a levar noviciados, está desesperado. Cyprian pode ser o melhor guerreiro de sua geração, mas Emery ou Beatrix seriam massacrados por alguém como Tom. O estômago de Violet se revirou. *Se Tom estiver presente, vou encontrá-lo. Vou encontrá-lo e impedi-lo.*

— Marcus é nossa prioridade — falou Leda. — Se não conseguirmos chegar até ele, teremos fracassado. Vamos atacar enquanto um grupo menor invade a propriedade e procura por Marcus. Se não o pegarmos...

— Eu sei o que fazer — disse Justice, decidido. — Fiz uma promessa a ele e pretendo mantê-la.

— Quer dizer matá-lo — replicou Cyprian.

— Se eu conseguir. Mesmo que ele não tenha se transformado, a sombra no seu interior vai lutar.

Uma pontada de horror percorreu o corpo de Violet. Ela não sabia como aquilo acabaria, mas teve um súbito lampejo terrível de uma criatura, metade sombra, lutando, agarrando e arranhando, com o rosto de Marcus...

Cyprian tinha empalidecido.

— Eu entendo. Se for preciso... Não vou ficar no caminho.

— Se ele está se transformando, como a gente vai... — Violet engoliu em seco. — Quais são os sinais?

Houve outro silêncio, dessa vez quase doloroso. Ela havia tropeçado em um dos tabus dos Regentes. Jannick forçou as palavras a saírem, embora fossem travadas, involuntárias:

— Mãos tremendo. Emoção exacerbada na voz. Perda de controle. Nos estágios mais avançados, é possível ver lampejos da sombra. Atrás dos olhos. Sob a pele. O Regente começa a se tornar insubstancial.

Uma fileira de espadas Regentes firmes, todas seguidas. Vozes entoando em perfeita harmonia. Movimentos praticados inúmeras vezes. Cada exercício era um teste realizado dia após dia para provar que ainda eram eles mesmos.

E se fracassassem...

— Marcus jamais teve medo de morrer — disse Justice, como se lesse os pensamentos dela. — Era a semivida o que ele temia. O mesmo acontece com todos nós. Não tenho medo de morrer lutando. Fiz essa escolha quando bebi do Cálice. Já entreguei minha vida à luta.

Jannick assentiu para que começassem os preparativos. Muitos Regentes se levantaram da mesa.

— A chama vai continuar brilhando para vocês aqui no Salão — disse a Regente Anciã. — Os janízaros vão cuidar do fogo, a Chama Derradeira jamais se apagou. Porque sempre vai existir uma luz na escuridão enquanto houver um Regente para defendê-la.

* * *

Will a segurou no corredor, a mão no pulso de Violet, puxando-a de lado.

— O que foi? — perguntou ela enquanto ele a guiava para uma alcova silenciosa onde Cyprian estava esperando.

Will sussurrava ao se dirigir aos dois sob a pedra cinza curva:

— É uma missão suicida. Estão se preparando para ir até lá e morrer. Nem mesmo sabem se conseguem chegar até Marcus.

Cyprian se enrijeceu de imediato.

— Eles não têm escolha.

— E se tivessem? — perguntou Will.

A luz sombreada na alcova enfatizava a beleza de Will, a pele pálida e o cabelo preto como se tivessem sido feitos para a noite. O rapaz havia permanecido em silêncio enquanto os outros se confrontavam calorosamente no Salão. Agora, falava em voz baixa, em um espaço escondido dos Regentes:

— O você que quer dizer?

Violet sentiu o coração começar a bater forte.

— E se houver outro jeito de entrar na propriedade de Simon? Não um ataque, com Regentes tentando combater magia. Nós três entrando escondidos. Eu poderia fazer a gente passar despercebido por qualquer guarda. Violet pode abrir qualquer tranca ou cadeado. E Cyprian... Marcus é seu irmão. Se ainda for ele mesmo, vai confiar em você o suficiente para vir com a gente.

Violet sentiu a possibilidade se agitar em seu interior, era uma forma de evitar o derramamento de sangue, a carnificina de um ataque direto.

— E se ele estiver se transformando? — Cyprian não hesitou quando falou, o belo rosto impassível. — Você os ouviu. Se ele estiver se transformando, não sou forte o bastante para combatê-lo.

— Você e Violet são, juntos. E você pode ajudá-lo a aguentar. Marcus vai combater a sombra interior com mais ímpeto por você. Você é o irmão dele.

Violet balançava a cabeça.

— Não há uma entrada secreta. James disse que, para chegar a Marcus, precisaríamos de um ataque direto. Ele não pode mentir sob compulsão. Pode?

— Ele não pode mentir. Mas ele não sabe tudo — afirmou Will.

À luz fraca, o rosto de Will era repleto de superfícies delicadas, com as maçãs proeminentes e os olhos escuros. Ainda estava magro demais, embora não parecesse mais subnutrido, e estava animado com a faísca luminosa de uma nova ideia.

— Eu conheço alguém que pode nos colocar lá dentro.

CAPÍTULO VINTE E TRÊS

Katherine foi para o jardim ao crepúsculo. Havia contado à sra. Dupont que gostava do ar frio e repetiu isso a si mesma. Era adequado, pensou ela, que uma moça fizesse uma caminhada. Não havia nada de excepcional na ação. Ela colocou o xale em volta dos ombros para se proteger do frio. Assim, passou a ficar ali fora, todas as noites, esperando até que a luz se fosse.

O jardim era formado por três caminhos, os quais apenas algumas semanas antes estavam bastante amarelos, cobertos pelas folhas de olmos. No início do inverno, as flores da cerca viva eram arbustos verde-escuros silenciosos. A hera cobria o muro com grades de ferro fundido, e bancos de jardim se aninhavam sob árvores que tinham um aspecto despido e invernal, já que uma ou duas geadas fortes as haviam destituído das últimas folhas.

Katherine tomou o caminho leste, sentindo o ar frio em suas bochechas, e permaneceu ao ar livre até que a noite caísse, até que estivesse escuro e ela precisasse voltar para dentro. Disse a si mesma que não se sentia tola, porque não tinha expectativas.

Então viu o paletó, dobrado e repousando sob uma das árvores despidas, e sentiu o coração acelerar.

Ele estava ali.

Katherine podia sentir, como uma mudança no ar. Fazia três dias desde que ele se trocara nos estábulos e depois desaparecera na noite. Três longos dias, marcados pelos comentários afiados da tia. *Katherine! Pare de sonhar acordada na janela e volte para a costura!*

Era uma emoção que transformara seus dias e noites de espera em uma única e prazerosa expectativa por aquele momento.

— Você veio — disse ela para o jardim.

— Eu fiz uma promessa.

A voz dele estava mais próxima do que ela havia esperado... o tom caloroso, às suas costas...

— É perigoso. Os criados...

— Não tenho medo deles — falou Will, e ela se virou para olhar para ele.

Will estava sob os galhos verde-noite de uma árvore. Seu cabelo escuro descia pela testa. Seus olhos, sempre intensos, estavam fixos nela, assim como os dela nele.

— Você deveria ter. — O choque de vê-lo novamente era quase físico e foi acompanhado de um turbilhão de lembranças: os dedos dela em sua pele nua conforme Katherine amarrava a gravata de Will. O momento em que o vira nas roupas de seu noivo. — A sra. Dupont gosta de sair e me vigiar.

— Eu conheço os riscos — disse Will.

Não estava mais usando as roupas de lorde Crenshaw, e sim peças estranhamente antiquadas: uma túnica que ia até as coxas com o emblema de uma estrela que, apesar de tudo, parecia combinar com ele, como se Will tivesse acabado de sair de uma corte antiga.

— Vim pedir a sua ajuda.

A voz de Will era séria. Parecia precisar de socorro, ou até mesmo estar em perigo, como se não fosse recorrer a ela caso tivesse escolha.

— Minha ajuda?

Katherine achou que as roupas o deixavam parecido com Lancelot Gostava de pensar em si mesma como Guinevere, os dois interpretando o mito, encontrando-se em um jardim onde ninguém poderia ver nem ouvir. Gostava até mesmo da ideia de que ele precisava de sua ajuda para um assunto urgente.

— Você me perguntou quem eu era. A verdade é que conheço Simon.

— Você...

ASCENSÃO DAS TREVAS

Não era o que Katherine esperava. Ela se lembrava do rapaz perguntando sobre Simon no coche. Sentiu o clima mudar.

— Você deveria chamá-lo de lorde Crenshaw — falou Katherine. — Ele está muito acima da sua posição.

— Eu sei.

— Então sabe que não deveria estar aqui.

Mas estava; ele tinha vindo. Como Katherine sabia que viria depois de dar a ele o paletó de lorde Crenshaw, pois era algo a ser devolvido.

— Katherine. — Will disse o nome de uma forma que a fez estremecer; era tão íntimo pronunciar seu nome de batismo assim. Ela queria que ele o dissesse de novo. — Simon não é um homem bom.

Ela disse a si mesma que era parte do flerte, e uma parte sua até apreciava a ideia de que ele a levaria embora, livrando-a do noivado, com a liberdade esperando do outro lado.

— Suponho que lorde Crenshaw, um dos cavalheiros mais proeminentes de Londres, seja uma má pessoa, enquanto você, subindo muros de jardins, seja uma boa pessoa.

— As pessoas nem sempre são o que parecem — respondeu Will.

— Eu o conheço *muito bem*.

— Você não o conhece de maneira alguma.

— Sei que ele é generoso e charmoso. Sei que ele é bonito e atencioso. Sei inclusive que está em Londres agora mesmo. Realizando negócios importantes. Ele me contou...

— Ele matou minha mãe.

Tudo pareceu parar. Katherine sentiu o ar frio da noite enquanto a brisa tocava os lugares sombreados do jardim. Ao redor, formas verde-escuras se moviam, farfalhando baixinho.

— ... O quê?

— Nós morávamos em Bowhill, no distrito de Peak. Eu estava recolhendo lenha quando a ouvi gritar. Ela tentou lutar, mas... havia tanto sangue, absorvido pela terra. Quando cheguei, era tarde demais. Vim a Londres para descobrir o responsável. Quem tinha mandado aqueles homens para matá-la. Foi Simon.

O olhar de Will sempre fora intenso, mas seu rosto estava pálido e sério. Não parecia uma brincadeira; dizia como se fosse a verdade. Como se lorde Crenshaw houvesse dado a ordem para matar alguém.

— Você está mentindo. — Ela recuou instintivamente. — Está tentando manchar o nome de um homem respeitável. Não é certo.

Ela pensou que Will fosse um cavalheiro, mas não era. Um cavalheiro não diria essas coisas.

— Não estou mentindo para você, Katherine. Foi por isso que eu vim. Simon está mantendo um homem refém em Ruthern. E coisas terríveis podem acontecer se esse homem não for resgatado. Você é a única pessoa que pode nos ajudar a entrar na propriedade para ajudá-lo...

— Então alguém mentiu para você. Porque lorde Crenshaw jamais faria isso.

Mas Katherine foi dominada pela visão de lorde Crenshaw dando ordens e mandando homens atrás de mulheres.

— Há coisas acontecendo — disse Will. — Coisas maiores do que nós dois. Coisas que, se eu lhe contasse, você não acreditaria...

— Eu não acredito. — Ela respirava depressa. — Lorde Crenshaw é um homem bom, e nós vamos nos casar na praça St. George Hanover, depois vamos morar em Ruthern; já está tudo planejado.

Ele a olhava como se ela estivesse do outro lado de um abismo.

— Katherine...

— Você o odeia. — Enquanto a agitação tomava conta de si, Katherine se lembrou do advogado de lorde Crenshaw dizendo: *o garoto.* — Você veio atrás dele. Você nunca veio por minha causa.

Ela corou, a verdade dolorosa chegando com a compreensão. *O garoto. O inimigo de lorde Crenshaw. O garoto que afundou o navio.*

É você. Ela sentiu as palavras em seu interior. Naquele dia, a sra. Dupont a deixara sozinha por causa de um garoto. *É você.*

Katherine tinha sentimentos por um inimigo. A percepção a fez estremecer. Depois de tudo, teve certeza de que não queria lorde Crenshaw. Queria aquilo, o perigo, o mistério e algo que estava além de sua compreensão...

— Eu vim por você. — Havia confusão nos olhos pretos de Will. — Eu vim por você. Talvez, no começo, tivesse pensado... mas assim que a vi, foi como se nada mais importasse. — Will falava como se tentasse conter as palavras, mas não conseguisse. — Sei que você também sente.

Era verdade: era como se a vida dela tivesse sido um sonho, e Will fosse a única coisa real. Era uma qualidade vital que ele possuía. Mesmo no jardim, ele fazia tudo ao redor se dissipar, uma névoa fraca e noturna e a presença escura e distante das árvores.

Eles iam se beijar. Katherine conseguia sentir que era inevitável, um impulso irresistível. Fora beijada apenas uma vez, no dorso da mão enluvada, no dia do noivado com Simon. Não se sentira assim naquele momento. Ela se aproximou de Will; deu o primeiro passo. Os olhos dele estavam muito sombrios.

— Katherine...

Parecia que ele queria recusá-la, mas não tinha como impedir o que estava prestes a acontecer.

Um beijo. A luz começou a brilhar ao redor como se o toque de Will a conjurasse, disparando de suas veias para as dela, uma irradiação que Katherine conseguia ver, tocar e sentir. Quando chegou ao clímax, a luz explodiu e a árvore de inverno morta acima deles irrompeu em flores...

Will recuou, de olhos arregalados. Ela o encarava do outro lado de um jato de flores brancas fora de estação, ainda parcialmente acesas; como fogueiras em muralhas distantes; como estrelas na escuridão.

Era magia... impossível. A árvore brilhava, o que apenas fazia Will parecer mais estranho, uma criatura sobrenatural. *Ele fez isso. Eu senti. Ele...*

— O que está acontecendo? — Ela fitava a árvore, os galhos se debruçando com florações novas, uma variação de flores brancas impossíveis no início do inverno. Como era possível? Como poderia haver luz... e flores...? — O que é isso?

— É uma árvore de espinheiro — respondeu Will, com uma voz estranha, rouca.

O rapaz fitava a árvore. O choque se transformava em outra coisa enquanto Will olhava de volta para ela. Katherine percebeu que ele estava com medo. Do que tinha revelado, do que ela o vira fazer. *Ele iluminou a árvore e a fez florescer.* Acima, o espinheiro brilhava com flores, todas ainda faiscando. Ela viu a luz reluzir no rosto de Will, nas roupas dele.

— Como você fez isso? — perguntou ela, encarando Will do outro lado do ramo de flores brancas. Ele não respondia. A estranheza do momento começou a ficar assustadora. Não havia nada no mundo natural que explicasse o que acabara de acontecer. Não havia nada que explicasse *ele*, um menino que ela mal conhecia. — O que é você?

O coração dela batia forte.

— Katherine, ouça. Não pode contar a ninguém. Não pode contar a ninguém sobre isso.

Havia um medo genuíno no rosto dele. Will deu um passo à frente, e ela recuou por instinto.

— *O que é você?*

As flores eram temporárias. As pétalas já começavam a cair ao redor. Ela ainda conseguia ver o último brilho de luz se dissipando. Era lindo e assustador, como ele, vestindo suas roupas estranhas e antiquadas debaixo das pétalas que caíam como um turbilhão de cinzas ou neve...

... *como uma figura de outro mundo...*

— Katherine? — Uma voz a chamava da casa. — Katherine!

— É a sra. Dupont — disse Katherine.

— Venha comigo — pediu Will. — Eu estava errado em... Vou contar tudo que quiser saber se você vier comigo.

— Não vou fazer isso!

— Katherine? — A voz da sra. Dupont estava mais próxima. — Katherine! Onde você está? O que foi aquela luz?

— Você não pode ficar aqui — disse Will, com urgência. — Se Simon descobrir o que aconteceu, se achar que você está conectada a mim...

— Não vou com você. Este é meu lar, lorde Crenshaw é meu noivo, e você... você é... — Ela conseguia ouvir os passos da sra. Dupont no jardim. Os dois se viraram em direção ao som. Só tinham um segundo antes de a sra. Dupont virar a esquina e os encontrar juntos. — Você *não é natural...*

Em vez de partir, Will respirou fundo antes de falar:

— Se você não vier, ouça. Ao primeiro sinal de que alguma coisa está errada, fuja. Não fique enquanto os avisos se acumulam, dizendo a si mesma que Simon é um homem bom. Proteja-se. Se algum dia precisar de um lugar seguro, procure por mim no portão do pântano da Abadia, depois do Rio Lea.

Ela o encarou por um momento, encarou a expressão sincera nos olhos dele aliada às feições atraentes e às roupas estranhas que lhe davam um aspecto sobrenatural. Sentiu como se o visse pela primeira vez. Seus pensamentos foram interrompidos por uma voz:

— Katherine? — disse a sra. Dupont, surgindo ao fim do caminho.

Katherine se virou para encará-la. Seu coração batia forte diante da ideia de a sra. Dupont a surpreender com Will. Mas a sra. Dupont não esboçou nenhuma reação e, quando Katherine olhou de volta, Will havia sumido, como a luz que tinha desaparecido, e ela estava sozinha com sua dama de companhia no escuro.

— Você está bem? — Foi tudo que sra. Dupont perguntou. — Achei ter visto...

— Também achei — disse Katherine, feliz por seu xale esconder suas mãos trêmulas. — Um clarão estranho de luz. Achei que um poste de rua tivesse explodido.

A sra. Dupont se voltou para a rua de imediato.

— Entre. Vou procurar algum sinal de fogo. Sr. Johns! — Ela chamou o cocheiro.

Katherine assentiu. *Seja lá o que tenha sido aquela luz, não tem nada a ver comigo,* pensou ela, passando pela sra. Dupont em direção à casa. O solo estava frio e pálido devido às pétalas mortas.

CAPÍTULO VINTE E QUATRO

Havia uma diferença entre adivinhar e saber, entre achar e ver com os próprios olhos.

Depois de passar semanas em uma pequena sala com uma árvore de pedra escura e morta, erguer o rosto e ver um espinheiro florescer...

O que é você?, perguntara ela, fitando-o horrorizada. *O que é você? O que é você? O que é você?*

Ele não podia pensar nisso. Não podia pensar na luz, nem no que ela significava, no que sentiu quando ela cobriu sua pele, derramando--se em torno dos dois, entremeada nos sentimentos que ele tinha por Katherine, no lindo brilho das árvores, na queda das pétalas brancas, na musselina macia das saias da jovem, em seu fôlego trêmulo quando seus lábios se entreabriram contra os dele...

A explosão brilhante se refletindo no rosto assustado de Katherine, que olhava não para a árvore, mas para ele.

A pior coisa que poderia ter acontecido.

Uma explosão de poder, e o anúncio da identidade dele... Will jamais deveria ter ido até ela. Jamais deveria ter falado com Katherine da maneira como tinha feito, tão abertamente, sobre Simon. Sobre sua mãe. Agora ela estava em perigo, mais perigo do que antes. Se Simon soubesse o que tinha acontecido, se descobrisse, se ouvisse...

Violet e Cyprian o estavam esperando no ponto de encontro com os cavalos. Ambos se viraram quando Will se aproximou.

— E então?

Havia expectativa na voz de Violet.

Esperavam que Will contasse o plano, a chance que ele havia prometido aos dois de entrar em Ruthern. Uma forma de resgatar Marcus sem que houvesse um massacre.

— Eu não consegui. — Ele manteve a voz firme. — Desculpem. Achei que arranjaria outro jeito de entrarmos em Ruthern. Mas não.

Estavam em uma rua de terra batida no limite da cidade. Era tarde o bastante para que não se ouvisse nenhum som além dos sinos distantes e gritos vindos da direção do rio. Violet segurava os cavalos, Valdithar era uma silhueta sombreada e os outros dois cavalos Regentes, brilhos pálidos no escuro.

— Então vamos atacar. — A voz de Cyprian era decidida, como se ele soubesse desde o início qual seria o preço do resgate de Marcus. — Vamos para Ruthern com os Regentes.

Ele se virou para seu cavalo. Antes que ele conseguisse, Violet deu um passo adiante.

— Foi a srta. Kent, não foi? Foi ela que você foi visitar. Achou que ela poderia nos ajudar a entrar em Ruthern.

Will não respondeu.

— Will. O que aconteceu?

Os olhos assustados de Katherine o encarando, um brilho forte enquanto pétalas rodopiavam e caíam como neve. *O que é você?*

Não pense nisso.

— Will?

— Houve uma luz.

— Uma luz?

— Como a que eu tenho tentado conjurar com a Regente Anciã. Isso a assustou.

Ele se virou e pegou as rédeas de seu cavalo, apoiando uma das mãos na sela.

Havia confusão na voz de Violet:

— Mas... achei que você não conseguia conjurar a luz...

— Não conseguia.

Uma sensação de esgotamento inundava o peito do rapaz, a mesma que ele havia sentido quando fracassara em acender a Árvore de Pedra, mas mais forte agora que ele a vira brilhar.

— O que fez você conjurar agora?

Ele não sabia responder. Mas o silêncio era acusador, e era como se Violet tivesse adivinhado tudo que tinha acontecido no jardim apenas pela forma como ele não olhava para o rosto dela.

— Will. Ela é *a noiva de Simon*.

— Eu sei disso. Eu sei. Sei que não deveria ter...

Não deveria. Aquilo a deixara em mais perigo do que antes. Will queria voltar para ela, queria protegê-la, mas não podia. Katherine não podia ir com ele, não importava o quanto implorasse a ela.

Will esperava que Violet ficasse furiosa por causa da tolice e do fracasso. Por ter beijado Katherine Kent sob uma árvore em um jardim. *Não é o que você pensa*, ele quis dizer. Mas se lembrava da maneira como se sentira ao conhecer Katherine, de como fora atraído por ela. Em algum lugar muito profundo de seu interior, havia uma percepção terrível do que tinha acontecido. Do que ele tinha deixado acontecer.

Mas quando ele ergueu o olhar, Violet não estava irritada, apenas o observava com uma expressão esperançosa, de assombro e animação.

— Will, não entende o que isso significa?

Ele ficou sem palavras, encarando-a de volta, incapaz de compreender a agitação em sua voz.

— Você pode usar seus poderes. Pode usar seus poderes quando combatermos Simon.

— Não — disse ele, porque ela não havia entendido nada. — Não posso. Não é assim. É...

— Você pode. Não entende? Os Regentes... eles acham que tudo se trata de controle. As meditações, a vela... Mas nunca foi sobre isso...

Tratava-se de uma porta. Uma porta em seu interior que não se abria.

Violet dera mais um passo em sua direção.

— No navio, você achou que todo mundo ia morrer. E com Katherine, você...

ASCENSÃO DAS TREVAS

— Violet... — disse Will, em tom de aviso.

— ... a beijou. Foi o que aconteceu, não foi?

Ele não suportava verbalizar; apenas a encarou de volta e sentiu a verdade o consumir. Ele a havia beijado. Permitira que Katherine o beijasse. Um momento único e perfeito, e então um derramamento de luz radiante.

O que é você? O que é você? O que é você?

— Você *o quê*? — falou Cyprian.

Violet franziu a testa.

— Assuntos da carne. Você não entenderia.

— Eu sei o que é um beijo — disse Cyprian, mas corou um pouco.

— É a emoção, não é? A emoção intensa. É isso que traz seu poder à tona — sugeriu Violet.

Paixão e morte; o jardim e o navio. Ela olhava para o amigo como se quisesse ouvir Will admitir. Ele a fitou, sentindo a necessidade de negar tudo. Sentiu o próprio rubor quente por causa da vergonha. As palavras não vieram.

— Sentimentos carnais impulsionam o poder dele? — perguntou Cyprian, ainda com as bochechas vermelhas.

— Não apenas sentimentos *carnais* — retrucou Violet. — Qualquer sentimento. É isso, não é?

Seria verdade? Seria isso que tinha libertado a luz que os banhou enquanto as pétalas voavam como faíscas? Será que sentimentos intensos haviam causado o rompante de luz?

Violet subiu na sela do cavalo e baixou o rosto para Will com urgência.

— Precisamos contar à Regente Anciã. Isso nos dá uma chance. Você nasceu para esta batalha, e agora sabemos como usar seu poder.

— A Dama, um Leão e os Regentes — falou Cyprian, assentindo. — Agora é uma batalha de verdade.

Eles avançaram a um bom ritmo, um meio galope intenso pelo pântano. Valdithar sacudia o pescoço, ansioso para correr; ao lado, flutuavam os dois graciosos cavalos Regentes. Cyprian conhecia os caminhos que evitavam a água traiçoeira dos pântanos, e eles dispararam juntos pelo ar frio da noite.

Logo o arco quebrado apareceu.

Will se viu inclinado para a frente, esperando a luta que se aproximava. Não apenas para ajudar Marcus, mas para desferir em Simon um golpe do qual ele jamais se recuperaria.

Cyprian também parecia revigorado, seu cabelo longo esvoaçava às suas costas enquanto cavalgavam. Era óbvio que estava ansioso para ver o irmão. Com Will sendo capaz de manifestar seu poder, Simon era uma figura menos formidável, dissera ele.

— Simon não está em Ruthern — disse Will, lembrando-se do que Katherine tinha contado. — Está em Londres. — A negócios, segundo ela. — Isso nos dá uma brecha para atacar. Ainda vamos enfrentar os seguidores dele, mas Simon não vai estar lá para usar a Lâmina Corrompida.

Cyprian se aproveitou da vantagem:

— Sem um líder, os homens dele vão ser mais fáceis de combater.

O grupo diminuiu a velocidade até começarem a trotar ao se aproximarem do portão. Will viu uma figura de túnica vermelha — era Leda, recostada no arco.

— Leda! Voltamos com novidades! — gritou Cyprian.

Houve um silêncio à medida que o céu se ampliava e o canto de um pássaro ecoava pelo pântano.

— Vou levar os cavalos para o estábulo — disse Cyprian. — Vocês vão direto para a Regente Anciã. Contem o que descobriram. — Depois gritou para Leda: — Vamos passar pelo portão!

O silêncio se estendeu, continuando por um segundo longo demais, além do tempo que Leda teria levado para cumprimentá-los. Ela estava de pé, em seu posto, e o vento ondulava sem direção pelo seu cabelo.

— Cyprian — disse Will.

Dava para perceber: a mão que não acenava, o vasto silêncio do pântano ao redor em que não havia movimento algum, a não ser o dos insetos e pássaros. Valdithar jogou a cabeça para trás e o tilintar de suas rédeas soou alto demais. Will fitava a túnica de Leda.

Sentiu um arrepio.

— As roupas dela.

Cyprian se virou com uma expressão confusa, que mudou quando ele olhou para Leda. A imagem entrava em foco, a forma como ela estava encostada, a linha estranhamente angulosa de seu pescoço, a boca aberta e a túnica, molhada e vermelha.

Will sentiu o corpo inteiro entrar em alerta.

Cyprian estava descendo do cavalo, correndo em direção a Leda. Will viu um inseto do pântano rastejar pelo canto do olho direito da Regente, sem sequer parar quando Cyprian a segurou pelos ombros.

— Leda? — O rosto de Cyprian estava cheio de incredulidade. Suas mãos, que agarravam as roupas dela, se afastaram vermelhas. — Leda?

Não. Will olhou ao redor, seu sangue pulsando forte nas veias. Não havia sinal de um agressor, apenas a paisagem vazia da água e da grama.

O corpo sem vida de Leda estava ali havia tempo o suficiente para atrair insetos, sem que nenhum Regente viesse ajudá-la e sem sinal de combate. Os agressores não estavam no pântano. Com uma sensação terrível e agourenta, Will olhou para o portão.

— Precisamos contar aos outros — dizia Cyprian. — Precisamos avisá-los, para que possam mandar uma patrulha...

— Cyprian...! — interrompeu-o Will, mas era tarde demais. O noviciado estava atravessando o portão, correndo para o pátio. — Segure-o! — Will tentou alertar Violet, mas a expressão vazia e entorpecida no rosto da amiga dizia que ela não entendera. — *Segure-o!*

Ela pareceu sair do transe e, mesmo sem entender, desceu do cavalo com Will e ambos correram atrás de Cyprian a tempo de passar pelo portão com ele.

Pararam onde Cyprian tinha parado, três passos para dentro do pátio, e o que viram era pior do que os piores temores de Will.

Um massacre.

Um campo de batalha onde ninguém lutara. Todos os Regentes eram apenas formas, pilhas de nada, sem vida, como se o vazio do pântano tivesse penetrado as muralhas. Nada se movia, exceto a flâmula com sua única estrela, ondulando ao vento.

Will teve vontade de desviar o olhar; ele sentiu a bile subir. O corpo mais próximo estava a dois passos; rasgado e aberto, não era reconhecível, não passava de outra forma apavorante jogada no chão.

Vocês estão seguros aqui, dissera a Regente Anciã. *Ninguém pode nos desafiar dentro destas muralhas.*

— *Não* — falou Cyprian.

A mente de Will retornou para o presente de uma só vez. Ele viu o rosto contorcido de Cyprian e, atrás, as muralhas se elevando sobre suas cabeças e as janelas que os fitavam, com cem fendas para flechas e ameias apontadas para eles.

— Segure-o — disse Will, rapidamente, porque não estavam seguros. Lugar nenhum era seguro, e os inimigos podiam estar em qualquer lugar do Salão. — Violet, segure-o antes que ele...

Violet agarrou Cyprian pela túnica um momento antes de ele correr para o Salão.

— Me solte. Eu preciso... preciso ajudá-los. Me *solte*...

Cyprian lutava contra ela, desesperado, mas Violet era mais forte, encurralando-o, até que as costas do noviciado batessem na parede, depois pressionando-o contra um pequeno espaço sombreado entre blocos salientes de pedra. Segurou-o ali.

Will acompanhou, ignorando a voz em sua mente que gritava para que ele não voltasse as costas expostas para o pátio. A voz de nove meses escondido. A voz que dizia: *fuja.*

— Me escute. Escute. — Will manteve a própria voz baixa, tentando, de alguma forma, fazer com que Cyprian o ouvisse. O noviciado o fitava, furioso e ofegante. — Não sabemos quem fez isso. Ainda podem estar aqui. Estamos em perigo. Não podemos simplesmente entrar correndo.

— Meu lar foi atacado. — Cyprian cuspiu as palavras. — Por que eu deveria me importar com perigo?

ASCENSÃO DAS TREVAS

— Porque você pode ser o único Regente que sobrou — falou Will, e ele viu Cyprian empalidecer.

Observou o rapaz absorver o que estava acontecendo: o silêncio de tudo; o silêncio palpável e sufocante; as muralhas vazias; as portas abertas no topo das escadas. Acima, uma bandeira esvoaçava, aterrorizante, sobre os mortos que nenhum Regente viera reivindicar.

Como coelhos massacrados que um caçador havia jogado no chão, três Regentes estavam caídos de forma contorcida à distância de um passo à esquerda deles. Cyprian começou a desabar na frente de Will.

— Não estão mortos. Ninguém pode entrar no Salão. Ninguém pode...

Will o segurou pelos ombros.

— Regente, atenha-se a seu treinamento!

Os olhos de Cyprian encontraram os de Will, mas estavam vazios, como se o próprio Cyprian mal estivesse ali.

Os meses que passara meditando com a Regente Anciã jamais o ajudaram. Mas naquele momento Will repetia as palavras dela para outra pessoa:

— Respire, concentre-se. — E depois de um momento: — De novo.

Cyprian tomou um fôlego, então outro. Sempre fora o noviciado exemplar, mais dedicado e mais disciplinado do que qualquer outro. Naquele momento, apelava para seu treinamento de Regente. Will o observava tentar fisicamente restabelecer controle sobre si mesmo.

— Agora olhe para mim — falou Will.

Os olhos de Cyprian se abriram, círculos de verde. Ainda estavam um pouco vazios nos cantos, mas ele havia voltado a si.

— Se há sobreviventes, vamos encontrá-los — falou Will. — Mas para fazer isso precisamos continuar vivos. Você consegue?

Cyprian assentiu.

— Não vou fracassar com a minha Ordem — respondeu o noviciado com a voz rouca, porém resoluta. — Meu treinamento vai me guiar.

Devagar, Will o soltou, depois se virou e olhou.

Da última vez que um massacre tirara seu lar, tinha sido Will quem ficara inerte devido à emoção, tropeçando nela, cometendo erros que levaram outras pessoas a serem mortas. Depois daquilo, ele sabia o que fazer: Não chore. Mova-se. Um pé depois do outro, é assim que se sobrevive.

Ao lado, Will ouviu Violet dizer:

— É como se um exército tivesse entrado aqui.

— Leda era um dos Regentes mais fortes do Salão. — A voz de Cyprian estava embargada, mas estável, ainda envolta em incredulidade.

Implícita nas palavras, havia a mesma pergunta terrível:

O que poderia matar tantos Regentes assim?

Os olhos de Will estavam cravados nos corpos, os olhos dos Regentes abertos e voltados para o portão.

— Não soaram o alarme — disse Will. — Sequer tiveram tempo de sacar as espadas.

Havia acontecido o mesmo do lado de fora. Leda tinha morrido no portão e não alertara os que estavam dentro das muralhas. Fosse o que fosse que tivesse acontecido, pegara de surpresa um salão inteiro de Regentes.

— Os inimigos eram rápidos e fortes — disse Will, os olhos erguendo-se sombriamente para as portas abertas, como cavernas escuras e escancaradas. — Se infiltraram pelo portão e entraram. É para lá que vamos. Fiquem atrás de mim, quietos e fora de vista.

Do lado de dentro, os corpos assumiam uma homogeneidade anônima, embora algumas imagens fossem impactantes. Um Regente empalado em uma arandela na parede. A mão decepada de alguém perto de um caco de cerâmica. Uma mancha de sangue em uma coluna branca.

Will foi na frente, como se, ao ver tudo primeiro, pudesse de alguma forma proteger os demais. Cyprian estava logo atrás, a expressão determinada e vazia à medida que ele passava por cima dos corpos familiares. Violet avançava na retaguarda.

Ao redor, os corredores estavam silenciosos. Nenhuma voz. Nenhum canto. Nenhum sino. Essa era a parte mais estranha, fora a ausência de luz. Aqui e ali, tochas ainda brilhavam, mas muitas haviam sido derrubadas ou se extinguido, de forma que os corredores estavam escuros, com trechos iluminados por uma luz tremeluzente. Em dado momento, viram uma tocha no chão, as chamas subindo do solo até metade da parede. Violet a apagou depressa.

Mais no interior, viram os primeiros sinais de luta de verdade. Ali os Regentes tinham morrido com espadas, em formação, todos voltados para uma única direção. Ninguém havia tentado se afastar nem fugir. Tinham mantido a posição e lutado. Eram corajosos e fortes, e haviam passado todos os dias de sua vida treinando para lutar. Mas não fizera diferença.

— Por aqui — disse Will, virando uma esquina.

Não precisava perguntar para onde ir. Estava seguindo o caminho dos mortos, tentando não pensar que estava sendo levado em direção a um coração sombrio no centro do Salão, nem no que poderia encontrar lá.

O caminho o levou às portas do salão principal.

Violet já estava avançando para tentar abri-las, as palmas abertas contra o metal forjado. As portas não cederam, apesar da força formidável da garota.

— Estão barricadas por dentro.

— Significa que tem alguém aí dentro — falou Cyprian.

Will deu um passo à frente para impedir o garoto de fazer uma bobagem, mas foi Violet quem se voltou para a porta e começou a bater com o punho.

— Ei! Ei, aí dentro!

— *Violet!*

Will a segurou pelos pulsos, mas não antes de as batidas nas portas de bronze criarem um amplo som estrondoso que ecoou pelos corredores.

Quando o som se dissipou no silêncio, os três congelaram, esperando como se alguma criatura terrível fosse seguir o barulho até onde eles estavam. Will conseguia ouvir as batidas do próprio coração.

Mas não houve ruído de resposta nos corredores, nenhum inimigo correndo em direção a eles... e quando o silêncio pesado se assentou de novo, os três voltaram a olhar para as portas.

Porque também não ouviram nada vindo do salão principal.

— Vou tentar de novo — disse Violet. Diante do olhar alarmado dos dois rapazes, emendou: — Com mais calma.

Dessa vez, ela apoiou o ombro contra as portas e as empurrou com todo o seu peso, mas nem mesmo sua força conseguiu movê-las. Violet se afastou, ofegante.

— Talvez uma das janelas — sugeriu Will.

Não eram exatamente janelas — estavam mais para fendas estreitas e altas, mas Violet olhou e assentiu, fixando os olhos em uma.

— Vou precisar que alguém me levante.

Cyprian se apoiou na parede para que a garota usasse suas costas como degrau. Violet correu três passos, então saltou nas costas de Cyprian para agarrar uma cornija, onde ficou pendurada por um breve momento, antes de impulsionar o corpo mais para cima. Saltou da cornija para a janela. Agarrando-se nas beiradas finas, Violet se balançou para dentro, então se jogou. Eles ouviram os pés da garota atingindo a pedra do outro lado.

Depois se passou um momento de silêncio tão longo que o estômago de Will se revirou.

— Violet? — chamou ele, em voz baixa, contra a fenda da porta. Nada.

— Violet?

Você está bem? Está aí? Ela não podia ter morrido. Ela era forte. Mas os Regentes também eram.

Com o coração acelerado, ele abriu a boca para chamar de novo, quando ouviu a voz abafada da amiga:

— Estou aqui! Estou abrindo as portas.

As portas não se abriram de imediato. Will ouviu os ruídos altos de madeira arranhando, sendo puxada sobre pedra. Demorou. Por fim, as imensas vigas de metal que travavam as portas foram erguidas, e Violet surgiu.

Assim que entrou, Will percebeu por que ela havia demorado tanto.

Os Regentes haviam montado uma barricada com todas as peças de mobília do salão principal. As cadeiras, os suportes de velas, as tapeçarias, as estátuas cortadas dos pedestais, até mesmo a longa mesa que sempre parecera impossível de ser movida. Apenas os quatro tronos vazios estavam intactos, imensos demais para serem arrancados da pedra.

Violet arrastara-as uma a uma para longe, de forma que formassem um círculo de detritos, inúteis. Estava ofegante, com o cabelo molhado de suor e os olhos vazios. Tremia, não devido ao esforço, mas ao horror sufocante da sala. Will viu o local em que ela havia vomitado, ao lado de uma cadeira virada.

Ao lado dele, Cyprian pressionou o antebraço contra a boca e o nariz. A sala cheirava a carne fresca, como em um açougue, um cheiro intenso de sangue e gordura exposta.

Will avançou. Conseguia sentir a pedra pegajosa sob seus pés. Quando olhou, perdeu o fôlego.

O restante dos Regentes construíra sua resistência ali, na ampla escuridão do salão principal, com suas fantasmagóricas colunas brancas.

Atrás deles estavam os noviciados e janízaros que haviam tentado proteger — Carver caído dois passos à frente de Emery, que o teria visto colapsar segundos antes de ele próprio cair; Beatrix próxima à primeira fileira, que teria avançado para lutar ao lado de Regentes dez anos mais velhos do que ela. Will vira todos eles naquela manhã, preparando-se para o ataque a Ruthern.

— Simon — Will ouviu-se dizer. E então: — Katherine disse que estava em Londres a negócios.

— Estes são os melhores guerreiros Regentes — falou Violet. — Nem mesmo um exército de Simon poderia derrotá-los no próprio Salão.

— Não foi um exército. Foi algo que podia passar pelas portas.

Soubera assim que vira Leda. A verdade acabando com o retorno ingênuo e radiante deles ao Salão.

— Não — disse Cyprian.

— As portas estavam barricadas — falou Will. — Não há um inimigo morto. Apenas Regentes. Apenas Regentes aqui e nos corredores.

— Não — repetiu Cyprian, como se Will não tivesse falado. — Foi um ataque. Nós seguimos em frente. Se há sobreviventes, vamos encontrar. Foi o que você falou.

Eles se encararam, o belo rosto de Cyprian marcado pela teimosia e Will convicto de uma verdade terrível.

— Pode haver salas que foram ignoradas — sugeriu Violet, depressa. — Ou lugares na cidadela onde se esconder.

Lugares na cidadela enorme e vazia, cheia de escadas em ruínas e câmaras não visitadas construídas por pessoas que tinham vivido, morrido e virado pó. Will sabia para onde precisavam ir, para o coração da escuridão.

— A Câmara da Árvore. A Regente Anciã me disse uma vez que era o retiro final em tempos antigos, quando as forças da Escuridão atacavam o Salão.

— Então vamos — respondeu Violet.

Will pegou uma tocha que se extinguia de uma das arandelas na parede. Sabia que era perigoso chamar atenção, mas era isso ou tatear indistintamente no escuro. Depois que deixaram o salão principal, havia menos corpos, mas a sensação de que estavam se aproximando de algo terrível se intensificou. As chamas da tocha pareciam ser barulhentas demais.

Ele tinha feito aquele caminho todos os dias para treinar com a Regente Anciã. Mas a escuridão macabra e tremeluzente tornava os corredores desconhecidos. Will avançou devagar, o mais silencioso possível. Passou olhando pelos corpos que encontravam, prestando atenção, com o terrível propósito de ver o quanto estavam frescos. Quanto mais perto chegavam, mais recentes as mortes.

Pensou que estava preparado para tudo, mas quando chegou à sala que dava para a Câmara da Árvore, parou, sentindo o estômago revirar.

Não era como as cenas que tinham visto nos outros lugares do Salão, onde Regentes haviam sido mortos tão rápido que mal puderam sacar as espadas.

Aquela era a última resistência de um campeão.

A sala fora destruída, uma devastação que Will não conseguia compreender de uma só vez. Escombros, paredes rachadas, piso em pedaços: uma força tão terrível que podia demolir partes da cidadela havia lutado ali contra um único oponente determinado a contê-la.

Justice fora o maior guerreiro do Salão, e seu inimigo havia destruído a sala, esfrangalhado tapeçarias, estilhaçado mobília e até partido pedras tentando chegar a ele. Pela extensão da destruição, o Regente havia durado algum tempo na batalha.

Seus olhos não enxergavam, fixos em algum pesadelo distante. A mão ainda estava na espada. Will se lembrou do momento em que havia acordado com a presença reconfortante de Justice na estalagem Cervo Branco. O Regente sempre parecera saber o que era certo. Uma estrela-guia. Alguém que lideraria as pessoas noite adentro.

Violet estava de joelhos ao lado do corpo. Dizia o nome dele como se o Regente pudesse ouvi-la. Pressionava as mãos em sua pele como se para estancar o sangue que havia parado de fluir ou encontrar calor onde só existia frio.

Will se viu olhando para cima, em direção às portas da Câmara da Árvore.

Justice saberia melhor do que ninguém que não podia vencer, e lutara mesmo assim. Atrasando o inimigo. Atrasando-o por tanto tempo quanto pudesse.

Will não precisava da força de Violet para empurrar as portas. Já estavam abertas.

Ele entrou sozinho.

A Árvore de Pedra estava escura. Seus galhos mortos e quebradiços eram um testemunho dos fracassos de Will. Nenhuma luz brilhava, não havia nenhum indício do cheiro adocicado de espinheiro ou da queda suave de flores brancas. Apenas uma coisa morta que um dia estivera viva. Will precisou erguer a tocha para iluminar a sala, uma ironia amarga.

O inimigo que procuravam estava presente, sua forma preta como breu revelada para que todos vissem. Estava morto, como a Árvore. Mas não deixara um corpo, apenas um resquício, uma queimadura na parede.

Olhar para ele era como olhar para o poço mais escuro do qual luz nenhuma poderia escapar. Sombrio e sobrenatural, pairava acima da câmara, mais alto do que qualquer homem, monstruoso e distorcido. Era tudo que havia restado da criatura que destruíra o Salão.

Marcus.

Às suas costas, Will ouviu Cyprian fazer um ruído terrível. Will perdeu um pouco do equilíbrio quando o noviciado passou por ele. O garoto encarou o contorno queimado, então encostou as mãos nele, como se, ao tocá-lo, pudesse de alguma forma tocar o irmão. Seus dedos se fecharam, e ele se ajoelhou, a cabeça baixa em total desespero. Por um momento breve e perturbador, ele e o irmão pareceram um só: um Regente e sua sombra projetada na parede.

Will se virou para a porta. Uma segunda onda de terror passou por ele quando, ao levantar a tocha, viu as palavras entalhadas acima das portas, séculos antes, por aqueles que tinham esperado, assustados, no escuro.

Ele está vindo

— A Regente Anciã lutou — disse uma voz, e Will se virou.

Uma figura saía das sombras. Com o coração batendo forte, ele reconheceu Grace, a janízara da Regente Anciã, seu rosto manchado pelas linhas de lágrimas, e as roupas rasgadas e sujas. Atrás, uma segunda janízara, Sarah, com uma expressão de exaustão.

— Agora ela está morrendo — falou Grace. — Se quiserem vê-la, venham. Não resta muito tempo.

CAPÍTULO VINTE E CINCO

A sala era pequena, com um colchão de palha disposto sobre uma pedra elevada. Alguém tinha acendido um único braseiro para aquecer o lugar e o levado para perto de onde ela estava deitada sob um cobertor fino. Seu rosto estava macilento, a pele quase transparente. Will não sabia o que esperar, mas não havia sangue, nenhum sinal de ferimentos, apenas o cabelo branco pelo colchão e o lento subir e descer de seu peito.

Ele não tinha certeza se o queriam ali. Da porta, observou Grace e Sarah se moverem ao redor da Regente Anciã com a diligência de cuidadoras. Cyprian estava à altura do momento, uma figura austera de túnica prateada. Um noviciado e duas janízaras: os três pertenciam ao lugar. Will se sentiu um intruso, mesmo ao sentir um aperto no peito ao ver a Regente Anciã. Violet hesitou ao seu lado, dois estranhos em um momento íntimo de luto Regente.

— O fim está próximo — falou Grace, em voz baixa. — A luta exigiu tudo dela.

Dava para perceber como era difícil para a Regente respirar. O ato parecia ser fruto apenas do esforço de sua vontade. Diante das palavras de Grace, ela se agitou e falou:

— Will?

Sua voz não era mais alta do que o farfalhar de papel seco.

— Estou aqui — respondeu Will, e avançou dois passos para se ajoelhar ao lado dela.

De perto, as rugas de dor marcavam seu rosto, como se alguma parte dela ainda estivesse travada em batalha.

— Ele chegou tão rápido... nossas preparações foram todas em vão. Nosso próprio desejo por força nos destruiu... liberando a sombra que não podia ser combatida.

— Você o combateu — disse Will.

— Eu o combati. Eu o combati quando ninguém mais pôde. Você sabe por quê.

Ele sabia. Sabia desde que descobrira sobre as sombras, um caleidoscópio de momentos, todos correndo juntos até a verdade. O tremor na mão dela. A forma como o suporte da vela tinha parecido atravessar seu corpo. As ausências frequentes da Regente Anciã nas reuniões no Salão, e as desculpas que Jannick inventara.

— Você está se transformando — falou Will.

A reação de choque dos demais às suas costas era um som distante. Will encarou os olhos nebulosos da Regente Anciã e viu a verdade dolorosa. Nenhum humano poderia derrotar uma sombra. Mas talvez duas sombras pudessem se atracar.

Will não sentiu medo, mas talvez devesse. A pele da Regente estava tão translúcida e fina que era quase possível ver através dela; de vez em quando alguma coisa parecia faiscar sob a superfície, como o lampejo de uma criatura se movendo sob a água.

— O poder dele era grandioso, mas a sombra em mim era maior. Se eu me transformasse, poderia governar este mundo. Mas também seria apenas uma escravizada do Rei das Trevas. Mesmo agora, sinto minha força interior diminuir... Não consegui completar o canto da manhã nem segurar a ponta da espada com firmeza. Mas ainda sou forte para continuar sendo eu mesma por tempo suficiente para falar com você.

O autocontrole da Regente exalava em cada fôlego, para dentro e para fora, cada palavra mensurada esgotando um pouco mais de sua força. Ela era a Regente mais antiga e tinha combatido sua sombra por mais tempo. Sua grande força transparecia naquele momento, enquanto ela dava tudo de si por ele, por todos eles.

ASCENSÃO DAS TREVAS

— Está se aproximando, Will. Os eventos para os quais passei a vida me preparando estão chegando, mas não vou presenciá-los. Isso vai recair sobre você. — Outro fôlego doloroso, seu olhar sombrio. — Achei que poderíamos ser a estrela às suas costas. Mas, no fim, vai ser como um dia foi. O Rei das Trevas e a Dama.

O cabelo branco da Regente era fino contra o travesseiro, e quando Will segurou a sua mão, pareceu ainda menos substancial.

— Não sei o que devo fazer — sussurrou ele.

Era como contar seu mais profundo segredo. A confiança da Regente Anciã em Will, tão perto do fim, doía. Ele conseguia vê-la enfraquecendo, cada fôlego mais doloroso do que o anterior.

— Você precisa impedir Simon de chamá-lo. Pois ele está muito próximo agora. A Pedra das Sombras foi levada. Simon só precisa libertar os Reis de Sombra e vai ter tudo de que precisa para despertar o Rei das Trevas e acabar com a linhagem da Dama.

A Pedra das Sombras. Will se lembrou de sua força sombria, muito mais assustadora do que a sombra de Marcus na parede.

— Você me disse uma vez que eu precisaria combatê-lo.

Ele se lembrava da mulher pronunciando as palavras sob a Árvore de Pedra. *Os Regentes estão aqui para impedir Simon. Vamos lutar e evitar que ele traga de volta o Rei das Trevas a qualquer custo. Mas se falharmos, você precisa estar pronto.*

— Eu disse que havia mais de uma maneira de lutar. O poder de impedir a Escuridão está dentro de você, Will. Se eu não acreditasse nisso, não o teria trazido para este Salão. Espero que se lembre disso quando fizer sua escolha. Espero que se lembre de mim.

A mão dela apertou a dele por um breve momento.

— Violet — chamou a Regente.

Will viu a amiga levantar a cabeça, espantada. Will a chamou, recuando para deixá-la ocupar o lugar dele ao lado da Regente Anciã. Soltou um fôlego trêmulo ao fazer isso, mesmo quando a Regente voltou seus olhos para Violet.

— Você é a guerreira mais forte que resta à Luz. Tem o potencial de se tornar um verdadeiro Leão, como os Leões de antigamente... pois tem sangue Leão dos dois lados, de seu pai e de sua mãe.

— Minha mãe?

Os olhos fundos de Violet estavam escuros.

— Achou que seu poder vinha apenas de seu pai? Você teme seu destino Leão, mas vai chegar o momento em que você vai precisar usar o Escudo de Rassalon. Não tema. Em seu sangue correm os Leões corajosos da Inglaterra e os Leões radiantes da Índia. Você é mais forte do que seu irmão.

Violet assentiu, pálida. Então, quando ela recuou um passo, a Regente Anciã chamou o último nome:

— Cyprian.

Foi a vez de Cyprian se aproximar. Ele se ajoelhou e baixou a cabeça. Era a imagem viva do noviciado obediente diante de sua anciã. A luz do braseiro pareceu estranhamente forte.

— Você é o último Regente. O único que restou para se lembrar. Sua estrada vai ser árdua e suas provações, enormes. Eu queria poder lhe dar conforto... Em vez disso, preciso fazer mais um pedido a você.

Ele levantou a cabeça e a encarou com os olhos sombrios.

— Qualquer coisa, Regente Anciã.

— Não tenho um irmão de escudo. Meu voto era de seu pai, e ele está morto. Peço que você tome o lugar dele. — Will viu o rosto de Cyprian empalidecer quando ele percebeu o que a Regente estava pedindo. — Faça o que ele não pôde fazer. Me deixe adentrar a noite em paz e descansar, pois não passo de uma sombra agora.

Grace deu um passo à frente com a faca.

O cabo era simples, com uma lâmina reta. Cyprian se levantou e a pegou. Ele nunca fugia do dever.

A Regente Anciã olhou para ele uma última vez.

Pareceram compartilhar alguma coisa naquele momento: passado e futuro; Regente e noviciado; parte de uma tradição que estava sumindo do mundo.

ASCENSÃO DAS TREVAS

Com as bochechas molhadas pelas lágrimas, Cyprian levantou a faca e a desceu. Foi o fim. A Regente ficou parada, e a luz em seus olhos se extinguiu.

Cyprian foi o primeiro a falar:

— Agora vamos queimar os corpos e voltar a fortificar os portões — disse, com a mesma resolução firme que teve ao erguer a faca.

Todos estavam reunidos no pequeno aposento da Regente Anciã. Acima, a imensa cidadela com seu conteúdo pavoroso pairava, uma realidade que ninguém queria enfrentar. A vela no centro da mesa de carvalho estava tremeluzindo. Um silêncio se abateu sobre eles repleto dos terrores do Salão escuro.

Cyprian havia permanecido em silêncio desde que matara a Regente Anciã. Sua túnica branca estava manchada de sangue, embora não fosse possível saber se era da Regente Anciã ou de esbarrar nos corpos espalhados pelos corredores. Mais cedo, saíra soturno para verificar os cofres.

A Regente Anciã estava deitada em uma sala depois de uma porta à esquerda. Grace e Sarah a haviam coberto com uma mortalha, dobrando os lados de um lençol de linho branco sobre seu corpo, preparando-a para o descanso.

— Não podemos queimá-los. — Sarah disse em um tom inexpressivo. — Há corpos demais.

Suas mãos estavam cobertas de semicírculos brancos e vermelhos onde as unhas haviam pressionado a pele.

— Deveríamos pelo menos contá-los — sugeriu Violet. — Se contarmos os mortos... talvez alguém tenha sobrevivido, talvez estivessem fora do Salão quando o ataque aconteceu...

— Vocês eram os únicos — afirmou Sarah, e as palavras calaram a todos outra vez.

Will olhou para cada um dos rostos. Deveres horríveis os esperavam. Queimar os corpos... como sequer os reuniriam? Eles conheciam a maioria daquelas pessoas.

Mas qual era a alternativa? Fechar o Salão como um túmulo e deixá-lo para os mortos em decomposição? Permitir que as muralhas caíssem em silêncio e ruínas, que o pântano se esgueirasse para dentro, que o tempo levasse o último resquício do mundo antigo?

Ninguém queria ser o primeiro a desistir do Salão, a acabar com séculos de tradição, a admitir que a longa vigília dos Regentes estava em seus momentos finais.

Junto ao dever, havia o medo. Will pensou na criatura que parecera tremeluzir sob a pele da Regente Anciã e entendeu por que os Regentes queimavam seus mortos. Tomou fôlego.

— Cyprian está certo. O alvorecer está próximo. Se trabalharmos com afinco, poderemos terminar antes que anoiteça. Um dia de trabalho. — Eles mereciam aquilo. — Vamos decidir o que fazer nesse meio-tempo.

Se Simon tem a Pedra das Sombras, não há nada que possamos fazer. Will não deu voz à realidade fria que os encarava. *Se uma única sombra pode causar esse estrago, então que chance temos contra os Reis de Sombra?* Olhando para a devastação do Salão, era difícil acreditar que Simon tinha uma força ainda maior nas mãos. Que Marcus não era nada comparado ao terrível poder dos Reis de Sombra.

Ele sentiu falta da Regente Anciã com uma intensidade feroz e súbita. Ela sempre estivera presente para guiá-lo. Saberia o que fazer. Will sentia falta da sabedoria e da força da mulher, sua bondade, seu carinho. Sentia falta da confiança que ela tinha nele quando Will não confiava em si mesmo, desde a noite em que sua mãe morrera. *Prometa.*

— O cofre está vazio — disse Cyprian. — Foi limpo. Os homens de Simon... seguindo Marcus. — Sua voz estava embargada com a profanação que os forasteiros haviam cometido ao saquearem o Salão. Os homens de Simon... *Homens marcados*, pensou Will. Marcus devia tê-los permitido passar pelas defesas. Saber que eles não podiam retornar não era reconfortante. A violação já acontecera. — A Pedra das Sombras. O Chifre da Verdade... relíquias sagradas da Ordem, mantidas longe do perigo durante séculos. Tudo se foi.

— Nem tudo — disse Grace.

Houve uma pausa.

Dava para perceber Grace e Sarah se comunicando sem usar palavras. Depois de um momento, Sarah assentiu uma vez, embora suas mãos estivessem tensas no colo.

— Conseguimos salvar uma coisa — falou Grace, depois tirou um embrulho da túnica, um objeto disforme enrolado em tecido branco macio.

Um único artefato salvo do saque. A pulsação de Will acelerou. Será que era algo que pudessem usar? Uma arma que os ajudaria na luta? Grace começou a abrir o tecido e, quando desfez todas as dobras, Will sentiu todo o fôlego deixar seu corpo.

Reluzindo como uma joia escura, era o Cálice dos Regentes.

Elevava-se de uma haste de base larga até um copo curvo com a forma de um sino de ponta-cabeça. Da cor de ônix polido, era ornamentado com entalhes de quatro coroas. A inscrição em caligrafia em torno da base era como chama se recolhendo e dizia *Callax Reigor*. O Cálice dos Reis.

Beba, era o que parecia dizer, oferecendo a barganha que atraíra os Regentes. *Beba e vou lhe conceder poder.*

De repente, houve o som de algo raspando quando Cyprian empurrou a cadeira para longe da mesa. Estava diante de Grace, mais alto do que ela. Reagindo ao chamado do Cálice, o rosto de Cyprian se contorceu.

No segundo seguinte, ele o estapeou das mãos de Grace. O objeto atingiu o chão com um clangor pesado, rolando sobre as pedras até o canto, onde balançou por um momento, antes de parar.

Will não conseguiu impedir o olhar de seguir o Cálice. Os outros fizeram o mesmo, todos encaravam o objeto, incapazes de virar o rosto.

Cyprian saiu pela porta sem olhar para trás.

Will o seguiu.

Por um lado, esperava precisar correr atrás do rapaz, mas por outro, não havia para onde ir. Cyprian tinha parado em um pequeno pátio com uma fonte vazia e uma vista distante da muralha. Will viu a linha tensa das costas dele, do lado oposto da fonte, o branco manchado de sua túnica e seus cabelos longos.

— Sinto muito.

— Você não fez nada. Você não tem culpa.

As palavras foram como uma faca no estômago de Will. Ele tentou pensar no que dizer. No que quisera ouvir em Bowhill enquanto tropeçava pela lama, tentando sobreviver.

— Você não está sozinho — falou.

Mas não era verdade, não mesmo. Cyprian estava sozinho, em seu luto, em sua dor. O último com sangue Regente, ele carregava uma história que não era compartilhada com mais ninguém.

Era isso que Simon tinha feito. Ceifara-os até que cada um deles estivesse sozinho. Aniquilara seus afetos e sua família. *Não quero matar ninguém*, dissera Will. Mas as pessoas de quem ele gostava sempre morriam. Simon continuava matando.

E Will podia impedi-lo. Ele era o escolhido para impedi-lo.

Se não conseguisse, Simon mataria, mataria e mataria até não restar nada no mundo que não estivesse sob seu comando ou morto.

Will deu um passo à frente. Queria dizer a Cyprian que lutaria por ele, que lutaria pelo Salão onde, por um momento, havia se sentido seguro.

— Você não está sozinho, Cyprian.

Um tremor percorreu a pele de Cyprian, mas ele o conteve de imediato. Treinamento de Regente, pensou Will. Segure a ponta da lâmina firme, até que seus braços doam.

— Eu deveria estar com eles — começou Cyprian. — Eu deveria... Ter morrido com eles. Will quase conseguia ouvir as palavras ecoando.

— Eu não deveria ser o último. Não eu.

O corpo de Cyprian estava firme, mas sua voz era rouca, como se ele não soubesse o que fazer. Tinha passado a vida lutando para alcançar a perfeição Regente: seguir as regras, destacar-se no treinamento, ser impecável em sua disciplina, e tudo se fora. O que era um Regente sem regras, sem tradições, sem sua Ordem?

ASCENSÃO DAS TREVAS

— Você ouviu a Regente Anciã. Nunca está realmente escuro enquanto houver uma estrela — disse Will.

Cyprian se virou para encará-lo. Com o cabelo longo e as roupas antiquadas, ele se encaixava tão bem naquele lugar, como um dos adornos antigos e belos. Seus olhos estavam arregalados, as palavras de Will pareciam ter atingido algo em seu interior. Então sua expressão mudou.

— Olhe para cima — falou ele, amargo.

Will acompanhou seu olhar até as muralhas. Tentou entender, mas havia apenas a protuberância vazia da muralha externa.

— Deixe-o ir — interrompeu Grace, chegando por trás de Will assim que Cyprian se virou e saiu, com raiva. — Ele nasceu no Salão. Era o mundo inteiro dele.

Grace também encarava as muralhas.

— O que ele quis dizer com "olhe para cima"? — perguntou Will.

— A Chama Derradeira. Ela queima desde a fundação do Salão, um símbolo de esperança para os Regentes.

Grace abriu um sorriso triste. Will se lembrou de ver a Chama pela janela em sua primeira noite no Salão, a luz morna reconfortante, um sinal de segurança. Terrivelmente tonto, ele voltou a levantar o rosto para as muralhas e não viu luz nenhuma, apenas ameias abandonadas e céu vazio.

— E agora ela se extinguiu — concluiu Grace.

Haviam se dividido em dois grupos para retirar os corpos: Will foi com Grace para o pátio, enquanto Violet ficou com os corredores, as salas interiores, inclusive o salão principal. Cyprian e Sarah foram junto. Violet era forte para mover os corpos sozinha, mas Will vira a expressão vazia em seus olhos. Ninguém deveria precisar entrar nas salas interiores pela primeira vez sozinho.

Ele se obrigou a encarar a realidade sombria que iria enfrentar. Coletar os corpos e levá-los para um lugar além da muralha. Começariam pelo pátio principal, que estava lotado, e então seguiriam para os prédios externos e os estábulos. A pira funerária deveria ser acesa longe dos prédios principais. O cheiro do fogo seria terrível.

Will jamais passara muito tempo com Grace, mas ela trabalhava arduamente. Foram precisos os dois para levantar os corpos. Usaram um carrinho de mão. Fizeram treze viagens para limpar todo o pátio principal.

Grace segurava um braço do carrinho e Will o outro, então empurravam juntos. As linhas do rosto magro e o corpo esguio da garota pareciam entalhados. Ela reagia de modo muito diferente de Sarah, que tinha assumido um comportamento ansioso e sobressaltado, como um cavalo assustado. Fora Grace quem os havia encontrado sob ordens da Regente Anciã. Quando a Regente Anciã pediu para morrer, foi Grace quem trouxera a faca.

E, quando pararam para um breve descanso, foi Grace quem falou:

— Eu sei que ela era como uma mãe para você.

— Não — disse Will.

— Ela também me acolheu quando eu fiquei órfã.

— Eu disse não.

A voz ríspida de Will soou por cima da voz dela. As palavras de Grace eram como uma faca se alojando em sua pele. Will tentou afastá-las. Tentou se concentrar no carrinho de mão, na tarefa. Um pé depois do outro. Era assim que se sobrevive.

— Tudo bem — disse Grace.

Tinham chegado aos estábulos. Fazer aquele trajeto era tão familiar para ele que, por um momento, Will se esqueceu de por que estava ali. *Farah*, pensou, como se a qualquer instante ela fosse aparecer, pisando no cascalho e provocando-o por mimar seu cavalo.

Will tinha trabalhado nos estábulos por tempo suficiente para conhecer todos os cavalos dos Regentes, criaturas etéreas que corriam como espuma luminosa sobre uma onda. O cavalo de Justice era uma égua prateada com a cauda longa. Uma vez, Will dera uma maçã a ela, quando Valdithar não estava olhando. Parecera ilícito. A égua havia engolido a fruta e corrido para se juntar aos outros enquanto levantavam as canelas e corriam apenas por diversão, guinando de um lado para o outro, graciosos ao realizarem as curvas ligeiras, como um cardume de peixes.

Will levou um momento para entender o que estava vendo.

Prata e pérola, com focinhos de veludo macios e pernas esguias, jaziam pelo campo enlameado como montes de neve remanescentes após o derretimento. As caudas, longas flâmulas sedosas, se estendiam sobre a terra. Não galopariam mais com o vento às costas e as caudas e as crinas voando. Estavam imóveis, jogados como moedas de prata descartadas pela mão descuidada de alguém.

— Ela lutou para salvá-los — disse Grace.

Will viu Farah, seu rosto virado para cima, a espada longe da mão. Morta, é óbvio. Não conseguira salvá-los. Ele supôs que a Regente tivesse dado tudo de si na luta. Supôs que todos tinham.

Exausto, Will olhou para as doze piras gigantes e para as silhuetas que jaziam sobre elas. Haviam arrastado todos os estoques de combustível e gravetos para o fogo que encontraram, desde pilhas de madeira até tecidos rasgados, roupas e mobília quebrada, saqueando o arsenal atrás de piche e breu, e a cozinha, atrás de óleo. As piras eram imensas. Tinha levado quase tanto tempo para construí-las quanto para reunir os corpos.

Haviam trabalhado até depois do anoitecer. O pântano sinistro além das muralhas, mas dentro das defesas, estava escuro. As tochas em suas mãos eram a única luz.

Era o suficiente para ver a terra e a fadiga nos rostos de todos, a luz laranja tremeluzindo em seus olhos.

Will não conhecia as tradições funerárias Regentes, mas imaginou que fosse uma cerimônia, uma falange de Regentes de branco carregando o corpo até a chama e o Alto Janízaro proferindo as frases rituais enquanto o Salão observava em formação regimentada.

Em vez disso, os cinco ficaram de pé, um aglomerado de rostos no frio. Não havia ninguém para dizer as palavras. Cyprian tomou um fôlego longo e trêmulo, depois deu um passo à frente.

Will tentou imaginar o que ele diria. *Vocês me acolheram, e morreram por isso. Todos os anos de luta... Vocês se dedicaram porque não havia mais ninguém. Vocês mantiveram a chama viva o máximo que puderam.*

Tanto fora perdido: vidas ceifadas, e com elas o conhecimento, para sempre.

— Adentrem a noite como luzes, e não sombras — falou Cyprian. Acima, o céu era alto e frio, repleto de estrelas distantes. — Jamais temam as trevas novamente.

Cyprian estendeu o braço e tocou a pira com a tocha.

O fogo correu pela palha, ardentemente rápido, enroscando os galhos e o tecido das mortalhas. Ao lado, Will viu Violet dar um passo adiante em direção à pira de Justice, onde o Regente jazia como um cavaleiro entalhado em uma tumba, a espada disposta sobre o corpo coberto. Antes que Will perdesse o autocontrole, ele avançou até a pilha de palha à sua frente.

O calor era imenso à medida que todas as piras queimavam, lançando chamas imensas ao céu. A temperatura alta deixou suas bochechas vermelhas, sua garganta se engasgou com a fumaça densa e seus olhos queimaram.

Will olhava o rosto da Regente Anciã ao colocar fogo na palha, Obrigou-se a continuar encarando os olhos que refletiam a chama conforme recuava um passo. Depois o rosto pegou fogo, enrugando-se e tornando-se cinzas pretas.

Durante centenas de anos, os Regentes mantiveram a vigília. Tinham sido os últimos daqueles que se lembravam, carregando a estrela ao longo de séculos, seguindo uma tradição diligente.

Naquele momento, sua estrela estava em chamas; sua força estava em chamas; seu destino estava em chamas; e tudo de que se lembravam se extinguiria e viraria cinzas.

Somos tudo o que resta. Will olhou para os amigos: Sarah, com o rosto manchado de lágrimas e sujeira; Grace, ao lado, segurando a mão da janízara; Violet, cujo olhar parecera dilacerado desde que encontrara Justice; e Cyprian, que tinha perdido tudo. Nenhum deles havia treinado

ASCENSÃO DAS TREVAS

para liderar uma luta contra o Rei das Trevas. *Somos tudo o que resta. E não bastamos.*

A batalha que enfrentavam era imensa. Não apenas Simon, mas tudo que ele podia fazer, seu poder de tomar o que era bom no mundo e transformar em cinzas e destruição. Ele estava com a Pedra das Sombras e o poder dos Reis de Sombra, e não havia nenhum Regente para combatê-lo.

Os Reis de Sombra não seriam como Marcus, uma sombra recém-formada de um sangue Regente enfraquecido. Os Reis de Sombra eram muito mais antigos e mais poderosos, comandantes de grandiosos exércitos de sombras, e Will se lembrava do que sentira ao tocar a Pedra. Eles queriam ser libertados.

Será que tinha sido assim nos dias antigos? As luzes do mundo se apagando, uma a uma, conforme as forças do Rei das Trevas marchavam em direção à vitória?

O fogo rugiu, fazendo-os estremecer enquanto eles encaravam as chamas. Will nunca se sentira tão pequeno e sozinho diante de uma luta que parecia vasta e interminável.

Foi Cyprian quem quebrou a solenidade do momento, esfregando o braço no rosto e pegando uma das tochas apagadas. Enfiou-a na pira mais próxima, deixando que as chamas engolissem a ponta. Quando puxou o braço de volta, o fogo funerário tinha se transferido da pira para a tocha. Ele ergueu a chama e seguiu, resoluto, para a muralha.

Will trocou um breve olhar com Violet e então o seguiu, com os demais em seu encalço.

O vento estava mais forte e mais frio no topo da muralha, por onde Cyprian avançava, ao longo da fortificação vazia, sob um círculo de luz laranja. Ele parou diante de um imenso receptáculo de ferro com quase dois metros de diâmetro, cujo lado de dentro estava escuro e carbonizado. Will conseguia sentir o cheiro de carvão e cinzas do fogo extinto, ácido, terroso e frio, os resquícios de uma chama perpétua.

Não era necessário madeira para queimar; Will sabia pelas histórias da Regente Anciã, mas também por algum instinto em seu interior.

Dois Regentes costumavam vigiá-lo, um de cada lado da bacia de ferro, como sentinelas, uma vigília mantida por séculos. Pois aquele tinha sido o antigo farol que os Regentes chamavam de a Chama Derradeira.

Cyprian parou diante do receptáculo, erguendo a tocha. Estava iluminado pela luz da chama, e Will e os demais se reuniram ao redor dele. À luz refletida, Cyprian quase não respirava, mas sua voz soou nítida ao pronunciar o juramento:

— Eu sou o último Regente. E esta chama é minha promessa: enquanto houver uma única estrela, ainda haverá luz.

Então jogou a tocha no receptáculo, que se iluminou, saltando em chamas que cresceram, mais e mais intensas. Will a imaginou visível desde o pântano, uma luz que podia ser avistada a quilômetros de distância, uma mensagem para Simon, e para os Regentes, do passado e do futuro, guiando-os para casa.

Apenas muito mais tarde pensaram em verificar as celas no subsolo do Salão, mas James sumira.

CAPÍTULO VINTE E SEIS

Cair nas trevas... era o maior medo de Marcus. E eu o deixei sozinho com isso.

Violet avançava pelas muralhas, as palavras de Justice ecoando em seus ouvidos. Queria sair, ficar sozinha na muralha alta e fria, mas foi atraída pela Chama, pelo calor intenso e pela luz. Um rompante de faíscas iluminou as ameias vazias, e ela se alojou em uma delas. Olhava para o pântano escuro com o calor às suas costas. Um pensamento a levara até ali, na beira da muralha. Sua respiração era rápida e suas mãos estavam cerradas.

Eu deveria estar aqui.

Ela era forte. Rápida. Deveria ter havido alguma coisa que pudesse ter feito, algo para ajudar, algo...

Os demais estavam no alojamento do portão, os quatro em um quarto com camas de palha improvisadas, dormindo da melhor maneira possível. Tinham combinado que deveriam ficar perto da entrada para o caso de mais um ataque, mas a verdade era que ninguém queria passar a noite no Salão vazio. Mesmo no alojamento, ela não conseguia fechar os olhos. Ficou deitada, acordada, até que se levantou e saiu caminhando noite afora.

Justice salvara sua vida. Era a primeira coisa que ele havia feito por ela, levando um tiro por Violet antes de sequer se conhecerem.

Talvez a gente possa vigiar um ao outro.

Haviam sido as últimas palavras que Violet dissera a ele, e depois o deixara enfrentar seu maior medo sozinho.

Violet sentia a ausência de Justice como um buraco aberto. O Regente tinha sido uma rocha, mantendo todos firmes. Se estivesse ali, saberia o que fazer. Ela o admirara como...

Um irmão. Conseguia sentir a ironia de tudo como um manto doloroso sobre o coração. Seu irmão era um Leão, que carregava a marca de Simon e havia matado muitos Regentes.

Um Leão deveria ter estado aqui. Um Leão deveria ter lutado pela Luz. *Você tem sangue Leão dos dois lados*, dissera a Regente Anciã. Qual era a utilidade de um Leão se Violet não podia lutar?

O som de passos atrás de Violet a fez se virar, o coração acelerado. Mas era apenas Grace, com um cobertor envolto como um xale nos ombros para protegê-la do frio. Ela se aproximou até estar ao lado de Violet, apoiando os antebraços na muralha, o pingente pendurado longe do peito.

— Não conseguiu dormir? — disse Grace.

Não chegava a ser uma pergunta. Violet conseguia ver o perfil da garota na luz que emanava da Chama, sua testa alta e lisa, o pescoço longo e elegante. Havia rugas sob seus olhos, mas estavam ali desde a manhã. A voz de Grace estava entorpecida com mais do que exaustão.

— Você viu, não viu? — perguntou Violet.

Aquilo. Não era necessário explicar. Pairava sobre todos eles. Grace ficou em silêncio por um longo tempo, mas Violet tinha percebido tanto Grace quanto Sarah evitarem a escuridão e as sombras no alojamento do portão.

— Pode perguntar — disse Grace, depois de um longo momento.

— Perguntar?

— Como foi.

Violet estremeceu. Grace tinha visto algo que ninguém vira em séculos, e quando a janízara se virou para olhar para ela por um momento, estava em seus olhos. Grace começou:

— Quer saber se existe um jeito de combater isso. Se podia ser enganado. Se podia ser aprisionado. Se tinha alguma fraqueza.

—Tinha?

ASCENSÃO DAS TREVAS

— Não.

Violet a encarou, sentindo o terror iminente de um inimigo implacável que não podia ser combatido. Não achou que Grace continuaria, mas então:

— Estava frio, como se o ar tivesse congelado. Vimos uma mancha escura crescendo na porta, preta, como um buraco. Mas não surgiu pelo buraco, ela *era* o buraco. A Regente Anciã se colocou à frente, mandando que nós duas ficássemos atrás dela.

Um músculo se moveu na mandíbula de Grace, embora ela mantivesse os olhos no céu além da muralha, a voz estável.

— Ambos lutaram corpo a corpo como dois redemoinhos pretos. Eu nunca tinha visto a Regente Anciã lutar, como também nunca tinha visto aquele lado dela. Por um momento, foi como se duas sombras estivessem em combate. Ela forçou a sombra contra a parede, e a sombra se debateu e gritou. A Regente a segurou, até que a coisa deu um último grito, depois sumiu, deixando apenas sua impressão queimada na parede. Então a Regente caiu.

Violet sentiu sua boca secar, as mãos se fechando em punhos de novo. *Eu deveria ter ficado aqui. Eu deveria ter lutado.*

— Pensei que, na hora mais sombria, o rei fosse aparecer. Não é nisso que os Regentes acreditavam? — falou Violet, amarga. — Que iriam clamar pelo Rei, e o Rei atenderia?

Grace a olhava de um modo estranho, como se as palavras acendessem algo dentro de si.

— Perguntei isso à Regente Anciã. Sarah estava comigo. Ela chorou e implorou. A Regente disse que ainda não estava na hora do chamado.

— Por que não?

A luz da chama nas muralhas vazias crepitava, alta e vermelha. Mas, além dela, a noite se estendia, uma sombra interminável que cobria a terra inteira.

— Porque não é a nossa hora mais sombria. Esse momento ainda está por vir.

Uma emoção aterradora para a qual não existiam palavras inundou Violet. Ela pôde ouvir a Regente Anciã repetindo aquilo, e as gerações de Regentes, diligentes em seu serviço. Todos estavam mortos, e para quê? Para alimentar o poder e a ganância de Simon?

Ela quis berrar, gritar, sua raiva cresceu até que dominou quase todos os seus sentidos. Violet se sentiu impotente diante do inimigo, mas precisava, acima de tudo, lutar.

Então, ela se afastou da muralha.

Foi uma cavalgada de duas horas até Londres, mas ela sabia onde encontrar Devon e conhecia o labirinto de ruas e becos onde ele fazia seus negócios escusos, perseguindo pistas sobre objetos de coleções, parte da rede que Simon usava para trazer artefatos do mundo todo para as suas mãos.

Violet estava esperando quando a porta se abriu. Devon desceu pelos degraus de pedra baixos até o beco, puxando o chapéu sobre o maldito cabelo, com um inclinar característico da cabeça. Não a viu até que já estava dentro do beco, e àquela altura a porta tinha se fechado atrás de Devon.

— Onde está? — perguntou Violet.

O beco era uma fenda entre prédios, e havia começado a chover. Ela mal percebeu que estava se molhando. A lâmpada de gás mais próxima ficava na Turnmill Street, mas Violet conseguia ver o brilho noturno dos paralelepípedos escorregadios, as silhuetas mais escuras das caixas podres à direita, e Devon, via a franja pálida que pendia como um dossel sob seu chapéu. Ele deu um único passo para trás. O salto de seu sapato escorregou em uma poça enlameada.

— Onde está a Pedra das Sombras? — repetiu Violet.

— Por que não pergunta a seus amigos Regentes?

Ela deu um soco nele.

O rapaz caiu estatelado de quatro na lama molhada, o cabelo branco emaranhado nos olhos sob o chapéu, que sobrevivera à breve jornada. Devon segurou o chapéu na cabeça, o que era ridículo, então ergueu o queixo. O sangue brotava em seus lábios, e ele olhou direto para ela.

— Ah, é verdade. — Os dentes dele estavam vermelhos quando o rapaz sorriu de modo doentio. — Qual era sua história mesmo? Que sequestraram você? Então vai ficar feliz por estarem mortos, certo? Toda aquela arrogância Regente apodrecendo no solo...

A visão de Violet ficou enevoada, e ela o agarrou pelo colarinho, erguendo-o do chão. Deu outro soco, os nós dos dedos contra a pele. O impacto reverberou de maneira satisfatória. O golpe jogou a cabeça de Devon para o lado e arrancou o chapéu. Por fim — por fim — ele estava se debatendo, com o rosto exposto de um jeito que ela jamais presenciara, com olhos imensos e escuros, enquanto se arrastava pelos paralelepípedos enlameados. Violet segurava a camisa de Devon; tinha se ajoelhado em cima dele na lama. Seu corpo estava sobre o do rapaz, prendendo-o com seu peso.

— Cale a boca. Eles eram bons. Eram bons e você os matou...

— Eu sabia que você era um deles — disse Devon com escárnio. — Seu irmão não acreditou, mesmo depois de você fugir. Ele ficava dizendo que você era leal...

— Você fez isso. Você e meu pai, vocês arrastaram Tom para isso. Colocaram suas garras nele. Ele nunca seria parte disso se soubesse...

O chapéu de Devon tinha caído, mas por baixo ele ainda usava uma bandana suja. Violet a agarrou, furiosa, seguindo o instinto de privá-lo de tudo que tinha, da compostura, da dignidade. De repente, ele estava *realmente* lutando contra ela, segurando a bandana, desesperado, tentando mantê-la com ele e parecendo assustado de verdade pela primeira vez.

— Pare, me solte. Me solte...

Ela arrancou a bandana e jogou-a de lado. Devon deu um grito terrível, como se o som tivesse sido arrancado à força também.

Ele fitava Violet. Havia horror em seus olhos arregalados, a testa estava completamente exposta.

Havia uma deformação bem no centro, um calombo que a bandana antes escondia. Por um momento, ela não entendeu o que era.

Encarou a protuberância, o quão anormal era, um artefato grotesco sob o cabelo úmido; o objeto se projetava a quase dois centímetros e meio. Um coto rosado e destruído, crescendo do meio da testa de Devon.

O beco pareceu sumir, e as mãos de Violet se abriram, soltando-o.

Ela se lembrou de o ter tirado da caixa envernizada: uma espécie de cone de marfim, longo e reto, espiralado da base à ponta. Lembrou-se de segurar o objeto, da sensação de reverência, das batidas de seu coração e sua respiração se acelerando. *Deixaram de existir há muito tempo. Há muito tempo, e este é o último luminoso.* Lembrou-se da sensação táctil, física, da base ampla mais áspera afinando-se até a ponta, como se tivesse sido meio serrado e depois partido. Violet havia tocado o filete irregular com o polegar, como se testasse o fio de uma lâmina.

O chifre que todos buscam e jamais encontram.

Ela estava fitando seu encaixe mutilado, serrado como um osso, um membro amputado.

— Você... você é...

Ela se sentiu enjoada. Estava prestes a vomitar.

Devon tentava se levantar, se afastar, mas não conseguia; estava ferido demais — havia algo de errado com seu tornozelo e seu ombro. O cabelo branco escorrido estava colado à cabeça, assemelhando-se mais ao aço do que à prata na chuva. O sangue escorria devagar pelo seu rosto.

— Por que não contou para a gente? Por que não contou para a gente... — As palavras dela saíram roucas. — Que você... era...

— Por quê? — A voz de Devon estava embargada com sangue. — Para vocês colocarem o resto do meu corpo na coleção?

— A gente não teria... não teria feito isso.

O punho enlameado segurava o chapéu com força; Devon o agarrava como se a peça pudesse ajudá-lo, ou mantê-la afastada. Levantando-se com dificuldade, como se tivesse levado um tiro, Devon se afastou aos tropeços. Violet o deixou, ainda ajoelhada, a umidade se infiltrando nos joelhos da calça.

ASCENSÃO DAS TREVAS

Havia perguntado a Justice sobre o chifre, e ele dissera que humanos usavam lanças para javalis, que os amarravam, que os perseguiam com cães, grilhões, cordas e bandos de cavalos, gritando.

O beco estava imundo. A chuva havia espalhado o lixo das sarjetas, cobrindo o caminho e preenchendo os buracos, um composto de lama e argila. Devon estava sujo, e seu peito se elevava e descia sob a camisa rasgada. Violet olhou para ele e viu uma tapeçaria em uma parede, as cores desbotadas, a curva branca do pescoço e a crina ainda visíveis contra o vermelho esmaecido.

Deixaram de existir há muito tempo. Dizem que este foi o último.

— Então devolva — disse ele.

Devon havia se impulsionado para os degraus do prédio de onde saíra, mas não mais longe do que isso. Seu tom de voz era resoluto demais para se tratar de persuasão ou súplica. Falou como se quisesse provar um argumento. Violet se lembrou de que o rapaz havia mentido para Will. Ela se lembrou do que Simon tinha feito aos Regentes.

Simon está com ele, ela não disse. Fazia diferença? Se ela tivesse o chifre, será que devolveria? Percebeu que o tom firme de Devon expunha a verdade, e ela respondeu no mesmo tom:

— Não posso dar o chifre a você.

A essa altura, Devon, com um tipo de persistência brutal, tinha se levantado. Violet também se erguera. Era ela quem se segurava agora, como fizera quando vira pela primeira vez o que havia dentro da caixa preta envernizada. Odiava que Devon tivesse percebido sua reação.

— Então o quê? Você me arrasta de volta para o Salão com uma corrente no pescoço?

Era tão semelhante ao que acontecera quando os Regentes descobriram que Violet era um Leão que ela sentiu um nó na garganta.

— Se eu deixar você ir, vai voltar para Simon?

— Vou.

As mãos dela se fecharam em punhos.

— Como pôde? Como pôde servir a ele, sendo que você é...

— Como eu pude? — Devon gargalhou com a boca cheia de sangue.
— Foram os Leões que lutaram por ele. Um campo cheio de Leões.
Agora você está do lado de uma Ordem que escava nossos ossos e os ex-
põem em caixas de vidro. Quem mais os Regentes incluíram na coleção?

— Eles não são assim. Você distorce tudo.

— Você é como eu. Somos iguais. Você é mais parecida comigo do
que com eles. Está no seu sangue.

— Não sou nada como você. *Nunca* vou lutar pelo Rei das Trevas.

Ele riu de novo, o som foi um sussurro indefeso e incontrolável,
enquanto jogava o próprio peso contra a parede às suas costas, os olhos
brilhando sob os cílios brancos.

— Você vai. Vai trair cada pessoa que ama para servi-lo. Você é um
Leão.

Ela ia bater de novo nele.

— Vá em frente — disse Devon. Sua postura era uma provocação.
— Vá em frente. Se me deixar ir embora, vou voltar para Simon e ele
vai te matar. Vai matar todos vocês, como matou os Regentes.

Violet não bateu nele. Sentiu o ódio subir e se transformar em algo
profundo e implacável.

— Rasteje de volta para ele, então. Rasteje de volta para Simon e
diga a ele que o Leão e a Dama estão vindo para enfrentá-lo, e que,
enquanto respirarmos, ele nunca derrotará a Luz.

Devon não rastejou de volta para Simon. Ele foi para casa, para Mayfair.

Levou tempo, suas mãos tremiam ao passar os dedos pelo cabelo,
cobrindo a testa. A bandana era uma faixa inútil, molhada e lamacen-
ta. Devon se recusou a torcê-la e a limpá-la como havia feito com o
chapéu. Recolocou-o com movimentos lentos e cuidadosos, apoiando
o ombro contra a parede. Enfiou a bandana no bolso, com a ponta
para fora.

A jornada do beco à casa perto da Bond Street exigiu muito esforço.
Ele entrou pela porta lateral e foi até seu quarto sem chamar a atenção,
como costumava fazer quando ia e vinha para cumprir suas tarefas.

ASCENSÃO DAS TREVAS

Quando chegou, tirou o paletó, largando-o amassado no tapete. Sentou-se na beira da cama.

Sabia que deveria lavar o rosto; que deveria tomar banho e tirar a lama da pele, o resto das roupas. Não fez nada disso. Sua camisa estava aberta, ensanguentada e rasgada.

Havia uma silhueta à porta.

— Oi, Robert — disse ele. Sua voz soava arrastada, como se estivesse bêbado. — Achei que você não estava em casa.

Falou sem pensar. No momento seguinte, teve uma súbita sensação passageira de que poderia, afinal, não ser Robert. Levantou o rosto, sentindo as batidas no coração se sobressaltarem, como se rolar na lama com Leões pudesse conjurar uma figura impossível e morta havia muito tempo.

Era Robert. O ordinário e humano Robert. A expressão em seu rosto não estaria presente se fosse o outro.

Devon se perguntou o que Robert estava vendo. Os ossos do rosto de Devon estavam intactos. Os lábios pareciam intumescidos e sem forma; um olho se fechava por causa do inchaço. Ainda estava de chapéu. Suas roupas estavam rasgadas, mesmo aquelas que ainda estavam no corpo, e não no chão. Ele teria gostado de dizer: *foram seis homens que me atacaram.*

— Quem? — perguntou Robert.

— Não importa. Vou cuidar disso.

Precisava falar com cuidado por causa dos lábios machucados.

— Eu sei que você está envolvido com alguma coisa. Seja o que for...

— Não é da sua conta.

Robert se sentou na cama, ao lado dele.

— Não precisa me contar. Eu não peço isso de você — disse depois de um momento.

A presença de Robert o fez se sentir intensamente grato, o que, por sua vez, provocou uma descarga violenta de ódio. Um humano para ferir, um humano para ajudar. Era sufocante, o mundo entupido daquela espécie. Se Robert tentasse confortá-lo, Devon se levantaria e iria para o outro lado do quarto. Se Robert tentasse tocá-lo, ele fugiria.

Robert apenas ficou ao seu lado por tempo suficiente para que o ódio se dissipasse, por tempo suficiente para que Devon o notasse apenas como uma presença confusa. A situação não estava de acordo com os termos tácitos da associação entre eles, a qual, durante dez anos, se limitara ao profissional, um mercador de marfim e seu balconista. No entanto, Devon sabia — o que o deixava confuso — que, se encontrasse Robert sozinho em um estado semelhante, teria feito o mesmo. Forçou as palavras a saírem:

— Estou bem. Eu me curo rápido.

— Eu sei disso. Tenho uma coisa para você.

Robert estava carregando algo. Coberto com tecido, era da extensão do braço de um homem. Um guarda-chuva em uma caixa. Teria sido útil mais cedo, quando estava chovendo.

Robert desfez o laço e afastou o tecido. Devon sentiu o quarto se inclinar sob ele ao ver o brilho de verniz preto, uma caixa polida, com dois fechos de filigrana, como a caixa do instrumento de um músico.

Seus olhos foram até o rosto de Robert, apenas para ver o homem o encarando de volta, um olhar calmo que não exigia nada. Não havia surpresa nos olhos de Robert, nem expectativa. A verdade se expandia entre eles, e Devon teve, pela segunda vez na noite, a sensação de ser *visto*. O recuo aterrorizado de Violet não era nada comparado à calma nos olhos de Robert.

— "Eu cacei o unicórnio principalmente nas bibliotecas" — citou Robert, baixinho.

Ele pensou nos dez anos ao longo dos quais trabalharam juntos, dez anos em que Robert tinha envelhecido e ele permanecera o mesmo, um menino de quinze anos com um chapéu puxado para baixo sobre a testa. Não conseguia fazer suas mãos se moverem sobre a caixa envernizada.

— Como conseguiu isso?

— Simon Crenshaw não é o único capaz de roubar objetos de outras pessoas.

Ele se forçou a olhar para baixo. Seus dedos se moveram como se pertencessem a outra pessoa. Devon os observou destravando os fechos e abrindo a caixa.

Era estranho o modo como, considerando como tudo o mais havia mudado, que ainda fosse tão perfeito quanto fora um dia — branco, espiralado, longo, reto e lindo. Não restava nada como ele. Não restava nada do jogar da cabeça e da sensação de correr com os cascos sobre a neve.

— Sinto muito que tenham feito isso com você.

Ele baixou o olhar para o chifre e se ouviu dizer:

— Foi há muito tempo.

— Eu pensei se não poderia ser restaurado.

— Quer dizer recolocado? Não.

Devon olhou para Robert.

— Não — repetiu, e teve aquela sensação de espanto. — Mas fico feliz por tê-lo mesmo assim.

As lâmpadas do quarto não eram excessivamente claras, mas bastavam para enxergar tudo. Havia uma sensação de intimidade, os olhos sérios de Robert sobre ele. Como estar indefeso diante da verdade. Devon se viu levantando a mão e tirando o chapéu da cabeça. Ele caiu de seus dedos no piso de carpete, de forma que não houvesse nada encoberto entre os dois. As batidas de seu coração estava aceleradas. Estar exposto era como ser descoberto e esperar o golpe final.

— Há outros? — perguntou Robert.

— Não. Eu sou o último.

— Então você está sozinho.

Devon o encarou. Os dedos de uma das mãos tinham se fechado em torno do chifre, e ele o segurava tão firme que suas articulações estavam brancas.

— Seja lá em que você esteja envolvido, se precisar de algo, eu posso ajudar — disse Robert.

Devon fechou os olhos, então os abriu.

— Você não quer fazer isso — disse.

As paredes do quarto pareceram próximas demais, e seu rosto latejava. Robert sabia, provavelmente desde muito tempo. Devon podia ter coberto a cabeça com tecido, mas em algum momento ao longo de dez anos teria passado a mão pela testa, ou colocado o chapéu no ângulo errado, ou apoiado a cabeça no encosto de uma poltrona para uma soneca. O calombo sob o tecido teria aparecido sob o cabelo branco, sob a aba do chapéu.

Robert era um especialista no marfim que chegava ao continente através de um comércio incessante, em cestos de chifres e presas, em camafeus, em teclas de espinetas, em molduras entalhadas, em bolas de bilhar e em cabos de sombrinhas para mulheres. Robert também era um caçador; e às vezes um caçador abate a presa, mas às vezes oferece a ela um gesto de gentileza não solicitado, e ela, ferida e exausta, abaixa a cabeça para a corda de cetim.

— Eu trabalhei com marfim a vida inteira — disse Robert, em voz baixa. — Sei quando algo diferente aparece.

A respiração de Devon estava estranha. Ele se perguntou se Robert tinha segurado o chifre, se o manuseara, ao mesmo tempo que sabia com certeza que Robert era cavalheiro demais para ter aberto a caixa.

Sabia, do mesmo jeito que sabia que Robert trabalhava melhor de manhã; que a marca na bochecha do homem era a impressão da luneta que ele usava para inspecionar marfim; que, após o jantar, ele gostava de levar uma garrafa de brandy para o escritório e beber enquanto repassava o inventário; e que ele era teimoso e atencioso, e humano, no final das contas.

Devon sentiu a si mesmo se movendo. O modo como segurava o chifre mudando. Parecia errado pegá-lo pelo meio, de um jeito que ele jamais deixaria que ninguém o tocasse, do mesmo jeito como o tinham segurado um segundo antes de cortá-lo fora.

O modo como segurava o chifre mudou; então ele o enterrou no corpo desprotegido de Robert.

A ponta era afiada e podia perfurar uma armadura. Camisas e coletes de tecido não eram nada. O chifre entrou, forçando Robert para trás, cada vez mais fundo e se inclinando para cima, a ponta à procura do que conseguia encontrar com facilidade.

Coração.

Houve alguns momentos terríveis de luta, os últimos chutes espasmódicos de um homem lutando pelo ar. Os olhos de Robert estavam arregalados e chocados. Suas mãos estavam sobre as de Devon, agarrando-as. Devon sentiu o calor pulsando úmido entre seus dedos. Um segundo depois, colocou a mão sobre a boca de Robert para abafar as palavras:

— *Devon, por favor, Devon, eu me importo com v...*

Ele não queria ouvir o que Robert diria quando pudesse falar apenas a verdade.

Então tudo ficou quieto.

Devon estava de quatro na cama, acima do corpo imóvel de Robert, ofegante. As cobertas estavam bagunçadas, uma mancha vermelha se expandia devagar sobre os lençóis. Com um puxão, ele arrancou o chifre e recuou. Suas pernas estavam instáveis, de forma que ele se desequilibrou antes de se acalmar. No quarto silencioso, Devon respondeu à pergunta que Robert não tinha feito.

— Você achou que sabia o que era um unicórnio — disse, ainda ofegante. — Mas estava errado.

CAPÍTULO VINTE E SETE

Will acordou sobressaltado com o som de cascos galopando. Grace e Sarah ainda estavam dormindo, silhuetas imóveis sob cobertores no pequeno cômodo na torre do portão. Com sono leve, ele se levantou em silêncio e olhou pela janela. Cyprian tinha acabado de abrir o portão e estava de vigia nas muralhas altas. No pátio abaixo, Will observou Violet voltando de uma excursão que a mantivera fora metade da noite. Desceu para cumprimentá-la.

Eram as primeiras horas da manhã, e a luz ainda estava cinza e azul. Will tinha passado a noite toda cochilando e acordando, roubando alguns momentos de descanso de onde conseguia. Grande parte de seu estado de alerta se devia a Cyprian, silencioso e taciturno desde que acendera a Chama. Mas fora Violet quem havia saído do alojamento no escuro e cavalgado para fora da muralha.

Ele se aproximou da garota à luz cinza enquanto ela descia do cavalo. Violet parecia não ter dormido, seu rosto estava exausto, as articulações dos dedos, feridas, e a túnica, coberta de sangue.

— Você matou alguém?

Ele estava sério, encarando Violet enquanto ela se virava em sua direção com olhos sombrios e fundos. A amiga não negou a princípio, apenas respirou fundo e desviou o rosto.

— Não matei ele. Mas queria.

— Ele?

Violet não respondeu. Will a observou passar as rédeas do cavalo por um anel de ferro na área de contenção do pátio, então parar, apoiando a mão no pescoço branco do animal como se tentando compartilhar de sua força.

— Quem? — perguntou Will.

Mais silêncio.

— Depois que encontramos o chifre, eu perguntei a Justice sobre unicórnios. Ele me contou que sobreviveram à guerra, mas foram caçados, até que só restou um. Disse que os humanos encontraram o último, o perseguiram com cães, o acorrentaram e cortaram seu chifre e sua cauda. O Chifre da Verdade... é daquele unicórnio.

Will assentiu devagar enquanto Violet tomava fôlego.

— Ele não está morto. Está vivo — disse ela, olhando para Will. — É Devon.

— *Devon?* Mas ele é...

Um garoto, ele quis dizer. *Um garoto humano.* Will teve uma sensação estranha e momentânea de que se lembrava de Devon, nos fundos da loja, entre cestos e chifres, erguendo os olhos da escrivaninha de madeira escura. Cabelo branco e olhos pálidos demais, e o jeito meio debochado como falara sobre marfim.

— Eu o encontrei perto da Bond Street. Queria... Eu bati nele. Foi bom. Mas quando o chapéu dele caiu, eu vi...

O chifre.

Quando os dedos de Violet foram até o meio da própria testa, Will se lembrou do chapéu baixo de Devon. *É verdade, então?*, quis perguntar. Mas conseguia ver a certeza nauseante nos olhos da garota.

A sensação sufocante da loja lotada de marfins retornou. A loja que era um cemitério de animais mortos, cuidada por um fantasma. Devon, pálido como uma relíquia, vigiando ossos.

Como era possível? Como um menino podia ser um unicórnio? Havia unicórnios na visão de Will, cavalos brancos com lanças de luz na testa disparando para a batalha. Será que um deles havia se transformado?

Will sentiu um arrepio ao se lembrar de quando Devon o reconheceu em Londres. *Devon sabe quem eu sou*, pensou ele, sem entender o quanto esse reconhecimento era profundo.

Pensou que, se Devon fosse mesmo um unicórnio, o que mais poderia saber? Os Regentes tinham lendas passadas de geração em geração, escritas em papéis que desbotavam e livros que viravam pó. Mas aquele era conhecimento carregado pelo tempo por um único garoto.

— É assim que Simon sabe onde escavar.

— O quê? — perguntou Violet.

Will a encarava.

— Simon tem escavações pelo mundo inteiro. Passa o tempo desenterrando artefatos... a Lâmina Corrompida... os pedaços de armaduras dos Remanescentes... Ele sabe exatamente aonde ir e o que fazer. É Devon.

— Não entendi.

— Ele estava lá. — Will se sentiu atordoado, era terrível demais pensar na possibilidade. — Devon *estava lá*, ele viveu no tempo da guerra, estava vivo quando o Rei das Trevas caiu.

Alguém para quem as histórias eram mais do que apenas histórias... alguém que as viveu na pele... isso fez o mundo antigo parecer assustadoramente real de repente. E próximo. Como se Will pudesse estender a mão e tocá-lo, tão vivo quanto a memória.

— Foi assim que Simon soube o segredo do Cálice. Como soube de que modo conjurar uma sombra. Como soube sobre a Pedra das Sombras. Devon contou a ele.

O rosto chocado de Violet deixou óbvio que aquela ideia não tinha passado pela sua cabeça.

— Devon seria tão velho quanto o próprio Salão.

Os pensamentos de Will já estavam se adiantando, a estranheza de um unicórnio lutando pelas trevas.

— Por que ele está trabalhando para Simon? — Essa era a parte que não fazia sentido. — Em todas as imagens que vimos de unicórnios, eles estavam lutando pela Luz.

— As pessoas mudam de lado — declarou Violet, estranhamente defensiva.

Will observou o rosto da amiga.

— O que ele disse a você?

— Nada. — Ela cortou a conversa; Will não tiraria mais nada de Violet. — Vamos. Precisamos acordar os outros.

A única mobília do alojamento era uma mesa e alguns banquinhos. Ao chamado de Will, os cinco se reuniram na sala inferior, abaixo da curta escada de onde haviam dormido em colchões de palha no chão. As paredes de pedra que os cercavam eram sólidas, e a lareira brilhava com um fogo recém-aceso. Com a porta fechada, quase dava para acreditar que o Salão do lado de fora estava intacto. Quase.

Will conseguia ver os rostos arrasados dos demais, a tensão e o olhar assombrado. Todos tinham se aventurado nos espaços vazios da cidadela — Grace e Cyprian para recolher os suprimentos de que precisariam para o café da manhã, e Will e Violet para cuidar de Valdithar e dos cavalos Regentes que sobraram. O silêncio dominante os tinha marcado. Apenas Sarah não saíra do alojamento, passando a maior parte do tempo enroscada no colchão de dormir no andar de cima, recostada na parede.

— Os Regentes se foram — disse Will. — Nós somos os únicos sobreviventes. — Os ombros de Cyprian enrijeceram, mas ele permaneceu calado. — A Regente Anciã nos contou que Simon estava perto de trazer de volta o Rei das Trevas. É nossa missão impedi-lo.

Silêncio se seguiu a essas palavras.

— Ele tem a Pedra das Sombras — falou Sarah. Foi seu jeito de dizer: *Nós não temos como impedi-lo.*

Will sentiu a derrota em seu tom de voz. O garoto balançou a cabeça.

— A Regente Anciã disse que os Reis de Sombra eram o primeiro passo para trazer de volta o Rei das Trevas. Não sabemos por que ou como. Mas sabemos que Simon ainda não os libertou da Pedra — afirmou Will.

— Como podemos saber?

— Porque eles teriam destruído tudo.

Nenhum exército vivo poderia impedi-los. Will se lembrou da visão que o sobrepujara quando seus dedos tinham roçado a Pedra das Sombras: os Reis de Sombra em seus corcéis de sombras, uma torrente de trevas implacável. Mas naquele momento ele via isso acontecendo em Londres, os Reis de Sombra varrendo a cidade, matando todos que encontravam, forçando os demais a fazer sua vontade, até que não houvesse resistência, apenas os servidores da Escuridão e os mortos.

— Estamos seguros por enquanto — disse Cyprian. — As defesas se abriram para Marcus porque ele era um Regente. — O rapaz se agitou um pouco ao dizer o nome do irmão, mas não hesitou. — Elas vão se manter contra Simon. Mas se ele libertar os Reis de Sombra...

— Se ele libertar os Reis de Sombra, vamos lutar — afirmou Violet.

Sarah fez uma careta de desânimo.

— Vocês acham que os Regentes não tentaram lutar? Leda e o guarda não tiveram tempo nem de sacar as espadas. Uma sombra... Uma sombra matou nossos maiores guerreiros... até mesmo Justice... morto pelo seu próprio irmão de escudo. A sombra não teve pena, não teve humanidade, apenas o desejo voraz de matar. — Sarah olhou para todos. — Se Simon libertar os Reis de Sombra, tudo que podemos fazer é torcer para que não consigam passar pelas defesas.

A ideia de ficarem entocados ali enquanto ventos sombrios sopravam do lado de fora fez Will se sentir dominado por uma claustrofobia terrível.

— Ainda temos tempo. Ele não libertou os Reis de Sombra. Ainda temos uma chance de impedi-lo.

— Ele vai libertá-los — disse Sarah. — A qualquer momento...

— Não — retrucou Will, sentindo a verdade das palavras dentro de si. — Ele está esperando por alguma coisa.

— Esperando o quê?

Era por isso que ele havia reunido todos. Havia entendido a sensação de derrota que cada um sentira. A ideia de que, se os Regentes não podiam fazer frente a Simon, o que eles cinco poderiam fazer? Mas, desde o momento em que Will presenciou a destruição que Simon havia causado ao Salão, sentira uma nova determinação se solidificar em seu interior.

— James disse que Simon estava procurando alguma coisa. Um artefato. Você lembra? A gente interrogou James com o chifre, e ele disse que havia um objeto que tornaria Simon o homem mais poderoso do mundo.

James tinha combatido o efeito do Chifre da Verdade com todas as suas forças para tentar manter o segredo. Lutara mais arduamente do que para esconder a localização de Marcus. Will se lembrou de sua respiração ofegante e da fúria em seus olhos azuis.

— Quando a gente o capturou, ele tinha acabado de descobrir onde o encontrar. Um homem chamado Gauthier, que tinha voltado para a Inglaterra e estava hospedado em Buckhurst Hill. James não queria que soubéssemos sobre isso. Se é importante...

— Talvez seja o que Simon precisa para libertar os Reis de Sombra — falou Cyprian.

— Ou uma arma que podemos usar contra ele — sugeriu Violet.

Silêncio. Cyprian esfregou o rosto.

— É tudo o que temos — disse ele.

— Você conhece o lugar? — perguntou Will.

Encarou os rostos inexpressivos de um noviciado e duas janízaras que sabiam tudo sobre cantos matinais e espadas antigas, mas nada sobre a geografia básica de Londres.

Foi Violet quem respondeu:

— Buckhurst Hill. Fica ao norte daqui, algumas casas perto da estrada para Norwich. Acho que nós três chegaríamos em um bom tempo a cavalo.

Eles três... ou seja, Will, Violet e Cyprian. Will sentiu uma pontada de dor diante da ideia de que restavam apenas três cavalos. As duas janízaras assentiram.

— E se os homens de Simon estiverem lá? — perguntou Sarah.

Todos estavam com medo; Will podia ver em seus rostos. O fato de uma cavalgada pelo campo ser tudo que havia entre eles e a libertação dos Reis de Sombra parecia uma esperança tênue. Mas Will ergueu o queixo e olhou de volta para todos.

— Então vamos lutar.

Era uma velha fazenda nos arredores de Buckhurst Hill. As duas primeiras que eles vasculharam estavam vazias. Aquela também parecia vazia, com telhas faltando, uma cerca se deteriorando e campos de vegetação sem animais de pasto. Até que Will viu um cavalo preto lustroso amarrado do lado de fora. Cada nervo de seu corpo entrou em alerta.

— Já estão aqui — disse Violet, com a voz tensa.

— É só um cavalo — afirmou Will.

Seu coração estava acelerado. Amarraram os cavalos ao tronco de uma bétula fora de vista e avançaram com cuidado.

A fazenda era uma grande construção de pedra cinza; a entrada, um emaranhado deserto de galhos e grama alta. A placa desbotada dizia *Paquet*, e a janela de vidro mais próxima estava quebrada, como um dente preto pontiagudo. A porta se abriu silenciosamente.

A pia rachada da cozinha abandonada estava coberta de folhas e sujeira, como se tivessem soprado os detritos do outono para dentro. Não havia sinais de comida, nem de mantimentos. Mas, em um canto, havia uma pilha deplorável de gravetos feita havia não muito tempo, já que o vento não os tinha espalhado. Will apontou para o montinho, e Violet e Cyprian sacaram as espadas sem fazer barulho.

O lugar estava silencioso demais. Quando levantaram o trinco da porta que dava para o corredor, um pombo-torcaz atravessou um buraco no teto em direção ao céu, e todos congelaram por um longo momento. Pela primeira porta à esquerda, Will viu uma pequena sala com uma janela com metade do vidro quebrado. Vazia. Pela segunda, ele vislumbrou um colchão manchado de palha espalhada...

... uma menina morta jazia ali, seus olhos encarando o teto. Alguém havia jogado uma coberta amarrotada por cima de seu corpo. Cyprian ficou imóvel. Tinha sido morta havia pouco tempo. Havia pegadas na poeira.

ASCENSÃO DAS TREVAS

Will mal teve tempo de reagir. Um som no final do corredor chamou sua atenção.

Quem quer que estivesse ali, estava atrás daquela porta.

Will pensou no cavalo do lado de fora. O brilho preto da pelagem do animal. Ele se virou para os outros — o rosto sério de Cyprian e as mãos de Violet firmes na espada —, e avançaram devagar e silenciosamente em direção ao som, até chegarem ao fim do corredor.

Ele viu tudo de uma vez só. A porta meio aberta. Uma sala decrépita com lixo espalhado pelo chão e tábuas podres aparecendo sob as paredes de gesso quebradas. Um velho em uma cadeira, com olhos cegos anuviados. A mão de Will se estendeu para manter os demais para trás.

Não se movam. Não façam um ruído.

Pela porta, passeando com uma postura elegante sobre o lixo, estava James.

Era óbvio que havia passado a noite em uma boa acomodação. Talvez tivesse voltado para Simon depois de escapar do Salão, ou talvez houvesse se hospedado ali perto. A camisa rasgada e manchada de sangue fora substituída por uma de linho nova e um elegante paletó de montaria, que ele usava com o tipo de botas lustrosas contra as quais um cavaleiro poderia bater o chicote.

James não fazia nenhum esforço para ser silencioso. Passeava pela sala, seus olhos percorrendo todos os sinais de destruição antes de se voltarem para o velho. Afundado na cadeira com cobertores no colo, o senhor tinha uma aparência cinzenta e enrugada, como se fosse parte da casa em decomposição, e parecia confuso com o fato de ter alguém junto a ele.

— Sophie?

— Não é Sophie — respondeu James, com um sorriso fino que o homem não podia ver. — Sophie está morta.

A garota no colchão. Será que era uma criada? Usava as roupas de uma garota acostumada ao trabalho árduo em uma fazenda. O velho voltou os olhos para James.

— Quem é você? — perguntou, agarrando-se ao cobertor no colo. — O que está fazendo na minha casa?

Parecia assustado. Sem saber o que estava acontecendo. Não tinha nem mesmo certeza de onde James estava, pois seus olhos fitavam um ponto além do Renascido.

— Sabe, eu achei que tivesse reconhecido você — observou James, como se o velho não tivesse falado. — Mas não reconheci. Você não passa de um velho cego e patético.

O homem ficava virando a cabeça para seguir os sons de James enquanto ele se movia pela sala, como se tentasse localizá-lo.

— Se você veio me roubar, chegou tarde demais. Não tenho nada.

— Isso não é exatamente verdade, é, Gauthier? — disse James, e em certo momento a expressão no rosto do velho mudou, tingida por um entendimento terrível.

— Quem é você? Como sabe meu nome?

Ele respirava rápido. James o ignorou e continuou passeando, mexendo em papéis e puxando um pedaço podre de madeira da parede. A sola de sua bota esmagou um caco quebrado de porcelana.

— Onde está? — perguntou James.

Will sentiu as batidas do coração se acelerarem. Estavam se aproximando do motivo da visita.

As mãos de Gauthier apertaram as cobertas.

— Não sei do que você está falando.

Will olhou para Violet e Cyprian, que também perceberam. Estavam falando do objeto que tinham ido pegar. O objeto que Simon queria, que havia mandado James para buscar.

— Onde está? — repetiu James.

Ele tinha parado diante da cornija antiga da lareira e apoiava o ombro contra ela enquanto olhava friamente para Gauthier, cujas mãos tremiam.

— Foi roubado. Há anos. Fiquei feliz. Queria ter jogado fora eu mesmo.

Dessa vez, o silêncio se estendeu até quase se tornar insustentável à medida que o tremor aumentava.

— Onde está? — perguntou James, com a mesma voz, mas pareceu diferente.

— Você acha que eu guardaria aquela coisa maldita que trazia lobos para minha porta?!

Will percebeu antes de James — a maneira como as mãos de Gauthier agarravam o cobertor e a estranha forma saliente por baixo. *Está com ele*. Fosse o que fosse, o tesouro, ele o havia guardado, segurando-o próximo a si, atado a seu corpo conforme sua casa apodrecia ao redor e seu povo morria.

— Eu sei que você guardou. Todos guardam. Todos querem o que ele pode fazer.

Então Gauthier falou, como se revelando uma verdade profunda:

— *O Traidor!*

James parecia ter levado um tapa.

— Por que você conhece esse nome?

— *Ele* conhece você. — Gauthier começou a gargalhar, um som terrível às portas da loucura. — Veio buscá-lo para seu mestre? — O rosto de James empalideceu. — Você o quer? Quer da forma como ele quer você?

— Eu sabia que você tinha guardado! — James cuspiu as palavras, venenoso. — Você sabia que Simon estava vindo atrás dele... Poderia ter se livrado do objeto. Poderia tê-lo destruído. Por que não fez isso?

— Você não conhece seu mestre se acha que o objeto pode ser destruído. — A voz de Gauthier assumiu um tom sonhador: — É a última visão de que me lembro. Seu aspecto. O rubi e o ouro. É perfeito. Não pode ser quebrado. Não pode ser derretido. Está esperando. Por você. — Os olhos de Gauthier se voltaram para James, e ele sorriu. — Você não quer que seja destruído. Você o quer. Você o quer em você.

James perdeu o controle, e seu poder invisível atingiu violentamente Gauthier e a cadeira onde ele estava sentado, lançando-os para trás com um estalo. No chão, Gauthier começou a gargalhar de novo.

— Aí está você... Quer que eu o coloque em você...?

Era a única chance que teriam... os olhos de James, toda a sua atenção furiosamente concentrada em Gauthier. *Agora*, sinalizou Will para Violet e Cyprian. E, no único momento em que James estava vulnerável, os três atacaram.

Tinha funcionado antes. Em Londres, haviam usado Will como isca, enquanto Violet atacava James por trás. Antes disso, na primeira vez que haviam se visto, Will interrompera James no cais ao jogar a caixa em cima dele.

Naquele momento, a cabeça de James se virou tão rápido que ele vislumbrou os movimentos explosivos de Violet ao primeiro som, estendendo a mão. Como se uma grande força invisível a agarrasse, a garota foi jogada para cima, atingindo o teto com um grito, então se chocando no chão outra vez, em uma explosão de gesso fino.

Com a mão ainda estendida em direção a Violet, James lançou Cyprian voando para trás com um único olhar brilhante. O rapaz atingiu a parede com um choque nauseante, e o sangue escorria de seu nariz e sua boca. Preso como uma borboleta, Cyprian ficou grudado no meio da parede, incapaz de se mover.

Então os olhos azuis se voltaram para Will.

Will mal tivera tempo de tirar as algemas do saco antes de ser puxado para baixo e colocado de joelhos, a cabeça forçada contra o chão com uma pressão esmagadora, como se estivesse sendo pisoteada por uma bota reluzente. Ele soltou um som furioso, incapaz de se mover.

James nem sequer parecia abalado. Havia levado míseros segundos para derrotar os três. Will podia sentir a estática no ar, o poder em torno de James estalando como a vingança de um deus jovem, mesmo que ele tivesse feito parecer fácil. Fácil como tirar um grão de poeira da manga, exceto pelo seu olhar mortal.

O tenente mais cruel do Rei das Trevas. James avançou como um destruidor de mundos, e Will percebeu o quanto tinham subestimado o poder dele. No mundo antigo, James cavalgara à frente dos exércitos das trevas. Naquele, havia dizimado um esquadrão de Regentes, levantando-os das selas e partindo seus pescoços com o poder da mente.

Sua atenção estava fixa em Will.

Atrás de James, no chão, Gauthier tentava escapar. Usar os braços para se arrastar da cadeira fez o fino cobertor em seu colo escorregar. Ele soltou um grito quando algo caiu no chão e rolou. Por um momento, Will viu um lampejo curvo de rubis e ouro.

James não pôde evitar se virar para o objeto, e, quando o viu, seus olhos se dilataram, com as pupilas imensas, e seu corpo inteiro cambaleou em direção ao artefato.

Sentindo que as garras sobre ele se afrouxavam, Will levantou a cabeça. No mesmo momento, Cyprian escorregou da parede e caiu com um baque, e Violet se ergueu até ficar de quatro.

James piscou, balançando a cabeça como se tentasse desanuviá-la. Tentou retomar o controle. Violet foi jogada para trás de novo, mas dessa vez James parecia abalado. Respirando rápido, ele gesticulou e a mesa de carvalho imensa e pútrida da sala se chocou contra Cyprian, para esmagá-lo contra a parede oposta.

Ou deveria.

Cyprian nunca havia bebido do Cálice e não tinha a força de Violet, mas sempre fora o melhor noviciado. Até mesmo ferido, possuía uma graciosidade perfeitamente treinada e um atletismo impressionante. Pulou a mesa da forma como um Regente faria, aterrissando e rolando para atingir a parte inferior de James, derrubando-o. Cyprian começou a sufocar um segundo depois, mas James ainda parecia um pouco zonzo. Mal havia começado a fechar a garganta de Cyprian com seu poder quando Violet avançou, desferindo um golpe que permitiu que Will fechasse uma algema em seu punho.

O ar estático de magia na sala se extinguiu. Cyprian respirou, trêmulo. No chão, sob o aperto restritivo de Will e Violet, James ofegava com os olhos extremamente dilatados e pretos.

Tinham conseguido. Tinham *conseguido*. A vitória correu pelo sangue de Will. A satisfação por ver James derrotado — seu paletó estava jogado e a camisa, rasgada; o cabelo caía sobre o rosto e havia sangue em seu lábio devido ao soco de Violet. Violet e Cyprian estavam ensanguentados, mas as algemas prendiam os pulsos de James, e a garota o segurava no chão.

A sala estava em destroços. A mesa tinha se partido, fragmentos de gesso cobriam o piso e a cadeira de Gauthier estava virada. Gauthier estava no chão, e seus dedos tateavam frenéticos a sujeira, como um verme, em busca do círculo curvo de rubi e ouro que tinha saído rolando para fora de alcance.

Will se levantou. Gauthier soltou um som desesperado ao ouvir os passos.

— Não somos inimigos. Estamos aqui para ajudar você — disse Will.

— Vocês não estão aqui para me ajudar. Estão aqui por *ele*.

Ele. Will conseguia vê-lo. Um círculo grosso de rubis, incrustados em ouro. Grande demais para ser um bracelete. Pequeno demais para ser uma coroa.

— Pelo *Colar* — disse Gauthier.

Colar. Era essa a palavra para aquilo, pensou Will. Era feito para adornar um pescoço. Gauthier soltou um gemido, como se de alguma forma soubesse que Will estava se abaixando para pegar o objeto. Will olhou para cima e viu a maneira desesperada como Gauthier se esticava para ele. No último momento, pegou o cobertor e o usou para guardar o Colar, em vez de o segurar com as mãos nuas.

— *Não...* — falou James, lutando contra Violet enquanto Will se virava para ele.

Era pesado. Uma gargantilha. Incrustado com rubis, seu brilho era vermelho, como sangue escorrendo de um corte. Como as algemas, ele se abria em uma dobradiça. Dois semicírculos de rubis e ouro que se abriam e fechariam com um estalo no pescoço certo.

— Não se preocupe. Eu disse a você. Não vamos deixar que James o leve — falou Will.

O velho começou a gargalhar.

— Você não sabe o que isso faz!

Will olhou para o homem.

— Simon o quer. Vai dar poder a ele...

Gauthier soltou uma risada demente.

— Ah, sim. É verdade. Tornaria Simon o homem mais poderoso do mundo.

Will não conseguiu evitar olhar de novo para o objeto, o brilho vermelho intenso dos rubis e a curva reluzente do ouro. Sentiu a mesma atração que havia sentido ao vislumbrar o Cálice. Não, era mais forte, como um sussurro em seu ouvido, em sua pele, em seu sangue. *Me leve. Me use. Agora.*

— O que isso faz?

Os dedos de Will se estenderam para percorrer a borda do objeto, um desejo de tocá-lo, de senti-lo sob suas mãos.

— Ele controla o Traidor.

— O quê? — disse Will.

Seus dedos se afastaram do Colar. Ele fitou Gauthier.

— Se você colocar isso no pescoço dele, ele vai obedecê-lo por completo. — As palavras deram início a um estranho sussurrar na mente de Will. — O Traidor! O único Renascido no mundo humano! Ele é apenas um garoto agora, mas quando for um homem feito... Imagine comandar todo esse poder?

James estava de joelhos, com as mãos algemadas às costas. Seu lábio cortado já havia começado a se curar, o único traço era um borrão vermelho. Violet estava com o punho fechado no cabelo dele, segurando sua cabeça erguida. Cyprian tinha uma espada contra seu pescoço.

— *Ele está mentindo* — disparou James.

Will sabia que Gauthier não estava mentindo, podia sentir. Havia medo em algum lugar no fundo dos olhos de James. Will se lembrou da forma como as pupilas do Renascido tinham se dilatado quando o Colar foi exposto. A forma como seu corpo inteiro cambaleara em direção ao objeto. Tinha sido feito para ele; desenhado para seu pescoço; vermelho como seu sangue; dourado como seu cabelo; um encaixe perfeito. E queria James. Ardia por ele.

Um estudo sobre opulência sádica, o círculo cravejado de joias transformava até mesmo a ideia de James em um objeto de posse. *O Tesouro de Simon.* Will estremeceu ao perceber que o Colar tinha uma corrente de ouro disposta atrás.

— O Rei das Trevas sentiu prazer ao pegar o maior guerreiro da Luz e transformá-lo em um capacho — disse Gauthier. — Seu povo jamais soube que ele estava encantado, apenas que havia se tornado o tenente da Escuridão. Eles o chamavam de *Anharion*, o Traidor. Ele beijou os lábios do Rei das Trevas, cavalgou ao lado do Rei das Trevas e massacrou seu próprio povo. Achavam que ele tinha feito isso por vontade própria.

— Quer dizer que ele não escolheu servir ao Rei das Trevas? — O coração de Will batia erraticamente. — Ele foi forçado? Sob algum tipo de feitiço?

Os olhos de Will se voltaram para James, em choque, e, por um momento, James ficou completamente exposto pela verdade, seus olhos azuis arregalados e vulneráveis. Naquele único olhar, Will vislumbrou um lampejo do jovem puro que ele poderia ter sido, antes que o Rei das Trevas o tivesse corrompido e deturpado.

— Esse é o poder do Colar! Ele substitui a vontade própria do Traidor pela sua. Coloque nele e você pode torná-lo seu... pode obrigá--lo a fazer qualquer coisa. Foi assim que Sarcean o manteve como um brinquedo em sua cama à noite, e o mandou para matar o próprio povo de dia.

— Por favor. Não deem isso a meu pai — pediu James.

Parecia que James havia forçado as palavras a saírem. Estava despido até os ossos, como um homem destituído, sem nada. Encharcado de suor, o cabelo molhado caindo no rosto e a camisa ensopada.

— Seu pai está morto — falou Will.

Um clarão de incompreensão perpassou o rosto de James.

— O quê?

— Você não sabia? — perguntou Cyprian, amargo. Era como se o feitiço das palavras de Gauthier tivesse se partido, as mágoas menores da história deles próprios se intrometendo. — Você achou que ele tivesse escapado da sombra?

— A sombra? — falou James então, com os olhos se arregalando. — Marcus *se transformou?*

Ouvir James dizer o nome do irmão foi demais para Cyprian, que soltou a espada e puxou James para que se levantasse.

— *Traidor* — disse Cyprian, segurando a camisa de James. — Você não precisa de um Colar. Você serviu a Simon por vontade própria.

Sabe exatamente o que aconteceu no Salão. Você estava lá. — E então, revoltado: — Você os ouviu morrer? Você assistiu? Ficou feliz ao matar sua família?

— Eu *não* estava presente. Emery me soltou.

Emery? Will pensou no noviciado tímido de cabelo cacheado que tinha sido um dos primeiros a ser gentil com ele no Salão. A ideia era tão improvável, a mente de Will não conseguia entender. Mas quando olhou para James, em busca de algum sinal de artimanha, não encontrou nada.

Cyprian segurou mais forte.

— Por que Emery *sequer* faria isso?

— Porque é apaixonado por mim desde que tínhamos onze anos. Não me diga que não sabia.

Depois de um silêncio longo e pesado, o rosto de Cyprian se contorceu. Ele soltou James com um empurrão, lançando-o estatelado no chão. Saiu batendo os pés até a cornija da lareira e se recompôs, de costas para eles, tenso, apoiando o braço na parede.

— Bem, ele está morto — disse Cyprian, depois de um tempo. — Estão todos mortos. Por sua causa.

— Por minha causa? — A voz de James o provocava. — Por causa de Marcus. Foi ele quem bebeu do Cálice.

Cyprian se virou. Will viu o sorriso de James, afiado, e se apressou para ficar entre os dois, lembrando-se de James no Salão dos Regentes, incitando a violência com apenas palavras. Ele precisou segurar Cyprian à força.

— Pare. Pare. Ele quer isso. Está te provocando. Pare.

Cyprian se desvencilhou, agitado. James observava com uma expressão perigosamente provocadora, mesmo jogado sobre os cotovelos, as mãos algemadas atrás do corpo em uma posição estranha. O empurrão de Cyprian o tinha afastado alguns centímetros de Will e do Colar, o que talvez fosse o seu objetivo.

Will se virou para Gauthier.

— Está dizendo que o Colar tem o poder de controlar uma pessoa.

— Não qualquer pessoa — falou Gauthier. — Apenas ele.

— Como você sabe?

— Muitos tolos tentaram colocar em outros. Alguns que desejam submissão tentaram colocar em si mesmos. Não funciona. Foi feito para uma pessoa específica. Para um pescoço específico.

Sopesando o Colar, Will encarou James, ofegante, que o encarava de volta, com os olhos arregalados, embora não conseguisse evitar descer o olhar até o Colar.

— Mas o Colar tem poder — falou Gauthier. — Os homens o desejam. O controle que ele promete... A maestria... O comando. Como dragões acumulando joias, todos que tocam o Colar anseiam possuí-lo... Porque anseiam possuir a *ele*. E Simon... Simon o quer para garantir seu domínio. Simon passou todos esses anos me caçando, procurando o que é meu até que não houvesse mais refúgio nem descanso.

Will pensou em Gauthier, que fora parar naquela fazenda morta e vazia. Conseguia perceber, na postura carente e avarenta do homem, como ele estava quase vazio, como se o tempo com o Colar o tivesse sugado de tudo menos do desejo de tomar e possuir. O Colar era tudo em que conseguia pensar, a única imagem gravada em sua mente.

Will voltou o olhar para Violet.

— Tem um cômodo aqui do lado. Tranque James lá.

— E depois? — perguntou Violet.

CAPÍTULO VINTE E OITO

— Vamos usá-lo — disse Cyprian.

Will levantou o rosto quando Violet retornou, depois de acorrentar James na cozinha. A porta se fechou atrás dela com um baque baixo. Cyprian tinha endireitado a cadeira de Gauthier e o ajudado a se sentar de novo enquanto Will colocava o Colar na cornija da lareira. Ainda estava embrulhado no cobertor, mas ele conseguia senti-lo, uma presença opressiva, atraindo sua mente e atenção.

— Vamos colocar o Colar em James — prosseguiu Cyprian — e mandá-lo para atacar Simon.

— Não podemos simplesmente tornar James nosso lacaio — disse Violet. — Podemos?

A pergunta pairou no ar.

— Não é para sempre — retrucou Cyprian. — Se ele conseguir, tiramos o Colar depois.

— Não podem tirá-lo — interferiu Gauthier.

Todos se voltaram para o homem; Will sentiu as palavras afundando em si, como uma pedra em um lago.

— Como assim? — perguntou, sentindo um arrepio.

Gauthier estava na cadeira, envolvido no paletó sujo e amassado, parte da decadência e do descaso que os cercavam. Uniu mãos retorcidas e manchadas à luz fraca. Seus olhos cegos olhavam não exatamente para Will.

— Não tem fecho. Não tem chave. Quando você o coloca, James é seu para sempre. — O corpo inteiro de Gauthier estremeceu um pouco, como se estivesse ansioso. Ele falava como um homem citando uma escritura sombria. — Apenas a morte vai libertá-lo.

Seu para sempre. A ideia de que o Colar era permanente, de que James não poderia tirá-lo, fez o arrepio de Will se transformar em uma sensação de tremor profundo.

Apenas a morte vai libertá-lo, pensou Will, mas não havia libertado. James era um Renascido; tinha morrido e despertado de novo, e o Colar ainda o queria.

Will olhou para a joia, sua forma sob o cobertor, a lembrança do brilho do ouro. A importância da escolha que precisavam fazer. Podiam impedir Simon, mas o preço...

O preço era James. Para sempre.

— Como você sabe? — perguntou Will, olhando de volta para Gauthier. — Como você sabe o que acontece quando James colocar o Colar?

— Meu ancestral foi o carrasco dele — explicou Gauthier, para o choque de Will. — Rathorn matou o Traidor e o enterrou em uma tumba, mas, mesmo assim, o Colar não abriu. Ele precisou serrar a cabeça do Traidor para pegá-lo.

— Ele usou uma serra no cadáver de James? — disse Violet, revoltada.

Ela dera dois passos para trás.

— O Rei das Trevas ordenou. — Gauthier recitou as palavras como se fosse uma história antiga e recontada muitas vezes. — Ordenou matar seus servos para que pudessem renascer com ele. Rathorn matou o Traidor nos degraus do Palácio Sombrio. Deveria enterrar o corpo na tumba do Rei das Trevas. Mas não pôde resistir ao Colar. Serrou o pescoço do Traidor e o pegou... Não havia ninguém para impedi-lo.

O horror da história dos dias finais percorreu Will. O Rei das Trevas derrotado pela Dama. As forças da Escuridão forçadas a recuar. E a morte... uma onda de morte. Quantos servos teriam morrido pela ordem do Rei das Trevas? Will imaginou o carrasco nos corredores do Palácio Sombrio, saqueando os corpos como um corvo beliscando carniça.

Seria esse o futuro deles se o Rei das Trevas despertasse? Quilômetros de solo cobertos de mortos?

— Rathorn fugiu com o Colar, o escondeu e o manteve seguro. Um segredo de família, passado ao longo de séculos. Agora eu sou o último, e Simon me encontrou... Ele o quer... Quer... Ele matou meu filho. Achou que eu tinha passado o colar para ele. Eu teria. Só precisava de um pouco mais de tempo com... Eu só precisava...

As mãos de Gauthier se fecharam por instinto. O Colar o esvaziara, deixando apenas uma casca. Will pensou em Rathorn, no carrasco de muito tempo atrás, tomando o objeto que condenaria sua família, definhando seus descendentes até que tudo que restasse fosse um velho em uma casa vazia. Will achou que fosse um tesouro, mas era uma maldição. Será que Rathorn havia acabado como Gauthier, sozinho, meio louco, agarrado ao Colar com uma obsessão ciumenta?

Mas algo na história não fazia sentido.

— James tinha seu poder total na época. Como Rathorn o capturou?

Will olhou para Gauthier, tentando ver nele algum eco do passado, um campeão que conseguira derrotar o maior general do Rei das Trevas. Gauthier o encarava de volta, às cegas.

— Capturá-lo? Não houve captura. Você não entendeu. Foi a vontade do Rei das Trevas, então James se ajoelhou e expôs o pescoço para o golpe. — A voz de Gauthier era sombria. — Eu disse. Se colocá-lo no pescoço dele, James vai fazer o que você mandar.

O Traidor. O tenente da Escuridão. A arma final: uma que eles poderiam usar.

Will olhou para Violet e Cyprian, dois rostos cujas expressões revelavam um propósito sinistro semelhante ao dele.

— Me dê o Colar — disse Will.

Quando Will entrou, James ergueu a cabeça.

Violet tinha acorrentado James ao fogão de ferro fundido na pequena cozinha vazia com a janela de vidro quebrada, longe do alcance das vozes dos demais. James havia adotado a postura que Will reconhecia de seu próprio tempo como prisioneiro: de costas para a parede, com os olhos cravados na porta. Na extremidade da casa, estavam sozinhos.

Quando James viu o Colar nas mãos de Will, seu corpo inteiro se esticou na direção do objeto, e seu rosto mudou.

— O que vai ser? — disse James. — Dar uma uva na sua boca? Rastejar a seus pés? Ou você vai simplesmente me mandar de volta para matar todo mundo que eu conheço?

— Como você fez com Marcus? — devolveu Will.

Ele puxou o embrulho de cima do Colar, expondo uma curva de rubi, enquanto tomava cuidado para segurá-lo pelo tecido áspero, sem o tocar com as mãos expostas.

— Você consegue sentir, não consegue? — perguntou Will.

O olhar irritado de James foi um sim.

— Qual é a sensação? Dói?

— Não *dói*, ele...

James reprimiu as palavras. O olhar seguinte foi ainda mais irritado, e disse tudo.

Você o quer?, perguntara Gauthier. *Você o quer da forma como ele quer você?*

James respirava rápido, com as bochechas coradas e a atenção totalmente concentrada no Colar.

— Então você o quer — falou Will.

— Eu não *quero* — respondeu James.

Will se aproximou pisando nas folhas e nos detritos que tinham sido soprados para a cozinha.

— Gauthier disse que o ancestral dele serrou o pescoço do seu cadáver para obtê-lo. É verdade?

— Não sei. — James também dissera isso antes. *Eu não me lembro daquela vida.* Agora repetia como se estivesse com raiva, como se quisesse lembrar, mas não conseguisse.

— Mas você sabia sobre o Colar. Sabia para que servia. Como?

James ficou calado, seu peito se elevava e descia depressa.

ASCENSÃO DAS TREVAS

— Ele precisou serrar seu pescoço porque o Colar não sai. Você sabia disso?

— Essa é a atração, não é? — falou James, com uma ousadia hesitante. — O Tesouro de Simon, seu para sempre.

Will ouviu a própria voz, estremecendo diante da sensação que o Colar provocava.

— Você odiava quando seguia ordens? Você continuava consciente sob a compulsão? Ou ela tomava sua mente por completo e você acreditava que queria fazer tudo aquilo?

— Céus, você gosta disso, não é? Você gostou de me ferir com o chifre também. De me manter preso. De prolongar as coisas. Coloque em mim, se é o que vai fazer. Ou você é covarde demais?

— Vire-se.

James se virou. Will viu a linha das costas dele e a curva exposta de seu pescoço. De perto, parecia que James obedecia exatamente como se o Colar estivesse em seu pescoço, como se fosse um corcel prestes a ser domado, estremecendo e pingando de suor. Will estendeu o braço e colocou a mão livre nas costas de James, entre as escápulas, e sentiu o músculo quente trêmulo através da camisa e da seda do colete.

A mão de Will deslizou para baixo, até sentir as algemas, onde os pulsos de James estavam cruzados abaixo da lombar. O pescoço de James era uma coluna pálida e esguia sob fiapos de cabelo dourado. Parecia nu. Vulnerável. Will sentiu que aquele era o mais perto que o Colar tinha chegado do lugar a que pertencia. Do lugar em que se encaixava.

Coloque-o e torne-o meu.

Ofegante, ele abriu as algemas de James depressa e as deixou caírem no chão com um baque pesado. Então recuou.

— O que você...

James se virou para encará-lo. Os olhos dele estavam cautelosos, incertos. James agarrou os próprios punhos por instinto, como se não conseguisse acreditar que estava livre das algemas. Então ele levantou os dedos da mão direita, tocando a pele nua do próprio pescoço.

Will estendeu o Colar para ele. Parecia que oferecia pão a um homem faminto que poderia pegar o alimento e depois esfaqueá-lo mesmo assim. James não fez isso. Sua desconfiança era maior.

— Por que você o devolveria a mim?

Ele encarava Will com olhos sombrios.

— Você veio aqui sozinho.

— O que isso tem a ver com...?

— Você veio aqui sozinho porque não quer que Simon o tenha. Simon não sabe que você está aqui. — Will observou as mudanças sutis no rosto de James. — Estou certo, não estou?

— E daí se estiver?

James parecia pronto para uma emboscada. Não tinha pegado o Colar, nem mesmo estendido a mão em sua direção, embora seu corpo inteiro estivesse tenso, como se a qualquer momento ele pudesse pegá-lo ou simplesmente fugir.

— Os Regentes descobriram o que você era. Então você fugiu. Você era uma criança. Não tinha para onde ir. Acho que procurou Simon porque ele era a única pessoa que poderia proteger você. Ele o acolheu e o criou sabendo o que você se tornaria ao crescer. Talvez ele tenha dito que você estaria ao lado dele na nova ordem, e talvez você tenha acreditado. Mas, em algum momento, você descobriu sobre o Colar.

James o encarou de volta. Will conseguia sentir que as palavras o tinham chocado em um nível íntimo, tocando alguma parte de James que ele não deixava transparecer com frequência.

— Você descobriu que Simon estava procurando o Colar. Descobriu que ele queria que você o usasse. O homem em quem você confiava queria escravizar você. Mas você não podia deixar. Precisava encontrar o Colar antes, e permanecer perto de Simon proporcionava um melhor acesso, as melhores informações, mais chance de sucesso. Então você fez a vontade dele. O Tesouro de Simon. Deixou que ele fizesse de você um animalzinho de estimação. E quando descobriu que Gauthier estava na Inglaterra, você veio até aqui sozinho.

ASCENSÃO DAS TREVAS

O silêncio pairou sobre o cômodo enquanto James se mantinha imóvel, como se até mesmo o ato de respirar pudesse delatar algo. Parecia que não iria falar, mas então:

— Foi o pai dele. Foi o pai de Simon quem me criou, mais do que ele.

— Quantos anos você tinha quando se juntou a ele?

— Onze.

— E quando você descobriu sobre o Colar?

— Um ano depois.

Will levantou o Colar, oferecendo-o de novo.

— Não sou um Regente — disse Will. — Cumpro minhas promessas. Sou leal a meus amigos. Já disse.

As pupilas dilatadas tinham deixado os olhos de James muito escuros. Sua desconfiança se transformara em um olhar demorado e minucioso, que buscava algo além de um truque ou de uma armadilha.

— O que me impede de pegar o Colar e matar você agora mesmo?

— Nada.

— E Simon? Achei que você não pudesse impedi-lo sem mim.

Will sentiu seus lábios se curvarem, uma sensação nova e frágil crescendo em seu interior.

— Não me subestime.

— Não vou ajudar você na luta.

— Eu sei.

Ainda assim, James não pegou o Colar. Apenas encarou Will com aquele olhar estranho.

— Não entendo você.

— Também sei disso.

James estendeu a mão devagar. Não pegou o Colar de imediato; hesitou antes de tocá-lo, com os dedos pairando acima. No último segundo, evitou segurá-lo com a mão nua. James o pegou onde Will o segurava, na parte protegida pelo cobertor. Seus dedos roçaram os de Will, que estavam frios. Assim que Will soltou o objeto, foi como se um feitiço tivesse se quebrado. James cobriu o Colar depressa e o guardou sob o braço. Vê-lo desaparecer também ajudou. James fez menção de partir.

Então parou, olhando de volta para o garoto. Will podia ver outra pergunta se formando em seus lábios.

Mas em vez de fazê-la, James balançou a cabeça e partiu em silêncio, passando pela porta bamba, lançando apenas mais um olhar minucioso para Will.

Violet estava sentada na beira da mesa partida, mas saltou quando Will chegou. Igualmente tenso, Cyprian estava de pé ao lado de Gauthier, com a espada na mão. A linguagem corporal deles demonstrava tensão por causa da expectativa, tomada por vergonha. Ambos olharam ansiosos para Will, e então para além do amigo, em direção ao corredor. Quando não viram James, a tensão se tornou gritante. Cyprian deu um passo à frente.

— Você fez? Colocou nele?

Violet tinha dado dois passos em direção ao corredor vazio, procurando algum sinal de James.

— Já o mandou atrás de Simon?

— Eu deixei James ir embora.

Os dois se viraram para Will, fitando-o. Um momento de silêncio atônito. A túnica de Cyprian estava um pouco ensanguentada devido aos machucados ao atingir a parede, durante a captura de James. Sua pele mudou de cor, manchas vermelhas surgiam em suas bochechas.

— Você o quê?

— Eu o soltei.

A sala estava revirada com os sinais da luta anterior. A mobília estava estilhaçada, o teto parcialmente destruído, escombros se espalhavam pelo chão e a poeira fina do gesso voava nos feixes fracos de luz.

— E o Colar? — perguntou Cyprian

— Era dele. Eu devolvi.

No silêncio estrondoso que se seguiu, Gauthier soltou um gemido baixo e dolorido:

— *Foi... se foi... ele o deu...*

Cyprian fechou a mão com força no cabo da espada. Tinha se movido um pouco em direção à porta, mas parou. Não havia como desfazer o ato de Will: James tinha ido embora havia muito tempo, com a vantagem de estar a cavalo, e era poderoso demais para ser subjugado, mesmo que Cyprian o alcançasse. Will sentiu as emoções conflitantes quando Cyprian percebeu que era tarde demais, a decisão tomada sem ele.

— Nós concordamos. Concordamos em usar James para impedir Simon.

— Eu nunca concordei. Ouvi Gauthier, e tomei uma decisão.

— *James* — falou Cyprian, como se o nome estivesse sujo. — Ele usou você. Enganou você para que sentisse empatia.

— Foi a coisa certa a fazer — retrucou Will.

— Ele seduziu você como fez com Emery? Está apaixonado por ele também?

— Foi a coisa certa a fazer — repetiu Will, decidido.

— Não foi a coisa certa a fazer! Ele manteve meu irmão preso durante meses, deixando que continuasse vivo até que se transformasse. Depois o soltou para massacrar os Regentes. Como acha que Marcus se sentiu, sabendo que a sombra estava dentro dele, mas que era incapaz de impedi-la? James disse que Marcus implorou, lembra? E agora Simon tem a Pedra das Sombras...

— Isso não diz respeito a Marcus... — disse Will.

— Não, diz respeito a Simon — falou Cyprian. — Simon vai libertar os Reis de Sombra, e eles vão trazer morte e destruição a este mundo. Nada pode impedi-los. Nenhum poder do nosso tempo é forte o bastante.

— Eu conheço os riscos. Sei o que Simon pode fazer.

— A gente tinha uma chance de derrotá-lo. Estava nas nossas mãos, e você desistiu! Você ouviu a Regente Anciã. Depois que os Reis de Sombra estiverem livres, Simon poderá ressuscitar o Rei das Trevas. E quando o Rei das Trevas voltar, vai trazer o passado sombrio com ele, devolvendo a magia e subjugando o nosso mundo! A gente poderia ter usado o Colar para impedir isso.

— Usado da forma como os Regentes usaram o Cálice? — perguntou Will.

Cyprian empalideceu, como se a carne sobre seus ossos tivesse virado mármore. Parecia ter sido apunhalado, mas estava tão drenado que o ferimento não expelia sangue. O silêncio ressoou; tudo parou, o único movimento era o balançar de pequenas partículas de poeira na sala em ruínas.

— Não é a mesma coisa.

— Não? Que parte? Escravizar seu inimigo? Acreditar que você pode usar um poder sombrio sem se tornar aquilo que está combatendo?

— Não é a mesma coisa — repetiu Cyprian. — Usar o Colar não coloca ninguém em risco...

— É a vontade do Rei das Trevas! Ele está por toda parte, você não sente? Os artefatos dele. Seu poder. Os Regentes estão mortos porque beberam do Cálice. Jamais tiveram chance; o Rei das Trevas estava dentro do Salão o tempo todo, dentro de seus corpos, dentro das suas mentes. Você achou que fosse um acidente? Uma reviravolta do destino? Ele planejou tudo! Assim como planejou isto! Ele quer o Colar no pescoço de James. E você quer fazer a vontade dele. — Will não cedeu. — Exatamente como os Regentes.

As mãos de Cyprian se cerraram em punhos.

— Os Regentes não estavam fazendo a vontade do Rei das Trevas. Os Regentes eram pessoas boas enfrentando a Escuridão. Formaram a linha de frente durante séculos. Estavam lutando muito antes de você chegar ao Salão. Quando a sombra veio, deram a vida para lutar contra ela!

— Olhe. — Will segurou Cyprian pelo braço e o arrastou para diante do velho, que se balançava na cadeira. — Olhe para Gauthier. O Colar deturpou sua linhagem inteira até que eles fossem incapazes de fazer outra coisa que não o guardar e o passar de mão em mão ao longo dos séculos para esta casa, para nós, para James. — Olhando para o velho, Will podia sentir a influência sufocante do Rei das Trevas pairando sobre tudo, tão espessa que quase o fez engasgar. Mil tendões de sombras surgidos do poço escuro do passado e buscando se firmar. — Os Regentes achavam que estavam no controle, mas não estavam. *Ele* estava. Queria que os Regentes bebessem. É assim que os artefatos dele funcionam. Você acha que o está usando, mas é o objeto que está usando você.

— Então o que vamos fazer?! — exclamou Cyprian. Mas Will via no olhar angustiado de Cyprian que o rapaz sabia que aquele era o caminho certo. — Sem o Cálice, sem o Colar... Somos apenas nós três. Nós três contra a Escuridão. Como vamos lutar quando uma única sombra matou todos os Regentes no Salão?

— Eu não sei — respondeu Will com sinceridade. — Mas não estamos seguindo os planos dele agora, talvez pela primeira vez. Você é o último Regente que sobrou. E é o primeiro fora de alcance. Você é um Regente que não bebeu do Cálice.

Cyprian tomou um fôlego, trêmulo.

— Acha que James vai voltar para Simon? — perguntou Violet.

— Também não sei — falou Will. — Mas ele está livre do Rei das Trevas também.

— E Gauthier?

Ela olhou para o velho encolhido, a pele repuxada sobre os ossos e ainda se balançando um pouco na cadeira.

Will se ajoelhou diante de Gauthier, de forma que ficassem da mesma altura.

— Sr. Gauthier. Sinto muito, mas James estava dizendo a verdade sobre Sophie... você está sozinho. Tem alguém que podemos chamar para você? Alguma coisa que possamos fazer?

— Fazer! — disse Gauthier. — Você pode devolvê-lo para mim, é isso o que você pode fazer! Sou eu quem deve colocá-lo em James. Sou eu quem deve possuí-lo! Não você...!

Will se levantou depressa, com o estômago revirando.

Levaram para dentro o maço de gravetos, seis ovos que encontraram no viveiro exterior antigo e um lençol cheio de maçãs da árvore descuidada, junto a uma jarra de água fresca. Então deixaram a fazenda, onde a voz de Gauthier ainda ecoava:

— Ele deveria ser meu! Obedecer às minhas ordens com o meu Colar no pescoço!

Eles atravessaram o pântano a cavalo, em direção ao arco quebrado que dava para um pátio silencioso e vazio. Will não queria voltar para o Salão. Podia sentir a própria resistência, o arco agourento em sua mente, como os portões de um cemitério à noite. Ao redor, o pântano se estendia frio e úmido sob o céu cinza, os cavalos trotavam pela lama.

— O que vamos dizer para Grace e Sarah? — perguntou Cyprian, trazendo o cavalo para perto do de Will.

O rapaz tinha permanecido calado durante a viagem, absorvendo as palavras de Will. Tinha passado a vida treinando para ser um Regente, seguindo as tradições e o código. A vida de Regente era tudo que conhecia. Sem a Ordem para guiá-lo, ele estava perdido, sem querer beber do Cálice, mas sem outra base em que se apoiar. A ideia de que ainda poderia ser um Regente, mas não como um Regente como todos deveriam ter sido, era uma ideia inédita. Ele perguntara sobre Grace e Sarah sem amargura, como se fosse algo prático que precisassem resolver.

Mas Cyprian estava certo. O que iam dizer? Que tinham voltado de mãos abanando? Que Will entregara a única arma que tiveram em mãos contra Simon? Que os Reis de Sombra seriam libertados e não havia como impedi-los?

O futuro parecia se estender com todos os planos de Will contra Simon minguando, restando apenas a ideia de que ele não estava pronto para a luta que estava por vir.

— Will? — disse uma voz.

Ele estava parcialmente ciente de Violet às suas costas, sacando a espada, quando duas figuras a cavalo surgiram de trás do portão.

A beleza dela era como a luz dourada do sol na primavera, mesmo no pântano cinza e frio. A garota e a linda égua salpicada de cinza pareciam extremamente deslocadas, as saias de suas vestes azuis de cavalgar encharcadas de lama, que respingava e manchava as pernas e a barriga do animal molhado.

Atrás, havia uma menina de uns nove ou dez anos, com sobrancelhas grossas e um rosto pálido, montada em um pônei baixinho. Elas eram muito diferentes, uma linda e dourada, e a outra atarracada e simples, mas ambas se viraram para ele em sincronia.

— Você disse para eu vir se estivesse em perigo — falou Katherine.

CAPÍTULO VINTE E NOVE

Katherine não conseguia parar de encarar: Will, as roupas estranhas que ele usava, a lama e a sujeira que o cobriam e até mesmo o cavalo preto que ele montava. O rapaz desceu e deu um passo na direção dela, os olhos arregalados e chocados. Seus amigos pareciam ter vindo de um campo de batalha, as roupas ensanguentadas e rasgadas. Pareciam, pensou ela, fazer parte do cenário com o portão antigo em ruínas.

— Você veio — disse Will.

Ele estava ali; Katherine não estava sozinha no pântano. Queria se aproximar. Queria que o rapaz a levasse para uma sala de estar quente, com uma lareira onde ela pudesse se sentar e se aquecer, e criados para lhe trazer chá, enquanto ele envolvia seus ombros em um xale e segurava suas mãos. Mas nada estava acontecendo como ela imaginara.

A chuva tinha tornado a cavalgada noturna pelo pântano em um deslize frio e maltrapilho pela lama. O coração de Katherine pesava sempre que sua égua de natureza doce, Ladybird, tropeçava, com Elizabeth se esforçando para acompanhá-la com Nell, a pônei. Não demorara muito até que as duas estivessem encharcadas, tremendo nas saias ensopadas.

Seus dentes batiam. O garoto e a garota atrás de Will a encaravam com uma desconfiança nada amigável.

— O que ela está fazendo aqui? — perguntou a garota, sacando a espada, uma longa e assustadora arma que aparentava ser pesada demais para seu corpo magro.

— Will? — disse Katherine, sem entender o que estava acontecendo, mas com medo dos dois estranhos e das suas espadas.

Sentia tanto frio que seus dedos estavam dormentes nas luvas molhadas, as saias encharcadas e pesadas. Não sabia o que fazer.

— Está tudo bem — falou Will para ela, depois olhou para os demais. — Pare, Violet. Pare. Ela não é uma ameaça.

— Ela é a *noiva de Simon* — disse Violet.

— *Simon!* — repetiu o garoto ao lado.

Ele também sacou a espada, um aviso evidente.

O coração de Katherine se alojou na garganta. Will se colocou diante dela, enfrentando o aço afiado.

— Eu pedi a ela que viesse. Ela não é uma ameaça. Está sozinha. Veio em busca de ajuda. — Então ele se aproximou, colocando a mão no pescoço de Ladybird ao dizer baixinho: — Não é, Katherine?

— Eu não fui seguida — disse ela ao se lembrar da fuga lenta e sorrateira ao lado de Elizabeth, desviando dos paralelepípedos para abafar o som de cascos e rezando para que os cavalos não relinchassem. — Não foi... lorde Crenshaw não sabe que estou aqui... eu não fui...

— Você fez o certo — afirmou Will, lançando um olhar de alerta para Violet e para o garoto. — Primeiro, vamos levar você e sua irmã para dentro.

Katherine estava molhada e com frio, mas não havia nada ali, nenhum sinal de pessoas. O pântano vazio se estendia em todas as direções.

— Para dentro?

— Se Cyprian permitir — corrigiu Will, depois se virou para o garoto. — Você é o único que pode deixá-las passarem pelas defesas.

— Não confio nela — disse Violet.

O rapaz, Cyprian, a olhou da cabeça aos pés, refletindo sobre a decisão. Sentado com as costas eretas no cavalo branco, parecia um modelo de uma era passada. Katherine desejou que não estivesse molhada nem tremendo. Desejou que seus dentes não estivessem batendo e seus cachos não estivessem encharcados. Tentou ao máximo, apesar de tudo, parecer respeitável.

— Meu pai não a deixaria entrar — falou Cyprian. — Ele encarava o Salão como uma fortaleza que precisávamos proteger. — Olhando para ela, o rapaz pareceu se lembrar de palavras que outra pessoa tinha dito. — Mas no mundo antigo, o Salão não era apenas uma fortaleza. Era um santuário. — Ele embainhou a espada e acenou para Katherine. — Se você realmente precisa de ajuda, então é bem-vinda em nosso Salão.

Will cavalgou ao lado dela. Seu cavalo preto imenso com o pescoço arqueado diminuía o tamanho de Ladybird, mas ele estendeu o braço para baixo e segurou a mão enluvada de Katherine. O coração dela galopava no peito.

— Não tenha medo — disse ele.

Mas ela estava com medo; estava apavorada.

À frente, Cyprian e Violet atravessaram o arco quebrado e simplesmente sumiram.

— Will?

Katherine disse o nome como se fosse um pedido de ajuda. A mão do rapaz apertou a dela. *Não quero ir.* Ele puxou os dois para a frente.

Ela sentiu uma pressão, e, de repente, o pântano sumiu — em seu lugar, havia a silhueta preta de um castelo triste, seu farol era a última brasa de uma fogueira morta. A garota estremeceu ao olhar. Onde estavam as luzes, os criados e o calor de uma recepção?

O que tinha acontecido ali? Ela se lembrou da luz que Will tinha conjurado no jardim. Alguma parte em seu interior tinha pensado que Will a guiaria para um lugar de luz. Um lugar seguro. Mas o lugar onde estava naquele momento era escuro e terrível. Ela observou Will descendo do cavalo no pátio. *Aquele* era o mundo de onde ele viera?

— É a-aqui... que você mora? — perguntou ela.

— É onde eu tenho me hospedado — respondeu Will.

— É horrível — disse Elizabeth. — É como se estivesse morto.

— Elizabeth! — repreendeu Katherine.

— Tudo bem — falou Will, olhando em volta do pátio, triste. — Ela está certa. Não é o tipo de lugar onde eu esperaria te receber. Mas é onde vamos estar seguros.

Com o castelo às suas costas, Will parecia diferente — não era mais um belo jovem elegante, e sim um rapaz sobrenatural e misterioso. A antiga vida de Katherine estava se despedaçando, como se não tivesse sido real, como se o evento que a levara até ali tivesse estilhaçado uma ilusão, revelando uma realidade que era tão sombria quanto verdadeira.

— Venha — disse Will, estendendo a mão para ajudá-la a descer do cavalo.

Katherine estava sentada com sua saia secando sobre um banquinho de três pernas ao lado do fogo e tentando não pensar em por que tinha ido até ali.

Will não a levara para o castelo, mas para uma torre menor na muralha que ele chamava de "alojamento do portão". Apesar disso, a silhueta preta do castelo ainda pairava acima, uma forma agourenta que a fazia estremecer.

O próprio cômodo não se parecia em nada com uma sala de estar. Era mais como um quartel, escavado em uma pedra escurecida e rachada devido ao tempo. No topo do pequeno lance de escadas havia um quarto com cinco colchões de palha improvisados, como se Will e os demais estivessem todos acampando naquela ruína deprimente. Duas meninas usando túnicas azuis tinham saído para recebê-los. Will havia defendido a permanência de Katherine diante delas, antes de levá-la para se sentar em frente à lareira.

Elizabeth também estava no cômodo, as sobrancelhas escuras espessas no rosto fechado. Com seu vestido infantil curto, sentou-se atrás de Katherine, perto da parede. Recebera uma tigela de ensopado e comia vorazmente. Katherine não suportava a ideia de colocar nada no estômago. Quando pensava, tudo que conseguia imaginar era o adorável

ASCENSÃO DAS TREVAS

serviço de jantar de casa, enquanto ali não havia carpete, nem papel de parede, nem criados, nem nenhum sinal de civilização.

Elizabeth tinha sido surpreendentemente casual quando Katherine se aproximou com o coração martelando e dissera que precisavam partir. Avisada para não levar nada além dos itens essenciais, Elizabeth parou apenas para pegar o casaco e o dever escolar do dia, depois voltou com o rosto sombrio e pronta. Katherine considerara levar algumas roupas elegantes e joias, mas no fim vestiu um traje de montaria azul velho e simples. Vira o cocheiro selar Ladybird centenas de vezes, mas quando tentou fazer por conta própria, não tinha ideia de por onde começar. O momento parecera uma pausa longa e agonizante de tentativa e erro antes que elas partissem debaixo da chuva.

— Aqui — disse Cyprian, oferecendo a ela uma xícara.

Ele a observava a uma distância cautelosa. Como se a mera existência de Katherine fosse uma invasão. Como se ela fosse a esquisitice, e não ele. Como se ela pudesse ser perigosa... o garoto parecia nutrir uma curiosidade diante do estrangeiro, como se jamais tivesse visto uma mulher nobre. Naquele momento, ele entregava a ela um copo de formato estranho, cheio de líquido quente.

No fim das contas, era chá, mas não um chá marrom gostoso, com leite, em uma xícara de porcelana. Era verde, com pedaços de alguma coisa que parecia grama boiando.

— Você é muito generoso, senhor — disse ela.

— É uma especialidade do meu povo. As ervas que crescem aqui têm qualidades que foram cultivadas desde o mundo antigo. É uma bebida revigorante.

— Seu povo? Quer dizer os Continentais? — perguntou Katherine.

Ela corou porque sabia que aquilo era, de alguma forma, errado de se dizer, mas não sabia por quê. Não sabia o que fazer.

— Ele quer dizer Regentes. Seu noivo os matou — respondeu Violet.

Ela pegou o chá e o encarou, verde-pálido com algumas partículas e galhos girando no fundo.

— Entendo. Obrigada — disse ela.

Katherine se sentou de novo. Estava vagamente ciente dos demais se aglomerando em um canto e falando sobre ela em voz baixa. "Ainda não sabemos por que ela está aqui", "Ela veio sozinha. Simon não está com ela", "E se ela for um Cavalo de Troia? Não podemos confiar nela".

Katherine encarou o fogo até que as chamas se embaçassem. Não deveria estar ali. Deveria estar em casa, arrumando-se para o jantar. Não estaria ali se não fosse pelo que tinha acontecido. A coisa terrível e avassaladora que a fizera fugir pela lama através da chuva.

Will puxou um segundo banquinho e se sentou ao seu lado.

— Você ouviu alguma coisa, não foi?

Ele falou baixo, inclinando-se na sua direção, os antebraços apoiados nos joelhos. As palavras a paralisaram. Ela não podia dizer. Não queria dizer. Ao redor, Katherine sentiu uma pressão retumbante. Segurou a xícara tão firme que ficou surpresa por não se quebrar, cortando-a.

— Simon foi visitar você. Ele estava em Londres a negócios — disse Will.

A sala toda ficou tão quieta que ela achou poder escutar cada crepitar de chama na lareira. Will falou como se soubesse o que ela ouvira, sendo que ele não podia saber. Não tinha como saber. Ninguém tinha. A pressão aumentou. Ela não queria falar, porque isso tornaria a coisa real. Tornaria tudo real. O castelo frio e vazio. A lama que ensopava seu vestido. As palavras que fizeram seu mundo se despedaçar.

— Ele devia estar de bom humor. Os negócios em Londres tinham ido bem — disse Will, triste. — Talvez alguém tenha chegado para visitá-lo. Talvez um sócio. Talvez um mensageiro. Eu tinha deixado você muito curiosa, a ponto de tentar entreouvir. E você ouviu.

Na primeira vez que lorde Crenshaw foi visitá-la, eles tinham usado um conjunto de chá de porcelana decorado com botões de rosa cor-de--rosa, folhas verdes enroscadas e borda dourada. Ele tinha sido o cavalheiro perfeito, fazendo perguntas, demonstrando interesse. A família inteira tinha ficado tão feliz, o futuro estava garantido. A tia e o tio de Katherine a tinham mimado, e ela comera sua sobremesa preferida naquela noite, sorvete de damasco.

Ela fora para a cama, animada demais para dormir, e trançara o cabelo da irmã, falando sobre a casa que teria, os bailes aos quais iria e a sociedade da qual participaria.

— Ele disse que não bastava — falou Katherine.

— O que não bastava?

Ele fora visitá-la muitas vezes desde então, e sempre fora o retrato da cortesia e das boas maneiras, solícito e charmoso, como tinha sido na última visita, quando se levantara para falar com um mensageiro, e ela o seguira para o corredor.

— Sangue — respondeu Katherine.

Com os olhos na xícara, ela sentiu a estranheza fria do cômodo pequeno e vazio. Sua antiga vida pareceu retroceder, os vestidos e os sapatos, o pequeno filete de pérolas que combinara tão bem com a musselina de bordado floral, a animação de sua primeira vez penteando o cabelo *à la mode*, observando os fios sendo erguidos cima do pescoço por sua nova dama de companhia.

— Ele disse que havia matado uma dama antes, mas que uma não bastava. Que precisava matar todas.

Ele matou minha mãe, contara Will, mas Katherine não acreditara. Até que ouvira as palavras que deixaram seu sangue gelado, e então a única coisa de que se lembrou foi de Will dizendo para que fugisse.

Eu preciso matar todas, dissera lorde Crenshaw em tom descontraído. *E matei. Estão todas mortas. Todas, menos uma.*

Will puxou o banco para mais perto e falou em um tom urgente:

— Teve mais alguma coisa?

Atrás da porta, apavorada, ela precisou encontrar seu caminho de volta para a sala de estar matinal, onde o observou se sentar, conversando sobre frivolidades e sorrindo. Tudo de que ela se lembrava era pressionar o corpo contra a parede e tapar a boca com o dorso da mão para conter o grito em sua garganta.

Eu fui um idiota dezessete anos atrás, agindo de acordo com pistas e rumores. Achei que só precisava matar uma.

Eu estava errado.

Precisava matar todas. E matei. Estão todas mortas. Todas, menos uma.
Agora que tenho a Pedra, posso finalmente obter sucesso onde falhei du-
rante todos esses anos.

O sangue dela vai libertá-los dos séculos de prisão, e pelas mãos deles os
inimigos Dele serão derrotados. Quando todos estiverem mortos, Ele vai
despertar.

— Ele disse que precisava de sangue para abrir uma pedra. — Katherine estava apenas parcialmente ciente de como suas palavras impac-
tavam os outros, dos olhares que trocavam. — Ele libertaria prisioneiros
da Pedra para matar qualquer um que resistisse. Disse que quando as
damas estivessem mortas, um rei despertaria.

As mãos de Will se fecharam sobre as dela, firmando-as.

— Você fez o certo ao vir até aqui.

O toque a sobressaltou, mas a fez voltar ao presente de repente.
Ela se agitou ao perceber que Will pegara suas mãos nuas e as estava
simplesmente segurando.

— Ele é louco, não é? A mente dele é... Ele é um homem louco.

Ela levantou o rosto para Will, sem querer nada além de ser con-
fortada e ouvir que tudo aquilo poderia ser colocado de lado, como um
pesadelo.

— Eu disse a você que se viesse até mim eu explicaria tudo. E vou
— disse Will.

Ele não tirou os olhos de Katherine, mas ela ouviu Cyprian se pronunciar do outro lado da sala:

— Will, você não pode envolvê-la nisso tudo...

— Ela já está envolvida.

— Não entendo — disse Katherine em um tom tímido.

Violet tinha dado um passo à frente.

— Ao menos peça que a irmã dela saia do cômodo.

Foi a pior coisa a se dizer.

— Eu posso ouvir qualquer coisa que Katherine possa!

Elizabeth tinha se levantado e olhava com raiva para Violet.

— Elas vieram juntas — disse Will. — Estão nisso juntas.

— Conte — pediu Katherine.

— Você viu a árvore se acender no jardim — começou Will. — Disse que não era natural. Você estava certa. Foi mágica. Como este Salão. Há muito tempo, havia magia no mundo.

Magia. Uma sensação estranha a percorreu quando ele falou, o sentimento esquisito de algo perdido, como se o castelo morto e escuro fosse um vestígio de algo que desaparecera.

— O que aconteceu com a magia? — perguntou Katherine.

Parecia importante. Como se o que Will estava prestes a contar fosse mais importante do que tudo. Como se ela precisasse saber.

— Há muito tempo, havia um Rei das Trevas. Ele era poderoso e impiedoso, e gostava de controlar as pessoas. Queria governar o mundo. Quase conseguiu. Só foi impedido a um grande custo, depois que causou destruição e morte.

Ela sentia como se fosse verdade. Com a luz da chama tremeluzindo naquele castelo frio e arruinado, tudo pareceu verdade. Um Rei das Trevas se erguendo de um passado que se tornou real assim que Will falou sobre ele. Mas era como se houvesse uma peça faltando, algo que estava na ponta da língua de Katherine...

— Impedido. Por quem? — perguntou ela.

— Uma Dama — respondeu Will. De repente, ela foi apreendida pelo olhar dele, incapaz de desviar o próprio olhar, magnetizada. Lembrou-se da luz em seu jardim. Sentiu como se estivesse prestes a compreender tudo, naquele momento, enquanto os olhos de Will brilhavam com dor. — Eles se amavam. Talvez tenha sido assim que ela o matou. Mas mesmo na época, não havia terminado. O Rei das Trevas jurou retornar.

— Retornar... da morte? — falou Katherine.

— A Dama não podia voltar como ele podia, então teve um bebê, na esperança de que, se o Rei das Trevas despertasse de novo, seu descendente retomaria a luta.

Você. Ela sentiu a palavra, como um latejar, enquanto olhava nos olhos de Will. *Você, você, você.* Havia algo sobre ele, algo que soava antigo e parte da história, como se ele fosse a chave, como se ele fosse profundamente importante. Se ao menos ela conseguisse entender...

— Simon está matando os descendentes da Dama — falou Will. — Ele acha que isso vai trazer de volta o Rei das Trevas.

Um Rei das Trevas impiedoso. Um Rei das Trevas que queria governar. Um Rei das Trevas que podia destruir o mundo...

Katherine estremeceu nas roupas molhadas. Mesmo em frente ao fogo, ela não conseguia se aquecer.

— E vai? — perguntou.

Will não respondeu de imediato. Olhou para Violet, e os dois pareceram compartilhar algo antes de ele olhar de volta para Katherine.

— Ele matou minha tia antes de eu nascer. Acho que ela foi a primeira. Quando o Rei das Trevas não apareceu depois que ele fez isso...

— Ele precisou matar todas — continuou Violet. — Qualquer um que pudesse ter o sangue.

— Por isso ele matou sua mãe. Por isso está perseguindo você — disse Cyprian. — "Matar uma não basta. Preciso matar todas."

A voz descontraída de lorde Crenshaw dizendo: *Eu precisava matar todas elas. E matei. Estão todas mortas. Todas, menos uma.*

Katherine olhou para Will, as chamas da lareira iluminavam o rosto do rapaz.

Você. Aquilo explicava a estranheza de Will, seu ar sobrenatural, a forma como sempre era... mais nítido e luminoso na mente de Katherine do que as outras pessoas, mesmo que ele parecesse afastado e distante.

Will era a pessoa que lorde Crenshaw perseguia. Quem ele precisava matar para conseguir concretizar seus planos.

— Os Reis de Sombra não podem ser impedidos — disse Cyprian. — Se ele os mandar atrás de você...

— Ele ainda não os libertou — interrompeu Will. — Ele precisa de Sangue da Dama para libertá-los da Pedra.

— Seu sangue — falou Violet, e Katherine sentiu um arrepio.

— E depois que ele o tiver? — perguntou Cyprian.

ASCENSÃO DAS TREVAS

— Ele vai libertar os Reis de Sombra, massacrar seus inimigos e acabar com a linhagem da Dama — afirmou Will.

— E Ele vai despertar — concluiu Cyprian, enquanto um calafrio percorria a coluna de Katherine.

Ela viu o olhar que Will trocou com Cyprian e Violet, um pouco antes de os três saírem do alojamento. Katherine esperou que desaparecessem, então se levantou do banquinho ao lado da lareira e disse às duas meninas, Grace e Sarah:

— Preciso de ar.

Assim como havia seguido lorde Crenshaw, Katherine saiu de fininho atrás de Will e seus amigos, querendo saber o que estavam conversando quando achavam que ela não podia ouvir.

Katherine viu Will no pátio próximo ao alojamento. Ele falava com Cyprian e Violet em um círculo fechado e com a voz baixa. Ela se abaixou atrás de uma ruína, fora de vista, mas ao alcance dos ouvidos.

— Ele precisa de você — dizia Cyprian. — Mas não vai conseguir.

— A gente sabe como impedi-lo agora — falou Violet. — Katherine nos contou. Ele precisa do seu sangue. Sem isso, não pode libertar os Reis de Sombra. Tudo o que precisamos fazer é manter você longe.

— Quer dizer fugir — disse Will.

Katherine jamais o ouvira falar assim antes. Não podia ver a expressão no rosto dele, mas queria desesperadamente. Pressionou o corpo mais perto da parede, esperando não ser vista.

— O Salão vai nos manter seguros... — começou Cyprian, mas Violet o interrompeu:

— Simon sabe que estamos aqui. Não temos suprimentos para mais de um mês. É fácil demais para ele nos atrair para fora. Não podemos ficar no Salão.

Will ficou calado.

— Simon não é imbatível. — Violet prosseguiu com o argumento. — Sua mãe fugiu dele durante anos, até que ele a encontrasse. Gauthier se manteve escondido a vida toda. Se permanecermos em movimento, poderemos manter você longe.

Foi Cyprian quem quebrou o silêncio longo e tenso:

— Ela está certa. Vamos fugir. Vamos sair da Inglaterra e nos afastar ao máximo.

— Vamos? Nós? — falou Will.

— Isso mesmo — respondeu Cyprian.

— O Salão é o seu lar.

— Eu não fiz um juramento ao Salão — retrucou Cyprian. — Fiz às pessoas deste mundo. De me lembrar e proteger. Foi isso que fui treinado para fazer.

Houve outra longa pausa.

Então a voz de Will soou, soturna:

— Tudo bem. Juntem suas coisas. Vamos partir ao alvorecer. Vamos viajar com pouco e permanecer em movimento.

— Vou contar aos outros — falou Violet.

E eu?, pensou Katherine. *E minha irmã? Para onde vamos? Será que vão simplesmente nos abandonar? O que vamos fazer?*

Mas quando Katherine estava prestes a correr de volta para se certificar de que não fosse vista, ouviu Will dizer o nome de Violet, segurando-a.

— O que foi? — perguntou a garota.

— As irmãs.

Katherine ficou muito quieta, imóvel, esforçando-se para escutar.

— O que tem?

— Quero que me dê sua palavra de que vai protegê-las — pediu Will. O coração de Katherine batia acelerado. — Você é a mais forte. Quero que as mantenha seguras.

— Posso não gostar do noivo dela — disse Violet, devagar. — Mas aquela garota arriscou muita coisa vindo até aqui. Por você.

Por você. Katherine corou, o calor escaldava suas bochechas frias. Ela se sentiu dolorosamente exposta.

— Obrigado, Violet. Eu não poderia fazer isso sem você — disse Will.

— Mas onde eu durmo? — perguntou Katherine, olhando para o pequeno cômodo com cinco camas no chão.

— Aqui — indicou Violet, empurrando um rolo de cobertores para as mãos de Katherine.

Assim que voltara ao alojamento, Will contara a ela o que ele e os amigos planejavam. Dissera que seria perigoso. Dissera que seus amigos a ajudariam independentemente do que ela decidisse. E Katherine havia respondido que sim quando ele perguntou se ela queria ir junto.

— Você pode ficar com a minha cama — falou Will, apontando para uma das camas finas de palha no canto. Will dormiria no piso de pedra fria. — Sei que não é muito. A gente vai encontrar acomodações melhores para você quando estivermos longe, na estrada.

Ela imaginou as cobertas macias de penas da própria cama e o aquecedor prateado.

— Obrigada. Fico muito grata. Elizabeth, vamos nos acomodar aqui.

Não havia onde se lavar, nem se despir, então Katherine pediu às duas janízaras que estendessem um cobertor para que ela ficasse atrás dele, e Elizabeth a ajudou a abrir o corselete. Katherine se deitou de combinação e xale. Cyprian e Will tinham descido e só voltaram quando estava já escuro e ela estava sob as cobertas. Katherine tentou não pensar no que aconteceria de manhã.

Achou que Will iria dormir de imediato, como Cyprian, mas ele se sentou ao seu lado no colchão de palha. Ela corou, sentindo o corpo se aquecer devido à presença do rapaz, devido ao pensamento de que ele queria vê-la antes de se deitar.

— Vim desejar boa noite — falou Will, baixinho.

Havia alguma coisa errada. Dava para perceber. Foi ela quem segurou a mão de Will e o impediu de se levantar. Olhou nos olhos do garoto.

— O que foi?

Katherine não achou que ele fosse responder. Os demais já estavam dormindo ou longe demais para ouvir. O silêncio pareceu se estender por um longo tempo.

Ele disse as palavras baixinho:

— Minha mãe passou a vida inteira fugindo.

Will esfregou o polegar na cicatriz prateada em sua mão. *Simon matou minha mãe*, contara ele naquela noite no jardim. Katherine tinha pensado em Will como um rapaz atraente e de posses, até aquele momento, quando o chão desapareceu sob os pés dela.

— Eu queria que você a tivesse conhecido. Ela era uma boa pessoa, corajosa, forte. Às vezes era severa ou distraída, mas tudo o que fazia... tinha um motivo. Ela sacrificou muito pelo filho.

Era mais fácil falar no escuro, pronunciar as palavras que poderiam não ter encontrado seu caminho à luz do dia. Katherine podia sentir que Will lhe dera algo verdadeiro. E agora ela lhe devia algo verdadeiro em troca, palavras que só podiam ser faladas no escuro.

— Achei que existisse uma vida que eu queria. — Ela se ouviu dizer. — Joias, vestidos e coisas lindas da moda. Lorde Crenshaw teria me dado tudo. Mas eu não podia ficar com ele. Não depois de saber o que ele era.

— Não, é óbvio que não — disse Will, abrindo um meio-sorriso. — Depois que você descobriu o que ele era, o que realmente era, não pôde suportar.

Ele disse como se acreditasse em Katherine. Como se sempre tivesse sabido que ela faria a coisa certa. Mas ela não tinha feito, não no começo. Fugira da verdade que ele contara a ela em seu mundo de segurança e tranquilidade. Havia outra coisa que devia a ele, palavras que eram mais difíceis de dizer desde a noite em que o expulsara do jardim.

— Você estava certo em relação a ele — falou Katherine. — O que você me contou naquela noite. — Ela tomou fôlego. — Tudo.

— Sinto muito. Se não fosse por mim, você ainda teria aquela vida.

— Eu não a iria querer. Não sabendo que não era real.

Ela olhou para o alojamento escuro e vazio, que não tinha papel de parede, nem tapetes, nem uma dama de companhia para ajudá-la com o cabelo. Os sete estavam dormindo como desabrigados em um asilo. Era assustador e desconfortável, mas parecia genuíno. Ela voltou a encarar os olhos pretos de Will.

— O que vai acontecer amanhã?

— Você vai estar segura — disse Will, e então, com aquele sorriso estranho e pesaroso, continuou: — Eu prometo.

CAPÍTULO TRINTA

Will esperou até que Katherine estivesse dormindo e a sala, escura e quieta; então se levantou, saiu do alojamento silenciosamente e desceu até os estábulos.

As palavras ecoavam em seus ouvidos. *Simon está matando os descendentes da Dama. Acha que isso vai trazer de volta o Rei das Trevas.* Simon matara sua tia. Simon matara sua mãe. Simon matara inúmeras mulheres, dominado pelo desejo de trazer de volta o Rei das Trevas.

Matar uma não era o suficiente. Precisava matar todas.

A ideia de que a morte de mulheres traria seu mestre de volta era uma lógica doentia que tinha feito Simon assassiná-las ao longo de décadas. Naquele momento, ele tinha o que precisava: a Pedra das Sombras. Se libertasse os Reis de Sombra, eles matariam, uma força destrutiva que nenhuma porta ou muralha poderia conter. Arautos do retorno do Rei das Trevas, os Reis de Sombra caçariam e aniquilariam cada inimigo de seu mestre.

Aos sussurros, Cyprian e Violet tinham conversado sobre como fugir e para onde ir. Achavam que Simon precisar do sangue da Dama lhes dava uma chance. Achavam que se simplesmente mantivessem Will seguro, impediriam Simon de libertar os Reis de Sombra da Pedra.

Estavam errados.

Porque se Simon precisasse de sangue, havia outro lugar onde poderia obtê-lo. E Will sabia onde. Conhecia exatamente o lugar a que

ASCENSÃO DAS TREVAS

Simon iria para libertar os Reis de Sombra de séculos trancafiados em sua prisão.

Ao solo encharcado de sangue onde ela padecera, olhando para ele, os dedos ainda agarrados a sua manga.

Bowhill.

Tinha uma certeza terrível em relação ao lugar em que tudo havia começado. É óbvio que precisaria voltar ao início de tudo. Will passara todo esse tempo fugindo, mas no fundo sempre soube que precisaria retornar e enfrentar a verdade.

Simon pisaria no solo encharcado com o sangue da mãe de Will e libertaria os Reis de Sombra, que trariam morte e destruição. Por meio deles, Simon acabaria com a linhagem da Dama. Esse era o propósito da vida de Simon, o motivo pelo qual havia assassinado tantas mulheres, o motivo pelo qual assassinara os Regentes. Traria de volta o Rei das Trevas e os terrores do passado para o presente.

Will sabia o que precisava fazer. Quem precisava ser. A consciência havia crescido em seu interior desde que ficara diante da Árvore de Pedra morta e a Regente Anciã lhe contara sobre sua mãe. Ou, não, talvez soubesse desde que sua mãe tinha morrido, e ele saíra aos tropeços com a mão ensanguentada e hematomas no pescoço.

O destino da Dama é matar o Rei das Trevas.

Ele tinha fugido no começo, sem querer encarar a verdade. Mas não tinha como escapar.

Você pode fugir de seus inimigos.

Mas não pode fugir de si mesmo.

Ele pegou rédeas na selaria e seguiu para as baias silenciosas dos cavalos. Cenário de tantas mortes recentes, os edifícios externos eram sinistros à noite, projetados em sombras e luar. Will se moveu com rapidez, mantendo-se quieto para não chamar a atenção dos demais no alojamento do portão. A urgência pulsava em seu sangue, mesmo que ele tomasse o máximo de cuidado a cada movimento. Simon teria deixado Londres naquela tarde, depois de receber a mensagem na casa de Katherine. Já estaria a caminho de Bowhill. Mesmo com a agilidade de um cavalo alimentado pela magia do Salão, Will não tinha muito tempo. Entrou nos estábulos, onde os poucos animais restantes estavam parados.

— Você está saindo escondido — disse Elizabeth.

Ela era uma pequena emboscada no caminho. Seu cenho franzido consistia em duas sobrancelhas agressivas com as pontas arqueadas para baixo, e suas pernas estavam plantadas, imóveis. Will sentiu um rompante tanto de vergonha quanto de frustração por ser descoberto assim, a um passo da porta, e por uma criança, entre todas as pessoas.

— Vou sair para cavalgar.

Com as rédeas na mão, era uma boa desculpa.

— Você acabou de voltar de uma cavalgada. Você está fugindo. Eu sabia que se ficasse acordada pegaria você.

A luz nos olhos dela era triunfante.

— Não estou fugindo — respondeu Will.

— Você é sorrateiro. Mente para as pessoas. Disse à minha irmã que a conheceu na Oxford Street por acidente. Mas perguntei a Violet o que você estava fazendo em Londres naquele dia, e ela disse que você estava esperando em Southwark. Não é nem perto da Oxford Street. — Elizabeth tinha o júbilo selvagem de uma detetive bem-sucedida. — Você foi atrás da minha irmã de propósito.

Will se sentiu tolo ao manter a voz em um tom normal e calmo:

— Eu fui perseguido de Southwark até à Oxford Street.

— Você está mentindo. Está mentindo para mim. Está mentindo para todo mundo. Hoje à noite… você está planejando alguma coisa. O quê?

Ele pensou em seu destino. Precisava alcançar Simon a tempo. Cada segundo que passava ali o atrasava mais.

A lógica não funcionaria, nem charme, nem a razão. Muito bem.

— Escute — começou Will. — Saia do meu caminho, ou antes que sua irmã tenha a chance de voltar para casa, vou contar a Londres inteira que ela fugiu sem acompanhante.

Will viu a reação da garota, em choque, como se tivesse recebido um golpe. A boca de Elizabeth se escancarou, uma criança indignada e traída diante de um ataque injusto.

— Isso... não é... — Elizabeth cravou os calcanhares no chão. — Ela não fugiu por um *homem*. Fugiu porque descobriu os planos de Simon.

— Eu poderia contar a Simon, em vez disso, se você preferir — disse Will, com firmeza. — Ele vai matá-la.

O comentário fez Elizabeth empalidecer.

— Ele não ousaria!

— Ousaria sim. Por isso ela fugiu. Agora, saia da frente e me deixe passar.

Will baixou o olhar para o rosto pálido e fechado de Elizabeth, esperando retomar a jornada depois de ter dado um fim à questão. Ela o encarou, obviamente procurando uma forma de transpor o ultimato, a mente jovem trabalhava com furor.

— Quero ir com você.

Céus.

— Não pode, e não vai.

— Quero ir com você. Se você vai simplesmente *sair para cavalgar*, não vai se incomodar se eu o acompanhar. Posso pegar a Nell.

Ela ergueu o queixo. Will abriu a boca para responder, percebeu que nenhuma palavra saiu e vislumbrou o brilho de vitória nos olhos da garota. Obrigou-se a ficar calmo.

— Não vou apenas sair para um passeio...

— Eu sabia!

— ... mas o que vou fazer não te diz respeito. Você vai voltar para o alojamento. E não vai dizer uma palavra sobre o que aconteceu a ninguém.

— Ou você vai arruinar a reputação da minha irmã.

— Isso mesmo. Então, se quiser salvá-la, escreva para sua tia e seu tio e diga que você e Katherine saíram para ficar com uma amiga. Eles devem dizer a todos que ela está doente e que vocês vão ficar até que ela melhore, e que será em breve. A essa altura, eu já vou ter partido.

— Você pensou em tudo, não foi? — disse Elizabeth.

Um brilho de fúria surgiu nos olhos dela, e Will meio que se preparou para outra discussão, mas, em vez disso, a boca de Elizabeth se contorceu e suas pequenas mãos se cerraram em punhos.

— Tudo bem. Mas vou me lembrar disso. Você pode ter enganado os outros. Mas não me enganou. Vou desmascarar você. E seja lá o que esteja fazendo.

O sol estava quase se pondo quando ele viu a primeira colina elevada no campo perigoso encimado por rochas. A visão foi como uma lembrança explosiva, o cheiro pantanoso de turfa e a dificuldade de se esconder, uma vez que o terreno era muito aberto. Em uma noite e um dia, Valdithar havia percorrido o que um cavalo normal levaria cerca de cinco vezes mais tempo e chegara quase antes de Will estar preparado. Seguir em frente era como se obrigar a mergulhar em um pesadelo da memória — o desespero daquela noite, os passos trôpegos e a respiração ofegante, o medo enquanto ele avançava por trechos da encosta do campo aberto.

Em determinado ponto, Will precisara descer do cavalo, amarrar Valdithar a um conjunto de árvores e continuar a pé. Estava próximo, deviam faltar uns oito ou nove quilômetros.

O terreno não oferecia abrigo, apenas fragmentos de árvores que acompanhavam as margens dos riachos, e um ou outro muro baixo de pedras empilhadas. Arbustos abrigavam tetrazes montando ninhos que denunciariam Will caso ele os incomodasse. O garoto sabia por experiência própria. Uma bile espessa subiu pela sua garganta quando começou a reconhecer de memória cenários de trechos daquela noite. Havia o fosso onde ele havia cavado para si um buraco como esconderijo e o tronco pútrido em que esbarrara e tropeçara. Do limite das árvores, viu o chalé de pedra com telhado de palha onde fora burro o bastante para tentar pedir ajuda. Fechou os olhos, lembrando-se da maneira como a porta tinha se aberto sob sua mão, de sua ingenuidade ao dizer "Oi?" e sorrir, aliviado, quando viu o homem no corredor, um segundo antes da mancha de sangue na parede.

— ... alguma coisa aqui fora...

Os olhos de Will se arregalaram de novo. Tinha sido uma voz, perto demais. Ele espremeu o corpo contra uma árvore.

Uma segunda voz, áspera e grave:

— Ouvi alguma coisa. Se você ficar de boca fechada, talvez a gente descubra.

Eram dois homens que procuravam algo sistematicamente atrás da fina faixa de árvores. Estavam se aproximando, e não havia cobertura suficiente para Will se esconder. O garoto olhou ao redor, desesperado. Não podia ser visto. Ainda faltava mais de um quilômetro para chegar a Bowhill, para onde Simon estava levando a Pedra das Sombras.

— Eu não gosto de ficar aqui fora — disse a primeira voz, soando nervosa. — Ouvi dizer que *aquilo* está vagando por aí. Que lorde Crenshaw mandou *aquilo* patrulhar as colinas. — Parecia mais do que nervoso. — E se aquilo vir a gente e nos confundir com um intruso?

Aquilo?, pensou Will. E então, *lorde Crenshaw*. Era prova de que ele estava no lugar certo. Simon estava presente, e seus homens estavam patrulhando.

Havia um montinho de vegetação à esquerda. Com cuidado, Will pegou uma pedrinha no chão e a sopesou.

— Aquilo não vai nos ferir; ele conhece a marca de Simon. Sente, de algum jeito. É prova de que somos os homens de lorde Crenshaw.

Estavam ainda mais perto. A qualquer momento passariam pela árvore e o veriam.

Será que isso queria dizer que Simon o veria? Will se lembrou de Leda dizendo que Simon podia olhar através dos olhos dos homens que levavam sua marca.

Will jogou a pedra com toda a força no arbusto...

O grasnado indignado de um tetraz com a cabeça de topo vermelho soou alto, e ele saiu voando em um rompante de asas batendo. Um tiro ecoou quase de imediato, errando o pássaro, mas ecoando pelo silencioso vale noturno. Os homens tinham armas...

— É só um tetraz. Você nos arrastou até aqui por causa de um tetraz, seu idiota. — Will permaneceu espremido junto ao tronco da árvore, tentando nem respirar, a voz a um único passo de distância. — Agora você vai mesmo atrair *aquilo* para cá.

— Já disse, ouvi alguém...

O outro homem xingou.

— Você ouviu pássaros. Isso é inútil. Vamos voltar para a casa.

Os passos recuaram, e Will exalou devagar, os músculos relaxando.

Tinha sido por pouco. Mas agora ele tinha certeza de que Simon estava por perto. Simon já podia ter começado; naquele momento mesmo, podia estar depositando a Pedra das Sombras no solo encharcado de sangue, dizendo quaisquer que fossem as palavras necessárias para libertar os Reis de Sombra. Will avançou, rumo a Bowhill.

Na luz que precedia o alvorecer, ele ouviu o som de galhos se partindo, alguma coisa grande na vegetação rasteira.

Aquilo.

Dava para ouvir cascos e o ronco da respiração de um cavalo, um cavalo e um cavaleiro se movendo, implacáveis, como se em uma busca vagarosa. Quando ele colou as costas ao tronco da árvore, viu as folhas começarem a murchar e se enroscar.

Com o coração na boca, Will se obrigou a avançar, muito silenciosamente, evitando o farfalhar de folhas e o partir de galhos que poderia fazer a cabeça do cavalo se levantar. Ouviu os cacos se moverem pela área em que ele havia se escondido, e depois se virarem e seguirem para a casa de pedra próxima. *Está indo atrás dos homens de Simon.* Ele exalou; os homens de Simon avançaram pelos arbustos e haviam deixado pegadas que ganhavam tempo para Will.

Ele tentou se lembrar de cada detalhe que podia ajudá-lo a escapar sem ser notado. Havia apoios para as mãos no arenito. Um tronco estava podre, então era necessário não pisar nele. E sempre a lembrança gélida das folhas murchando e da respiração pesada do cavalo.

ASCENSÃO DAS TREVAS

Quando chegou a uma pequena elevação, Will desperdiçou momentos preciosos rastejando até o topo da maior pedra que havia por perto para observar o campo, seu sangue latejando.

Nada no vale. Ele ergueu o olhar em direção ao pico sombrio de Kinder Scout, a longa e alta cordilheira de picos de arenito cujas rochas tinham nomes estranhos.

Contra o horizonte, viu uma figura escura a cavalo olhando para o outro lado da paisagem como uma sentinela antiga.

Um Remanescente.

Will sentiu um aperto de medo no coração ao ver os olhos mortos vazios fitando o vale...

Observou o hálito branco que o cavalo exalava na noite fria. Reconheceu sua silhueta, um cavaleiro com uma única ombreira que tinha sido escavada nas colinas da Úmbria. Tinha se perguntado como o cavalo era imune ao toque do Remanescente, mas percebeu que o animal usava sua própria armadura antiga, a longa peça do focinho que cobria o chanfro, dando tanto ao cavalo quanto ao cavaleiro uma aparência vazia apavorante.

Aquilo, os homens tinham chamado, mas Will se lembrou com um tremor de que havia mais de um Remanescente. Havia três. Um no bosque. Um na colina. E o outro...?

Disse a si mesmo para seguir em frente. Seguiria as mesmas regras: ficar quieto para que não possam ouvir; permanecer fora do descampado, pois estão observando; e não entrar em pânico, pois iria se entregar.

Mas se abrigar nos mesmos esconderijos de tantos meses antes era um horror por si só. A árvore oca onde ele se refugiara, tentando puxar o ar pela garganta ferida. A saliência de pedra onde havia se agachado, a mão pingando sangue. Cada passo o levava tão intensamente de volta ao passado que parecia que ele estava viajando no tempo, voltando para o momento devastador que não queria enfrentar.

Então chegou ao limite das árvores e olhou para Bowhill.

Aninhada na depressão entre as colinas, fora de vista do vilarejo, a fazenda onde ele vivera havia se transformado em uma ruína. O telhado desabara. A porta era um retângulo oco através do qual o vento soprava. A natureza havia começado a reivindicar o espaço, e seus caminhos eram um emaranhado de vegetação.

Will deu um passo em direção à fazenda, e seu pé atingiu madeira firme. Pedaços de lenha esparramados e tomados por musgo molhado. Ele sentiu um arrepio. Havia derrubado aquele monte de lenha quando ouvira os primeiros gritos e começara a correr para a casa. Tomando um fôlego breve, olhou para seu destino.

Não podia evitar o espaço descampado, mas não havia ninguém à vista. A sentinela sombria na cordilheira poderia vê-lo, um pontinho se destacando entre as árvores, e voltar para a fazenda — o pensamento lhe causou um tremor. Por instinto, Will soube que Simon estava ali, além da casa da fazenda, no trecho de terra em que o sangue dela escorrera.

Tudo que precisava fazer era seguir em frente. Um passo. Depois outro. De volta àqueles momentos finais, como se estivesse atravessando uma porta que não queria abrir. O sangue encharcando suas roupas; ele mesmo arquejando; a expressão terrível nos olhos de sua mãe quando ela...

Alguma coisa estalou sob os pés dele. Um som estranho e inesperado, como se Will tivesse pisado em cascalho. Ele olhou para baixo.

O solo eram formas pretas de carvão que se desfaziam em cinzas sob seus pés, a terra escura se estendendo em um círculo amplo, chamuscada como depois de uma fogueira.

Cuidado com a grama morta.

Com um terror gélido, ele se virou e viu um Remanescente, o rosto pálido e terrível tão próximo que Will conseguia enxergar as veias finas e pretas que subiam pelo seu pescoço em direção à boca. A mão do Remanescente se estendeu para Will, a luva preta vindo em sua direção. Will sacou a espada para derrubá-lo, mas o golpe apenas roçou o metal, sem surtir nenhum efeito, e ele cambaleou para trás.

A criatura estendia a mão de novo. Uma onda fria de terror inundou Will. *Não deixe que toquem em você*, dissera Justice. Will tinha visto folhas verdes murcharem diante de seus olhos, morrerem depois de um único toque. Era pior, muito pior de perto. Era quase possível sentir o gosto da morte, a grama escurecendo a cada passo do Remanescente, como se tudo que os tocasse entrasse em processo de morte e decomposição.

Naquele momento, o Remanescente simplesmente pegou a espada de Will, trazendo-o para a frente. *Toque da morte*, pensou o garoto, em pânico, sabendo que o contato faria sua pele apodrecer e se enrugar. No segundo seguinte, a luva do Remanescente se fechou no pescoço de Will.

De repente, Bowhill desapareceu, e ele estava em outro lugar... um antigo campo de batalha sob um céu vermelho, cercado pelos ruídos e gritos da luta. À sua frente, elevava-se um verdadeiro Guarda das Trevas com armadura completa, não a imitação medíocre de um cavaleiro de Simon fantasiado, com uma luva enferrujada. Tratava-se da armadura que os Remanescentes usavam, inteira e imaculada. E Will confrontava seu portador. Um guerreiro apavorante de imenso poder, com a mão coberta pela armadura em volta de seu pescoço. Estavam conectados, os olhos do Guarda das Trevas ardendo ao fitar os de Will.

O garoto sentiu o poder arrasador à sua frente e esperou a morte.

Mas foi o Guarda das Trevas quem deu um terrível grito de reconhecimento, soltando-o e recuando.

Will agiu por instinto, sem ter muita habilidade na luta com espada, mas se lembrando de Violet dizendo: *Para cima e por baixo da armadura.* Ele impulsionou a lâmina para a frente.

A visão desvaneceu.

Will ofegava, estatelado sobre as mãos e os joelhos, de volta a Bowhill. O Remanescente estava deitado ao lado, com a espada de Will despontando de seu peito como uma cruz marcando um túmulo. Um círculo de grama morrendo se espalhava próximo à luva. *Eu o matei.* Pareceu irreal e súbito. Will levou a mão ao pescoço.

O toque do Remanescente deveria tê-lo matado, como matara a grama, mas não havia nada que indicasse o contato além de hematomas normais: não havia cinzas se desfazendo, nem um anel de carne morta. Nada.

Ele se lembrou das pontas dos dedos roçando a Pedra das Sombras, da Regente Anciã gritando: *Pare! Até mesmo o mais breve toque mata!*, mas Will a havia tocado. A verdade o inundou, mais uma confirmação da verdade terrível que ele não queria enfrentar. Will sentiu uma onda de náusea e vomitou na terra. Precisou de bastante tempo para conseguir se sentar de novo sobre os joelhos.

Olhou para o Remanescente, e então, antes que se permitisse pensar no que estava fazendo, estendeu a mão, segurou a luva e a tirou.

Nada aconteceu. Will não murchou nem se desfez, nem o homem morto mudou. O homem morto... pois ele era um homem, ou tinha sido um dia. Havia tido uma vida antes de colocar a luva. Parte de Will esperava que os tendões escuros recuassem sobre a pele pálida demais do homem, libertando-o milagrosamente, esperava que pudesse até mesmo ressuscitar, estremecendo uma vez que a luva não mais o controlava. Mas nada aconteceu. Ele permaneceu morto. Morto como a grama, fitando o céu.

Will arrancou sua espada, pegou a luva e prosseguiu.

Will estava sangrando por causa de um corte nas costelas e na coxa e mancando um pouco quando chegou à fazenda. O caminho seguia por uma encosta gramada, do outro lado do rio profundo, e depois subindo pela outra margem. Ele estava perto do lugar em que ela morrera. Concentrou-se com uma determinação obstinada em seu objetivo, ignorando os ferimentos recentes e a exaustão.

Quanto mais perto chegava, mais sua mente se enchia de ecos terríveis, os gritos, o cheiro de sangue e terra queimada, o horror violento de mãos em volta de seu pescoço. *Fuja!*

A casa parecia muito familiar, disposta na lateral de uma elevação, o céu cinza acima do mesmo tom que o chalé de pedra com suas placas de ardósia no telhado. Havia o rio de onde ele tirava água, mais parecido com um córrego que cortava a encosta, o escoamento que sempre gotejava depois de chuva. Havia o muro de arenito aos pedaços que ele prometera consertar assim que chegaram ali. Estava exatamente como ele se lembrava, exceto pelas janelas escuras e a porta da frente faltando.

No interior, um silêncio mortal pairava. Pequenos animais e pássaros faziam ninho ali; poeira e folhas cobriam o piso. Mas os quartos escuros estavam estranhamente preservados, a mesa ainda no mesmo lugar, o xale dela ainda jogado sobre uma cadeira. Will estremeceu, lembrando-se da mãe colocando o xale em volta dos ombros pelas manhãs, preparando-se para ir ao vilarejo.

Avançar era como se forçar a atravessar uma barreira em direção a um lugar para onde não queria ir.

Pela porta dos fundos, até o jardim fechado.

Cada nervo gritava para ele não entrar lá, mas Will entrou, vislumbrando uma paisagem que quase o deixou zonzo. Era o lugar que o assombrara durante todos aqueles meses, para onde correra e caíra de joelhos ao lado dela, dizendo:

— *Mãe!*

Como Will temia e esperava, o jardim não estava vazio. Havia uma única figura. Um homem ajoelhado na terra. Will o observou se levantar e se virar. Os dois se encararam.

Simon.

Ele havia imaginado aquele encontro tantas vezes. Havia pensado mesmo antes de saber o nome de Simon, enquanto se escondia na lama e na chuva, jurando descobrir quem tinha matado sua mãe. Havia pensado nisso em Londres, quando descobriu que Simon era um homem rico, e se perguntou como um garoto poderia derrotá-lo. Havia pensado nisso quando Justice contou que Simon era o descendente do Rei das Trevas, parte de um mundo antigo, um monstro que havia conjurado uma sombra para matar os Regentes, um deus que inspirava tanta lealdade em seus seguidores que eles marcavam a própria pele a fogo.

Mas ele viu apenas um homem. O fato de que uma pessoa comum tivesse feito aquilo era arrepiante por si só. Simon era um homem de cerca de trinta e sete anos, com cabelo preto e olhos bonitos e luminosos sob cílios grossos. Usava preto, seu casaco era de veludo, requintado, longas botas de couro pretas e anéis cravejados de joias nos dedos. Um jeito familiar. Seu dinheiro e seu gosto tinham vestido James, pensou Will. E Katherine.

Talvez o primeiro indício de semelhança que ele tinha com aquele poder sombrio do passado fosse a forma como encarava as pessoas como objetos a serem tomados, usados ou extinguidos, como um zelador apagando uma vela.

— Garoto! O que está fazendo aqui? Como passou pelos guardas?

Com uma das mãos pressionada contra o corte nas costelas, Will avançou. A outra mão agarrava firme os troféus de suas lutas. Era difícil apoiar o peso sobre a perna esquerda, o que o fazia mancar muito.

— Você não sabe quem eu sou — disse Will.

Jogou as três peças de armadura preta entre eles: a luva, a ombreira e o elmo. Quando os fragmentos atingiram o chão, a grama murchou, até que estivessem sobre um círculo de terra preta.

Simon olhou da armadura para Will, os olhos se arregalando.

— Eu sei que você faz isso o tempo todo, mas eu nunca tinha matado ninguém.

Will podia sentir os pensamentos que se passavam pela mente de Simon. Como os Remanescentes tinham sido derrotados? Como alguém conseguia tocar a armadura? Como o garoto ainda estava vivo?

Então, pela primeira vez, Simon olhou — de verdade — para Will, e ele compreendeu.

— Will Kempen — disse Simon, com prazer sombrio e intenso. — Achei que precisaria caçar você.

— Você tentou. Você matou muita gente.

— Mas você veio direto a mim.

A terra ao redor pareceu muito vazia, como se cada ser vivo tivesse fugido. Eles estavam sozinhos sob o pesado céu escuro, sem nenhum som vindo dos campos ou das árvores, apenas o farfalhar das folhas.

ASCENSÃO DAS TREVAS

— Eu estava cansado de fugir — disse Will.

Sua perna doía, o corte na coxa latejava, e sob a mão que ele pressionava contra as costelas Will conseguia sentir sangue viscoso. Ele o ignorou, os olhos fixos em Simon. Respirava rápido, seu objetivo estava à vista.

— Sua mãe me rendeu uma caçada e tanto. Fugiu de mim em Londres, depois que eu matei a irmã dela. Até escondeu você de mim no começo, mas recebi informações de que ela poderia ter um filho. Foi inteligente da parte dela... Ela sabia que a morte da irmã, Mary, não bastava para trazer de volta o Rei das Trevas. Que eu precisava matar todos vocês. Ela se manteve um passo à minha frente durante dezessete anos.

Will sentiu uma explosão de raiva em seu interior; precisou reprimi-la. Pensou no que sua mãe havia feito, no que ela *realmente* fizera tantos anos antes em fuga, no que tentara fazer até o fim, e inspirou, tenso.

— Ela era mais forte do que você imaginava.

— Até que ela veio para cá. Se escondendo nestas colinas. Sabe, eles chamam este lugar de Pico Sombrio. Um nome adequado para o local de nascimento do Rei das Trevas.

Will olhou para as colinas verdes que se elevavam, formando picos ameaçadores, a proximidade do céu que pairava acima do vale, onde o córrego cortava o caminho pela terra ondulante. Às suas costas, a pedra marrom e cinza da casa onde ele vivera até o momento em que sua mãe sangrou até a morte no chão sob os pés de Simon.

— Você acha que ele vai renascer aqui?

— Ele vai voltar. E ocupar seu trono.

— Depois que você me matar.

Simon sorriu.

— Sabe, nós somos parecidos, eu e você.

— Somos?

— Você é Sangue da Dama, e eu sou Sangue do Rei das Trevas. Nós dois somos descendentes do mundo antigo. Há poder correndo em nossas veias. — Simon sorriu de uma forma que fez Will extremamente consciente do sangue que tinha escorrido para a terra quando sua mãe morrera. Então o sorriso de Simon se tornou severo e perigoso. — No entanto, o sangue se enfraquece a cada geração. Misturado ao sangue dos humanos, mediocridade, mortalidade... nossas linhagens definharam até que não tivéssemos um poder nosso. Fomos obrigados a usar objetos. Objetos! Resquícios de um mundo que deveria ser nosso. A magia é nossa herança e, no entanto, foi tirada de nós.

— Você acha que o mundo é seu. Seu por direito — falou Will.

— Humanos tomaram conta do planeta, como uma infestação, obliterando as grandes culturas do passado. Eu sou aquele que vai limpá-lo e restaurá-lo a como deveria ter sido. Desde que eu era um menino, meu pai me falava sobre meu destino. O Rei das Trevas governava um mundo melhor. Depois que te matar, vou trazê-lo de volta.

— Trazer de volta um mundo de trevas? Um mundo de terror e controle?

— Um mundo de magia, onde aqueles com o sangue antigo vão ascender e conquistar. Os humanos vão nos servir, como é apropriado. Os grandes palácios, as maravilhas, os tesouros que foram tirados de nós... sua morte vai restaurar tudo.

Os olhos de Simon ardiam, intensos.

— Quando Ele chegar, o mundo vai saber o que é um poder *verdadeiro*. Pois Ele é maior do que qualquer mente humana pode conceber. Vai fazer com que todos se curvem diante Dele. É meu verdadeiro pai. Vai me tornar herdeiro e me entregar... o que é meu por direito de nascença.

Will riu, um som seco e vazio.

A cabeça de Simon se virou para ele.

— O que é seu por direito de nascença? Você não é o Rei das Trevas. É apenas um aspirante ao trono — afirmou Will.

Sacou a espada. Era longa e reta, uma espada de Regente com uma estrela gravada no cabo. Ele encarou Simon e pensou: *Os Regentes estão mortos, minha mãe está morta, e todos os guerreiros da Luz estão mortos. Mas eu estou aqui. E vou enfrentá-lo.*

— Uma espada? — disse Simon, com uma risada. — Mas é óbvio. James me contou. Tentaram treinar você, mas você não conseguia usar o poder dela.

— E você não consegue usar o dele — retrucou Will.

— É aí que você se engana.

Simon afastou o casaco, levando a mão ao cabo ônix e sacando a Lâmina Corrompida com um único movimento.

Era a Morte, setenta e cinco centímetros de aço preto, e Simon havia libertado sua força devastadora total. O fogo preto jorrou da lâmina, e Will gritou diante da explosão aniquiladora, como se o próprio ar fosse feito de dor.

Pássaros caíram do céu. O chão começou a se partir. O poder dilacerador rasgou as roupas de Will, que se transformaram em trapos. Ele levantou a mão, inutilmente, caindo de joelhos quando Simon segurou a espada, mal controlando-a quando o fogo preto irrompeu, matando tudo.

Na confusão, Will pareceu ver os olhos de chamas pretas. A imagem preencheu sua mente, dominando tudo: a dor de cabeça era ofuscante e ele soltou um grito terrível, o mundo inteiro estava queimando. Um pesadelo libertado para destruir tudo o que era vivo, um inferno escuro que varreria toda a vida...

... e então parou, tão de repente quanto tinha começado.

Silêncio; não restara nada com vida, apenas terra esburacada.

Will abriu os olhos devagar, os dedos se movendo na terra granulosa e preta. Ele levantou a cabeça aos poucos.

Estava ajoelhado na cratera provocada pela explosão. O vale fora sulcado, os pássaros e animais, mortos, as árvores reduzidas a lascas, e a casa, partida ao meio. Por quilômetros, em todas as direções, ele e Simon eram as únicas coisas vivas.

Vivo. Ele viu o olhar de incompreensão de Simon.

Foi a vez de Will rir, mas talvez tenha saído como um soluço seco, trêmulo, por causa dos efeitos da adrenalina, seu coração bombeava com a certeza de que iria morrer. Mas ele não tinha morrido. Ainda estava vivo. A Lâmina não tinha funcionado com ele.

Will sabia o motivo. As últimas palavras de sua mãe, os últimos momentos dela, tudo fazia sentido. O que ela soubera durante tantos anos ele também sabia. A verdade, testada e comprovada no fogo da Lâmina.

— Por que não funcionou? — perguntou Simon.

Devagar, Will se levantou de onde a explosão o colocara de joelhos. Olhou através da paisagem plana para Simon. Ele sangrava devido aos cortes provocados por pequenas rochas e gravetos que haviam voado durante a explosão.

— Sabe, eu vim para Londres procurar você — disse Will.

— Por que não *funcionou*? — repetiu Simon, fitando Will de volta, incrédulo.

— No começo, achei que poderia destruir seu negócio. Sabotei seu carregamento, desatei cordas para que a pólvora fosse perdida no rio.

— Aquilo foi um acidente.

— Aquilo fui eu — disse Will. Quando sua noiva deixou você? Também fui eu.

— Como assim "me deixou"?

— Eu a beijei no jardim da casa que você comprou para ela, e ela foi até mim no Salão.

— Katherine?

— Acho que você valorizava mais James. Você gostava da ideia de que ele fosse o preferido de Sarcean. Ouvi falar que o chamavam de "Tesouro de Simon". Ele também deixou você agora.

— Como sabe que James está desaparecido? — perguntou Simon em um tom ríspido.

Pela primeira vez, havia uma suspeita verdadeira em sua voz. Will sentiu um rompante de triunfo, pois estava certo: James havia levado o Colar e não voltara para Simon. Seu coração batia forte.

— O que eu poderia tomar de você? Com o que você se importa? Sua riqueza? Seu amante? Seus planos? O que equivale a uma mãe?

— Meu Deus, o que é isto? A vingança de um menino patético? Você acha que pode ser uma barreira no meu destino? Os planos que meu pai e eu concebemos não podem ser impedidos.

A voz de Simon estava cheia de escárnio e irritação. Will viu como Simon o enxergava: uma irritação, um obstáculo que ele logo eliminaria de seu caminho. Ainda segurava a Lâmina; uma linha reta que apontava para baixo.

— Você está certo. É a vingança de um menino. Mas não contra você — disse Will.

Ele pegou a própria espada, virando o cabo na mão.

— Foi seu pai quem ordenou a morte da minha mãe. Por isso eu estou aqui para matar o filho dele.

Will pegou sua espada e a enfiou no corpo de Simon.

Simon ergueu a Lâmina embainhada, mas a arma antiga não era algo com que ele esperava precisar lutar. Era um poder a ser liberado, mas, depois de ter falhado, ele não soube o que fazer. A Lâmina mal roçou a arma de Will. Simon observou, em choque, enquanto a espada de Will entrava.

Foi difícil, mas mais fácil do que antes de ele matar outros três homens. Will conhecia o impulso e a força necessários para empurrar a arma para dentro. Sabia que homens não morriam de imediato, que agarravam o ferimento enquanto o sangue jorrava, cada pulsação mais fraca do que a anterior, sua vida se dissipando aos poucos. Simon estava de joelhos, olhando para Will, incrédulo, mas quando abriu a boca, sangue, e não palavras, saiu dela.

— Posso não ter impedido seu pai — disse Will, encarando-o. — Mas acho que ele vai sentir isto pelo menos um pouco.

— Você chegou tarde demais — conseguiu dizer Simon, a voz embargada com sangue. — Os Reis de Sombra foram libertados. Ordenei que caçassem o descendente da Dama... — Ele sorriu para Will, os dentes vermelhos. — Sua morte vai trazê-lo de volta. Você é o sacrifício final… os Reis de Sombra… Você não pode escapar… O Sangue da Dama vai trazer de volta o Rei das Trevas.

Ele ainda não entendera. Tinha visto Will tocar a armadura. Tinha visto o rapaz sobreviver à Lâmina. Mas não havia percebido o mesmo que Will custara para entender. A verdade que sua mãe revelara quando morreu naquele mesmo lugar, encarando o filho com desespero no olhar.

— Eu não sou Sangue da Dama — disse Will, olhando para a Lâmina embainhada no chão. — Os Reis de Sombra não vão vir atrás de mim.

CAPÍTULO TRINTA E UM

Violet acordou sentindo que algo estava errado, como se os resquícios inquietantes de um sonho permanecessem. Olhou para onde Will estava dormindo.

O amigo não estava ali; o colchão estava vazio.

Ela se sentou, sentindo o estômago revirar. O colchão não estava apenas vazio. Pelo jeito, ninguém havia dormido ali.

Não, disse ela a si mesma. *Ele não faria isso. Faria?* Mas já estava saindo da cama e colocando as botas e a túnica.

As meninas ainda estavam dormindo; as irmãs Katherine e Elizabeth pareciam estranhamente pacíficas, apesar das circunstâncias, enquanto Grace e Sarah permaneciam deitadas em um sono tenso e exausto. Violet desceu as escadas silenciosamente e seguiu para a porta do alojamento, mas a encontrou já aberta. Não era Will, e sim Cyprian, de volta de uma excursão matinal. Ele falou em uma voz baixa e urgente:

— O cavalo de Will sumiu.

— Como assim?

— Valdithar. O cavalo de Will. Sumiu dos estábulos.

A sensação agourenta duplicou, transformando-se em uma certeza nauseante, a lembrança do colchão intocado de Will era uma premonição terrível. Violet se forçou a permanecer calma.

— Alguém viu Will?

Quando voltou com Cyprian, Violet se dirigiu às outras. Acordou Elizabeth e Katherine sacudindo-as pelos ombros. Grace e Sarah tinham dormido com o uniforme de janízaro, acordaram sobressaltadas ao som da porta e formaram um amontoado tenso no colchão azul de Grace. Katherine se sentou à pequena mesa, extraordinariamente bela em sua combinação branca e xale à luz da manhã. Elizabeth franzia a testa ao lado da irmã, as sobrancelhas espessas demais para o rosto pequeno.

Todas olharam para Violet, sem reação.

— Ninguém? Ninguém o viu? — perguntou a garota.

— Eu falei com ele antes de dormir — disse Katherine.

— O que ele falou?

Katherine ficou vermelha.

— Apenas me deu boa-noite.

Violet se lembrou de acordar e ver os dois juntos, Will ao lado da cama de Katherine, murmurando para ela à luz das velas. Ela sentiu um aperto no peito, mas afastou a emoção.

O anúncio veio de um lugar inesperado:

— Ele foi embora — disse Elizabeth.

— Como assim?

— Ele partiu. Ele fugiu.

— Como você sabe?

— Eu o vi saindo com o cavalo a noite passada.

Violet a encarava. O tom de Elizabeth era como um "já vai tarde". A criança olhou de volta para Violet, desafiadora.

Katherine balançou a cabeça.

— Ele não nos deixaria.

— Bem, ele deixou. Eu o vi nos estábulos. Falou que ia cavalgar. Era mentira, e eu disse que sabia que era. Will falou que se eu contasse alguma coisa, traria problemas para Katherine, então, além de um fujão, é um valentão.

— Elizabeth! — repreendeu Katherine.

— Você sabe o que vai acontecer se Simon o encontrar — disse Cyprian em voz baixa.

O Sangue da Dama vai trazer de volta o Rei das Trevas.

Violet tentou soar confiante:

— Se Will saiu, tinha um propósito. Não nos deixaria por nada, ele não toma decisões sem motivo. A gente vai esperar aqui até ele voltar.

Elizabeth soltou um riso debochado. Violet saiu para vasculhar o Salão e se certificar de que Will tinha saído, e gesticulou para que Cyprian a acompanhasse.

Esperando por ele à porta, ela viu Katherine olhando em direção ao portão com uma expressão estranha no rosto, seu cabelo com um brilho dourado ao sol da manhã.

Violet se virou. Um momento depois, Cyprian se juntou a ela, e cada um deles seguiu para uma parte diferente do Salão, dividindo-se para cobrir mais território.

Passaram uma grande parte do dia procurando, mas Will tinha realmente saído. A verdade se fazia sentir mais e mais a cada área silenciosa e vazia que Violet esquadrinhava.

Quando ela finalmente voltou a encontrar Cyprian, no pátio, Violet disse o que estava pensando:

— Will não foi cavalgar; foi enfrentar Simon.

Cyprian empalideceu. À luz nublada da tarde, o rosto do rapaz estava macilento. Violet pensou que permanecer no Salão, junto a todas as lembranças dos mortos, devia ser difícil para ele. Cyprian ainda estava vestido como um Regente, a túnica prateada impecável. Nas últimas manhãs, ela o observara acordar cedo para treinar, uma figura solitária realizando os rituais dos Regentes sozinho.

— Por que Will faria isso? O sangue dele é a única coisa que pode libertar os Reis de Sombra. — Cyprian balançava a cabeça. — Você mesma disse, tudo que precisamos fazer é manter Will seguro e fora do alcance de Simon...

— O sangue de Will não é a única coisa que pode libertá-los.

Violet não podia acreditar que não havia percebido antes. Pensou em todos os planos que haviam feito na noite anterior e se sentiu estúpida. Will estava falando o que ela queria ouvir, assentindo e escutando, e, durante todo o tempo, planejando partir sozinho.

— Não estou entendendo — falou Cyprian.

— A mãe de Will. Simon matou a mãe de Will. Ele jamais fala sobre o assunto, mas…

— Mas se foi violento, haveria sangue.

O Sangue da Dama. Ela viu a mudança no semblante de Cyprian quando ele entendeu. Simon já tinha o que precisava. Podia libertar os Reis de Sombra quando desejasse. Só precisava recolher o sangue da mãe de Will.

Será que Will tinha adivinhado de imediato? Será que ouvira as palavras de Katherine e compreendera naquele exato momento o que precisava fazer? Mas por que não tinha contado a ninguém? Por que havia saído para enfrentar Simon em segredo e sozinho?

— O lugar em que a mãe dele morreu. Will foi até lá para tentar impedir Simon — disse ela.

— Onde? — perguntou Cyprian, com urgência. — Você sabe onde fica?

Noites jogados nas camas, conversando até o alvorecer. *Minha mãe e eu, nós nos mudávamos muito*, dissera Will em uma estalagem de Londres. Mas o garoto jamais havia falado sobre a morte dela. Como se houvesse algo na história que estivesse guardando para si, algo particular que não queria compartilhar. Naquele momento, Will estava viajando para lá, e seus amigos não tinham como encontrá-lo. *Will, por que você não me levou junto?*

— Não. Ele nunca me contou — respondeu Violet.

A verdade era que ela sabia muito pouco sobre a vida de Will. Sabia que a mãe dele havia sido morta, mas ele nunca contara como. Sabia que tinham se mudado de um lugar para outro, mas Will nunca contara para onde. Nunca dissera o que tinha feito nos meses entre a morte da mãe e sua captura. Nunca falara sobre o que acontecera no navio de Simon. Ou sobre a fuga antes disso.

Em todas as conversas, Will se jogara na cama com a cabeça apoiada na mão e fizera perguntas enquanto descobria sobre a vida de Violet. Quem falava era ela, contando muito mais do que ele já havia contado um dia. Apesar de todas as batalhas que travaram lado a lado, ela não sabia quase nada sobre ele.

— Precisamos ir atrás dele — disse Violet.

— A gente não sabe nem para onde ir.

— Precisamos fazer alguma c... — exclamou Violet, frustrada.

Ela parou ao ouvir um som estranho, quase como o grito distante de um gavião ao vento. Seu corpo respondeu como uma presa pressentindo um predador.

— Ouviu isso?

— O quê? — perguntou Cyprian.

— Isso. Está vindo...

— ... do portão — completou Cyprian, quando o som ecoou de novo, mais alto.

Acima, súbito, como se preenchido com fogos de artifício, o céu se acendeu em vermelho. Ela olhou e viu o contorno fantasmagórico de um domo no céu, vermelho faiscante.

— O que está acontecendo?

— As defesas — disse Cyprian, assustado e encarando o céu vermelho como se fosse algo novo para ele. — Acho... acho que as defesas estão sob ataque.

O vermelho se espalhava. Parecia que um grande domo estava queimando, o vermelho manchava a superfície. Pela primeira vez, as defesas estavam visíveis.

— Elas vão aguentar?

— Não sei.

Do lado de dentro, Elizabeth estava no centro do cômodo, enquanto Sarah continuava com as costas pressionadas contra a parede do canto.

— Ela não se mexe — falou Elizabeth. — Só fica olhando assim. — Os olhos de Sarah estavam vítreos como estavam quando haviam encontrado Grace e ela no Salão devastado. — Posso dar um beliscão nela se vocês quiserem.

Elizabeth deu um passo à frente.

— Não — respondeu Violet, agarrando o braço pequeno da garota.

O som frio cortou o ar de novo, mais alto e mais próximo, e não era o grito de um gavião. Nem um grito que vinha de uma garganta humana.

— O que é isso? — perguntou Elizabeth.

Parecia que vinha do lado de fora das defesas. Como se houvesse alguma coisa no pântano. Algo antigo e terrível, gritando para entrar.

— Não deixe isso entrar — pediu Sarah com uma voz estranha —, não deixe que entre...

O estômago de Violet se revirou. Não podia ser. Não podia. Violet percebeu que ela e Cyprian estavam se encarando. Tinham passado o dia procurando um jeito de rastrear Will; tinham se esquecido do verdadeiro perigo que pairava sobre todos.

— Uma sombra — falou Violet.

Dava para sentir o ar mais frio. Será que também estava ficando mais escuro? No interior do alojamento, as sombras pareceram ficar cada vez mais espessas, até que fossem tangíveis. Como se respondessem a uma presença do lado de fora.

Ela olhou para Cyprian. A última sombra que atacara o Salão tinha sido o irmão dele. Violet se lembrava do olhar vazio do garoto ao encarar a forma queimada de Marcus na parede da Câmara da Árvore. Naquele momento, ele estava com o mesmo olhar vazio.

— Estamos seguros aqui. Ele não pode passar pelas defesas — afirmou Cyprian.

— Marcus passou.

— Marcus era um Regente. Não invadiu as defesas; elas se abriram para ele. Reconheceram o sangue Regente ainda que Marcus fosse uma sombra. Nada mais pode passar. Estamos seguros, contanto que elas se mantenham firmes.

O grito assustador e sinistro ecoou de novo. Do lado de fora, alguma coisa estava rasgando as defesas do Salão. Violet imaginou um redemoinho de preto absoluto no arco do portão, voraz.

— Seguros contra o quê? — perguntou Elizabeth, as duas pequenas mãos cerradas.

Violet abaixou o rosto para a garota e se sentiu enjoada. O que poderia dizer a uma criança? Que havia coisas no mundo mais sombrias e mais apavorantes do que ela poderia imaginar? Coisas que poderiam matar seus amigos?

— Seguros contra o quê? — repetiu Elizabeth.

Violet respirou fundo.

— Simon quer ferir Will, e mandou uma criatura para atacá-lo. Não vou mentir para você. É perigosa, com poderes sobrenaturais. Mas este Salão foi construído para manter coisas como ela do lado de fora.

— Uma "sombra" — disse Elizabeth.

Violet assentiu. Tentou parecer calma, mesmo quando parte dela sabia que era pior do que aquilo. Porque se Simon a tivesse libertado da Pedra das Sombras, então...

Ela olhou ao redor, para o alojamento construído séculos antes por uma civilização sobre a qual eles sabiam tão pouco, e um pensamento a paralisou.

Porque o que estava no portão era pior do que uma sombra.

Pegou Cyprian pelo ombro e o levou para um canto. Manteve a voz baixa, longe do alcance dos ouvidos dos outros:

— Tem certeza de que não pode entrar?

— Contanto que as defesas se mantenham...

— Este era o Salão deles. Antes de ser o Salão dos Regentes, era o Salão dos Reis.

Cyprian empalideceu.

Quando mais um grito sobrenatural estilhaçou o silêncio, ela sentiu o verdadeiro horror do que havia do lado de fora. *Este lugar é deles*, pensou Violet, estremecendo. *É mais deles do que já foi seu.*

Um Rei de Sombra.

Muito mais mortal do que Marcus, havia derrubado fortificações muito maiores do que aquela. Não podia ser impedido por força nem por magia; era um Rei de Sombra, um comandante de exércitos, forjado nas trevas pelo próprio Rei das Trevas. E estava voltando para casa.

Violet se obrigou a pensar.

— Cyprian, vá buscar Grace e Katherine. Não podemos ficar aqui. Vamos para o forte interior.

Cyprian assentiu, obedecendo de imediato.

— Nós achamos que podíamos fugir — disse Sarah, a voz alta demais. — Também fomos para o forte interior. Quando saímos, estavam todos mortos, Regentes, janízaros, cavalos, mortos como nós vam...

A madeira rangeu na pedra quando Elizabeth puxou uma cadeira, subiu nela e, aproveitando-se da altura a mais, deu um tapa forte no rosto de Sarah. A janízara a fitou, calada devido ao choque, com a mão na bochecha enquanto Elizabeth dizia:

— Cale a boca. Cale a boca ou vai atraí-lo. Então você vai morrer primeiro, porque é a barulhenta.

Violet observou, chocada e grata pelo silêncio súbito e ressoante.

— Tudo bem. Ouçam. As defesas estão funcionando por enquanto. Peguem comida e água. Vamos levar o que pudermos para o forte interior. É mais seguro lá dentro. Tem proteções extras, e há lugares em que podemos nos esconder.

Elizabeth assentiu, correndo para recolher o que podia, enquanto Sarah permanecia com os olhos vítreos. Violet empacotou todas as provisões que conseguia carregar em um cobertor. Mas quando o grito terrível e ecoante da sombra ressoou do lado de fora, só conseguia pensar em uma coisa.

Will.

Se Simon tinha libertado os Reis de Sombra...

— Não significa que ele está morto — disse Violet a si mesma, uma esperança, um desejo desesperado —, significa apenas que Simon encontrou o sangue.

Elizabeth e Sarah pegaram sacolas e provisões e ficaram prontas em alguns minutos, e em seguida Violet as levou para o pátio. A garota parou e olhou para cima, horrorizada.

As defesas eram como fogo vermelho no céu. Faiscando como chamas, como caudas de cometas mortos. Iluminavam tudo com uma estranha luz vermelha, refletindo no rosto de todos. Estavam descendo. Todas elas. Parecia o fim do mundo.

— Não vão aguentar — disse Elizabeth.

— *Vá* — ordenou Violet.

Correram pelo pátio iluminado de vermelho. Cyprian e Grace estavam se aproximando do Salão. Seus rostos estavam apreensivos, e Cyprian balançava a cabeça. Dessa vez, foi ele quem falou com uma voz tensa e baixa:

— Katherine sumiu. Pegou um dos cavalos dos Regentes.

— *Sumiu?* — Violet sentiu um frio na espinha. — Faz quanto tempo?

— Não sei. Quando foi a última vez que você a viu?

Quando tinha sido a última vez que alguém vira Katherine? *Hoje de manhã, quando eu disse que Will tinha sumido.* O estômago de Violet se revirou. Ela pensou na expressão nos olhos de Katherine sempre que olhava para Will; o rubor em suas bochechas sempre que a jovem dizia o nome do rapaz; o fato de que fora até ali, através da lama e da chuva, à noite, deixando o conforto do seu lar por causa da palavra de um garoto que ela encontrara duas vezes.

— Ela foi atrás de Will — concluiu Violet.

— Não podemos ter certeza. Ela pode ter só... voltado para Londres...

— E deixado a irmã para trás? Ela sabe. — De repente, Violet se lembrou da expressão decidida de Katherine naquela manhã, quando a garota se levantou da mesa. — Ela sabe onde a mãe de Will foi morta. Will deve ter contado.

A imagem de Will e Katherine murmurando um para o outro na noite anterior retornou. Violet ignorou a pontada de mágoa pela ideia de o amigo ter contado a Katherine sobre sua mãe, mas não a ela. Havia quanto tempo ele conhecia Katherine? Alguns dias? Violet tentou não se sentir da forma como se sentira quando havia sido trancada do lado de fora da casa do pai, sabendo que jamais poderia voltar.

— O que vocês estão falando sobre a minha irmã? — intrometeu-se Elizabeth.

— Ela foi embora — disse Violet.

— Mas...

— Ela está fora das muralhas. Um Rei de Sombra está tentando entrar. Seja lá onde sua irmã estiver, está mais segura do que a gente.

Violet se arrependeu das palavras de imediato. Todos estavam com medo, e Elizabeth era uma criança. O rosto da garota se tornou, se é que era possível, mais pálido, e ela continuou parada, com um vestido curto enlameado e longe da família. Violet se sentiu péssima.

— A gente vai para o forte interior — disse Violet, tentando amenizar as palavras anteriores. — Vamos ficar seguros lá. Essa coisa do lado de fora não está procurando a gente. Está procurando Will. Quando perceber que ele não está aqui, vai embora. — Pelo menos era o que ela esperava. — Vamos nos esconder e esperar no lugar mais seguro do Salão.

Mas Violet conseguia ouvir a voz de Sarah em sua mente. *Nós achamos que podíamos fugir.* Podia sentir Elizabeth se lembrando das palavras também.

— Posso levar Nell? — perguntou a garotinha em voz baixa.

— O quê?

— Sarah disse que da última vez eles mataram os cavalos. Posso levar Nell?

— Não. Sinto muito. Não temos tempo.

Chegar à câmara onde estava a Árvore de Pedra significava voltar para a cidadela, algo que todos tinham evitado desde o ataque. Juntos, subiram os degraus principais até as portas imensas que estavam inquietantemente entreabertas no lugar silencioso. Violet sentiu um arrepio quando entraram no primeiro dos fantasmagóricos corredores vazios que já tinham assumido a quietude de um túmulo.

A luz vermelha se infiltrara nos edifícios, e todas as janelas haviam se transformado em retângulos carmesim. Violet viu Elizabeth observar a destruição iluminada de modo bizarro e empalidecer, mas a menina não disse nada e, mesmo com suas pernas curtas, acompanhou o passo dos demais enquanto se apressavam pelos corredores.

Os cinco atravessaram as salas e os dormitórios correndo, então chegaram a uma região mais deserta da cidadela. Os gritos gélidos da sombra podiam ser ouvidos de longe, mas eram abafados pelas espessas paredes de pedra do Salão, tornando-se ecos estranhos que vinham de todo lado e de lugar nenhum. As salas e os corredores iluminados de vermelho se transformaram em longas passagens escuras, tão profundas que a luz externa não alcançava.

Violet parou à entrada da câmara da Árvore de Pedra.

Havia considerado levá-los para o cofre e esconder todos nas salas subterrâneas atrás da porta pesada de pedra. Mas o cofre guardara a Pedra das Sombras, e Violet teve a impressão irracional de que o Rei de Sombra saberia caso se escondessem lá.

Além disso, se um Rei de Sombra conseguia atravessar qualquer parede, uma porta de pedra não o impediria. Então ela os levou até a câmara da Árvore, confiando na decisão da Regente Anciã de recuar para a parte mais antiga da cidadela.

Mas quando Violet olhou para os galhos escuros e mortos da Árvore de Pedra, não pôde deixar de se perguntar se estava repetindo um passado sem esperanças. O batente da porta estava rachado e em ruínas; a espada que ela não havia pegado permanecia no chão. A parede estava escura com o sangue seco. Um silêncio pesado pairava acima de tudo.

Ela olhava para o lugar em que Justice havia morrido.

O Regente era um guerreiro melhor do que ela jamais seria, e não tinha sobrevivido por muito tempo. A sombra havia sido derrotada apenas devido ao grande poder da Regente Anciã, e a Regente Anciã se fora.

Violet disse a si mesma que o Rei de Sombra estava procurando Will. Sarah, Grace e Elizabeth não eram Leões nem Regentes, e havia a chance de quando o Rei de Sombra se desse conta de que Will não estava no Salão, partisse sem matar nenhuma das meninas.

Ela assentiu para Cyprian, então olhou para Sarah, Grace e Elizabeth.

— Tudo bem. Vocês três entrem ali e a gente vai fechar as portas.

Elizabeth ergueu o olhar.

— Você não vem?

— Cyprian e eu vamos ficar bem aqui.

— Mas...

— Entre — ordenou Violet, dando um empurrão entre as escápulas de Elizabeth.

Não foi forte, e ela não estava esperando o que aconteceu, uma sequência que pareceu se desenvolver em câmera lenta — Elizabeth caindo para a frente, seu pequeno pé tropeçando.

Elizabeth gritou e estendeu a mão para se equilibrar, agarrando o tronco da Árvore de Pedra.

Violet sentiu quando aconteceu: o cheiro como flores em um jardim antigo; a impressão trêmula de tendões luminosos percorrendo a Árvore como veios; as flores brancas desabrochando. No entanto, ela não estava pronta.

A luz irrompeu; uma explosão; uma erupção brilhante enquanto a Árvore de Pedra se iluminava, mais intensamente do que centenas de estrelas. Foi ofuscante; Violet gritou, levantou o braço e pressionou o rosto na dobra do cotovelo por instinto.

Um segundo depois, quando descobriu o rosto, seus olhos se abriram com um brilho quente e lindo, imbuindo-se no tronco da Árvore, cujos galhos, folhas e centenas de novas flores formavam todos um novo ponto de luz. A luz revelou as expressões de choque e espanto nos rostos dos demais, e também da menininha sob a Árvore.

Elizabeth ainda tocava na Árvore, e a luz a envolvia; era parte dela.

— O que é isso? O que está acontecendo? — perguntou ela.

Ah, Céus, pensou Violet. Encarava Elizabeth, seu rosto iluminado e a luz refletindo no cabelo longo e opaco.

Ela se lembrou de Will tentando acender a Árvore de Pedra, as horas que passara reunindo toda a sua força de vontade para tentar produzir uma única faísca. Durante todo o tempo, a Árvore de Pedra não dera sequer um lampejo.

Violet pensou em tudo que sabia sobre Elizabeth. Aos dez anos, ela ainda usava vestidos infantis e tinha a personalidade de uma pedra no caminho, bloqueando a passagem. Vivia com os pais, não, não com os pais, com os guardiões, a tia e o tio, que a acolheram depois...

— Como era o nome da sua mãe? — Violet se ouviu dizer.

— O quê? — perguntou Elizabeth.

— Você mora com sua tia e seu tio. E a sua mãe?

— Ninguém que você conhecesse. — Elizabeth ergueu o queixo. — O que importa? Ela foi uma senhora nobre e respeitável.

Havia algo defensivo na maneira como a garota falava, como se houvesse escutado perguntas sobre seu nascimento antes. Ou como se tivesse sido ela quem as fizera, esperta o suficiente para, mesmo aos dez anos, sentir que as coisas que sua tia e seu tio diziam não eram verdade, pensou Violet.

Simon estava caçando crianças. Se alguém estivesse caçando seus filhos, o que você faria? Manteria as crianças com você, em perigo? Ou as entregaria a estranhos gentis, que fingiriam ser a tia e o tio delas? Não seria a melhor maneira de esconder uma criança? Misturando-a às milhares de crianças comuns que cresciam em Londres?

Proteja as irmãs, dissera Will.

Violet sentiu todos os pelos do corpo se arrepiarem quando fitou o rosto simples e infantil de Elizabeth, e as roupas rasgadas e enlameadas, brilhando com luz.

Ela se virou para Cyprian.

— Ela é Sangue da Dama. — Violet podia ver a mistura de choque e confusão nos olhos de Cyprian. — Não sei como, mas é Sangue da Dama. Não foi atrás de Will que o Rei de Sombra veio. Foi atrás dela.

Os gritos desumanos estavam mais altos, a última defesa se desfazia.

Violet olhou para as portas antigas que não forneceriam abrigo depois que as defesas caíssem. Tinha achado que podiam se esconder ali e esperar que o Rei de Sombra passasse direto, mas não era possível se esconder em uma cascata de luz.

Se o Rei de Sombra estivesse atrás de Elizabeth, não passaria direto; faria tudo que estivesse em seu poder para encontrar e matar a menina.

Violet não podia deixar isso acontecer. Justice a treinara para lutar pela Dama. E a Dama havia ido até ela, mesmo que Violet não entendesse como nem por quê. Um Leão não deveria ser um protetor? Sua força e o treinamento dos Regentes: ela sabia para que serviam agora. Sabia o que precisava fazer.

— Cyprian, você precisa dar um jeito de tirá-la daqui.

— Como assim?

— O Rei de Sombra veio aqui por um motivo: acabar com a linhagem da Dama. Elizabeth não pode se esconder, nem esperá-lo ir embora. A única chance que tem é fugir. — Violet refletia enquanto falava. — Ele vai derrubar as defesas. Eu vou segurá-lo no salão principal. Você vai aproveitar a distração para pegar os cavalos e partir. — Ela olhou para o corredor em ruínas, com as paredes rachadas e a mobília estilhaçada. A sombra havia tentado chegar a Justice e fracassara. Pelo menos no começo. O Regente havia se tornado cinzas e chama, e a lembrança de uma mão estendida para ajudá-la. — Justice conteve Marcus por um tempo.

O rosto de Cyprian estava pálido.

— Só restaram dois cavalos.

— Então vocês vão cavalgar dois a dois.

Violet sabia que não foi o que ele quis dizer.

— Não vai sobrar nenhum cavalo para você — disse Cyprian, e ela o ouviu como se estivesse muito distante.

Olhou para ele. Não precisava explicar. Os dois sabiam que Violet não voltaria daquela luta. Ninguém poderia sobreviver depois de combater um Rei de Sombra. Mas ela podia tentar atrasá-lo por tempo suficiente para que Elizabeth fugisse.

— Não vou deixar você aqui — afirmou Cyprian.

— Você precisa. — Violet se lembrou das palavras da Regente Anciã. — Sou a mais forte. — *Você é a guerreira mais forte que resta à Luz.* Um Leão. Grace e Sarah eram janízaras, e Cyprian, um Regente que tinha rejeitado o Cálice. — Sou a única que pode ganhar o tempo de que você precisa.

— Então me deixe lutar com você.

Havia sinceridade nas palavras de Cyprian. Ela percebia. Violet olhou para o rosto nobre e familiar, sabendo que seria a última vez que o veria.

Não tinha pensado que se afeiçoaria ao cabelo perfeitamente penteado, às roupas imaculadas e à retidão orgulhosa de sua postura de Regente.

— Você não pode deixar as outras. Elas também precisam de um guerreiro ao lado.

— Violet...

— É meu dever.

Quando Cyprian olhou de volta para ela, havia a dor da verdade em seus olhos.

— Eu estava errado sobre os Leões. São corajosos e leais.

— Vá.

Os dois se separaram sob o céu em chamas. Ele foi para o estábulo. Ela foi para o salão principal.

Estava repleto de escombros. Os resquícios da luta cobriam o chão: a última resistência dos Regentes contra as trevas. Violet se lembrou da primeira vez que vira o salão principal, de entrar e se sentir encolhida pelo seu tamanho e maravilhada com sua beleza antiga. Naquele momento, era um cemitério; os corpos haviam sumido, mas a aura de morte permanecia, o silêncio e a quietude eram os de uma tumba. *Este é o fim do Salão*, pensou ela ao caminhar pela floresta de colunas de mármore gigantes. Os Regentes estavam mortos, e depois que as defesas caíssem, o próprio Salão seria tomado.

Em cima do altar, os quatro tronos vazios assumiam um sentido assustador. *Os Reis de Sombra estão voltando para casa.* Tinham governado ali uma vez, antes de o Rei das Trevas os corromper e transformá-los em seus servos. O pensamento reafirmou o presságio de que a sombra iria para o salão principal e que era o lugar onde ela poderia, por um momento, freá-la.

Violet fechou e travou as portas gigantes exatamente como os Regentes tinham feito. Mas, ao contrário deles, sabia que fechar as portas era inútil. *Ele consegue atravessar as paredes. Consegue atravessar qualquer coisa.* Ela só esperava que a resistência extra ganhasse um pouco mais de tempo.

Então Violet esperou, tensa, ouvindo os gritos desumanos do Rei de Sombra. Quando se aproximaram, soube que ele estava chegando. Era o último som que os Regentes tinham ouvido quando se postaram em fileiras diante das portas, sem saber o que estava do outro lado. Mas não restavam Regentes para combater o que estava por vir.

Ela ficou surpresa com o quanto queria que Cyprian estivesse a seu lado. Ou Will. Ou qualquer pessoa, apenas para que não ficasse sozinha no fim.

Mas Justice estava certo. A forma como uma pessoa enfrentava as trevas era um teste.

Ela sentiu a temperatura cair, as sombras se prolongando.

No frio e no escuro crescentes, ela sacou a espada.

CAPÍTULO TRINTA E DOIS

— Então você sabe quem você é — disse uma voz atrás de Will.

Ele se virou.

Uma figura pálida se aproximava na paisagem escurecida e surreal, porém, de alguma forma, inevitável. Era Devon... Devon, o último unicórnio, chegando como o arauto de uma batalha antiga.

Em Londres, Devon o reconhecera. A cena passou de novo pela mente de Will, repleta de um significado diferente. A verdade terrível e nauseante de sua identidade o fez estremecer, uma vez que já a havia provado por si só.

Quem mais poderia ter dominado a armadura sombria? Ou tocado a Pedra das Sombras? Quem mais poderia ter sobrevivido ao fogo da Lâmina Corrompida?

— Me diga que sou filho de Simon — falou Will.

A súplica soou muito distante. Pareceu se dissipar como a última de suas esperanças quando a verdade emergiu entre eles.

— Você sabe que não é, meu Rei — disse Devon.

Meu Rei. O horror da confirmação, a verdade que ele não quisera enfrentar.

Simon não fracassara dezessete anos antes, quando matara a tia de Will, Mary. Havia conseguido. Trouxera de volta o Rei das Trevas naquele dia, com o sangue da Dama.

Will não era um campeão da Luz.

Era o Rei das Trevas, renascido naquele mundo.

Havia encontrado sua mãe sangrando no jardim atrás de casa, três homens mortos e outros pelo caminho, embora não soubesse na época. Ouvira os gritos e soltara a madeira que estava recolhendo, correndo em direção ao som. Havia tanto sangue nas mãos dela, no pescoço e no queixo, espalhando-se pelo tecido azul do vestido.

— O que aconteceu? — Ele estava de joelhos ao lado dela. — O que eu posso fazer?

— A faca. Me dê a faca.

Ela estava ferida demais para alcançá-la. Então Will a pegou e entregou à mãe. Com os dedos ensanguentados acariciando a bochecha dele, ela puxou a cabeça de Will para baixo em sua direção, como se para sussurrar uma bênção final.

Então impulsionou a faca para o pescoço dele.

A mão que Will levantou para se proteger foi tudo que o salvou. A faca tinha atravessado sua palma, e não o pescoço, como um prego atravessa a madeira. Mas o grito que ele soltou fora abafado pelos gritos de frustração de sua mãe. Ela havia soltado a faca. Suas mãos se fecharam no pescoço do filho, cortando a sua respiração. Will tentou se soltar enquanto o mundo se reduzia a um túnel preto. Teve o pensamento tolo de que ela estava combatendo algum espectro da imaginação, de que estava confusa, de que ainda imaginava que estava lutando contra os homens que a tinham atacado.

— Sou eu! Mãe, sou eu!

Ele arquejava. Pensou que se ela simplesmente soubesse quem ele era, o soltaria.

Mas ela sabia. Por isso tentava matá-lo.

Rastejando para trás, Will a empurrou, segurando a mão ensanguentada contra o peito. Encarou-a a alguns passos de distância, meio jogado na terra. Ela estava fraca demais para ir atrás de Will, era quase incapaz de se mover.

— Eu não deveria ter criado você. Eu deveria ter matado você.

— Havia sangue na boca da mãe, o mesmo sangue que manchava as roupas e o pescoço dele. — Você não é meu filho. Não é o filho que precisei entregar.

— Mãe?

Os olhos dela se arregalaram como se estivessem tendo uma visão.

— Ah, Céus. Não as machuque. Não machuque minhas meninas. Will, prometa.

Havia desespero em sua voz.

— Eu prometo — dissera ele.

Não tinha entendido. Não tinha entendido nada.

— Eu fracassei. Fracassei. *Maldito seja você* — dissera ela, amarga. Homens saíam da casa, aproximando-se. Will via que levavam facas idênticas àquela que ele havia arrancado da palma da mão. Idênticas àquela que o havia cortado. Ela desviou os olhos que não enxergavam para os homens e gritou para eles: — *Fuja!*

Como se os homens precisassem de aviso. Como se ele fosse o perigo.

Será que a mãe o havia encontrado quando bebê? Ou será que dera à luz depois de uma gravidez não natural? Will não sabia. Não se lembrava da vida anterior, nem das escolhas que fizera nela. Mas descobrira o suficiente sobre o Rei das Trevas para saber que ele havia escolhido o caminho mais corrompido, o mais repleto de horrores perversos. *Aquela coisa não é meu filho.*

— Como você sabia? — perguntou a Devon, inexpressivo.

Precisou se arrastar para fora dos pensamentos e olhar para Devon. O garoto estava a poucos passos de distância, pálido e indecifrável.

— Eu reconheceria você em qualquer lugar. Mesmo depois de dez mil anos, eu reconheceria. Soube quem você era assim que entrou na loja de Robert.

— Por que não me contou...

Ele se interrompeu. O cabelo branco vívido de Devon contrastava com a paisagem escura. Sua pele era tão pálida que era quase da mesma cor do cabelo. Ele olhou para Will como se o conhecesse melhor do que o próprio Will.

— Da última vez que vi você, seus exércitos estavam trucidando os meus iguais; mil unicórnios caídos, mortos, no campo de batalha. Simon pensou que você o recompensaria. Que imbecil! Você é tão impiedoso agora quanto era naquela época. Deixou os Regentes levarem você ao Salão deles, então os matou. O Sangue da Dama era a sua mãe, e você mandou tirarem sua vida.

Não foi isso que aconteceu, ele quis dizer.

— Ela não era a minha mãe.

Havia levado meses para chegar a Londres e descobrir o nome do homem ligado aos ataques. Havia conseguido trabalho no cais para servir a Simon, planejando encontrar uma forma de se aproximar e descobrir o que pudesse sobre si mesmo e seu passado. Mas o passado fora atrás dele. Apesar disso, sua mãe escondera os segredos dela bem demais. O ex-criado Matthew e os Regentes tinham confundido Will com seu filho verdadeiro.

Os Regentes nunca o teriam ajudado se soubessem o que ele era. Ninguém que sabia a verdade era confiável. Era uma verdade que ele descobrira com as mãos da mãe em volta de seu pescoço.

Uma voz às suas costas falou:

— Will?

Foi como ver um fantasma do passado, sua mãe de pé à porta de casa, iluminada pelo alvorecer às suas costas, o cabelo em uma longa trança loura e os olhos azuis como aqueles que o encararam do espelho. Will ficou imóvel.

Não era sua mãe. Era Katherine.

Ela estava ali, pálida e apavorada. Seu rosto estava sujo de terra, e suas saias imundas da bainha aos joelhos. Devia ter cavalgado dia e noite, como ele. Ela o encarava.

O mundo estava se inclinando. Ela ouvira. Ela ouvira. Quanto tinha ouvido?

— O que ele disse é verdade?

— Katherine...

— Você matou toda essa gente?

Sua voz soava baixa e chocada. Katherine parecia assustada, da maneira como a mãe dele estivera.

— Eu não as matei, eu...

Will viu Katherine olhar para além dele, em direção ao lugar em que Simon estava caído. Ao redor do corpo, havia uma cratera na terra, revirada pela Lâmina, de forma que ele estivesse quase no meio. Katherine soltou um ruído baixo.

Simon estava morto, não havia dúvida. Um homem que ela conhecera, com o qual caminhara, tomara chá e achara que se casaria. Ele estava morto, jogado na terra queimada pelas mãos de Will. O rapaz podia ver tudo isso no rosto de Katherine, o horror incrédulo enquanto ela olhava de volta para Will.

— Ele matou minha mãe — falou Will.

Essas foram as palavras que saíram, quando ele podia ter dito: *Ele matou Regentes. Ele tentou me matar.*

— Então você o matou?

— Matei.

O que mais ele poderia responder? Sentiu-se nauseantemente exposto, quase trêmulo, ao pensar no que ela poderia ter entreouvido.

— Não é verdade. Você não mataria alguém. Você não é...

O Rei das Trevas.

O nome pairou entre eles, uma farpa do passado. Katherine olhou para Devon, e Will teve certeza de que ela ouvira. Ouvira tudo.

— Ele teria ferido você. Teria ferido as pessoas com quem me importo — continuou Will.

O rosto de Katherine estava pálido e assustado.

— Você disse que o Rei das Trevas precisava ser impedido. Que precisava ser derrotado, e que você era o único que podia fazer isso.

— Eu fui sincero. Fui sincero quando disse isso, Katherine...

A criatura do passado que ele havia sentido, que ainda conseguia sentir, tentando controlar tudo. O Rei das Trevas como a mão de alguém se estendendo no escuro, colocando em ação seus planos irrefreáveis, e Will tentando de algum jeito acreditar na Regente Anciã, que podia ser aquele que...

Um som terrível perfurou o alvorecer: o ganido de um animal; o berro de um pesadelo. O som ecoou dos picos, vindo de todo lado e de lugar nenhum. O céu começou a ficar mais escuro, como se algo estivesse apagando o alvorecer.

Não...

— O que foi isso?

A cabeça de Katherine se virou para as árvores.

Não, não, não. Foi Devon quem respondeu, Devon que ouvira o som antes, havia muito tempo. Will podia ver em seu rosto um medo primordial e antigo. Devon parecia estar se obrigando a não fugir.

— Um Rei de Sombra. Conte a ela.

Nos olhos dele havia o brilho inflexível de alguém determinado a permanecer até o fim.

A verdade, escancarada entre eles.

— Ele veio matar o Sangue da Dama — disse Will.

Prometa.

Enviado por Simon em sua única missão, buscar os filhos da mãe de Will e acabar com a linhagem dela.

Will, prometa.

— Achei que você tivesse dito que você não era o Sangue da Dama. Que você era...

— Ele não veio atrás de mim — interrompeu Will. — Veio atrás de você.

Katherine não entendia. Estava assustada e deslocada, seu mundo era repleto de salas de estar, roupas elegantes e boas maneiras.

— Como assim? Will, o que você quer dizer?

Ao redor, a terra arrasada e escura marcava o lugar em que sua mãe havia morrido. Katherine estava onde a mãe de Will estivera. Tudo parecia o encerramento de um ciclo, o destino agindo.

— Há uma árvore de pedra no Salão dos Regentes. — Will respirou fundo. — Dizem que quando a Dama retornar, a árvore vai brilhar.

ASCENSÃO DAS TREVAS

A Árvore de Pedra nunca respondera ao toque de Will. Tinha permanecido escura e fria, não importava o quanto ele desejasse que ela brilhasse.

— É o símbolo dela. — Will encontrou o olhar de Katherine. — Uma árvore de espinheiro.

Ele observou o semblante de Katherine enquanto ela se lembrava: o espinheiro ganhando vida no jardim, as flores desabrochando, as pétalas rodopiando como neve.

— Aquilo foi você — disse Katherine, balançando a cabeça. — Você foi o responsável. Aquilo foi...

— Nunca fui eu, Katherine.

A garota havia despertado a árvore do sono invernal, seu poder corria luminoso pelos galhos. Katherine o beijara, e a árvore tinha brilhado, raios estelares de flores brancas resplandecentes, radiantes e belas. Ele se afastara e a encarara, chocado, o horror da percepção revirando seu estômago. O que ela era; o que poderia ser...

— Sua mãe mandou você para longe. Para te proteger. Não apenas de Simon. Mas de mim. Do que ela achou que eu poderia me tornar. Ela me criou como filho dela, mas eu não era. Eu era outra coisa.

— Não é verdade — falou Katherine.

— Ela tentou me afastar do meu destino. Ela me fez prometer... — *Prometa.* Ele se lembrou do desespero de sua mãe, da necessidade desenfreada de proteger um filho. *Will, prometa.* A faca na palma de sua mão, os dedos ensanguentados em torno de seu pescoço. — ... ela me fez prometer que não iria ferir você. E eu prometi. Prometi que você estaria segura. Você é Sangue da Dama, e eu vou protegê-la.

O grito desumano de um Rei de Sombra ecoou outra vez, mais próximo. O céu escurecia, como se nanquim se espalhasse pela abóbada. Will os imaginou disparando em sua direção, sombras no ar.

— Estão vindo dois deles — falou Devon, os olhos impiedosos e brilhando. — Vão matá-la.

— Não — disse Will.

Conseguia sentir as trevas, o poder destrutivo deles. Will se permitiu fazer isso, e permitiu que os Reis de Sombra o sentissem. Simon estava certo; Will não tinha magia própria, nenhum acesso ao que havia em seu interior.

Mas sabia o que era. Se os Reis de Sombra tinham algum poder, esse poder emanava de Will.

Vocês são meus. Eu os comando.

Ele conseguia ouvir os gritos dos Reis de Sombra ecoando pela terra. *Matar o Sangue da Dama. Matar e acabar com a linhagem dela.* Iam seguir as ordens de Simon. Queriam seguir. Eram os precursores, libertos para trazer uma era de trevas e subjugação, e governá-la para sempre.

Não.

Temos sede de destruição. Temos sede de conquista. Temos sede de matar!

O céu estava preto como azeviche. Estavam chegando. Estavam chegando. O vento começou a açoitar Will. Seu crânio se encheu de uma escuridão torrencial, como se os Reis estivessem em sua mente.

Vocês vão me obedecer.

Vamos matar a Dama e subjugar este mundo.

Em um lampejo, ele estava em outro lugar, no antigo campo de batalha sob um céu vermelho, onde um exército de sombras se espalhava pela terra. Ele as comandava, estava prestes a vencer. A mera sensação de poder era inebriante, seu corcel era uma criatura gigante e escamosa, que batia as asas pelo céu. Ele ouvia os gritos e os Reis de Sombra lideraram o ataque, pesadelos com exércitos de sombras às costas.

No momento seguinte, mostraram a Will uma visão de como seria. Will viu a destruição que presenciara no Salão, mas mil vezes maior, Londres em ruínas, o campo ondulante de sua juventude arrasado, o céu preto e o chão coberto dos corpos podres de todos que haviam se colocado em seu caminho. Acima, quatro tronos, os Reis de Sombra governando com domínio absoluto, um nível abaixo de algo maior e mais poderoso ainda, que se elevava sobre tudo.

Ele.

Vamos dar tudo isso a você. O mundo que foi tirado de você vai ser seu novamente.

Um mundo que ele controlava, onde estava seguro, onde aqueles que ele quisesse estariam a seu lado e aqueles cuja morte ele lamentava seriam trazidos de volta à vida...

— Voltem para a Pedra — ordenou ele entre dentes enquanto um vento escuro uivava ao redor.

Os dois Reis de Sombra gritaram e atacaram sua mente como prisioneiros se debatendo em correntes. Ele os forçou de volta, e naquele segundo Will sentiu. Ele era seu criador. Seu mestre. Eles o *reconheciam*, e quando ele tomava o controle, precisavam obedecê-lo, atados por causa do acordo abominável que haviam selado quando beberam do Cálice.

— Voltem para a Pedra!

Queriam lutar. Queriam matar e conquistar, criar um mundo onde reinassem. Mas Will era seu monarca e obrigou as trevas a recuarem, perseguindo-as com cada átomo de sua vontade.

— *Eu sou seu Rei, e VOCÊS VÃO me obedecer.*

O redemoinho de escuridão se abriu no céu; as sombras no solo recuaram como papel chamuscado. Com um último grito desumano, os dois Reis de Sombras foram compelidos, rebelando-se contra o comando de Will, mas incapazes de combatê-lo, forçados para dentro da Pedra das Sombras.

Will abriu os olhos, trêmulo, e viu luz fluindo pelo vale. O céu estava azul e nítido. O sol subia enquanto o alvorecer se revelava, um novo dia.

Ele conseguira. *Conseguira.* Teve vontade de rir, intoxicado pela vitória, pela sensação de felicidade, as trevas sob seu controle.

— Eu disse que conseguiria — falou Will.

Ele se virou para Katherine, empolgado, esperando ver a própria felicidade espelhada no semblante da garota.

Ela o encarava, horrorizada.

O sorriso de Will hesitou quando ele, de repente, viu o que ela vira, ele mesmo, um garoto, comandando as forças das trevas, os céus escuros se abrindo sob sua ordem. Katherine olhava para ele como se Will fosse um estranho, um inimigo saído de um pesadelo, despertado para trazer ruína ao mundo. Will sentiu o estômago afundar, um poço imenso se abria entre os dois.

— Você é ele — afirmou a garota como se percebesse a verdade pela primeira vez. — O Rei das Trevas.

— Katherine...

— Não! Fique longe de mim!

Ela deu um passo para trás. Quando olhou ao redor, seu olhar recaiu sobre a Lâmina Corrompida. Estava caída onde Simon a soltara, embainhada no centro de um trecho de grama morta.

Dormente na bainha, significava a morte para qualquer humano que a sacasse, e morte para qualquer vida ao redor, que seria queimada e morreria sob a chama aniquiladora.

— Não! — exclamou ele.

Will deu um passo em direção a ela, mas foi um erro. Katherine pegou a espada, segurando-a pela bainha.

Se a sacasse...

— Não. Você não pode sacá-la. A lâmina está corrompida. Se um humano a sacar, a lâmina vai matá-lo.

Ele se lembrou do fogo preto da espada rasgando o ar, partindo a terra e matando todas as coisas vivas em um raio de quilômetros.

— Por favor. Olhe para o chão. A espada fez isso. Não... não eu.

Será que as palavras eram sequer verdade? Era o sangue dele.

Ela hesitou.

— Como é possível que uma espada tenha causado tudo isso?

— Foi feita para matar o Rei das Trevas, mas o sangue dele a transformou. Ele a corrompeu. Agora, é perigosa.

— Você tem medo dela.

Foi feita para matar o Rei das Trevas. Will dissera as palavras sem pensar. Katherine as encarara como um presságio, e ele se lembrou de que a Lâmina Corrompida, um dia, teve outro nome.

Ekthalion.

A Espada do Campeão. A Regente Anciã a chamara assim. A espada havia carregado todas as esperanças do lado da Luz, até o momento em que tinha fracassado em fazer mais do que tirar uma única gota de sangue do Rei das Trevas.

A Espada do Campeão nas mãos da Dama. A pele de Will se arrepiou diante da natureza fatídica da visão. A espada; a garota. Estavam destinados a se ferir, esses eventos tinham sido desencadeados muito antes do nascimento de Will. Katherine era a descendente da Dama, nascida para matá-lo. Exatamente como sua mãe.

Não posso retornar quando for chamada para lutar
Então vou ter um bebê

A Dama tinha amado o Rei das Trevas, e ela o matara. Fora a única capaz de fazer isso. Naquele momento, Katherine estava diante de Will com a arma forjada para o ato, e parecia verdadeiro. Porque se Katherine o atingisse, ele permitiria. Permitiria que ela o atravessasse.

Ela estava certa. Will tinha medo da espada. Era o sangue dele na lâmina. Seu sangue mortal.

— Não quero ferir você — disse Will, impotente.

Mas feriria: se ela sacasse a espada, o sangue dele a mataria. Ou talvez matasse a ele...

— Está mentindo. Você mentiu para mim o tempo todo.

A mão de Katherine se fechou no cabo...

— Não. Katherine, não...

Prometa.

— Katherine, não...

Will, prometa.

— Katherine!

... e com um único movimento, ela sacou a espada.

A lâmina nem sempre fora corrompida. Forjada pelo ferreiro Than Rema, Ekthalion havia um dia sido a grande esperança, levada para a batalha pelo Campeão e erguida como uma luz-guia.

A Regente Anciã havia contado outra história. *A Espada do Campeão concede o poder do Campeão*. Ela dissera que havia um mito sobre a Lâmina Corrompida ser purificada pelas mãos de alguém digno, que voltaria a ser a espada de um campeão.

Katherine segurou a espada, triunfante. Por um momento, Will sentiu um rompante de medo e esperança.

Então tendões pretos começaram a subir pelas mãos de Katherine a partir do ponto em que ela estava em contato com a lâmina.

— Will? — disse ela. Veios pretos percorriam seu braço, sob a pele. — Will, o que está acontecendo?

Ela tentava soltar a lâmina, mas não conseguia. A teia de aranha preta disparou para o seu coração, em seguida subiu pelo pescoço até seu rosto.

Will deu quatro passos rápidos em direção à garota, segurando-a quando ela desabou, pálida e fria. Acolhendo-a nos braços, ele se ajoelhou na grama. Os olhos de Katherine eram duas órbitas pretas que congelavam, o sol se eclipsando. Suas veias estavam duras como ônix, como se o sangue tivesse virado pedra.

— Will, estou com medo.

As palavras foram um sussurro, os lábios da Katherine mal se moviam. Nenhum campeão a salvou. Essas foram suas últimas palavras.

Ele a segurou por um longo tempo, como se seus braços pudessem mantê-la com ele. Will a segurou tão firme que seus dedos doeram. Sentiu como se tivesse sido aprisionado naquela dor para sempre. Como se as duas mortes fossem uma morte só, a promessa que ele fizera e quebrara no mesmo lugar, o mesmo lugar que tinha levado as duas embora. Mãe e... e o quê? Amante? Irmã? Inimiga? Amiga? Ele não sabia o que Katherine poderia ter sido para ele, só sabia que o destino que os unira a levara até ali.

Will ouviu passos se aproximando às suas costas, esmagando a terra escura.

— Agora você tem tudo o que queria — disse Devon. — Seu usurpador está derrotado. Os Regentes estão mortos. A linhagem da Dama acabou. Não resta nada no seu caminho. — Devon falou como se tudo fora cumprido. — Katherine tinha uma irmã, mas o último Rei de Sombra permanece livre, e já deve tê-la encontrado. A esta altura, aquela menininha também já está morta.

Will levantou a cabeça, olhando para Devon e falando com uma nova voz:

— Não — respondeu Will. — Eu mandei um Leão para protegê-la.

CAPÍTULO TRINTA E TRÊS

Violet estava com a espada erguida e os olhos fixos nas portas.

Do lado de fora, o céu estava preto. Mesmo a estranha luz vermelha tinha sumido das janelas. *As defesas caíram.* O interior do salão principal estava quase da cor de azeviche, a escuridão de um eclipse, de uma tumba selada. Apenas as três tochas tremeluzentes que Violet havia acendido formavam uma pequena ilha de luz, onde as colunas de mármore eram silhuetas pálidas que desapareciam na escuridão.

O resto da luz se fora, era um mundo de sombras no meio do dia.

Um grito desumano irrompeu, tão alto que as fundações se abalaram, a pedra tremeu...

Do lado de fora. Estava atrás das portas. Violet segurou a espada mais firme.

Por um momento, silêncio: o único som era o de sua respiração. Estava tão frio que seu hálito pairava branco, suspenso à frente. Então ficou mais frio. Violet pensou que estivesse preparada para a luta. Grace descrevera uma criatura de sombras, uma silhueta disforme, difícil de combater. Mas então a sombra começou a se infiltrar.

Escuridão; um poço aberto que sugava toda a luz. Ela não conseguia desviar os olhos. A escuridão que se expandia passava a sensação de se estar à beira de um abismo, querendo se atirar. Ela fitava a morte, iminente e incontrolável; o fim de tudo.

Um Rei de Sombra.

ASCENSÃO DAS TREVAS

Veio sozinho. Um único Rei bastava para destruir as defesas que haviam resguardado o Salão durante séculos. Os Regentes não eram nada para ele. Aquele mundo não era nada para ele. Violet podia sentir o poder que destruiria tudo que desejasse, e sabia que nada podia se colocar contra ele.

Os quatro tronos vazios estavam atrás de Violet. Ela sentia o desejo da criatura de ocupar seu lugar de direito, de governar, de esmagar o mundo, subjugando-o por completo.

— Eu sou Violet Ballard, Leão do mundo antigo — declarou ela, a voz baixa no salão cavernoso. — Você não vai passar por mim.

Violet sentiu a atenção da criatura se voltar para ela aos poucos, o movimento de um olho sobrenatural. As vestes antigas do Rei se abriram ao redor, sombreadas e grandiosas como um túmulo. A coroa sepulcral estava acima de um rosto que era metade face, metade osso. A armadura tremeluzente de um rei; uma espada que queimava fria; os exércitos nos olhos dele. Ela quase conseguia sentir o gosto dos vermes do túmulo.

Leão. A palavra a atravessou, o terror frio do reconhecimento; aquilo a *conhecia*, conhecia o poder dela, conhecia seu sangue. *Vim para a Dama.*

— Não vou deixar que você a toque — disse ela mais alto dessa vez, a mão firme no cabo da espada.

Estava ofegante. Milhares de Leões mortos no campo de batalha, poderosos comandantes e seus exércitos embalsamados nas trevas, unicórnios caídos, massacrados — o inimigo à sua frente havia enfrentado tudo isso, e antes fora um homem que colocara a mão pálida em torno do Cálice. As colunas amplas do salão formavam uma floresta antiga, que se estendia na escuridão, uma paisagem espectral de um mundo desaparecido.

Então você vai morrer, disse o Rei de Sombra.

Uma torrente de trevas disparou em direção a Violet em uma velocidade espantosa, a espada escura elevada. Por instinto, ela se jogou para o lado e rolou, sentindo uma descarga de frio do lado esquerdo quando o Rei não a atingiu por pouco. Violet se aproximou abaixada, exatamente como fora treinada, e golpeou, a espada partindo-o por trás...

... e passando direto, como se ele não estivesse ali.

Foi uma sensação desorientadora, como pisar em falso. Era como atingir o nada, golpear um fantasma. Impulsionada pelo próprio movimento, ela tropeçou. No redemoinho de escuridão, vislumbrou um Rei com armadura antiga e nos olhos dele, o fim do mundo, um desejo de conquistar e governar, de ter toda a humanidade atada à sua vontade. Tudo o que ela conhecia se tornava cinzas e ruínas.

Quando a lâmina dele desceu para parti-la ao meio, Violet ergueu a própria espada em uma tentativa desesperada...

... e a espada do Rei de Sombra atravessou a dela como se não fosse concreta. *Nada pode impedi-los. Nada consegue contê-los.* Violet arregalou os olhos e deu um tranco para o lado, tarde demais, a espada sombria abrindo a sua bochecha e fazendo um corte profundo em seu ombro, provocando uma sensação de frio ardente. Um jato de sangue atingiu a pedra sob seus pés.

Ela gritou e trincou os dentes para conter a dor, forçando-se a continuar segurando a espada, embora seu braço estivesse queimando. Por quê? Por que estava segurando uma espada se não podia lutar com ela? Sua arma não podia ferir o Rei de Sombra. Nada podia atingi-lo, seu corpo era tão insubstancial quanto a sombra que o nomeava.

Ela foi dominada pela verdade aterrorizante. A Regente Anciã estava certa. Aquele era um inimigo que nenhum mortal podia combater; o horror que cada Regente havia enfrentado, depois de anos de treino, uma força obtida a um preço terrível. Nada disso importava para uma sombra.

Então ela entendeu que iria morrer, tinha visto a mobília aos pedaços, as armas espalhadas pelo chão e até o sangue seco visível à luz da última chama tremeluzente das tochas.

Era a destruição causada por Marcus, uma única sombra que não se comparava ao Rei de pesadelos, que era mais poderoso do que qualquer Regente, mais poderoso do que qualquer dos grandes heróis que já haviam caminhado pela Terra, e muito mais poderosa que uma única garota.

Não posso derrotá-lo, pensou ela. *Mas posso aguentar por tempo suficiente para que Cyprian e Elizabeth fujam do Salão.*

Ela pensou em Justice, na destruição ao seu redor quando o encontraram. Marcus tinha destruído o corredor inteiro para alcançá-lo. *Não, não Marcus.* A coisa desumana que tinha assumido o seu lugar. Justice devia ter percebido que não podia combatê-la e simplesmente tentara fugir por tanto tempo quanto fosse possível, à medida que o corredor era reduzido a destroços. Havia ganhado alguns minutos para Grace e Sarah... até que a Regente Anciã chegasse.

Mas não havia Regente Anciã para salvar Violet. E nem mesmo a Regente Anciã poderia ter combatido o Rei de Sombra, pois ele era mais poderoso do que qualquer sombra, e o mestre de todas elas.

Justice, eu nunca completei meu treinamento. Nunca me tornei uma Regente. Mas você disse que minha espada podia proteger as pessoas. E é isso que vou fazer.

Cyprian e Elizabeth deviam estar nos estábulos, selando Nell e o último cavalo. Em breve começariam a cavalgada pelo pântano, montados dois a dois com Grace e Sarah. Em direção ao leste, pois Cyprian sabia que não devia levá-las de volta a Londres, onde o ataque de um Rei de Sombra mataria pessoas, o céu escuro de sua chegada aterrorizando a cidade.

Se ela ao menos conseguisse segurá-lo um pouco mais, seus amigos teriam tempo de chegar ao portão...

Mantenha-o aqui, pensou Violet. *Mantenha-o ocupado. Permita que eles fujam.*

Ela correu, disparando para as colunas com uma torrente de escuridão em seu encalço. O braço de Violet estava ardendo e sua respiração arquejava na garganta. Ela pensou que podia circundar as colunas e se entremear nelas, mas o Rei de Sombra simplesmente atravessou o mármore, uma escuridão que nada conseguia impedir. Um rompante escuro a lançou para trás, até Violet se chocar com força na parede mais afastada, perto dos tronos.

Ela tentou se concentrar, zonza. *Levante. Levante.* Seu calcanhar escorregou, os movimentos eram desajeitados. Dor irradiou pelo seu ombro quando ela tentou se erguer, apoiada nas mãos e nos joelhos.

Desabou. Então tentou de novo. O frio congelante era o aviso de que o Rei de Sombra estava ali, pairando com sua majestade apavorante. Ela ergueu a cabeça para ele, mal conseguindo rastejar, sem encontrar a espada entre os escombros.

Violet não conseguia se levantar. Estava desarmada. Era o fim, e não era o suficiente. Não dera a Elizabeth e Cyprian tempo o suficiente.

Ela viu um brilho fosco de metal próximo a seus dedos esticados. Violet o pegou por instinto, ferida demais para desviar do ataque. Quando a espada do Rei de Sombra desceu, ela ergueu o objeto para se proteger, desesperada.

Era um pedaço velho e quebrado de escudo.

Inútil; ingênuo; nada podia impedir a espada do Rei de Sombra que atravessara metal como fumaça. Ela segurou o escudo mesmo assim, em uma tentativa final, um último ato de luta. Seus pensamentos estavam em Elizabeth e Cyprian. *Por favor. Por favor, que tenham conseguido sair.* De olhos fechados, encolhida atrás do fragmento que segurava, Violet sentiu o frio gélido quando a espada do Rei de Sombra desceu no escudo.

Um clangor alto ecoou pelo salão, reverberando pelo braço dela e fazendo seus dentes baterem. A espada... a espada atingiu o escudo, golpeando-o como uma marreta...

E sendo compelida para trás.

Violet abriu os olhos e viu o focinho de um Leão. Gravada no metal, deformada e enferrujada pelo tempo, a figura a encarava da superfície do escudo.

Um escudo quebrado, forjado havia muito tempo, e usado pelo Leão cuja força antiga corria em seu sangue.

Vai chegar o momento em que você vai precisar usar o Escudo de Rassalon. Não tema.

O Rei de Sombra gritou, um som de ódio puro por ser impedido, e investiu mais uma vez a espada contra Violet, que bloqueou a espada com o escudo e a lançou para longe.

Funcionou, *funcionou*, a espada voou para trás, o escudo estava intacto.

Respirando com dificuldade, ela plantou o pé na pedra e se levantou.

Em seu sangue correm os Leões corajosos da Inglaterra e os Leões radiantes da Índia. Você é a guerreira mais forte que resta à Luz.

Com o escudo de Rassalon em seu braço coberto de sangue, Violet encarou o Rei de Sombra entre as colunas brancas e quebradas do salão destruído.

Ao redor, jaziam todos os sinais de seus companheiros caídos. Os Regentes que tinham lutado e morrido para combater as trevas. Suas armas entulhavam o chão, seu sangue encharcava a pedra.

No centro de tudo isso, Violet atacava com o escudo.

Então começaram a lutar pra valer — ela batia com o escudo enquanto o Rei de Sombra gritava, furioso, e tentava atingi-la. O braço de Violet doía, mas a garota ignorou. Ignorou a escuridão rodopiante e o frio congelante, e, quando viu uma chance, aproveitou, levando o escudo à mandíbula do Rei de Sombra e arremessando-o dois passos para trás. Outro golpe, atingindo o ombro.

Uma sensação visceral de triunfo: o escudo não servia somente para bloquear, mas também para golpear. Violet atacou, defletindo os golpes do Rei de Sombra com facilidade enquanto ele se insurgia e tentava atingi-la, depois contra-atacando com toda a força.

O Rei de Sombra cambaleou — era uma oportunidade. Ela avançou correndo, com o escudo à frente, como um cavaleiro em batalha, soltando seu próprio grito furioso. O escudo o atingiu, jogando o Rei de Sombra para trás, e Violet o seguiu para o chão. Caiu sobre ele, em meio a ele, a escuridão girava ao redor.

Por um momento, Violet ficou presa em um abismo infinito. Mas, do lado de dentro da escuridão gélida, teve um lampejo de sua forma tremeluzente. Os olhos deles se encontraram, e Violet encarou duas poças gélidas. Levantou a borda do escudo e o desceu como uma guilhotina sem fio no pescoço do Rei de Sombra.

O Rei gritou, e houve uma explosão desde o seu interior, intensa o suficiente para estilhaçar as janelas e gerar uma chuva de poeira. Violet precisou levantar o escudo de novo para se proteger, cobrindo o rosto e os olhos, como faria em uma ventania. Ele se movimentava sem parar, sobrenaturalmente longo, apesar de seu pescoço ter sido cortado, até que os ventos pararam e o som se dissipou.

Silêncio. Ela abaixou o braço com o escudo, devagar, abrindo os olhos. O Rei de Sombra estava morto. Havia se desvanecido sob as suas mãos. Restava apenas a forma escura assustadora, chamuscada no chão.

Ela olhou para cima. A luz entrava pelas janelas quebradas. Depois de tudo, Violet conseguia ver o salão vazio iluminado à luz do dia. Sua beleza permanecia, embora as colunas estivessem destruídas, o pavimento de pedra, rachado, e o chão, coberto de pó de mármore, ocultando os resquícios de uma luta ainda mais antiga.

Um escudo quebrado. Violet tirou o escudo do braço e o virou. Olhou para o leão gravado que dava a impressão de encará-la de volta. Algo em seu interior se agitou e, por um momento, Violet quase achou ter visto um leão de verdade, observando-a com olhos marrons cálidos.

Viva; de repente, ela percebeu que estava viva. O Rei de Sombra estava morto. Cyprian e Elizabeth estavam seguros... Ela conseguira. Um onda de alívio inundou seu corpo, e Violet segurou firme o escudo. Sentiu a exaustão que finalmente se permitia sentir, a dor do braço cortado, dos hematomas do ombro e do corte que latejava em sua bochecha. Flexionando os dedos em torno do metal retorcido, fechou os olhos e pensou: *Eu consegui, Will.*

CAPÍTULO TRINTA E QUATRO

Era tarde quando ele chegou à estalagem em Castleton, porque tinha permanecido com ela a noite inteira, o quarto ficando cada vez mais frio.

Will pegara a bolsa e o paletó de Simon, e desatara os cavalos dele da carruagem que o esperava na estrada. Um par de corcéis idênticos e inquietos com pelagem preta reluzente, que encontrariam bastante comida no pântano até que fossem encurralados por um fazendeiro que não acreditaria na própria sorte. Depois que Devon se foi e que o sol começou a nascer, Will seguiu o próprio caminho, subindo as colinas rochosas até encontrar as árvores onde deixara Valdithar. Então cavalgara para a estalagem mais próxima, onde pedira um quarto, pena e tinta.

Sentado em frente à lareira no salão comum no andar de baixo, começou a escrever uma carta dolorosa para a tia e o tio dela. No dia seguinte, procuraria um homem da paróquia local e diria onde encontrar o corpo de Katherine. Ainda estaria lá. Estava horrivelmente preservado como pedra. Petrificado. Os olhos pretos como bolas de gude abertos para sempre. Quando Will a levou para a casa da mãe, ela também parecera pesada como pedra e fria.

Ele se sentara com Katherine por um bom tempo.

Encontrariam Simon morto. Assim como os três homens que um dia tinham sido os Remanescentes de Simon. E também cada pássaro, planta e animal próximos o bastante para terem sido tocados pelo fogo preto.

Will tentou não pensar nos mortos.

O quarto ficava no topo de uma escada estreita de madeira escura. Paredes espessas de pedra cobertas com gesso e argamassa davam uma sensação de robustez sufocante. Em uma extremidade, havia uma cama com estrutura de madeira e uma lareira acesa sob a cornija; na outra, uma pequena mesa, uma cadeira e uma janela entalhada grosseiramente na pedra, encoberta por uma cortina. A normalidade de tudo era surreal, como havia sido a sua conversa com o estalajadeiro. "Três pences pelas carnes frias e pela cerveja", "O tempo está firmando" e "Nosso rapaz deixou o cavalo no jardim dos fundos". O dialeto suave da região das Terras Médias inglesas parecia pertencer a um mundo diferente. Will tirou o paletó de Simon e olhou com expressão vazia para a cama com suas cobertas de linho limpo.

Um passo — mas antes do som veio a sensação insubstancial de uma mudança no ar. Uma figura emergiu do esvoaçar da cortina. *Katherine*, pensou Will. Deveria ser a garota, mas ela jazia fria em uma casa em ruínas. O tremor vital que percorreu o corpo de Will era uma reação que ele tivera apenas com uma pessoa.

— James — disse Will.

Ele era um brilho pálido no escuro, com o cabelo louro sobre o paletó justo que Simon havia comprado para ele, e o rosto que não se parecia a mais nada que restava no mundo. Will sentiu o anseio por algo arrancado de seu tempo — algo que não deveria estar ali —, junto à sua própria satisfação terrível por estar.

— Você conseguiu — falou James em uma voz baixa envolta em descrença e assombro diante da própria liberdade. — Você impediu Simon de trazer de volta o Rei das Trevas.

Ele não sabia.

O engasgo que subiu pela garganta de Will não era uma risada. James não sabia. Não reconhecia Will, não via em seu rosto o mestre que conhecera havia muito tempo. Então veio o pensamento mais sombrio: James não sabia, mas era atraído para Will mesmo assim; talvez sentisse o que Will sentia, uma fascinação impotente, um perigo sedutor, escorrendo pela relutância e pelo desejo. Ambos Renascidos.

ASCENSÃO DAS TREVAS

Ambos levados até ali por um Rei das Trevas de quem não conseguiam se livrar. Tudo que Will pôde fazer foi olhar para James e sentir o mesmo tremor cobiçoso. O desejo de dar um passo na direção dele era como um nó em sua garganta.

— Você não deveria ter vindo aqui — disse Will.

Em outro mundo, ele havia colocado um colar no pescoço de James e o obrigado a matar seu próprio povo. Havia forçado James a fazer sua vontade. E havia também as suspeitas mais sombrias, a acusação que o Alto Janízaro fizera contra James, e de que Gauthier falara quase invejosamente. De que James tinha sido o brinquedo do Rei das Trevas. De que compartilhara a cama dele.

O Rei das Trevas trouxe você aqui, pensou Will, sentindo a verdade escorrer em seu interior. *Queria você e se certificou de que o teria.*

De que eu teria você. O pensamento era sombriamente perigoso.

— Não é um bom momento para ficar perto de mim — disse Will.

Quando ele levantou o rosto, James estava mais próximo. Olhava para Will como se soubesse o que o garoto estava sentindo, e continuava ali mesmo assim.

Mas não sabia. Não de verdade.

— Sei que você matou Simon. Não acho que vai me ferir — disse James.

A luz da lareira iluminava as faces de James. A confiança nos olhos azuis era devida a um salvador que James havia começado a acreditar que era real.

Will sentiu vontade de rir. Havia machucado James. Havia enterrado uma estaca de marfim em seu ombro, e depois matado o homem que o criara. E tudo isso não passava de uma sombra pálida em relação ao que tinha feito a James antes. Muito tempo atrás, havia sido um homem que tomava o que queria, o que, talvez, fosse mais fácil do que o desejo doloroso que sentia naquele momento.

— Não vou?

A curva de um sorriso no rosto de James.

— Sou mais poderoso do que você, lembra?

Will sentiu o roçar de mãos invisíveis contra sua pele. James estava mostrando seu poder. *Olhe o que posso fazer*. É óbvio que a noção de valor de James sempre se baseara no que suas habilidades poderiam significar para outra pessoa.

A ideia revelou no interior de Will um desejo de dizer "Isso mesmo. Me mostre. Conquiste minha atenção". Ele reprimiu a vontade, forçando-se a ignorar a sensação do toque fantasma de James contra sua pele.

— O que você está fazendo aqui? — perguntou Will.

— Quando vi você com o Colar, eu tive certeza de que o colocaria no meu pescoço. Não achei que você impediria Simon. Não achei que alguém impediria. — James deu mais um passo na direção de Will. — Pensei que a melhor coisa que eu poderia fazer era encontrar o Colar antes de Simon. Em vez disso, estou livre para escolher o meu futuro... — Dedos invisíveis acariciaram seu peito. — Consegue pensar em um desfecho melhor?

— Katherine está morta.

O toque invisível desapareceu, caindo de imediato. A realidade se assentou no quarto, como se dizer as palavras em voz alta desse à morte de Katherine a finalidade que não tivera em Bowhill, quando seu sangue escorrera e seus olhos se transformaram em pedra.

— Sinto muito. Você sentia algo por ela?

Will mal a conhecera. Ela gostava de fitas, xícaras de chá e coisas elegantes. Cavalgara por dois dias e uma noite seguindo-o ao lugar onde a mãe dela morrera, e havia erguido uma espada para lutar. *Will, estou com medo.*

James abriu um sorriso amargo.

— Achei que o Sangue da Dama deveria se apaixonar pelo Rei das Trevas.

O quê? Não fazia sentido, até que Will percebeu que quando James disse *Sangue da Dama* não estava se referindo a Katherine. Estava falando de *Will*.

Era assim que James o via? Como a Dama? Igual a ele, outro objeto da obsessão do Rei das Trevas? Os amantes do Rei das Trevas: tanto

James quanto Katherine tinham pertencido a Simon, e antes... antes o Rei das Trevas havia amado a Dama e levado James para a cama. Os três estavam entrelaçados, e a história havia acabado com James arrancado de seu tempo e a Dama morta.

Céus, James achou que se sentir atraído por Will significava ser atraído por *ela*, para a Luz, para aquele que havia escapado das garras do Rei das Trevas e conseguido matá-lo. Will queria dizer a James que fugisse.

— E você? Ele queria você. Você o queria? — perguntou Will.

James corou. À luz laranja e fraca da lareira, suas pupilas estavam dilatadas, e o azul que as circundava assumira o tom infinito da água noturna.

— Eu caí na dele. Importa o motivo? Ele me arrastou pelo tempo para nascer em um mundo que não se lembrava de mim. Ele me queria esperando, pronto para servi-lo com um colar no pescoço. Em vez disso, estou sozinho, e tudo que resta daqueles dias são cinzas. Acreditar que ele ainda me controlava daria prazer a ele.

Will sentiu o tremeluzir de quem eles haviam sido no passado, como sombras. Era difícil respirar, o ar estava pesado.

— Você disse que não se lembrava daquela vida.

— Não me lembro. Mas às vezes há...

— ... uma sensação — completou Will.

No andar de baixo, os sons dos últimos clientes da estalagem eram distantes: o bater de uma porta, o ranger de uma tábua. James não percebeu a admissão na voz de Will. As palavras pareceram os aproximar, como se estivessem em uma bolha, como se fossem as únicas pessoas no mundo.

— Minha vida inteira, a única coisa que todos sempre quiseram foi me possuir — falou James. — O único que me libertou foi você.

Eu não libertei você, Will não disse isso, porque as outras palavras eram impronunciáveis. *Você nunca vai se libertar dele.* O poder do Rei das Trevas era controle, a habilidade de atrair as pessoas e as corromper como quisesse. Os resquícios disso cobriam James, que tinha fugido do Alto Janízaro para ficar com Simon, indo atrás de figuras masculinas com poder.

— Eu falei. Você não deveria estar aqui.

— Eu sei. Você vai me mandar embora?

James falou como se soubesse que Will não mandaria. James estava ali, como uma mariposa atraída pelo fogo, sem se importar se iria se queimar. E Will não o estava mandando ir embora; nem mesmo quando James deu outro passo em sua direção. Will tentou dizer a si mesmo que não era por causa de quem James havia sido, mas por quem era. O passado estava entre eles, suas histórias se entrelaçando.

— Você matou os Regentes.

— Eu já fiz coisas piores — falou James.

— Por ele.

Ele. Como se o Rei das Trevas fosse outro alguém. Como se ele não estivesse dentro de ambos.

Outro passo.

— Você disse que o que alguém é é menos importante do que o que a pessoa poderia ser.

Will dissera isso. Desejara acreditar nessas palavras. Mas isso foi antes de Katherine ter morrido em seus braços, as engrenagens do passado girando resolutas e implacáveis. O Rei das Trevas tinha planejado tudo. Até levara James ali, um presente para si mesmo. Will precisava mandá-lo embora, mas James era uma dádiva que ele não era capaz de recusar — talvez, vidas antes, quando havia ordenado que James fosse morto, soubera isso sobre si mesmo.

— O que nós poderíamos ser?

A pergunta surgiu de alguma parte profunda dentro de si. Will precisava da resposta não apenas por James, mas para si mesmo.

— Eu posso não carregar a marca, mas ele… Está queimado dentro de mim. — Os olhos de James estavam muito escuros. — Ele se imprimiu em minha alma. Eles o chamavam de "Rei das Trevas", mas ele era uma chama luminosa, e todo mundo, *tudo*, é apenas sombra pálida. Eu Renasci, mas vivi uma meia-vida. É como se este mundo fosse um borrão. Ninguém mais estava em foco. Até você chegar.

Era terrível, mas Will não conseguia desviar o olhar. Queria que James continuasse falando mais do que queria que parasse.

— Você me fez acreditar que ele podia ser derrotado. Você me faz acreditar... — James fez uma pausa. — O menino salvador. Não achei que você me salvaria. — O sorriso de James era angustiado. — Pensei que Simon traria o Rei das Trevas de volta. Pensei que o colar se fecharia no meu pescoço. Nunca achei que estaria livre para escolher meu futuro. Mas estou. — No silêncio do quarto, as palavras pareceram se entremear às batidas do coração de Will. — Simon e o pai dele... tinham o sonho de dominar um mundo sombrio e me disseram que haveria um lugar para mim ao lado deles. Mas não quero segui-los. Estou aqui para seguir você.

Os olhos de James brilhavam e seus lábios sorriam, o cabelo estava dourado à luz tremeluzente da lareira.

Will falou:

— É claro que está.

AGRADECIMENTOS

A ideia para *Ascensão das Trevas* surgiu no Louvre. Há algo muito perturbador a respeito de museus: todos aqueles vestígios deslocados de vidas esquecidas. Comecei a pensar em um mundo mágico morto há muito tempo.

Foram mais de dez anos de construção meticulosa e criação de mundo antes que *Ascensão das Trevas* fosse concluído. Nesse tempo, inúmeras pessoas, livros e instituições me ajudaram, desde os curadores do Museu de História Natural de Londres, onde vi meu primeiro chifre de narval, até os residentes de Castleton, que me serviram crumble de maçã quente depois que me arrastei pelo Dark Peak.

Mais próximos do livro estiveram os escritores e amigos de Melbourne que vivenciaram *Ascensão das Trevas* comigo: Beatrix Bae, Vanessa Len, Anna Cowan, Sarah Fairhall, Jay Kristoff e Shelley Parker-Chan. Todos leram várias versões e ofereceram críticas, incentivo e apoio. Tenho com vocês uma imensa dívida de gratidão. Este livro não seria o que é sem vocês.

Bea, eu abri *Ascensão das Trevas* pela primeira vez na sua mesa, quando a história não passava de um monte de papel e uma coleção de anotações; eu ainda não sabia que estava ganhando uma amiga para a vida toda. Vanessa, tenho muito carinho pelas longas noites que passamos tomando chocolate quente forte e comendo torrada de queijo "ao estilo de um club sandwich" enquanto conversávamos e construíamos nossos mundos juntas. Anna, os dias de escrita com você na State Library estão entre minhas lembranças favoritas, a gente arrumando habilidosamente as mesas para poder sair, comprar muffins e conversar sobre os livros uma da outra. Shelley, seu conhecimento sobre monges, mentores e ascetismo foi insubstituível. Obrigada também a Amie Kaufman pela amizade inestimável, o apoio e os conselhos, e a Ellie Marney, Penni Russon e Lili Wilkinson por toda a ajuda ao longo do processo.

Esses dias me dei conta de como as primeiras influências são importantes. Quero agradecer a Rita Mairuto, Brenda Nowlan, Cherida Longley e Pat McKay por terem sido professores, mentores, guardiães e família quando eu mais precisei.

Tive algumas das primeiras conversas sobre *Ascensão das Trevas* com amigos, muito antes de o livro começar a tomar forma. Obrigada a Tamara Searle, Kirstie Innes-Will, Kate Ramsay e Sarah Charlton por propiciarem esses bate-papos iniciais. O momento em que eu acordei Tamara sem querer, com um grito, quando percebi que um unicórnio vivo havia muito tempo reconheceria o Rei das Trevas à primeira vista é particularmente marcante. Depois disso, grande parte do livro se encaixou.

Obrigada à minha agente incrível, Tracey Adams, e a Josh Adams por acreditarem na história e por encontrarem um lar para ela. Sou eternamente grata a vocês dois. Um enorme obrigada à equipe da Harper, principalmente Rosemary Brosnan e meus editores, Andrew Eliopulos e Alexandra Cooper. Na Austrália, tive a enorme sorte de trabalhar com Kate Whitfield e Jodie Webster na Allen & Unwin; muito obrigada pelo trabalho maravilhoso. Obrigada também a Ben Ball por um conselho no início da minha carreira que me ajudou mais do que qualquer outro, e a Emily Sylvan Kim pelo apoio no começo de tudo.

Finalmente, obrigada a Magdalena Pagowska pela arte de capa impressionante, a Sveta Dorosheva por criar um lindo mapa de Londres em 1821, e a Laura Mock e à equipe de design da Harper, que uniu todos os elementos visuais.

Pesquisar *Ascensão das Trevas* me levou em uma viagem pela Europa, desde Londres até a Úmbria e Praga, para dentro de castelos e ruínas, e para as profundezas do passado, debruçada sobre mapas antigos, diários e artefatos. Ao longo dos anos de pesquisa, li livros demais para listar aqui. Mas incluí em *Ascensão das Trevas* uma referência à frase de Odell Shepard, "Eu cacei o unicórnio principalmente nas bibliotecas", porque foi lá que eu também os cacei.

E, quem sabe, os encontrei.

Este livro foi composto na tipografia Minion Pro,
em corpo 11,5/16, e impresso em
papel off-white no Sistema Cameron da
Divisão Gráfica da Distribuidora Record.